重組世界 2

Rebuild World

上 舊領域連結者

作者 ナフセ
插畫 吟
世界觀插畫 わいっしゅ
機械設定 cell

The advanced civilization that once dominated the world has crumbled away, and a long time has passed. People rallied the fragments of wisdom and glory scattered all over the world and spent a long time rebuilding human society.

Kadokawa Fantastic Novels

> Episode
002
上 舊領域連結者

The advanced civilization that once dominated the world has crumbled away, and a long time has passed. People rallied the fragments of wisdom and glory scattered all over the world and spent a long time rebuilding human society.

Contents

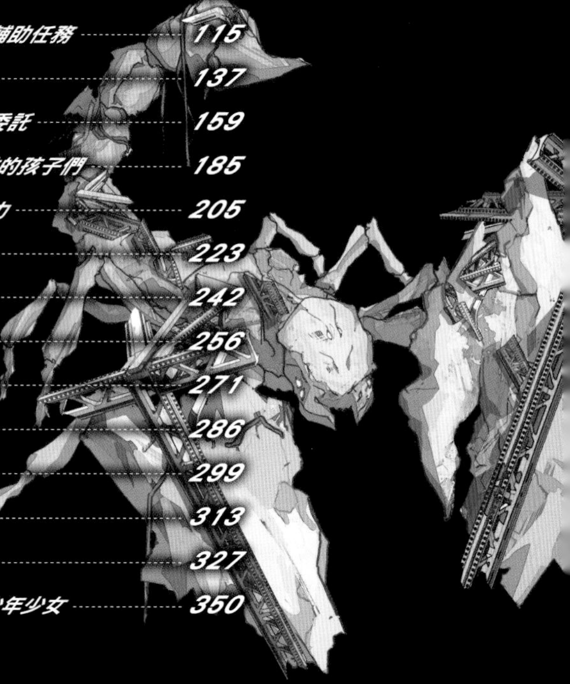

混帳！我想要！不管誰都好！不管是什麼都好！給我同樣的力量……！）

祈求。憑著他罕見的才能產生極度的專注狀態，注入自己的一切來祈求。

專注力從知覺剔除了不必要的資訊，從世界奪走色彩，以白色覆蓋一切。

在那白色的世界中，少女面露笑容。

The advanced civilization that once dominated
the world has crumbled away, and a long time has passed.
People rallied the fragments of wisdom and glory scattered
all over the world and spent a long time rebuilding human society.

SARA

是供火力。胸部
由消耗奈米機械

蕾娜
REINA

「多蘭卡姆」的年輕獵人。從高傲的言行舉止可窺見她出身高貴世家，投身獵人行業的理由不明。

詩織
SHIORI

蕾娜的隨從，對蕾娜宣誓絕對的忠誠，至今依舊隨侍蕾娜身旁，忠心不二。因為在參與獵人工作時也穿著女僕裝，非常顯眼。

心願與代價無可分割。
就算當事人對此毫無自覺。

>Author : nahuse >Illustration : gin >Illustration of the world : yish >Mechanic design : cell

重組世界 2

Rebuild World

上 舊領域連結者

The advanced civilization that once dominated the world has crumbled away, and a long time has passed. People rallied the fragments of wisdom and glory scattered all over the world and spent a long time rebuilding human society.

Author
ナフセ

Illustration
吟

Illustration of the world
わいっしゅ

Mechanic design
cell

Kadokawa Fantastic Novels

第31話 情報收集機器

少年想脫離貧民窟巷弄中的生活，為了出人頭地而決心成為獵人，他在崩原街遺跡邂逅了謎樣的美女。之後少年接受了她的委託，決定要把目標放在攻略某一座遺跡。

為取得足以達成委託的實力，少年籌措裝備、持續訓練、反覆參與實戰，一次又一次跨越生死關頭，存活至今。

於是，少年原本只是個身穿骯髒衣物，單手握著手槍就衝出貧民窟巷弄的小孩子，現在他身穿強化服，裝備擊殺怪物用的大型槍枝，騎著荒野用摩托車，已經是位獨當一面的獵人了。

儘管如此，實力還遠遠不足以攻略目標遺跡。為了有朝一日必定要達成他成為獵人後首次接到的委託，也為了出人頭地以實現在巷弄中夢想的生活，少年還需要更多實力。

追求更進一步的實力，少年今天也投身獵人工作。伸手無法觸碰，唯獨自己能看見的謎樣美女無時無刻不陪伴身旁。

少年名為阿基拉；美女名為阿爾法。兩人的獵人工作還有一段漫漫長路。

◆

阿基拉騎著摩托車奔馳於荒野上。車上裝載了向獵人辦公室租借的車載型情報收集機器。機器會對周遭自動搜敵，還會記錄移動路線與搜敵範圍、遭遇的怪物數量與種類、擊破數量等等。

當下接受的委託會以這份紀錄為計算報酬的基準。阿基拉並非以特定地點為目標於荒野前進，而是正在執行個人也能承接的巡邏委託。

自情報收集機器的紀錄計算出本次巡邏的評價金額，再扣除機器的租金與破損時的修理費用，就是最後支付給阿基拉的報酬。

不同於前些日子承接的巡邏任務，那次是由都市主導並搭乘巡邏用卡車，個人執行的巡邏任務自由度高，時間和巡邏路線都能自主定奪。

不過代價就是一切都由自己負責。例如由都市的職員按照各人實力分配相應難易度的巡邏地區，這類最起碼的安全保障都沒有。要組成小隊巡邏也可以，不過選擇的隊友的安全性也必須自己擔保。

此外，因為這並非搭乘都市準備的卡車巡邏，在都市職員同行的任務途中引起騷動實在不太妙

——這方面心理上的限制也蕩然無存。

若在眾多強大怪物徘徊的危險地區巡邏，報酬也會跟著提高，如果只在安全地帶打發時間，就會因為租借機器的費用而虧損。這些危險與報酬的衡量也必須自己拿捏。一旦拿捏失準，就有可能陷入獨自一人與成群怪物戰鬥的窘境。

不過如果能一個人戰勝，自然也能獨占所有報酬。決定放棄而逃走的判斷也不受他人意志左右，不用擔心有人貪得無厭地想賺取報酬，或是剛好同時在場的累贅扯自己的後腿。

個人巡邏任務和集團任務相比，益處與缺點都不少。但阿基拉得到了阿爾法的支援，對他而言益處較多。

儘管如此，在荒野上終究無法徒步巡邏。但因為上次委託的報酬一部分就是摩托車，現在的阿基拉能充分發揮個人巡邏的益處。

阿基拉用念話與阿爾法閒聊的同時，在荒野上巡邏。如果照常開口交談，借來的情報收集機器就會記錄下阿基拉無止盡的自言自語。

『我原本想說萬一遇到怪物群就麻煩了，不過別說是整群怪物，就連單隻怪物都不常遇到，讓我有點白緊張了。』

阿基拉因為過往經驗，無意識中有種觀念：只要自己在荒野移動一段距離就會遭遇大量怪物，因此表情顯得有些意外。

阿爾法笑著補充道：

『因為前些日子的騷動時已經打倒了一大堆啊。反倒該訝異都打倒那麼多了，居然還有殘存的怪物。』

『聽妳這樣說，的確有道理。』

『不過很快就會再增加，恢復平常的遭遇率吧。所以也用不著擔心獵殺過度害獵物絕跡喔。』

阿爾法如此說道，對阿基拉展露愉快的笑容。阿基拉則回以苦澀的輕笑。

『所以只要有實力就不愁沒獵物。那也很好嘛。那麼現在就是短暫的和平嘍？』

到這部分阿基拉還能以苦笑帶過，這時他面露有些疑惑的表情。

『……不過這樣一想，怪物未免太多了吧。這麼多怪物到底是從哪裡冒出來的？儘管獵人定期獵殺，還是會馬上增加到不愁沒獵物的數量吧？』

『比方說，生產裝置位在尚未發現或防衛裝置太過強大而無法攻略的遺跡中，在該處無止盡地持續製造怪物。不過也不曉得生產地點就在附近，或者是怪物從遠方遷移至此。』

『嗯～～哎，機械類怪物也許是這樣啦。』

『生物類怪物也不例外喔。』

有些超乎預料的回答，讓阿基拉面露納悶的表情。

『生物類怪物也是在工廠製造的嗎？不是繁殖之類的？』

『沒錯喔。哎，製造和繁殖的區分本來就不容易，不過就大量生產這個角度來說，用製造來描述沒錯。』

阿爾法像是要炫耀自己的知識，有些得意地微笑後，更進一步詳細說明。

襲擊人類的敵性存在現在全都被歸類為怪物，不過這些怪物起初的設計目的並非都是危害人類。就算原本製造的目的就是生物兵器，如果無差別攻擊所有對象，當然就沒有實用價值，因此理所當然在過去會視其用途，從製造工程階段就嚴加管理。

家畜、寵物、護衛、生物兵器。為了維持合乎各種用途的高品質，屏除了隨機性質較高的自然交配，從細胞分裂的層級管理並製造生物。這類工程在當時十分普遍。

提供材料給具備自我增殖功能的機器同樣能使之增殖，如此一來就不是工廠製造，而是以繁殖增加數量。雖然看似如同生物般增加，然而除非刻意為之，在複製過程中不會產生偶發性的突變，在維持適當管理的期間內，生產規格就無異於工廠的量產品。

而無論是生物、機械，或者難以界定的東西，只要源頭製造工廠仍存在，就會不停供給製造品。此外就算成功破壞運作中的工廠，已在荒野釋出的個體也不會因此停止活動。

無論是已經野生化的生物，或是機器持續自動學習而從修復功能衍生出自我複製功能，兩者都在荒野不停增加，在嚴酷的環境下歷經淘汰與適應，演變成越來越強悍的怪物。

這個問題非常難以治本，但如果不做一定的處置，就無法維護人類的生活圈。

於是統企聯採取退而求其次的手段，比方說派遣獵人驅除荒野中的怪物，或是搜索並攻略成為怪物生產源頭的當時的工廠，也就是舊世界的遺跡。阿基拉目前承接的巡邏任務也是這大規模處置作業的一部分。

阿基拉聽完這些說明後，對舊世界浮現了傻眼兼敬佩的感想。

『難怪怪物的數量不會減少。雖然時常聽人說舊世界的技術很厲害，而怪物也是舊世界產的，難怪各方面都那麼亂七八糟。』

阿爾法意味深長地笑了笑，試圖提振阿基拉的鬥志。

『不過……阿基拉你已經好幾次打倒那種亂七八糟的敵人了吧？到底是拜誰所賜呢？』

阿基拉也淺笑回答：

『我知道啦。我很感謝妳。』

『既然這樣，就馬上讓你用勞力來表達這份謝意吧。同時也是為了確認你當下的實力，在沒有我輔助的狀況下，你要完全憑自身實力打倒那個。』

阿爾法笑著指向荒野。在她所指之處有一頭怪物，雖然位在相當遠的距離，然而對方確實已經察覺阿基拉，正直線奔過來。

『了解。』

阿基拉看著目標的身影，停下摩托車。他一下車就提升強化服效能，抓起ＣＷＨ反器材突擊槍。

怪物的模樣形似大型肉食獸。厚實的毛皮覆蓋著結實的肌肉，以強韌的四肢蹬地奔馳，發揮與那龐大身軀不相襯的速度，在荒野上高速奔馳。那正是適應了荒野中嚴酷環境的生物類怪物。

光是能在荒野中遊蕩，就代表其生命力極端地高。毛皮比尋常金屬硬，倘若憑著貧民窟中四處流通的手槍，恐怕不管子彈命中幾發都無法使怪物畏縮。就算改用ＡＡＨ突擊槍，如果不仔細瞄準並精確擊中，也很難打倒。

不過現在的阿基拉持有ＣＷＨ反器材突擊槍，威力相當充足，要一發擊破也不成問題。

不過前提條件終究是要打中。如果有阿爾法的輔助，他甚至不需要停下摩托車，在行車的同時亦能以無比正確的精密射擊射殺怪物。不過那並非阿基拉自身的實力。

阿基拉對自己的實力當然心裡有數。正因如此，他下了摩托車，穩穩地擺出射擊姿勢。

憑著強化服的身體能力支撐單靠肉體難以舉起的沉重大型槍，將槍口指向大型野獸。

不過阿基拉控制強化服的技術仍稚嫩，對這把槍也還不夠熟悉，現在他就連用瞄準鏡捕捉對方的身影都很困難。

然而他還是盡可能仔細瞄準後扣下扳機。裝填在槍膛中的泛用穿甲彈隨著轟然巨響一同擊發，貫穿大氣並筆直飛去。

不過憑著阿基拉的技術，那發子彈頂多只能奔馳過目標身旁，就連擦傷都無法造成。怪物甚至沒有畏懼的反應。

失手了啊——阿基拉這麼想著，情緒有些消沉，但他立刻再度深呼吸找回鬥志，繃緊了表情，仔細瞄準目標。雙手穩穩地握著槍身，以踩穩地面的雙腿支撐身軀，盡可能壓抑發射時的後座力，認真瞄準後扣引扳機。

子彈再度飛過目標身旁。位置比剛才更靠近目標了，但是目標依舊毫髮無傷的事實沒有改變。

這般結果讓阿基拉失望，然而他立刻告誡自己垂頭喪氣也沒用，再度重整呼吸與心態，瞄準，將對象的身影放進瞄準鏡中。

這時預測彈道的藍線顯示在眼前。是阿爾法的輔助。

剛才不是說要在沒有阿爾法的輔助下打倒嗎？阿基拉這麼想著，瞄向阿爾法。

看見阿爾法回以微笑，阿基拉認為她已經判斷自己要完全不靠輔助打倒怪物還有困難，於是他浮現一絲苦笑，將注意力轉回怪物身上。

雖然加上了預測彈道的輔助，強化服的操控還是要靠自己。阿基拉極力保持冷靜，將藍線對準了大型野獸的額頭。

目標正高速奔跑，因此頭部也上下左右劇烈搖晃。阿基拉瞄準該處，以強化服穩穩支撐住槍身，讓不斷細微搖晃的藍線穩定下來，集中精神等待機會。

就在敵人的頭部與藍線重疊的瞬間，他扣下扳機。

射出的穿甲彈循著與彈道預測幾乎相同的軌道奔馳於空中，這次抵達了目標。大型野獸的強韌毛皮被子彈削過而四處飛散，但是目標完全沒有出血，子彈只是擦過毛皮而已。

『沒中。真可惜。』

阿基拉輕聲嘆息。

『有彈道預測也不行啊。要完全憑自己實力擊中的日子看來還很遠。』

『為了訓練和安全，從較遠的距離瞄準也是原因之一。別垂頭喪氣，多加把勁。目標正在逼近中喔。』

『知道了。下一發。』

子彈擦過了高速奔向此處的怪物，但怪物別說是畏懼，反倒在盛怒之下更加使勁蹬地，加快了速度。那凶惡的模樣充滿了敵意與食慾。

阿基拉隔著瞄準鏡看著對方的身影，持續開槍射擊。他正在做的事情無異於訓練時重複瞄準射擊只有影像的標靶。不過這次的目標具有實體，在逼近之前不確實奪命的話，就會輪到阿基拉本人橫屍荒野。

現在立刻乘著摩托車逃命，或是對阿爾法要求更進一步的輔助。湧現的恐懼不斷對阿基拉強烈要求。每當阿基拉的子彈錯失目標，那聲音就會隨之變得更響亮也更激烈。

但是阿基拉以覺悟擋下了這些要求，集中精神，保持冷靜，以認真的表情持續開槍射擊。最後終於扎扎實實擊中大型野獸的軀幹。

足以打穿機械類怪物的堅硬裝甲的穿甲彈，貫穿了野獸那硬如金屬的強韌毛皮，繼續推進並且撕開支撐那龐大身軀的肌肉，鑿穿骨頭與內臟的同時向前奔馳，直線貫穿整具肉體，最後衝出體外。

儘管身負這般重傷，對生物類怪物那堪稱異常的生命力而言，還不算致命傷。即使如此，還是明顯減緩了野獸的速度。速度減緩的敵人對現在的阿基拉來說只是單純的標靶。

阿基拉維持冷靜持續射擊。確實瞄準頭部射出的子彈破壞了敵人的頭蓋骨，對內部造成嚴重損傷，使對象驟然死亡。

雖然讓目標靠近了好一段距離，阿基拉還是及時擊倒了怪物。透過瞄準鏡確信已經擊破目標，阿基拉放鬆了緊張，放下槍並長長吐氣。

阿爾法笑著讚賞阿基拉的奮戰。

『漂亮。其實還不錯喔。』

『……是喔。』

阿基拉臉上浮現的表情有點複雜。

阿爾法單純是在稱讚阿基拉。這件事阿基拉也明白，但是到頭來沒有阿爾法的輔助還是無法打倒怪物，這一點終究沒變。他同時理解這一點，因此無法坦率地為此感到喜悅。

隨後，他像是要忽視這種情緒，添加了其他角度的評價。

『不過，這樣的話就不會因為彈藥費用而虧損了吧。』

『應該吧。』

『那就好。』

憑自己現在的實力，只要不虧損就該偷笑了。阿基拉如此認定之後，像是要重振鬥志般點頭並且輕笑。

阿基拉再度開始於荒野巡邏，在閒聊時提起無意間湧現的疑問。

『阿爾法，說到這次的巡邏任務，要持續到我的獵人等級上升至一定程度對吧？之前的緊急委託讓我升到17級了，具體來說要升到多高才行？』

『大致的目標是20級。』

『20喔？為什麼要升到這等級？』

『要租借荒野用車輛時，如果獵人等級在20以上，出租條件和10幾級時相比會大幅放寬。是為了這方面。』

能在怪物橫行的荒野中行駛的車輛性能當然比一般車輛要高，價格自然也更加昂貴。

租車業者也是做生意的，若把昂貴的車輛租借給剛入行的獵人，結果接連一去不返，這樣一來當然無法盈利，就算要靠購買保險來應對也有限度。

也因此，大多數業者都會應獵人等級改變出租價格。當然等級越高，租金就越便宜，若等級只有10級左右，租金甚至會高得不如乾脆買車。

而獵人等級20級，就是業者眼中出租算得上高性能的荒野用車輛後，將保險也列入考量的條件下，整體而言能盈利的標準線。

阿基拉聽了這樣的說明，理解了提升獵人等級的目標。

『不過喔，目前已經有摩托車能用了，也用不著特地租車吧？租車費用也不便宜吧？要去其他遺跡同樣也能騎這輛摩托車啊？』

『不可以。這輛摩托車能裝載的彈藥量有限。無論要買還是要租借，最後終究需要有車。此外荒野用車輛價格昂貴，目前只能靠租借。要從遺跡搬運遺物時也是車輛比摩托車適任。』

『哎，是沒錯啦，不過現在先用摩托車稍微探索遺跡也不錯吧？就算需要搬運遺物，回復藥之類的東西用這輛摩托車也沒問題啊。』

『不行。探索遺跡要等包含車輛在內的裝備都準備齊全再說。如果可以，還要先取得情報收集機器。要去其他遺跡收集遺物，得在這之後。』

『嗯～～可是喔……那是好一陣子之後的事了吧？』

對於在崩原街遺跡以外的地點收集遺物的興趣，以及因即將耗盡的回復藥所產生的不安，讓阿基拉罕見地堅持己見。

於是，阿爾法意味深長地微笑。光是這樣就削減了阿基拉堅持下去的意志力，她緊接著說出的話語更降低了阿基拉的堅持。

『我之前大概也說過類似的話，我的搜敵能力在崩原街遺跡最能有效發揮。換言之，一旦到了其他遺跡，搜敵的精準度就會嚴重下降。』

一想像那會造成何種結果，阿基拉就漸漸厭惡地皺起臉。

『情報收集機器是很重要的裝備，能補足精準度下降的搜敵能力。還是你想靠現在的裝備去其他遺跡？如果你知道這些還是堅持要去，那也沒辦法。現在就動身也無妨……』

『我懂了。算了。』

阿基拉二話不說便收回前言。因為他很明白憑自己現在的實力，如果沒有阿爾法的搜敵能力，進入遺跡無異於自殺。他可不願意在無法察覺敵人存在的狀況下，遭遇從四面八方來的突襲。

『除了車輛以外，還要買情報收集機器啊。真是花錢如流水耶。買CWH反器材突擊槍也花了不少錢，之前明明賺了1200萬歐拉姆，現在有減無增。』

『獵人這一行就是這樣。如果賺錢的速度追不上花費，表示當下實力在那地方還不足以專注於賺錢。你就把這當成判斷基準，看開一點吧。』

『……說的也是。』

過於相信自身實力，在難度超越自身實力的遺跡中喪命，這種獵人多不勝數。這一點阿基拉也相同。如果沒有遇見阿爾法，阿基拉同樣會在那時當場送命。

那一天稀世罕見的緣分，直到今天依舊守護著自己的性命。阿基拉重新體認到這一點，不由得面露苦笑。

◆

阿基拉持續承接巡邏任務，除了中間的休養日之外，過了好一段在荒野上四處奔馳的日子。而今天就是休養日，他來到靜香的店補充彈藥。

這時艾蕾娜等人恰好也來到店裡，正與靜香閒聊。阿基拉購買了彈藥，加入她們的閒聊後，話題轉向強化服。

這時阿基拉才知道艾蕾娜一直以來都沒有穿著強化服。他面露感到意外的表情，看向艾蕾娜，說出率直的感想。

「原來艾蕾娜小姐的衣服是防護服啊。不過上次看到的情報收集機器看起來很重，該說人不可貌相吧，妳的力氣出乎意料地大耶。」

見到艾蕾娜身上裝備著用來支撐各機器重量的牢固綁帶，阿基拉當然也認為艾蕾娜穿著強化服。他一直認為如果換作自己，不依靠強化服肯定會被那重量壓得寸步難行，也因此他感到十分意外。

莎拉見到他的反應，愉快地笑了。

「就是這樣啊。不過艾蕾娜總說她身體虛弱。阿基拉，你不覺得說不過去嗎？」

「咦？啊，呃……」

阿基拉無法輕率地同意，顯得不知所措。一旁的艾蕾娜滿臉不服氣地接著說：

「能夠單手抓起Ａ４ＷＭ自動榴彈槍甩來甩去的人沒資格說我。妳以為那把槍加上彈藥有多少重量啊？」

「我是奈米機械輔助類的身體強化擴張者，這是當然的嘛。一旦少了奈米機械，我也是非常虛弱啊。」

「到時候莎拉自豪的胸部也會變回一片平坦就是了。」

艾蕾娜與莎拉對彼此露出威嚇力十足的微笑。明知道那並非針對自己，阿基拉還是不禁感到有點畏縮。

靜香原本只是愉快地旁觀兩人的交談，但是她注意到阿基拉的反應，面露苦笑並介入調解。

「妳們兩位，阿基拉被嚇到了喔。在這種地方展現前輩獵人的魄力，只會讓人家覺得妳們是麻煩的前輩。就適可而止吧。」

在靜香的調解下，艾蕾娜與莎拉兩人斂起了幾乎只是開玩笑的笑臉，隨後不經意看向阿基拉。

阿基拉為此不知所措，好不容易從他貧乏的詞彙中擠出了諂媚般的話語想居中協調。

「啊～～這個嘛，我是不曉得艾蕾娜小姐的身體虛弱與否，不過我覺得艾蕾娜小姐是位苗條的美女喔。」

搭檔中負責談判的艾蕾娜馬上就看穿了阿基拉這句話是為了平息爭執。不過她同時也感覺到那並非隨口說出的場面話，而是發自內心，讓她頗為開心，心情也好了起來。

緊接著，這回輪到莎拉面露笑容，直盯著阿基拉瞧。

「阿基拉，那我呢？」

那微笑帶著明顯的施壓。阿基拉有點慌張地回答：

「我覺得莎拉小姐也是個大美女。」

聽他這麼說，莎拉的心情也好了許多。在旁靜觀三人交談的靜香也半開玩笑地順勢問道：

「阿基拉，我呢？」

「我覺得靜香小姐也是個大美女。」

阿基拉也明白靜香只是半開玩笑，但還是覺得有種難以言喻的害臊，回答時神色透出幾分羞澀。

阿爾法也面露微笑接著問：

『阿基拉，我呢？』

『美女啦。滿意了嗎？』

阿爾法面對阿基拉敷衍了事的態度，將不滿顯露在臉上，抗議道：

『為什麼對我就這麼惡毒啊。』

『因為妳百分之百就是在捉弄我。我正留意著避免不小心看向妳，沒事不要打擾我。』

阿基拉平日時時注意著不要成為別人眼中與虛空交談的可疑人物，在靜香面前更是特別小心。因為遭到干擾，讓他對阿爾法的態度也變得冷淡些。

至於靜香本人，她發現自己因為阿基拉這句話而出乎意料地開心，因此對自己有些訝異。也因為這樣，她並未注意到阿基拉視線的動向有些怪異。她隱藏起自己的心情，調侃般別有用意地笑道：

「阿基拉，你是不是覺得只要說人家是美女就能過關？」

「不是，即使要我說什麼好聽話，我也說不出口。況且就算我只懂得這樣說，我也沒有說謊。」

「是、是喔。」

店內頓時飄盪著害臊的氣氛。靜香等人互看彼此微微泛紅的臉，理解到自己的臉大概也差不多，便保持沉默避免互相戳破。

阿基拉也受到氣氛影響，不禁有點害臊。他為了化解氣氛，提出話題：

「對了，莎拉小姐不穿強化服嗎？」

「我？因為我是身體強化擴張者，穿上性能普通的強化服反而會降低身體能力。況且還要顧慮奈米機械與強化服之間的契合度。」

「啊～～好像很困難啊。」

「能解決這一切問題的製品並非不存在，但是價格太昂貴了，很難下手。所以在資金變得更寬裕前，能提升奈米機械消耗效率的防護服對我來說比較方便。」

「原來有很多種類啊。話說艾蕾娜小姐買了什麼樣的強化服？」

阿基拉為了洗刷這股令人莫名害臊的氣氛，只想著盡可能持續提出閒聊話題。然而艾蕾娜臉上浮現了些許焦急。

「咦？這、這個嘛，是相當高性能的款式，和你一樣是請靜香幫忙選的。」

「原來是這樣啊。既然是高性能的強化服，想必和我穿的在外觀上也有許多不同吧。看起來大概是什麼模樣？」

「啊～～該怎麼形容才好……」

艾蕾娜的視線四處游移，支吾其詞。

阿基拉面露納悶的表情，因為他一點也不覺得自己問了奇怪的問題。

靜香見狀，露出不懷好意的微笑。

「既然用講的很難說明，讓他親眼見識看看就好了。大概下星期會送到，你就等到那時候吧。」

「先、先等等！」

「是這樣喔？我知道了。」

阿基拉覺得慌張的艾蕾娜反應有點怪，不過既然是靜香的建議，阿基拉便不疑有他，如此回答。

另一方面，靜香擅自替艾蕾娜作主約定，但是「不想讓阿基拉看」這句話，艾蕾娜不知怎地就是說不出口，讓她非常驚慌。

靜香知道她驚慌失措的理由，面露惡作劇頑童似的微笑。莎拉也一樣，雖然覺得抱歉，也強忍著笑意。

只有阿基拉完全搞不懂眾人的反應，表情顯得有些疑惑。不過他也認為延續這話題似乎不太好，便切換至其他方向。

「對了，艾蕾娜小姐用的情報收集機器也是靜香小姐推薦的嗎？」

艾蕾娜也為了轉移話題，立刻回答：

「不是喔。我忘記是哪間店，不過我確定是在其他地方買的。靜香就是不願意幫忙介紹情報收集機器。」

靜香以經營者的立場插嘴：

「我這家店販賣的是獵人用的槍枝彈藥，販賣自己也一知半解的商品會埋下麻煩事的禍根，所以我才不願意。不過我可以幫忙訂貨，妳就別要求太多了。」

「靜香這家店其實是獵人的雜貨店吧？而且有

不少槍枝能與情報收集機器連動，做這方面的生意也沒問題啊。阿基拉也這麼覺得吧？」

艾蕾娜與靜香的視線同時指向阿基拉，一邊是尋求附和，另一邊則相反。阿基拉神情顯得有些焦急，連忙逃離這個選擇題。

「那個，我只是想說，因為我本來就打算不久後要買情報收集機器，如果靜香小姐有推薦的製品，我想當作參考就是了。」

靜香搖頭回答：

「對不起，我對情報收集機器真的不在行。如果真的要推薦，請艾蕾娜推薦給你，就是我的最佳推薦喔。」

「我？這問題我也很難回答。搜敵、掌握遺跡內部構造，或是輔助遺物收集作業。除了從這些用途來選擇，隨著獵人工作取向不同，使用的產品也不同……」

因為不願意推薦阿基拉不適合的產品，再加上她對情報收集機器還算了解，便衍生了大量選項，讓她傷透腦筋。

她短暫低吟，苦苦思索到最後，想起了有個東西一直閒置在家中積灰塵。

「對了，有個我以前買來試用的東西，就賣給你吧？雖然是與我不太合的綜合型產品，我想初學者應該比較適合這種。怎麼樣？」

「既然和艾蕾娜小姐不合，該不會是很獨特的製品？」

「其實沒有獨特之處，或者該說沒有個性。簡單說明就是……」

艾蕾娜開始詳細說明，同時也是為了解釋自己並非想把沒有用的產品強推給阿基拉。

針對獵人客群而販售的情報收集機器，大致上可分為兩大類：單一型的製品以及綜合型的製品。

單一型是只具備特定功能的機器，比方說專門針對動態偵察、收集回聲或影像識別等其中一種功能而設計。

綜合型則整合了這些複數功能，還能根據收集到的數據顯示搜敵結果，或是自動繪製立體地圖，連同這些處理一手包辦的綜合型機器。

雙方各有長處與短處。單一型機器如果損壞，只要更換那部機器就能解決。另外只要增設特定功能的機器就能因應需要加強部分性能，或是與其他企業的產品組合併用等等，在各方面都有較高的自由度。

相反地，要將收集到的數據加工為有益的情報相當耗費功夫。雖然情報收集的檔案格式有一定的共通規格，但每種製品之間的差異還是相當大。要個別分析並統整為有價值的情報，需要相當高度的技術。

綜合型產品就能省略這方面的功夫，代價則是自由度變低。基本上是整合同企業的製品而成，因此倘若一部分功能損壞，就得整台機器換新或送修。根據收集的數據而輸出搜敵結果的程式相容性也較差。

艾蕾娜喜歡組合單一型的情報收集機器，進行獨家的數據處理。不過近來綜合型的製品較多，高人氣的系列產品也日漸增加，她便購買了一次作為嘗試。

然而實際試用後，對艾蕾娜而言那只是功能半吊子的產品，因此最後就這麼放在家中積灰塵。

「所以，如果組隊行動，有個專門收集情報的人員也很好，但如果是獨自活動，我覺得用綜合型製品比較合適。因為是針對個人活動的獵人設計的小型機器，我想應該也不礙事。」

阿爾法建議阿基拉購買。

『我認為是個好提議。問題只在於你有沒有這筆預算。』
「呃，可以的話我也想買，請問要多少錢？」
「這個嘛，對你來說也是二手貨了，要賣也只會被人壓低價格，才一直放在家裡，算你２００萬歐拉姆怎麼樣？」
艾蕾娜開出的價格就行情價來說相當便宜。不過這金額也會讓阿基拉的戶頭餘額消失大半，亦可能是使他再度落魄至無法泡澡的生活的第一步。
儘管如此，阿基拉以阿爾法與艾蕾娜的建議為由，踏扁了湧現心頭的躊躇。
「我明白了。支付就用轉帳可以嗎？」
「可以。」
阿基拉操作資訊終端機，將費用轉給艾蕾娜。艾蕾娜也當場確認金額進帳。
「錢確實匯過來了，交涉成立嘍。那我立刻把東西交給你。接下來和我們一起到家裡拿東西吧。靜香，改天見。」
艾蕾娜等人對靜香輕輕一笑，步出店門。阿基拉也默默低下頭，隨後跟著離開。

◆

兩人帶著阿基拉回到了自家。
艾蕾娜要阿基拉暫且在客廳等候，這段時間她去找出要交給阿基拉的情報收集機器，不過她發現莎拉一如往常般正要褪下防護服，不禁勸阻：
「莎拉，衣服就這樣先穿著。」
「都回到家了，無所謂吧？」
「不行啦。阿基拉也在啊。」
「沒關係啦。再怎麼說我也會多披一件上衣，不會像平常的妳一樣幾乎全裸啦。」

莎拉如此回嘴，打算簡單帶過。但艾蕾娜稍微對她板起臉，加重語氣說道：

「不行。在阿基拉回去前就這樣繼續穿著。」

「好好好，知道了啦。」

莎拉放棄爭辯，如此回答，停止更衣並走向阿基拉身邊。

艾蕾娜輕輕嘆息後，開始尋找不知放在何處積灰塵的情報收集機器。

莎拉準備了三人份的飲料走進客廳，把阿基拉那份遞給他。

「給你。艾蕾娜正在找情報收集機器，稍微等她一下。」

「謝、謝謝妳。」

阿基拉接過飲料，顯得有些心神不寧。原因在於莎拉。雖然她按照艾蕾娜的叮嚀，依然穿著防護服，不過前方拉鍊已經完全拉開，大方裸露胸脯。

莎拉就這麼坐在阿基拉對面，因此阿基拉的視線不知該往哪裡擺，只好四處游移。莎拉明知如此還是愉快地笑著。

「打扮有點懶散是因為這裡是我們家，你就當作沒看到吧。你也可以脫掉強化服的上半部喔。」

「不了，我這樣就可以了。」

「是喔？哎，不勉強你就是了。」

之後阿基拉依舊為了視線的落點而為難不已。他一面與莎拉閒聊一面等艾蕾娜，但只要面朝向前方，莎拉胸前的深溝就會無可避免地躍入眼簾。然而如果在交談時露骨地挪開視線，又會讓阿基拉覺得失禮。

沒有其他辦法，阿基拉只好面朝前方但盡量不去注意，不過都映入眼中了，難免還是有所影響。要完全對莎拉那充滿魅惑的胸部視若無睹，對阿基拉來說實在是強人所難。

莎拉打量著看上去有些孩子氣的阿基拉，愉快地微笑著。隨後她別有用意般笑了笑。

「如果覺得好奇，可以看得更仔細一點。我上次也說過了，你是我們的救命恩人，這點服務我也樂於提供。」

「……如果妳是故意的，請把拉鍊拉起來。」

「用不著客氣啊。」

阿基拉稍微瞪向她。

「……要是講這種話，會吃上苦頭喔。」

「哎呀，你不會溫柔對待我嗎？」

莎拉誘惑般回答。

反過來說，如果溫柔以待，要出手也無所謂。這句話彷彿暗藏了這般含意，阿基拉聽了不由得表情僵硬。但是他認為莎拉只是在捉弄他，便在害臊中鬧彆扭似的轉開視線。

「對不起，是我玩笑開過頭了。這就先收起來吧。」

莎拉愉快地笑著，將胸前拉鍊拉到頂。

阿基拉微微板著臉，讓視線挪回正前方。

莎拉依舊面露微笑，但是已經斂起了捉弄般的態度。

「我現在是說正經的喔，我想你還是至少脫掉上衣會比較好。」

情緒還沒恢復平常的阿基拉有點疑惑地反問：

「為什麼？」

「為了完全切換意識，維持平時的感覺。強化服和防護服是戰鬥用的服裝，在荒野為了不鬆懈而時時保持戒心，穿著也無所謂。不過在家裡也一直穿著，當作日常便服就不太好了，那會把置身荒野時的精神狀態帶回家中。」

莎拉說著稍微繃緊了臉。阿基拉目睹那神色，也理解到她在談正經的話題，便端正姿勢。

「我不是想批評平時如戰時的想法，但那終究有限度。如果時時都維持置身戰場時的心態，就沒有能放鬆的空檔，精神會在不知不覺間越來越疲憊，總有一天會抵達極限而倒下。」

阿基拉頓時回憶起巷弄中的生活。當時的他精神狀態就某種角度來說就如同莎拉說的，睡著時遭到殺害的危險性理所當然般環繞身旁，就連睡覺都要賭上性命，過著無法保證能再次醒來的每一天。

「也有人習慣了戰場上的心態，但我不覺得那是好事。安全的日常生活和危險的戰場之間的區別變得模糊，最後不是漸漸不把戰場當成戰場，不然就是戰場取代了日常生活，最後失去日常生活。」

阿基拉投身危險的獵人工作後，來到比巷弄更嚴酷的荒野討生活。

然而同時他也得到了在旅館住宿時那樣安全的時光。因為成為獵人，他才終於得到了區別。

「所以待在安全的場所時，為了讓自己確實理解這裡很安全，可以放鬆精神，脫掉戰鬥用的服裝會比較好喔。光是稍微拉開胸前的拉鍊，和好好穿著就差很多。」

艾蕾娜她們在家裡會刻意穿得比較輕薄，就某種意義來說也是為了心態的切換。若要更進一步說明，是因為切換心態讓她們習慣了輕薄穿著的輕鬆感受。

「你說你現在住在旅館，不過要是你覺得廉價旅館住起來無法放鬆，最好多花點錢找個能安心的旅館。節省這方面的開支會讓你沒辦法好好休息，負面影響搞不好比節省彈藥開銷還要大喔。」

莎拉以一本正經的嚴肅態度說到這裡，輕笑使氣氛為之和緩。

「哎，畢竟你也有預算的問題，也沒辦法叫你去住更貴的旅館。不過這裡是我們家，是個我們穿得懶散邋遢也不要緊的安全場所，所以你也儘管放鬆心情吧。」

「……我明白了。」

阿基拉輕笑點頭後，解開了強化服的上半部。

莎拉也滿足地笑了笑，隨後從其他角度愉快地談起別有用意的話題。

「不是我在自豪，我們家的保全系統其實花了不少錢喔。就如我剛才說的，這也是為了說服我們自己『這裡是個可以放鬆心情的地方』。至於有多安全嘛，安全得艾蕾娜都能放心在家裡全裸走來走去喔。」

「是、是這樣啊。」

「之前你在這裡睡覺的時候，剛洗好澡的艾蕾娜也沒把身體擦乾就走來走去，在這個客廳也不例外。我有提醒她，她還是不聽。」

「呃、喔……」

對方拋來難以回答的話題，阿基拉只好姑且應聲。這時艾蕾娜拿著要給阿基拉的情報收集機器走過來。

全裸在家中晃盪的當事人艾蕾娜在話題途中來到眼前，讓阿基拉舉止顯得有些可疑。艾蕾娜注意到他的反應，面露納悶的表情。

「莎拉，你們在聊什麼？」

「在聊我們家的安全性，還有在安全的地方最好脫下戰鬥服，放鬆繃緊的神經。」

「阿基拉，是這樣嗎？」

「是、是的，是沒錯。」

阿基拉的反應讓艾蕾娜有些好奇，不過回答聽起來不像在說謊，再加上阿基拉確實褪下了強化服的上半部，她推測莎拉大概想在客廳脫衣，就沒有繼續深究。

「是喔。就如莎拉所說，適度放鬆緊張也很重要。這地方很安全，你也可以放鬆心情。」

「好、好的。」

阿基拉短促回答，語氣稍嫌生硬。見到艾蕾娜讓他腦海中險些浮現許多想像，他連忙忍住不去思考。

艾蕾娜把積了灰塵的盒子放在阿基拉面前。

「這就是要賣給你的情報收集機器。製品應該是完整的，不過萬一少了某些東西，畢竟是中古貨，你就別太追究了吧。這是千葉電子製的綜合情報收集機器，沒記錯的話，產品名稱應該叫作午夜之眼吧？只是我用起來不順手，性能本身應該還滿高的喔。」

「真的很謝謝妳。需要做起始設定之類嗎？」

「我當時試用的設定還留在裡面，這樣就能直接使用了。要是你用起來不方便，只要恢復預設值就好。回到旅館後，先測量房裡的形狀數據來確認用起來的感覺吧。你是第一次用情報收集機器吧？與其馬上到危險的荒野使用，先練習比較好。」

「好。」

「另外……哎，大概就這樣吧。對不起，我也沒有把那製品用得很熟練，所以沒辦法給你多詳細的建議。」

「不會。光是把情報收集機器賣給我，對我就很有幫助了。非常謝謝妳幫我這麼多，那麼我就回去了。」

阿基拉說完便有禮地低下頭。艾蕾娜見狀，有點疑惑地問：

「這麼快就要回去了？多休息一下再走也沒關係。」

「不了，我想回去確認情報收集機器使用起來的感覺。」

艾蕾娜也覺得不該強硬挽留，便與莎拉一起送阿基拉到玄關大門。阿基拉趕在自己對艾蕾娜表現出怪異的態度前，再度有禮地低下頭，踏上歸途。

艾蕾娜對莎拉起了些許疑心。

「莎拉，妳和阿基拉說了什麼？」

「嗯？沒什麼啊。真要說的話，我走進客廳的時候前面拉鍊開著，因為感覺到阿基拉的視線，我就把拉鍊好好拉上了。」

「啊～～原來是這樣。真是的，就算對方是阿基拉，這方面還是該有點分寸，我平常就一直這樣講……」

艾蕾娜對莎拉的回答不疑有他，雖然多嘮叨了兩句，也沒多加追究。

◆

阿基拉回到旅館後，打開了綜合情報收集機器的盒子。裡頭裝著長方形的主機，還有許多配件。阿基拉拿起配件並充滿興趣地打量時，阿爾法發出了指示。

『阿基拉，現在就把那個接上資訊終端機。』

「還有什麼事要做嗎？」

『那當然。為了能充分接受我的輔助，要大幅改寫軟體部分。』

「是喔。哎，會變得更方便就好。」

阿基拉讓情報收集機器與資訊終端機連接後，阿爾法立刻透過終端機開始掌控機器。

『明天之前就會結束，明天就到遺跡試用這機器吧。』

「之前不是說過，在能租到像樣的荒野用車輛之前，暫時不去遺跡嗎？」

『只是不會為了收集遺物去遠處的遺跡而已。為了訓練你使用情報收集機器，還是要去一些比較安全的遺跡，所以你要確實做好槍枝保養喔。』

「知道了。」

阿基拉開始保養槍枝。兩挺AAH突擊槍與CWH反器材突擊槍，這三把槍就是阿基拉當下的生命線。

他尚未熟悉使用CWH反器材突擊槍，也因此他提醒自己要更加用心保養這把槍，同時進行作業。因為一旦放鬆就好像會回想起在艾蕾娜她們家聊過的話題，他刻意更加專注於保養槍枝。

阿爾法在進行情報收集機器的掌控作業同時，也仔細觀察阿基拉。

第32話 日柄加住宅區遺跡

日柄加住宅區遺跡位在久我間山都市往西方進入荒野後前進一段距離的位置。這段距離即使是習慣荒野的獵人也難以徒步前往，但只要有荒野用車輛就能輕易當天往返。

過去在這遺跡中沉眠著許多遺物，在獵人們經年累月的探索之下，值錢的遺物絕大多數都已經被取走，現在只剩下乏人問津的廢墟。

雖然遺跡內還有便宜的遺物殘留，不過持有車輛等移動手段的獵人選擇其他遺跡的收益更佳，因此特地來此收集遺物者已經少之又少。

阿基拉以這座遺跡為目標，驅車奔馳於荒野。目的是為了練習用向艾蕾娜購得的情報收集機器。

日柄加住宅區遺跡的建築物適度密集，怪物的威脅度也低，正好適合試用尚未熟悉的情報收集機器。阿基拉自阿爾法口中得到這些說明，雖然目的不是收集遺物，這是他第一次前往崩原街遺跡以外的遺跡，對從未見過的遺跡抱持強烈的興趣。

『阿爾法，雖說是為了訓練使用情報收集機器才去遺跡，如果找到了遺物還是可以帶回來吧？』

『無所謂啊，你可以盡量找。只是因為剩下的遺物沒什麼價值，我才會說以收集遺物為目的來這裡沒有意義，對於訓練尋找遺物還是有幫助。』

『很好。』

雖說乏人問津，那大概是有本事來到日柄加住宅區遺跡的獵人的看法。應該能找到比崩原街遺跡外圍部更昂貴的遺物吧。因為阿基拉這麼認為，對收集遺物這方面還抱持期待。

當遠處的遺跡漸漸映入眼中，再稍微靠近一段距離後，阿爾法便立刻活用已被她掌控的情報收集機器。

『阿基拉，艾蕾娜她們在那邊喔。』

阿基拉的視野獲得擴增，其中一部分放大顯示。只靠肉眼的話放大也有極限，但是將透過情報收集機器捕捉的影像用於擴增顯示，就能在視野中清楚映出對象的身影。

在那影像中，他確實看見了艾蕾娜與莎拉。她們站在車輛旁邊，似乎正在等人。

『真的耶。為什麼跑來這種地方？』

最起碼也該先打個招呼。阿基拉這麼想著，前往艾蕾娜與莎拉身旁。

艾蕾娜藉著自備的情報收集機器的搜敵能力，立刻就注意到阿基拉。她揮著手迎接他到來。

「阿基拉，還真巧。來這種地方有事嗎？啊，先告訴你一聲，這裡已經沒有什麼值錢的遺物了，我不建議你在這裡收集遺物喔。」

阿基拉微微搖頭，指向裝備在自己身上的情報收集機器。

「不是，我想在這裡練習用情報收集機器。」

「啊，原來是這樣。確實這地方怪物弱，也留有不少構造複雜的建築物，就第一次於荒野試用情報收集機器來說，也許正好是個不錯的地點。」

「艾蕾娜小姐妳們為什麼來這裡？這裡也不是艾蕾娜小姐妳們會來賺錢的地點吧？」

「我們也是來訓練的。哎，正確來說不是我們自己的訓練，而是協助訓練其他人。這是我們這次接的委託。」

原來介紹給獵人的委託中，還有這種內容的任務啊。阿基拉這麼想著，神情顯得有些意外。
這時阿基拉與艾蕾娜的情報收集機器捕捉到了正在靠近的新反應。阿基拉是因為阿爾法告訴他，而艾蕾娜則是自己注意到，所有人都朝那個方向看過去。
阿基拉的視野獲得擴增，有反應的方向被放大顯示。該處有一輛車正駛向這裡。
緊接著，阿基拉的表情隨之浮現幾分疑惑。因為那輛車上的人讓他覺得眼熟。

◆

印著多蘭卡姆標誌的荒野用車輛自久我間山都市朝著日柄加住宅區遺跡前進。車上的人是克也、由米娜、愛莉三人。
克也等人由於在大規模襲擊中賺取的成果，現在某種程度上不需要領隊也能行動。雖然不能憑著自己判斷接受委託或前去收集遺物，只要有理由，他們也能獨自進入荒野。
而且多蘭卡姆還告訴克也，視今天的訓練成果優劣，會考慮把他們的待遇提升為獨當一面的獵人，因此克也充滿了鬥志。
在名義上，本次接受艾蕾娜兩人的訓練後，只要兩人也認定他們擁有充分的實力，行動時就不再需要領隊。
不過實際上這次的測驗同時也兼具多蘭卡姆對艾蕾娜與莎拉的招攬交涉，其實這部分才是重點。
如果艾蕾娜她們接受招攬加入多蘭卡姆，預定她們會成為克也等人的新領隊。當然如此一來，克也等人現在半吊子的待遇就會再持續一段時間。
不過對克也他們並未說明得這麼詳細。上級激勵他們盡量展現實力，向艾蕾娜她們爭取「既然有這份實力，領隊只是多餘」的評價。

克也幹勁十足，雖然是訓練，能與艾蕾娜和莎拉參與同一份獵人工作是原因之一，但並非唯一的理由。

「很快就要到了。由米娜、愛莉，我們一起加油吧。」

克也意氣飛揚地面對挑戰。由米娜覺得那種態度很不錯，但是看到心上人因為能與艾蕾娜她們一同行動而燃起鬥志，心裡還是有一陣陰霾。

除了這股陰霾，再加上最近克也不時顯得有心事，也讓她心中感到擔憂。為了讓自己的夥伴不要積極過度而白費力氣，她出自叮嚀的用意稍微潑他冷水。

「我們當然會加油，不過克也你也不要擅自亂來，讓艾蕾娜小姐她們看到失禮的態度。別像上次巡邏任務那樣吵吵鬧鬧，逼我出拳揍你喔。」

「就說不用擔心了嘛。妳很愛操心耶。」

「還不是因為你老害我擔心。拜託你了喔。」

「我知道啦，沒問題。我對艾蕾娜小姐她們不會擺出那種態度，她們也不會像那些傢伙那樣看待我們，所以我不會再做出那種事。沒錯吧？」

「……哎，是沒錯。」

由米娜收起矛頭。克也趁勝追擊般繼續說：

「愛莉也這樣想吧？」

克也期待的是簡短一聲「嗯」。而他的期待只實現了一半。

「嗯。」

「沒錯吧。」

「只要克也別忙著看莎拉小姐的胸部，把我們扔在一旁不管，就應該不會有問題。」

「……不用擔心這個。」

克也的回答不若剛才那樣洋溢著從容與自信，

口吻像是要蒙混了事，視線也轉向無人的方向。
目睹克也的態度，由米娜取回了銳氣。
「喂！這種時候你一定要清楚斷言吧！我們現在可是人家口中多蘭卡姆的年輕獵人代表喔！要是我們因為對女性獵人投以失禮的目光，結果評價被降低，你覺得會發生什麼事？」
「不用擔心！好了！這話題到此為止！快抵達和艾蕾娜小姐她們會合的地點了！為了達成任務，各成員開始檢查裝備！這是隊長命令！」
「真是的……」
由米娜和愛莉都知道克也打算憑著氣勢蒙混過去。不過他指示的內容並無不妥，因此她們也聽從指示，由米娜一面輕聲嘆息一面準備，而愛莉則是一如往常開始檢查裝備。
雖然在車內有些吵鬧，克也等人也相當認真地面對本次任務。

抵達了與艾蕾娜她們會合的地點，克也一下車就立刻要去跟兩人打招呼。這時他因為震驚而停止動作。
阿基拉就在那裡。克也原本以為已經死去的人現在還活著；那個人現在正與艾蕾娜她們站在一起；那個人出現在自己執行任務的場所，這一切都讓克也難掩震驚。

◆

阿基拉見到克也等人雖然有點疑惑，不過他猜想那應該就是艾蕾娜她們這次委託的對象，就不再繼續多想。他認為不該打擾他們，決定早早離去。
阿基拉告訴艾蕾娜兩人自己該走了，微微低頭後驅動摩托車駛向遺跡內部。在那之前，阿基拉與露出驚訝表情的克也視線短暫交錯，不過他並未放在心上，逕自出發。

他就這麼在遺跡內部前進，為了避免打擾到艾蕾娜他們，便充分拉開距離後停下摩托車。之後他再度仔細觀察周遭。

『……感覺和崩原街遺跡不一樣啊。』

阿基拉掃視著遺跡，露出近乎期望落空和大失所望的表情。

遺跡中幾乎倒塌的廢屋密集並排的模樣，讓阿基拉感覺到熟悉的貧民窟氣氛。從中無法聯想到過往的高度文明，也找不到那種印象，無法滿足他對未知遺跡的風景所抱持的期待。

阿爾法簡單說明：

『因為日柄加住宅區遺跡和崩原街遺跡是不同時代的建築物，雖然同樣是廢墟，氣氛比較偏向現代吧。』

阿基拉聽了露出納悶的表情，阿爾法帶著微笑補充說明。

現在文明的發展奠基於分析舊世界技術之上。所謂的舊世界是過往所有文明的總稱，並非指單一時期的文明。而過去的文明同樣曾經分析當時稱為舊世界的更古老的文明遺留的技術，這一點是已知的事實。

不論是上一代的文明，或是更久遠的文明，同樣都曾經蒐集舊世界的遺物、知識與榮華的碎片，藉此重新構築新文明。而後沉醉或沉溺於那份力量，無法駕馭而反遭吞噬，最終滅亡。

滅亡的文明成為散落於世界各地的過往碎片，成為下一代人類重新構築文明的基礎。

舊世界的歷史就是重覆著毀滅與重組的歷史。現在的文明目前仍存在，但無法保證最後不會成為重覆毀滅與重組的一部分。

阿基拉所居住的久我間山都市，在一百年後也許就會被稱為久我間山都市遺跡。聽阿爾法解釋至此，阿基拉覺得自己觸及了雄壯歷史的一小部分，有點感慨良多的感覺。

不過這先放一旁，自己在這個當下必須好好過活。他不認為了解過去沒有意義，但現在更重要的是為了明天累積今天的成果。阿基拉如此轉換了心情，開始情報收集機器的使用訓練。

他戴上情報收集機器的配件，形似細長型眼鏡的護目罩型顯示裝置。顯示裝置是以透明素材製造，不會阻擋視野。如果覺得礙事，也能往上推到額頭的位置。因為原本的持有者是艾蕾娜，配件本來就比較小型，阿基拉穿戴起來也沒問題。

情報收集機器立刻將周遭的種種資訊重疊顯示在阿基拉的視野中。阿基拉見狀，在輕微的訝異中有些不知所措。

『呃，接下來我該怎麼辦才好？』

『我正在檢查這具情報收集機器的性能，這段時間你就隨興探索遺跡內部，先習慣使用情報收集機器。』

『雖然妳這樣講，我完全不知道怎麼用……』

『平常交給我來操作就好，不過要是你完全不知道怎麼用，會很奇怪吧？我會把操作手冊顯示出來，你就發揮練習讀寫的成果，自己讀手冊努力摸索吧。』

情報收集機器的使用說明書顯示在阿基拉的視野中。這不是裝置的功能，而是阿爾法的輔助。

阿基拉也希望自己好歹能讀懂操作手冊，於是決定按照指示獨力閱讀。之後他便在說明書內容、操作情報收集機器、顯示裝置上浮現的資訊的意義等多方面夾攻下，在苦戰之中開始探索遺跡。

阿基拉憑著自己的能力，努力持續探索遺跡。

摩托車也是自己駕駛，搜敵同樣是自己使用情報收集機器進行。

不過在遭遇弱小的怪物時，阿爾法會在阿基拉注意到之前先告知。他以AAH突擊槍打倒後繼續前進。

無法自行察覺怪物的存在，問題究竟是情報收集機器的性能，還是搜敵設定錯誤？又或者其實機器已經顯示反應，只是自己沒有注意到？阿基拉在遺跡中遊蕩的同時，為自己目前的實力苦惱。

他不時走進廢屋嘗試尋找遺物，找到了長年棄置於此的餐具等雜物。

這些也算得上舊世界的製品，是舊世界遺物。不過在現代有許多替代用品，因此值不了幾個錢。

會被棄置於此，是因為賭上成本與性命挑戰遺跡的獵人們認定這並非有必要帶走的遺物。阿基拉稍微猶豫之後，最後還是放回原本的位置。

雖然廢屋內沒有值錢的遺物，構造本身倒是相當穩固。這是舊世界建造的建築物，承受經年劣化至今仍存在，牢固程度可見一斑。

阿基拉看過外觀與內部裝潢，浮現一個念頭。

『會不會有人悄悄住在這種地方啊？』

『如果真的有這種人，那一定是就連貧民窟都沒有容身之處，還能解決飲水、食物、怪物與盜賊等問題的人物吧。』

『普通的傢伙還是住貧民窟比較好，是這個意思吧？』

『就是這樣。』

阿基拉持續探索遺跡。在他發現了半毀的民房時，大惑不解地皺起眉頭。

『……這是怎麼回事？』

如果只是半毀的民房，那一點也不稀奇，但是觀察這間民房破碎的牆壁等等，看起來像是最近才遭到破壞。而且附近還留有某種龐然大物經過的跡象，再加上一部分牆壁甚至有被咬碎般的痕跡。

『阿爾法，妳不是說這座遺跡只有弱小的怪物嗎？』

『之前的情報是這樣沒錯。艾蕾娜她們也這樣說過吧？』

『是這樣沒錯。是我多想了？』

『不過那只是過去的情報。由於那次大襲擊的影響，也許這一帶的生態圈也發生變化了。也有可能是逃過討伐的怪物逃到這裡，藏身在遺跡裡的某處。不要放鬆戒心了。』

阿基拉頓時有不好的預感。那是種唯獨遇到壞事時特別準的第六感，那讓遇見阿爾法之前的阿基拉生存至今，也是讓阿基拉覺得自己運氣差的原因之一。

◆

來到日柄加住宅區遺跡接受訓練的克也等人在艾蕾娜與莎拉面前排成一列。由米娜和愛莉十分專注，但克也因為剛才見到阿基拉，顯得略為分神。

艾蕾娜對克也等人擺出有些嚴肅的表情，說明訓練的內容。

「接下來你們要自由探索這座遺跡。這是探索遺跡的訓練，而我們雖然是你們的教官，但你們應該也不需要瑣碎的指示，都到了這個程度，我們也不打算多插嘴。你們就按照自己的判斷行動。」

莎拉面露平常的笑容，繼續說：

「這裡的怪物應該不怎麼強，不過這只是『應該』，是事先得到的情報，並非絕對正確，不要忘了這件事。我們會隔一段距離監視，萬一發生什麼事就立刻向我們求助。」

「但是基本上你們判斷與行動時要當作我們不存在，只有你們三個來這裡，以此為前提行動。」

「話雖如此，絕對不要為了逞強而延後向我們求助。這已經不是訓練成績的問題了。」

「探索結束後，我們會給出評價。判斷撤退時機原本也是評價的一部分，不過這次最長只到四個小時，當然在那之前撤退也無妨。合理判斷撤退時機也是測驗的一部分。」

艾蕾娜與莎拉互看一眼，確認說明是否過度或缺少。彼此都認為沒問題而微微點頭後，艾蕾娜掃視克也三人。

「有問題嗎？沒有問題就開始吧。」

由米娜首先開口：

「說是要自由探索，請問具體上要做什麼？」

莎拉回答：

「其實思考這一點也是訓練的一部分。哎，妳行動時就當作來這裡收集遺物吧。」

「不過我記得這座日柄加住宅區遺跡已經沒有高價值的遺物了吧？」

「這部分妳就當作訓練，看開一點吧。充滿昂貴遺物和強力怪物的遺跡總不能當作訓練場所。讓由米娜你們平安回去也是我們的工作內容。」

艾蕾娜補充道：

「這裡已經沒有什麼值錢的東西，這一點我們也很明白。所以就算你們只找到廉價的遺物，我們也完全不會因此降低評價。這部分大可放心。」

話雖如此，若只有廉價的遺物還是會影響評價吧？這樣的想法浮現在由米娜臉上。艾蕾娜洞悉她的擔憂，補充說道：

「比方說決定結束搜索往下一個場所移動的間隔，或是戒備周遭的動作等，我們會從許多角度做複合性的評價，你們照常收集遺物就好。當然，如果你們能發現前人沒注意到的昂貴遺物，評價自然會上升。」

「我明白了。」

由米娜點頭結束問題後，愛莉接著開口：

「這次的探索有應當達成的最低目標嗎？依據不同的目標，行動基準也會不同。」

艾蕾娜再次回答：

「沒有。真要說的話，就是用最小的勞力換取最大的成果；確實賺取符合危險的利益；盡可能持續做出符合自身實力的最佳判斷。我認為在獵人這一行，最重要的就是這些取捨。」

雖然嘴上這麼說，艾蕾娜在心中苦笑。她自己也因為這選擇失當，一度在崩原街遺跡險些喪命。

「照理來說就如由米娜所問的，要從是否該到這座日柄加住宅區遺跡收集遺物這個選擇開始，不過這次是訓練，就以因某些理由來到這座遺跡為大前提，在這情境下做選擇。」

莎拉也察覺了艾蕾娜的想法，稍微露出苦笑。

艾蕾娜把自己的過錯先擺一旁，繼續說明：

「所以，退而求其次以盡速撤退為目標也是合理的選擇。屆時只要能對我們說明撤退的理由與之後的行動計畫，我們會從說明的內容給予評價。」

「明白了。我們不會撤退，會以有效率的探索為目標。」

愛莉的疑問也到此為止。

眾人的視線朝向尚未發問的克也。雖有問題想問，但是難以啟齒——克也這般想法浮現在臉上。

艾蕾娜看穿了他的想法，笑著催促他發問。

「不管是多小的問題，或是覺得沒必要開口的問題，有疑問就說，總勝過之後才後悔『早知道那時候就先問清楚』。現在訓練還沒開始，就算問了什麼怪問題，也不會因此降低評價。」

「好、好的。」

克也受到催促後，橫了心開口：

「請問剛才待在這地方的傢伙，和艾蕾娜小姐妳們是什麼關係？」

這問題對克也以外的眾人有些超乎預料，短暫的沉默充斥在彼此之間。

艾蕾娜與莎拉互看了一眼。愛莉一如往常面無表情，但眉心微微蹙起。

由米娜則是輕聲嘆氣後，對著克也面露微笑，將右拳猛然朝後方拉。

克也憑藉非凡的才華注意到由米娜的動靜，飛快地向後退開，逃離拳頭的攻擊範圍，隨即慌張地辯解：

「等等！不是啦！妳誤會了！這不是奇怪的意思！」

由米娜舉著拳頭，緩緩拉近距離。

「艾蕾娜小姐她們接了多蘭卡姆的委託才會陪同我們訓練，你卻挑這種時候對女性追問與男性間的關係，你要怎麼解釋才不會是奇怪的意思？」

「真的不是啦！妳記得吧？剛才那傢伙就是當時的那個人！那次大襲擊，有一個人獨自接了緊急委託吧？就是那傢伙啦！」

「我不記得。」

事實上，由米娜對阿基拉幾乎沒有印象。當時她全心專注於阻止克也，好不容易攔住他之後，根本沒有多餘的心力注意別人。

「艾蕾娜小姐，不好意思，我會馬上讓他閉嘴，希望妳網開一面，不要把這件事列入評價。」

由米娜為了避免克也的評價繼續下降，想採取物理性手段封住他的嘴。這回就連愛莉也不願站在克也這一邊。

應當阻止小隊內起騷動的隊長成為騷動的源頭，隊員試圖動用蠻力阻止隊長。就這樣的構圖而言，克也等人正在重蹈巡邏任務那時的覆轍。

不過，艾蕾娜與莎拉儘管目睹這一幕，對克也的評價卻沒有降低太多。因為事情發生在熟識的小隊成員間，如果已經築起踏實的信賴關係，一定程度的嬉鬧有助於維持從容的心態。

在危險的荒野中長時間行動時，如果緊張得連輕微的玩笑話和挖苦都說不出口，或是處於緊繃而耗弱的精神狀態，這樣的欠缺從容會導致死亡。與其緊張過度，這種程度還在容忍範圍內。

西卡拉貝這類多蘭卡姆的老練獵人們也懷著類似的想法。他們在行動時也會與夥伴們互開玩笑。

不過新進獵人有同樣的行為時，西卡拉貝等人常會因為對新進獵人的不滿，傾向將本來還在容忍範圍內的輕鬆視作過度的鬆懈。

從這一點衍伸出「既然實力不足，至少也該繃緊神經」的想法，再加上多蘭卡姆對年輕獵人的優待，成了加深對年輕獵人的輕視與不滿的原因。

克也為了安撫由米娜，一面將雙手向前伸出，一面對愛莉投出求助的視線。

「由米娜！冷靜點！愛莉也幫忙說句話啊！」

「自作自受。」

「不要火上加油啊！」

艾蕾娜覺得要等克也他們自行結束爭執，把所需時間列入評價成績也是個辦法，不過有些事讓她好奇，於是她決定出手介入。

「由米娜，總之妳先冷靜下來。」

「……好吧。」

由米娜放下拳頭，克也鬆了口氣。

「所以呢？克也，如果不是奇怪的意思，那你到底想問什麼？仔細說明清楚。」

「這個嘛……」

克也撇開了自身的感情開始說明。照常理來說應該已經死掉的人還活著令他感到訝異，另外見到那個人與艾蕾娜兩人交談也讓他好奇——克也如此解釋。

聽完之後，艾蕾娜簡潔說道：

「我明白你的意思了。不過這問題和本次訓練毫無瓜葛，這一點還是沒變吧？」

「哎、哎，是這樣沒錯……」

「那麼，看來你沒有其他問題了，就開始訓練吧。該出發了。」

克也顯得有些躊躇。既然都開口問了難以啟齒的問題，他希望能稍微得知阿基拉與艾蕾娜她們之間的關係。

不過他很快就屈服於由米娜等人無言的壓力，急忙回答：

「我、我知道了！立刻開始探索！由米娜！愛莉！我們走！」

克也快步走向遺跡，愛莉立刻跟上，由米娜則像是對艾蕾娜她們致歉般行禮，之後才跟上。

莎拉面露苦笑，她身旁的艾蕾娜則想到了阿基拉。

「我知道阿基拉也參加了那場防衛戰，聽剛才克也說的那些，阿基拉似乎也歷經了相當嚴酷的狀況啊。」

阿基拉的摩托車價格、在靜香的店裡購買的裝備費用，加上支付給自己購買情報收集機器的金額，艾蕾娜藉此推測阿基拉在防衛戰得到的報酬。

這時再加上自克也口中得到的情報，推測足以得到這般報酬的戰況。那的確是認為他已經喪命還比較合理的嚴酷狀況。

阿基拉從那樣的戰場中生還了，克也會吃驚也是人之常情。艾蕾娜如此想著，對阿基拉的實力感到幾分敬佩的同時，心情也有點複雜。

莎拉也懷著同樣的心情，簡短說出口：

「要是太過鬆懈，也許我們不久後就會被阿基拉超越，會失去身為前輩獵人的立場喔。」

艾蕾娜先是面露苦笑，隨後揚起嘴角表現從容心態。

「哎，我們都被阿基拉救過一命了，執著於前輩後輩的分別也沒意義吧？」

「這樣說也有道理。為了能在阿基拉面前多擺幾天前輩的架子，我們就先做好自己的工作吧。」

雖然曾經被阿基拉救過一命，兩人過去也累積了獵人這一行的經驗，大概還有一段時間能占據可靠的前輩獵人的立場吧。艾蕾娜與莎拉這麼想著，對彼此笑了笑，追向克也等人身後。

阿基拉持續探索遺跡，發現了和附近的廢屋顯然大不相同的宅第。這座宅第和其他建築物同樣因為年久劣化而朽壞，但大小和格局還是散發著富裕人家住處的氣氛。

阿基拉把摩托車停放在宅第附近，決定探索內部。他認為這麼氣派的建築物中也許還有昂貴的遺物殘留。

不過他的期待馬上就落空了。宅第內的房間數量之多雖然與其大小相襯，基本上已經空無一物。許多獵人懷著同樣的想法，爭先恐後取走內部的遺物而造成眼前的結果。

有些廉價的遺物如果出現在附近的廢屋，會被獵人棄置原處，但是出於「在這般豪宅中發現的東西肯定值錢」的想法，這裡的一切都被獵人們搬空了，剩下的只有堆積的塵埃。

阿基拉有些頑固地在宅第中四處探索。不過每個房間都空蕩蕩的，頂多只剩下遭破壞的家具碎片等，也因此他對室內的確認也越來越隨便。

白費功夫檢查空房間漸漸讓他不耐煩，對下一個房間只是隨便瞄了一眼就從門前走過。這時阿爾法叫住了他。

『阿基拉，等一下。進那個房間。』

阿基拉按照她說的，進入那個房間並仔細掃視房內。既然阿爾法特地發出指示，這裡應該有些東西吧？他這麼認為，注視房內每個角落。

但是不管他掃視幾次，看起來都和剛才的空房間沒有任何不同。他疑惑地皺起眉頭。

「這個房間怎麼了嗎？什麼也沒有啊。」

於是阿爾法指向房間的地面。

『有個暗門之類的通道，大概是地下室吧。我想是隱藏房間。』

地面鋪著磁磚，隙縫則積滿了灰塵。阿基拉凝視著阿爾法指示的位置後，隙縫處浮現了綠色的方框。那是阿爾法提供的視野擴增。

阿基拉靠近該處，蹲下身仔細觀察那部分後，發現有條隙縫累積的灰塵較少，用指頭勾住隙縫掀起地面的磁磚，發現底下藏著把手。

「就是這個啊？妳是怎麼找到的？」

『用情報收集機器取得數據後，用我高度的演算能力分析的結果。很厲害吧？』

儘管稱讚我吧——阿爾法明顯擺出這般態度微笑。

阿基拉對此也率直地予以稱讚。

「好厲害。」

於是阿爾法露出有些意外的表情。

『哎呀，還真率直。』

「咦？沒有啊，就真的很厲害啊。」

『如果其他時候也能這麼率直就好了。』

「其他時候是指什麼啦。」

『這個嘛，比方說……』

語畢，阿爾法的微笑轉為妖豔，阿基拉見狀就先阻止了阿爾法。

「不要換衣服！不要脫衣服！」

阿爾法捉弄他似的笑著，但還是按照他的要求沒有脫衣服。阿基拉輕嘆一口氣後，握住了地面上的把手。

阿基拉渾然不覺，這段對話其實是阿爾法的確認流程。

當自己要求稱讚，阿基拉應該會一如往常敷衍了事。阿爾法如此預測，發現結果異於預測。

預測與結果的差異，意味著阿爾法對阿基拉的觀察仍不充分，尚未完全理解他的人格。

還需更進一步的觀察以修正行動預測。阿爾法做出這樣的結論，絲毫不顯露在臉上，面露微笑。

阿基拉打開了地板的暗門，走下地下室。地下室沒有任何光源，一片漆黑。自出入口射入的光線也因為上方的房間本來就昏暗，亮度無法依靠。

既然是隱藏房間，也許還留有昂貴的遺物吧？阿基拉如此期待著，點亮攜帶照明。

在人工的亮光照明下，地下室歷經漫長時間而再度脫離黑暗現身。地下室是個四面被水泥牆包圍的空房間。除了地面、牆壁、天花板之外，映入眼簾的只有塵埃，而且就連塵埃都不多。

阿基拉對阿爾法露出難以言喻的表情，阿爾法則是試圖掩飾般回以微笑。

『很可惜，看來已經有人先找到這房間，把東西都取走了……這不是我的錯喔。』

阿基拉毫無責備阿爾法的意思。不過阿爾法的態度很罕見，好像在找藉口，讓他覺得有點有趣，於是他半開玩笑地說出突然浮現腦海的可能性。

「不是啦，也許這裡有其他隱藏房間？」

『我的調查結果中沒有，要調查得更仔細一點嗎？如果其實存在，但是我沒注意到，那就是情報收集機器靈敏度的問題。你盡量靠近牆壁和地面試試看。』

因為阿爾法的回答留有一線希望，阿基拉便決定繼續調查。

鼻尖靠到幾乎觸及牆面的距離，仔細觀察牆面上有沒有隙縫；趴在地板上尋找是否有沒堆積灰塵的地方。不過他完全找不到類似暗門隙縫的痕跡。

「……沒有啊。阿爾法，妳有找到什麼嗎？」

『很遺憾，什麼都沒有。』

「……回去吧。」

阿基拉想離開，關掉照明後打算爬上梯子。這時他停止動作，伸手關上地下室的入口暗門。

失去光源後，室內變回一片漆黑。阿基拉就這麼環顧四周，什麼也看不到。

「不行啊。我想說有隙縫的話，應該會漏出一點光線……不過仔細一想，這裡是地底下，沒有意義吧。」

阿基拉這次終於死了心，決定回到地面上。不過在那之前，阿爾法笑著告知他出乎意料的消息。

『不，我找到了喔。』

阿基拉在漆黑的地下室依然能清楚見到阿爾法的身影。因為阿爾法的身影本來就是直接顯示於阿基拉的擴增視野中的影像資訊，無關光源有無。這時他眼前又增加了除去色彩後的地下室情景。

『擴增視野後，加上了根據情報收集機器取得的數據所製成的影像資訊。雖然沒有顏色，但是很充分了吧？』

色彩鮮豔的阿爾法身影站在灰階顯示的地下室。在阿基拉眼前就像是黑白影像中只有一部分變成彩色，感覺有些不可思議。

「……變得很清楚，但妳到底找到了什麼？」

阿爾法指向地面。該處像是要標示站立位置般有個圓形的標記，圓內畫著人的腳掌形狀。

『這是用透明的螢光塗料畫的。為了讓你清楚分辨才特別凸顯，不過實際上的發光量相當低，要在近乎漆黑的狀態下，將情報收集機器的靈敏度調到最高，才能勉強辨識。』

「……要我站在這邊嗎？為什麼地下室裡會畫

這種東西？」

『這我就不知道了。』

「哎，難得都找到了，就站上去試試看吧。」

阿基拉站到圓圈內，讓自己的腳底對準地面的標誌。

下一個瞬間，阿基拉的視野中突然出現了身穿女僕裝的女性。女性就和阿爾法一樣，在黑白顯示的地下室裡具有鮮豔的色彩。

阿基拉有點吃驚，不過他認為這應該也是阿爾法的視野擴增，便將視線轉向阿爾法。

但阿爾法沒有對阿基拉顯露任何特別的反應。

『什麼也沒發生啊。』

「……阿爾法，妳想幹嘛？」

阿基拉稍微板起臉，阿爾法卻像是完全搞不懂阿基拉的態度，反倒對他露出疑惑的表情。

『你問我想幹嘛，是指什麼？』

「還會有什麼，我眼前這傢伙……」

阿基拉這麼說的瞬間，阿爾法動用強硬手段使阿基拉離開圓圈。她粗暴地操縱阿基拉的強化服，幾乎完全忽視對身體的負擔，以全力讓他脫離圓圈的範圍。

阿基拉無法跟上強化服的動作，就像是被看不見的力量撞得往後飛出去，身體也因此承受強烈負荷。全身上下都感到痛楚，他對阿爾法以表情和眼神表示不滿，不由得出聲：

「突然是怎麼了啦？」

但是阿爾法不只沒回答阿基拉的質問，甚至像是那種小事根本不重要，帶著緊張的表情和急迫的態度逼問他：

『頭痛嗎？會不會想吐？意識清楚嗎？聽得見我的聲音嗎？能清楚看見我嗎？』

阿爾法這副顯然非同小可的態度讓阿基拉一

時慌了手腳，但他為了讓阿爾法冷靜下來，盡可能一一回答。

「我、我沒事，不會頭痛也不會想吐，意識也很清楚，只是身體有點痛而已。」

『是喔。那就好。』

阿爾法的神色看來顯然放心許多，不過表情還是有幾分嚴肅。

阿基拉從阿爾法這種態度理解到，雖然搞不懂原因，自己剛才陷入了非常危險的狀態，現在暫且脫離險境了，但還不算完全安全。

『阿基拉，你剛才說你看見的某人，現在還是看得見？』

阿基拉的視線轉往人影的方向。剛才的女性已經消失無蹤。

「……沒有，現在看不見了。話說那到底是什麼？為什麼妳那麼慌張？」

『我現在就說明。剛才你也許差點就死了。』

「差、差點就死了，是怎麼回事？」

『你的大腦有類似無線電的通訊功能。我之前就這樣說明過了吧？那是人稱舊領域連結者的能力。你剛才就是因為那種能力的壞處，面臨了死亡的危險。』

聽阿爾法沒頭沒腦地說自己差點就沒命了，阿基拉非常訝異。阿爾法為了讓他情緒恢復平靜，緩慢地開始說明。

舊領域指的是一般認為與舊世界設施相連的網路，照理來說連結舊領域需要特別的連結機器，但舊領域連結者能以自己的肉體連結舊領域。

東部存在著這樣的通訊網與特異能力者。阿爾法對阿基拉說明了這些知識。

『所以，其實你也是舊領域連結者，只是你可能沒有自覺而已。你能感知我，能接受我的輔助，全都是因為你是舊領域連結者。』

阿基拉得知自己是人稱舊領域連結者的存在，但並未因此特別驚訝。因為以前他詢問自己究竟是如何認知阿爾法時，就已經聽過類似的說明了。他表情納悶地問道：

「所以呢？這和我差點死掉有什麼關係？就算那個女性只有舊領域連結者才能看見，也不至於這樣就送命吧？如果這樣就會死掉，看過妳好幾次的我早就死了才對。」

『舊領域連結者也有個人差異，會大幅影響可自舊領域取得的資訊種類和數量。而你運氣非常好，體質與我很契合。』

至於體質不合的人見到阿爾法會發生什麼事，阿爾法避開不談。

『你口中剛才看見的女性，大概是舊領域上的影像資訊。在舊世界，透過沒有實體存在的立體影像或擴增資訊，實施形形色色的輔助服務。』

人們口中的舊世界幽靈，其真面目大多是這兩類之一。在化為廢墟的遺跡遇見時，因為提供的是當時的資訊，嚮導也會走進瓦礫堆中或是帶人走到化為怪物巢穴的場所，如今這些輔助已經化為誤導具認知能力者的存在。

『不一定需要有實體，但是感覺上有人近在身旁對答，這種形式能提升某些工作的成效，普遍活用在各種領域。比方說嚮導、服務台、商品介紹等等，或是簡易的祕書工作。』

聽了這些說明，阿基拉也理解了隨便受到迷惑會陷入危險。但是這和剛才阿爾法讓他像被撞飛，兩者間感覺不到關聯性，使他依然歪著頭。

「……那個也不至於光是看到就完蛋吧？為什麼妳要那麼緊張讓我遠離？」

『我無法認知你口中的那個人影，在你眼中看起來是什麼樣子？』
「是穿女僕裝的女性，感覺也沒有危險。」
『因為本來並非有危險的功能。問題在於她屬於舊世界的存在，是當時的人類使用的裝置，有很高的機率不會顧慮現代人類的狀況。』
阿爾法的表情變得有些緊繃。
『因為認知到她的存在，可能讓她誤以為你能正常處理她送出的資訊。換言之，光是看見就已經相當危險了。』
見到阿爾法的表情，阿基拉有些畏縮。因為那是她在戰場上告知自己有危險時的表情。
「……所以呢？當對方這樣誤會，會發生什麼事？」
『這只是一種可能性，假設你見到的女性是這座宅第的管理人格，並且對你這樣問道：需要這間宅第的資訊嗎？你會怎麼回答？』
「應該會回答『好的』或『麻煩妳了』吧？」
『一旦這樣回答，你就可能喪命。』
「光是這樣就會死？」
太過唐突又超乎預料的死亡危機，讓阿基拉吃驚得大聲反問。
阿爾法再度叮嚀般繼續說明：
『我不是說過了嗎？很可能完全不考慮現代人類的狀況。有關這棟宅第的資訊也許會化為無比龐大的資訊量傳向你。』
雖然是有關宅第的資訊，只要以舊世界的標準傳送，資訊量也可能異常龐大。就算只限於宅第的地圖和構造資訊，一個不小心也可能一次收到足以就分子等級進行物理演算的詳盡又大量的資訊。阿爾法如此解釋。
『如果你的腦把超過容忍量的資訊當作雜訊而忽視，那還無所謂，萬一試圖全部接收，就會無法處理，高機率導致腦死喔。實際上因此死亡的舊領域連結者好像也不少。』

阿基拉啞口無言，過了好半晌才回過神來，深呼吸勉強讓心情鎮定下來。這段時間，阿爾法默默地等候。

『恢復鎮定了？』

「算、算是吧……阿爾法，對剛才的疑問，要怎麼回答才好？」

『這個嘛，應該要回答「不用了」，或是試著回答「以視覺上可處理的形式，想要間接性的影像資訊」也可以。』

假設真的有解析度無限的圖像，若只是短暫瞥一眼，能得到的資訊自然也相當少。可以將取得的資訊量限制在視覺能處理的程度。

『其他還有拜託對方傳輸到手上的資訊終端機，並且嘗試說明機器的接收格式，有不少手段能使用。』

如果真的能傳輸，資訊終端機大概會因為超過負荷而損壞，但是對本人沒有影響。這也是一種方法。

「只要這樣回答就沒事了？」

『不是，說起來這種方法只是對於會先徵求同意的有禮貌的對象較為安全，對打著服務名號就單方面把資訊傳過來的對象就沒有意義。』

在現代當然也有許多未經許可就擅自顯示的廣告。倘若同樣的行為以舊世界基準的資訊量進行，在看見的同時可能就已經太遲了。

阿基拉終於明白了阿爾法會那樣急忙挪開自己的原因，表情也變得更加凝重。

「……這種狀況就束手無策嗎？難道沒有方法嗎？」

得知自己是舊領域連結者，而且還有猝死的危險性，卻沒有應對手段，這實在教人無法接受。這樣的想法浮現在阿基拉臉上。

於是，阿爾法突然以不同於平常的語調開始說話，表情顯得不帶感情，阿基拉覺得似曾相識。

『為避免輔助對象生命維持發生致命性損傷，對於經由網路的資訊輸入，是否允許代稱阿爾法進行中繼處理？關於詳細的處理內容，第一……』

阿基拉回想起過去的經驗，打斷她的說明並回答：

「我允許。」

『已確認得到許可……哎，這樣一來就加上過濾器，某種程度上沒問題。』

阿爾法散發的氣氛恢復平常，阿基拉也稍微安心了。

「剛才的就是那個吧？之前做過的那個麻煩的許可程序？之前沒有事先許可，就是因為那個嗎？沒有得到許可所需的許可？」

『就是這樣。雖然之前從你那邊得到了許多許可，但不包含在那之中的項目也很多。』

「那類的許可該不會還有很多吧？」

『是啊。剩餘的數量多得數不清。具體內容我不會說明，也無法說明。理由你應該明白吧？』

語畢，阿爾法意味深長地微笑，阿基拉也笑著回答：

「我知道啊。因為回答需要花上一百年左右，而且也還沒拿到許可的許可。」

『你理解得很快，非常好。』

阿爾法滿意地笑著。阿基拉回以苦笑後，想到這樣一來猝死的可能性應該就大幅下降，感覺安心多了。

得到最起碼的安全後，阿基拉重整心情，點亮照明，再度站在剛才的位置。於是在取回色彩的房間，穿女僕裝的女性再度現身。

容貌秀麗的美女站在阿基拉面前，一身打扮與這空無一物的地下室毫不相襯，身影洋溢著栩栩如生的現實感，面露態度和善的平靜微笑。

她身穿的女僕裝完全以黑與白組成，上頭點綴的大量裝飾完全不考量實用性，只注重時尚與否。

大量使用看起來十分昂貴的布料，細緻光滑的肌膚只有臉部和頸部裸露在外。長裙下襬處隱隱約約可見一雙黑鞋，雙手則包覆在純白手套中。綁著黑髮的緞帶很長，不受重力影響般飛舞在空中。

看起來確實就在眼前，實際上卻不存在。阿基拉充滿好奇地打量眼前這與阿爾法相似的存在。

「妳看不見嗎？」

『沒問題。得到剛才的許可後，我現在也能看見了。不過對方並未認知我的存在，這一點要注意喔。』

「我懂了。所以在對方眼中，我就像是在自言自語嗎？」

『前提是她看得見。如果單純只是影像檔案，就和人型看板沒兩樣。』

「仔細一想，她從剛才就一動也不動耶。呃，妳聽得見嗎？」

女性回應了阿基拉的呼喚，畢恭畢敬地行禮。

『初次見面，請問您要辦理新進會員的登錄手續嗎？』

阿基拉無法理解女性說明的意思，但是他回想起剛才與阿爾法的對話，決定先拒絕。

「不用了。我有些事想問一下……」

『我明白了。在此靜候您日後再度使用本公司的服務。』

女性再次對阿基拉行禮，身影自此處消失。

「……這是怎麼搞的？」

『沒有實體；對呼喚有反應；一旦拒絕提議就會消失。你先離開圓圈一次，這次試著告訴她「我正在考慮，請對我說明」。』

「那我試試看。」

阿基拉先離開，然後再度站到同樣的位置。於是剛才的女性又現身了。

「我有事想問一下。」

女性再度有動作，對阿基拉畢恭畢敬地行禮。

『初次見面，請問您要辦理新進會員的登錄手續嗎？』

『為了考慮是否要入會，有幾個問題想問，可以嗎？』

這次由阿爾法先開口提問，然而女性沒有顯露任何反應。

『不行啊。阿基拉，拿出資訊終端機。』

阿基拉取出資訊終端機後，機器發出了阿爾法的嗓音。

「我會考慮看看，希望妳把資訊傳到這個終端機，能辦到嗎？」

那並非只有阿基拉能聽見的念話，阿爾法的聲音確實在地下室響起。不過女性沒有任何反應。

『看來這也不行啊。這次由你開口試試吧。』

「希望妳把資訊傳到這個資訊終端機，能辦到嗎？」

女性終於有了反應。

『我明白了。誠摯感謝您考慮使用本服務。』

阿基拉看向手邊的資訊終端機，不過看起來沒有發生任何變化。

『沒有收到檔案的反應。很遺憾，看來檔案不是這台資訊終端機能接收的格式。怎麼辦？乾脆放棄離開？』

「如果不想放棄，還有什麼辦法？」

『還有經由你接收資訊這個方法。既然可以看到她，就表示你能接收資訊。不過，就如我剛才所說的，有一定程度的危險。我會盡可能保護你的安全，但無法絕對保證。你怎麼決定？』

阿基拉短暫思索，下了決定。

「……試試看。都到了這個地步，沒搞清楚就回去會讓我很在意，況且獵人這一行本來就離不開危險吧？」

『好，那你要確實命令對方慢慢送出資訊喔。萬一感到任何異常就要馬上離開原地。只要你沒有站在那個位置，資訊應該就無法傳輸給你。』

阿基拉做好覺悟，開口說道：

「……不要傳給那個資訊終端機，盡可能慢慢地對我送出資訊。」

女性再度行禮。

『我明白了。為您傳輸資訊。』

阿基拉做好準備，萬一發生什麼事就離開現場。他已有決心和覺悟，但並未感受到任何異狀。沒有頭痛也不覺得想吐，意識相當清楚，也不覺得視野模糊。

是因為類似契合度的問題，無法接收追加的資訊之類嗎？阿基拉微微歪過頭。這時阿爾法若無其事地告訴他：

『阿基拉，結束了，已經沒問題了。』

「結束了？我沒有任何感覺耶。」

『途中我設定成不用經過你，由我直接接收資訊。為了把經由你的傳輸量壓到最低限度，簡單說就是一開始先交換聯絡方式，之後由我來聯絡對方，就能直接向她詢問許多事。』

「這樣啊。到頭來她到底是什麼？現在人也消失了。」

『要解釋很花時間，今天就先回去吧。雖然沒辦法直接賺大錢，收穫還不少。今天原本只是來試用情報收集機器，有了預料之外的成果啊。』

「是喔？哎，就這樣吧。之後再跟我說明。」

雖然搞不太懂，這次涉險似乎有了價值，阿基拉滿足地走出地下室。

第34話 暴食鱷魚

克也一行人為了接受艾蕾娜等人的訓練，進入日柄加住宅區遺跡，順利地進行遺物收集。

留下一個人擔任守衛，兩人進入廢屋，探索內部並收集遺物。過程中如果遭遇怪物，就先停止探索，全體合力擊破。

負責守衛和收集的人員有規律地輪替，以維持一定的集中力。結束廢屋探索後，三個人注意讓彼此搜敵範圍不重疊，在遺跡中繼續前進，開始下一個場所的探索。

像這樣維持緊張與放鬆的均衡，在遺跡中不停移動。

克也等人的行動可說是收集遺物的模範，以在一段距離外觀察的艾蕾娜與莎拉來看，也足以打個及格分數。

不過克也對現狀感到不滿。他讓愛莉在外頭守衛，和由米娜一起仔細調查廢屋內部，把發現的遺物拿到手中，嘆息道：

「雖然早就知道，遺物真的都是便宜貨啊。」

克也認真收集遺物，找到的卻盡是些不值錢的東西。

由米娜笑著安撫他。

「這也沒辦法吧？艾蕾娜小姐她們也說這裡已經沒剩下什麼東西了，對吧？」

「是沒錯啦。」

「好了，別因為不值錢就放著不管，還是要收進背包裡。她們是說遺物不值錢也不會降低評價，不過空手而歸還是會降低評價吧。」

「我知道啦。」

克也將舊世界製的雜貨般的遺物收進搬運遺物用的背包中。裡頭已經裝了不少就日柄加住宅區遺跡而言，質和量都算得上馬馬虎虎的遺物。說穿了就是完全沒有值錢貨。

「……正常尋找的話只能找到普通的遺物吧。如果能像上次探索崩原街遺跡外圍部那樣，借到可接收擴增資訊的情報收集機器就好了。」

「憑我們的獵人等級還不夠，拿不到租借許可。如果透過領隊申請……不對，探索日柄加住宅區遺跡這種程度的理由，肯定會被一口回絕吧。」

「……是啊，說的也是。」

雖然允許在一定範圍內自由行動，克也他們仍然在西卡拉貝的管轄之下。換言之，要拜託租借機器就要去找西卡拉貝幫忙，而且還要由隊長克也與之溝通，不但非常難以啟齒，幾乎百分之百會被打回票。

由米娜也知道克也心中這麼想，因此在途中改變了回答的內容。同時她也覺得自己挑錯話題了，便轉移話題。

「對了，那時候克也好像說過用擴增資訊看見了奇怪的東西吧？你看見了什麼？」

「咦？啊～～沒有啦，哎，現在回想起來也沒什麼大不了的，只是常見的問題。大概是因為收到的檔案怪怪的，讓我覺得不太對勁而已。嗯。」

「是喔。」

由米娜發現克也試圖隱瞞，但她提起這件事只是為了改變先前的話題，所以也沒有刻意追究。

另一方面，克也回想起當時的經驗，疑惑再度湧現腦海，同時因為免於對由米娜詳細解釋那件事情，讓他鬆了口氣。

他看到了異常美麗的裸體少女，儘管看起來是半透明——這種話克也也覺得難以啟齒。

◆

久我間山都市附近的遺跡某處，在小孩子也能抵達的位置仍留有大量高價遺物沉眠的未調查區域——這種傳聞還有人聽信的時候，多蘭卡姆也曾根據那份情報派遣部隊。

不過多蘭卡姆不會因為這種程度的傳聞就編組老練獵人的部隊。而且調查地點崩原街遺跡的外圍部非常廣大，若要很仔細地調查，就需要相當數量的人手。

於是多蘭卡姆編組了以年輕獵人為主的調查部隊，在調查的同時訓練新人。沿著廣大的圓弧部署老練獵人，確保一定程度的安全，在圓內則讓大量

年輕獵人進行調查。

只要能找到傳聞中的遺物就算賺到，要是找不到也能當作探索遺跡的訓練。克也等人就是在這樣的考量下被送進遺跡。

克也領到了平常不會借給新人的情報收集機器，可接收擴增資訊。不過這並非克也受到特別待遇。為了補足年輕獵人稚嫩的調查能力，其他年輕獵人們也領到了同樣的情報收集機器。

當時克也不是像平常那樣團隊行動，而是自己一個人在遺跡裡前進。這是因為調查地點難度較低，還有為了在廣大的遺跡有效率地調查。

雖然無法自作主張，與有領隊帶隊的小隊行動相比，遺跡探索自由度高出許多，讓克也比平常更有幹勁。

多蘭卡姆對傳聞中的遺物的見解是，遺跡內有擴增實境功能因為某些原因再度啟動，也許有人憑

著那個功能抵達了尚未調查的區域。出於這樣的判斷，要求年輕獵人們對此進行搜索。

克也同樣接到指示，裝備與情報收集機器連動的護目鏡型顯示裝置，在遺跡內部四處觀察。一旦發現人稱舊世界幽靈的現象，就要盡速聯絡上級。

克也沒見過舊世界的幽靈，一想到也許能見到有趣的東西，就覺得充滿了動力。

不過事實與克也的熱忱相反，調查完全沒有進展。因為傳聞中的遺物打從一開始就不存在，某種角度而言，這也是當然的結果。

在沒有任何成果的狀況下，唯獨時間不斷流逝，克也的不滿也漸漸累積。不滿使得鬥志衰減，令克也不禁嘆息。在幽暗的大廈陰影中，不斷重複徒勞無功的探索，因此累積的疲勞與不滿讓他略感挫折，猛然垂下頭。

就在這時，發光的東西掠過克也的視野。他不由得抬起臉，視線追逐那光芒。那是不在陰影處就難以注意到的微弱光亮，然而克也確實看見了。

除了橫越克也視野的光芒外，陰影處還有許多飛舞的光點。不過每個光點都很微弱，不時消失並不規律地閃爍。

儘管如此，那已經足夠挑起克也的興趣了。按照命令，一旦發現任何現象都必須立刻通報上級。不過克也就連命令都忘了，受到光芒引誘般朝著道路的轉角處跟了過去。

當克也看見轉角後方，他面露驚訝的表情。在光點匯聚之處站著一名全裸的少女。

少女非常美，看似成熟，但並非成年人，散發著一股雖然是個小孩子又看似成年人的奇異氣氛。照理來說，成人與孩童兩者的美無法兼得，在她身上卻以絕佳的比例毫無矛盾地並存，體現了充滿神祕感的容貌。

克也因為少女那超乎現實的美貌而不由得看得出神，但是他注意到少女的裸體外還有其他超現實的要素，便立刻回過神來。因為少女的身體呈現半透明，能隱約看見她背後的廢墟。

「這、這就是人家說的舊世界幽靈嗎？確實看起來是半透明……啊，要關掉顯示裝置才行。」

一旦發現貌似遺跡的擴增實境功能的現象，為了避免遭到誤導，要先關閉顯示裝置，並且通報上級。這是上級指示的處理程序。克也按照程序關閉了情報收集機器的擴增實境功能。

克也因為疑惑而皺起臉。明明已經關閉功能，少女的身影卻沒有消失。

克也以為自己操作失誤，不斷調整不習慣使用的機器的設定。儘管如此，少女的身影沒有任何變化，依然存在於眼前。

就在這段時間內，有如幽靈般半透明的少女面露微笑靠近。

（……這狀況，是不是有點不妙？）

克也感到莫名的焦急，放棄關閉機器的擴增實境功能，立刻聯絡上級。

「那個，我是克也。現在我面前……」

他的通訊對象是多蘭卡姆的男性，對方回話時語氣聽起來有點傻眼。

『這裡是本部。你是幾號？報上編號。』

「……我是58號。」

『了解了。58號，是怎麼了？』

莫名傲慢的態度讓克也有些不滿，但他反而因此稍微恢復了鎮定。

「在遺跡中，那個，發現了人稱舊世界幽靈的現象。不過關閉擴增實境功能也沒有消失。」

『你等一下。把你的情報收集機器與本部連動來確認…………58號，本部無法確認你所說的那個

狀況。』

「我沒有說謊！我真的無法關閉機器，也真的看見了！」

克也不由得反駁，男人回以嫌麻煩似的話語。

『沒人說你說謊。那裡是遺跡內部，可能只是通訊不良，擴增顯示的檔案沒傳送到這邊。擴增實境功能無法關閉也可能只是某些故障。冷靜點。』

「……我明白了。」

『這邊會派遣其他人過去，確認能否從你的位置接收檔案，在那之前你就在原地待命。為防萬一，不要切斷與本部的通訊。』

「……了解。」

在克也與多蘭卡姆的人交談時，少女已經來到身旁，在彷彿只要他想要就能觸及的距離，面露微笑跟他交談般動著嘴唇。但是克也什麼也聽不見。

雖然半透明但美麗絕倫的全裸少女，就在身旁對自己面露毫無敵意的微笑，這樣的狀況讓克也有些害臊，也不知視線該往何處擺。

除去少女半透明的身軀這一點，簡直就像存在於眼前。克也不經意地朝著少女伸出手，隨即看到自己的手穿透少女，體認到她果真是擴增實境的影像，這下克也終於鬆了口氣。

克也漸漸習慣當下狀況，仔細觀察少女的嘴型。勉強抑制意識不集中在那姣好的形狀上，試著從她的嘴型判讀她在說什麼。然而他搞不懂。

「……嗯？」

就在這時，克也有種奇怪的感覺。依舊聽不見少女的說話聲，儘管如此，他卻有種自己隱隱約約能夠理解話中內容的感覺，彷彿聽見了錯覺般的無聲之聲。

他感到不知所措的同時，凝神傾聽少女發出的無聲之聲。持續集中精神。他依舊聽不見隻字片語，卻覺得自己似乎聽見了某些聲音。為了聽得更清楚，他更加集中精神。

於是，短短一瞬間，他覺得自己真的聽見了聲音。克也因疑惑而皺起臉。同時，不知道是不是錯覺，少女臉上的微笑變得更深了，原本半透明的身體也變得更加色彩鮮明。

就在這時，明顯不同於少女的聲音傳到克也耳中。

「喂，到底發生了什麼事？」

聲音來自名為富上的少年。他和克也同樣是多卡蘭姆的年輕獵人，接到上頭的指示，便前來一探究竟。

克也注意到富上，轉頭面向他。

「啊啊，我找到了好像是上頭要找的舊世界幽靈。」

富上同樣裝備著可接收擴增資訊的情報收集機器。他開啟了擴增實境的功能，掃視克也身旁的範圍，但是沒有看到克也口中的現象。

「在哪裡？」

「在這裡。」

「你說的這裡是哪裡？」

「就是這裡啊……奇怪？」

克也想指向少女，但在該處沒有少女的身影。

富上表情顯得有些傻眼，向上級聯絡道：

「這裡是87號，已抵達指定位置。無法發現58號報告的現象。」

『這裡是本部。收到。』

克也慌慌張張地插嘴：

「等等，我是真的看到了！」

『剛才不是說過了嗎！沒有人在懷疑你說謊！58號！不要為了小事吵吵鬧鬧！』

克也因此不再開口。富上顯得更傻眼了。

『58號與87號的調查範圍就固定在這周遭。兩人一同搜索58號報告中疑似遺跡的擴增實境功能的現象，那可能是唯獨在特定條件下才能察覺的存在，也可能和地點或時間、方才的行動或檔案接收設定有關。各種可能性都試試看。要是有其他發現就立刻報告，知道了嗎？』

「87號，了解。」

「……58號，了解。」

在這之後，克也兩人按照指示搜尋剛才的女性，但是到頭來都沒有找到，最後被視作情報收集機器故障，或是某些通訊混亂造成的結果。

◆

克也在收集遺物的過程中，想起在崩原街遺跡遭遇的經驗。

（……結果那到底是什麼啊？）

回想起來，那確實是一次不可思議的體驗。克也因此不由得不時想起這件事，對收集遺物的專注力也降低了。愛莉注意到他的變化。

「克也，你在想什麼？」

「沒有，沒什麼。抱歉，我會集中精神。」

「我很好奇。」

愛莉筆直凝視著克也。這樣的言行是因為她想更加了解意中人。

不過克也無法理解這樣細微的情愫，再加上不曉得老實回答會得到什麼反應，於是他決定顧左右而言他。

「對了，也差不多該收工了。叫由米娜過來，決定接下來的行動吧。由米娜！回來這邊！」

愛莉也知道克也意圖轉移話題，不過看見克也擠出誇張的笑臉並呼喚由米娜時的模樣，她決定不多追究。

防衛戰之後，克也臉上不時浮現陰霾。只要克也本人充滿朝氣，愛莉就沒有不滿。

克也一行人聚集起來，檢查塞在搬運遺物用的背包中的遺物量，而且一致同意今天收集遺物的行程就到此為止。

但是每個人的滿足度並未一致。由米娜和愛莉的表情顯示她們覺得這樣的成果已經可以接受，但克也微微板著臉，顯露內心的不滿。

「……我說喔，收集了這些遺物，能夠換到多少錢？」

克也的問題可說明知故問，而愛莉也回以理所當然的答案。

「與舊世界獨特技術相關的遺物數量稀少，恐怕不值昂貴的價格。」

「我想也是……」

雖然事先就知道了，當愛莉冷靜地把事實擺在眼前，還是讓克也大感失落。

見到他垂頭喪氣的模樣，由米娜出言安撫。

「沒關係啦。艾蕾娜小姐不也說過了？就算只找到廉價的遺物，也不會以此為理由降低評價，更重要的是我們怎麼找到這些遺物。重點在於工作過程，而且她們一定都看在眼裡了。儘管放心吧。」

事實上，艾蕾娜確實仔細觀察著克也等人的工作過程。

藉著情報收集機器遠距離觀察守衛的舉動，同時確認過守衛是否能察覺位在附近的怪物。在克也等人進入廢屋收集遺物時，她們也會靠近到建築物旁邊，隔著牆壁偵測內部的狀況。

靠近的時候與由米娜對上視線，艾蕾娜在嘴唇前方豎起指頭，示意她不要提起。

由米娜也笑了笑，默默點頭回應。同時她認為自己之所以會注意到艾蕾娜她們的存在，是因為她們兩人故意讓自己發現，也認為這是在測試自己會不會保守祕密。

正因如此，由米娜不會說出根據，但她能懷著自信告知他們，艾蕾娜兩人確實在觀察著他們。

克也相信了由米娜這番話。儘管如此，他的表情依然顯得有些不開心。

克也等人走出廢屋後，打算回到一開始的出發地點。

獵人工作是持續到平安歸來才算完成——抱持這樣的觀念，由米娜和愛莉都謹慎地在遺跡中前進。因為一旦路上發生意外，至今為止的成果都會白費。她們心裡這麼想著，告誡自己直到最後都不能鬆懈。

克也同樣認真維持專注，但他也認為現階段的成果還不夠，無意識間期待著其他事發生。

他知道光是憑收集遺物的成果也能讓自己的實力正常得到承認，然而在心底深處，有個聲音嘶吼著：這樣還不夠。

如果只擁有平庸的實力，就會在異常的情況中平庸地死去。如此一來就無法幫助夥伴、無法幫助大家——這般近似強迫症的想法，鞭策克也追求更進一步的實力。

在這種想法的逼迫下，提升至極限的集中力刺激了克也非凡的才華。於是克也注意到情報收集機器所顯示的細微反應。

一旦注意到，接下來只要提升那部分的搜敵靈敏度即可。更改設定後，將搜敵範圍限制在剛才的場所周邊，尋找位在遠方的反應來源。他立刻就查明了來源。

「由米娜、愛莉，幫忙調查那邊。」

由米娜兩人也各自用情報收集機器調查克也找到的反應。因為位置已經確定，兩人馬上就發現那個反應。

在那個位置，遺跡的通道前方有個大型怪物的身影。由米娜以情報收集機器的望遠功能看見那龐大的身軀，頓時苦澀地皺起臉。

「那是暴食鱷魚吧？為什麼會在這裡……」

暴食鱷魚是種個體差異非常大的生物類怪物。形似爬蟲類，尾巴分岔為兩條，以及擁有強勁得能撕裂任何物體的牙齒與上下顎，這些部分是個體間的共通之處，不過其他部分的差異程度大得足以令人誤以為是不同種的怪物。

原因在於暴食鱷魚那堪稱異常的適應力，能讓食物的內容直接反應在自身上。

食用金屬就能長出金屬鱗片；吃了陶瓷就會長出陶瓷鱗片；如果吃了其他生物類怪物，甚至能生成與之對應的身體組織的鱗片。

還不只如此。如果攝食了具有機槍的機械類怪物，該個體的背上就會長出槍枝；攝食了戰車的個體就會長出大砲與機槍等戰車裝備，甚至還能在腹部長出履帶。

而且只要吃越多，身體就會變得越大。雖然一公尺左右的小型暴食鱷魚也不少，然而只要環境允許該個體生存，就有可能成長為超過數百公尺的龐然大物。

愛莉的表情也為之緊繃。

「日柄加住宅區遺跡之前應該沒有暴食鱷魚棲息。危險。」

克也等人發現的暴食鱷魚尺寸相當於大型卡車，鐵與水泥似的鱗片代表了它是食用遺跡的廢屋成長的個體，身上沒有大砲之類的武器。

儘管如此，它依舊擁有能撕裂金屬的下顎、硬如裝甲的鱗片、生物類怪物特有的異常生命力，同樣是相當強悍的怪物。

對方似乎尚未發現，不過克也等人為防萬一，躲進了廢屋後方，仔細觀察暴食鱷魚的動靜。

雖然因為意料之外的強敵出現而吃驚，由米娜理解到對方尚未察覺，精神便鎮定下來。於是她笑著稱讚克也。

「克也，真虧你能發現。」

「厲害。」

愛莉也簡短稱讚。

「好。幸好它也不在前進方向上，就這樣別讓它發現，繼續前進吧。」

「冷靜撤退就沒問題。就算遭遇其他怪物，只要避免吵鬧盡快打倒，應該不會被發現。出發。」

「先等一下。」

克也叫住了由米娜兩人。他的表情非常認真。由米娜兩人見狀，面露疑惑的表情。緊接著他說出的話語讓兩人的表情驟變。

「由米娜、愛莉，我們三個人來打倒那隻暴食鱷魚吧。」

「……等等，你在胡說什麼啊？」

「莫名其妙。」

兩人強烈否決不單只是拒絕提議，而是質問克也腦袋是否正常。儘管如此，克也還是繼續說了。

「因為對方沒有注意到我們，我們一定能出其不意。它在通道另一頭，敵我之間沒有遮蔽物，而且對方無法遠距離攻擊。事先沒有通知我們訓練內容，因此我們盡可能準備了最佳裝備來這裡。在對方逼近之前，能以高火力的槍單方面攻擊。這麼好的條件都湊齊了，我認為我們的實力也能取勝。」

克也以認真的態度試圖說服由米娜與愛莉。但是他的態度並非樂觀地認為「所以我們一定行」，而是散發著「湊齊這麼多優勢條件還不夠嗎？」的悲觀氣氛。

由米娜理解了克也並非一時興起才提議討伐暴食鱷魚，儘管如此，她的判斷依舊維持在那只是冒不必要的危險。

「我反對。我們正在進行收集遺物的訓練，平安返回也是訓練的一部分。特地找沒有注意到我們的怪物交戰，根本沒必要冒這種危險。更何況暴食鱷魚也不是憑著『能打贏』這種理由就能挑戰的對手吧。克也，你到底在想什麼？」

克也大概還會堅持己見吧。由米娜這麼認為，刻意加重語氣否定。她覺得這樣一來，就算之後採多數決，愛莉倒向贊成派，因此決定與暴食鱷魚交戰，也能事先消除克也那沒來由的樂觀心態。

但是克也沒有徵求愛莉的同意，反倒是稍微垂下頭。

「……這樣啊。就憑我還贏不了吧。」

克也在經歷防衛戰後不時顯露的陰霾頓時清楚浮現。

「是我不好，忘了這件事吧。我們走。」

克也抬起臉，強撐起笑容，準備開始移動。

由米娜兩人原以為他會堅持己見，所以有些納悶地對彼此露出意外的表情。

由米娜雖然嘴上完全不留餘地，其實她不認為與暴食鱷魚交戰的提議有那麼糟糕。

就如克也所說，我方擁有所有優勢條件。只要能打倒暴食鱷魚，獵人等級也會更容易上升。艾蕾娜她們也在附近，一旦她們判斷這些人的選擇太過魯莽，非常有可能出手制止。能避免最糟的狀況。

愛莉的想法也類似，因此她以視線對由米娜詢問：「真的沒辦法嗎？」既然克也沒有選擇多數決，她知道自己贊成也沒意義。

俗話說先喜歡上的就吃虧，由米娜確實對克也較為寬容。如果那是形同自殺的行為，由米娜會直接出拳、用槍威嚇，就算不惜開槍也會阻止他，但是這次的行為不到那種程度。再加上愛莉的懇求，她便決定讓步。

「克也，先等等。」

克也對她露出納悶的表情。愛照顧人的由米娜回以苦笑。

「只要附加其他條件，我可以改到贊成那邊。我先找艾蕾娜小姐確認看看，你等一下。愛莉也一樣，要是這樣還不行，就要放棄喔。」

克也有點吃驚，愛莉則是隱約顯露幾分喜色。由米娜看著兩人的反應，聯絡艾蕾娜。

◆

艾蕾娜以高性能的情報收集機器持續對周遭搜敵，因此比克也更早注意到暴食鱷魚的存在。

但是暴食鱷魚沒有遠距離攻擊能力，再加上有段距離，艾蕾娜確認它沒有發現克也一行人之後，判斷基本上置之不理也無妨。因為訓練內容是收集遺物，並非討伐怪物。

這時由米娜傳來聯絡。艾蕾娜聽了由米娜的提議後略感吃驚，不過最後接受了她的提議。

莎拉的表情顯得意外。

「艾蕾娜，真的好嗎？那種『來收集遺物卻沒什麼成果，乾脆順便獵殺怪物』的想法，妳不是不太喜歡嗎？」

莎拉自己也曾數次對艾蕾娜提出這種提議而被

她阻止。因為有過去的經驗，莎拉看到艾蕾娜答應由米娜的請求便有些意外。

其實艾蕾娜是擔心莎拉的安危才會阻止她。不過要是坦白這麼說，莎拉也許反而會意氣用事，所以艾蕾娜才會搬出「輕率切換行動方針是下策」這種理由阻止莎拉。這次她也順著這個理由回答：

「是啊。不過我沒打算把這想法強加在其他獵人身上。對多蘭卡姆而言，既然有機會獵殺就該趁機殺掉吧。多爭取討伐怪物的實績，也會更容易接到運輸護衛之類的任務。」

「啊～～原來如此。」

「不過，如果由米娜他們什麼也不說就攻擊暴食鱷魚，只憑他們的實力打倒就獨占成果，萬一無法打倒也認為反正我們會出手幫忙——如果他們的想法這麼天真，那就得狠狠扣分才行了。」

由米娜對艾蕾娜她們提議攜手討伐暴食鱷魚。

艾蕾娜所說的「行動時當作我們不存在」這句話，她單純解釋成「只是沒有共同行動」。因為知道附近有老練獵人在，就向她們尋求協助。

而且還明言他們會先發動攻擊，希望艾蕾娜與莎拉盡速趕到現場，並且加入攻擊。

至於他們與艾蕾娜兩人在分配討伐暴食鱷魚的報酬方面，由米娜希望依據她們兩人抵達所需的時間來決定。

實際上，艾蕾娜兩人就在他們附近，打從一開始就能參加攻擊。由米娜明知如此卻提出這樣的提議，是要將兩人抵達為止的時間當作評斷自身實力的依據。

若艾蕾娜她們自稱在附近而馬上參加攻擊，表示她們判斷克也等人實力不足，需要立刻支援。相反地，若她們自稱位在遠處而晚一步參加攻擊，就表示她們對克也等人的實力給予較高的評價。

至於提議被打回票的狀況，就表示艾蕾娜她們認為克也三人要和暴食鱷魚交戰實在太過魯莽。

艾蕾娜也明白她的用意，接納了她的提議。之後對莎拉簡單說明，莎拉也理解了狀況。

「對艾蕾娜來說，這個提案本身不是扣分的對象嗎？講得難聽一點，對於克也他們，我們的支援就是保險，我認為這和帶著護衛與暴食鱷魚交戰沒有差別吧。」

「雖然只是口頭約定，先和其他獵人談好報酬分配，事先設想自己的小隊無法戰勝而設下保險，在安全的狀況下戰鬥，那就不是依賴撒嬌，而是穩健。我願意給高分。」

這時艾蕾娜無所畏懼地笑了笑。

「不過，假設之後他們毀約，聲稱只憑他們的實力擊倒，就得換個角度來打分數了。」

倘若這種狀況發生，對克也等人的評價會跌入谷底。艾蕾娜認為由米娜對此應該也心知肚明，才會提出這種提議。不過萬一真的發生了，身為教官的她就會無情地打分數。

「就這樣，莎拉，我們也快點就定位吧。啊，先期待克也他們的表現，只要覺得有一點危險，就由我們出手解決，妳先做好心理準備吧。」

莎拉也覺得要是她們輕輕鬆鬆就解決怪物，克也三人想必也會失望，因此決定手下留情。

「嗯～～妳不覺得讓他們稍微陷入苦戰也是訓練的一部分嗎？」

這時艾蕾娜面露有點愉快的得意表情。

「不行。我們也是獵人，既然對方向我們提出共同討伐的提議，就沒有理由把獵物過度讓給對方。沒錯吧？」

莎拉也愉快地笑著回答：

「哎，這樣說也對。這方面就得看克也他們能努力到什麼地步了。」
「就是這樣。」
艾蕾娜與莎拉也是獵人，對於報酬與報酬的分配一點也不打算退讓。
莎拉活用她身為身體強化擴張者的身體能力，跳躍到附近建築的屋頂上。隨即找到了狙擊的位置，如此一來就算克也等人稍微移動，也不會進入她的射線。她輕鬆舉起若沒有強化服等級的力氣就難以拿起的大型槍。
槍膛中已經裝填了強力的穿甲榴彈，威力足以輕鬆貫穿厚實鐵板，自內部破壞目標。只要艾蕾娜以情報收集機器調查的目標個體資訊無誤，只消這一發就十分足以擊破目標。
瞄準已經完成，接下來只要扣下扳機即可。莎拉在這種狀態下輕輕吐氣，面露認真的表情，開始觀察狀況演變。

艾蕾娜以情報收集機器捕捉暴食鱷魚的身影，隨即舉起狙擊槍。這把槍已經經過改造，能與情報收集機器連動，提升了命中率。至於純粹的威力，則靠著加裝改造零件達成。
使用的子彈是強化貫穿力的穿甲彈。威力雖然比莎拉的子彈低不少，但只要靠情報收集機器找出敵人的弱點，正確狙擊腦部之類的重要器官，就能造成致命傷。
艾蕾娜收集到的檔案同時也會傳給莎拉，莎拉的瞄準能力因此飛躍性提升。
艾蕾娜兩人就定位並做好事前準備，現在她們已經進入狀態，隨時都能擊破暴食鱷魚。

◆

由米娜對艾蕾娜提議完，切斷通訊之後，先輕輕吐出一口氣。

她覺得就算提議被拒絕也無可奈何。那就代表了艾蕾娜認定他們接下來要做的事就是那麼魯莽。

然而艾蕾娜接受了提議，既然如此，由米娜也做好了覺悟。她認為這等於艾蕾娜認同光靠他們三個人也有可能打倒暴食鱷魚——她像這樣刻意往積極的方向解釋，藉此做好覺悟。她深呼吸一次，吐出胸中的懦弱，隨後對克也他們露出笑容。

「得到同意了。那隻暴食鱷魚就由我們來打倒吧。」

「……由米娜，真的好嗎？」

克也不知所措般問道，由米娜露骨地擺出一副傻眼至極的表情。

「克也，你要講這種話就要更早一點。我都已經跟艾蕾娜小姐談好要動手了喔，如果你認為還是算了，那你要自己去聯絡艾蕾娜小姐。」

這句話讓克也取回了鬥志。他頓時振作起來，吹散了臉上若隱若現的陰霾。

「不，沒那回事。我們上吧……由米娜，謝謝妳。」

「讓我費了這番功夫，一定要確實打倒喔。」

看到克也的笑容，由米娜顯露遮掩羞澀般的態度。

「我知道啦。愛莉，不好意思沒問妳的意見，不過拜託妳幫忙打倒那傢伙。」

「我會努力。」

愛莉放鬆平常的面無表情，臉上顯露幾分幹勁，點頭回答。

「很好！我們上吧！」

克也三人對彼此露出笑容後，滿懷鬥志就戰鬥位置。

克也等人決定打倒暴食鱷魚，做好準備並抵達各自的戰鬥位置。而且藉著由米娜的機智得到艾蕾娜與莎拉同意，因此克也等人的鬥志高昂。

儘管如此，即將與強力怪物交戰還是讓他們難掩緊張。各自穩定呼吸，集中精神，維持適度的緊張。之後為了配合開火的時機，以認真的表情對彼此使了眼色。

雖然得到了艾蕾娜等人的支援作為保險，代價是克也他們必須盡快打倒目標。如果動作慢吞吞，目標會被艾蕾娜她們搶先擊破。

以最大火力突襲，在受到艾蕾娜她們支援之前，一鼓作氣確實打倒。按照這樣的作戰計畫，所有人都換上了重視火力的槍與子彈，剩下的就只有做好覺悟而已。

克也準備發出開火指示。

「要上了。5、4、3……」

萬一目標逃走，憑克也等人要追上去擊倒幾乎是不可能的事。因此他們並未設想這種狀況。他們假設敵人會全速直線奔向這裡，決定將火力集中於頭部以求擊破。

「2、1……」

對方中彈之後恐怕會狂怒而全速奔來。在對方逼近至此處之前確實打倒。克也等人為了執行這項方針，集中精神、按捺顫抖、將力氣注入勾著扳機的指頭。

「0！」

三人手上的槍枝同時猛烈噴火。

無數子彈奔馳過半空，直擊在地上緩慢爬行的暴食鱷魚的頭部。強力子彈的彈雨直射敵方的臉，針對大型怪物的子彈擊碎身體表面的硬質鱗片，削剮肉體。碎裂的鱗片與肉片一同四處飛濺。

不過這種程度的傷害與巨大的生物類怪物的生命力相比，等同於擦傷。暴食鱷魚因為自身中彈而注意到敵人存在，展現與龐大身軀不相襯的敏捷，改變身體的方向，朝著克也等人猛然衝刺而來。

儘管沐浴在激烈彈雨之下，大型怪物不但沒有逃走，反而更加速奔馳而來，那情景的魄力非同小可。敵人的反應一如預期，這也是他們期望的狀況，但克也三人還是不禁表情緊繃。然而他們並不畏縮，繼續開槍射擊。

讓濃密的彈幕持續灑向敵人。就算瞄準稍嫌失準，總是能擊中那龐大身軀的某處。彈幕由對抗怪物專用的子彈所構成，換作弱小的怪物早已經灰飛煙滅。

但是暴食鱷魚從正面承受三人份的火力，依然沒有絲毫畏縮的舉動。龐大身軀被無數子彈擊中，儘管強韌的鱗片剝落，子彈鑽進底下的肉體，還是憑著驚人的生命力繼續前進。

這隻暴食鱷魚在不具有任何遠距離攻擊能力的方向上成長至今，為了逼近並吞食敵人，讓身體正面的裝甲長得較為牢固。鱗片受到槍擊而剝落前，已經迫使克也三人消耗了大量彈藥。

再加上它像是忘記了逃走這個概念，擁有不顧一切朝獵物衝刺的意志力。儘管頭部稍微被削剮也毫不畏縮，只管猛然奔向獵物。

隨著與暴食鱷魚的距離越來越近，克也三人的表情漸漸浮現焦急。現在是他們單方面攻擊對方，然而仍遠遠稱不上占上風。

克也咬緊牙關持續射擊；由米娜與愛莉也傾盡全力戰鬥。即使如此，還是無法阻止暴食鱷魚繼續前進。

就算拚了命戰鬥，這也已是極限。憑著火力壓制，最多只能盡量減緩進攻速度。面對這種狀況，克也心中萌生一絲怯懦。

這樣戰鬥下去就能贏。只要持續開火，徹底剝除敵人正面的牢固鱗片，朝著肉體裸露的頭部集中火力就能贏。他腦海中冷靜的那部分如此告知。

但同時也告訴他已經快要來不及了。恐怕再過不久，艾蕾娜兩人就會出手介入。換言之，克也實力即將被認定為需要勞煩艾蕾娜她們出手相助的平庸水準。

儘管克也萬分焦急，他的才能也平靜地告訴他：已經沒有顛覆情況的手段。

自己的實力果真不夠嗎？終究只有這種程度嗎？沒有顛覆狀況的實力嗎？這些念頭接連浮現，剛才萌生的怯懦漸漸增長。

克也渴求力量。如果自己擁有更多力量，在防衛戰時就能免於失去夥伴，能救回更多夥伴，能回應正拚死呼救的聲音。他一直這麼想著，為了回應那聲音而追求力量。

因為如果沒有那種力量，自己恐怕無法承受那些尋求拯救的聲音。

因極度專注導致感覺時間流逝的速度變慢的世界，克也突然想起阿基拉。

（如果我也有那種力量……）

只需展現一次實力，就能讓看輕並鄙視自己的所有人閉嘴認同的力量；魯莽闖進必死無疑的絕境中，儘管如此依然能生還的力量。

就算沒有任何夥伴，獨自一人也能顛覆狀況的力量。只要有那份力量，肯定連眼前狀況也能顛覆

——克也不禁索求那份力量。

（……混帳！我想要！不管誰都好！不管是什麼都好！給我同樣的力量……！）

克也祈求。憑著他罕見的才能產生極度的專注狀態，注入自己的一切來祈求。極限的專注力從知覺剔除了不必要的資訊，從世界奪走色彩，以白色覆蓋一切。

在那白色的世界中，少女面露笑容。

下一個瞬間，克也舉著的大型槍所擊發的子彈命中了暴食鱷魚的頭部。如果只是命中，對強韌的生物類怪物影響甚微。然而那顆子彈不偏不倚地命中了已經擊中頭部的其他子彈。

互相撞擊的子彈碎裂，變成散彈在暴食鱷魚的體內四射。每一塊碎片都在目標內部造成破壞。

緊接著擊出的子彈同樣高速撞擊其他子彈，撕裂肌肉、擊碎骨頭，造成莫大傷害。下一顆子彈也是，再下一顆子彈也不例外，自槍口射出的子彈全都持續對敵人帶來每一顆子彈能造成的最大損傷。

儘管如此，暴食鱷魚還是憑藉其堪稱異常的生命力存活。不過它姿勢已經嚴重失衡，步伐也放慢許多。

克也三人見機不可失，立刻瞄準動作變慢的敵人，朝著頭部轟出大量子彈。暴食鱷魚鱗片剝落而裸露的頭部持續沐浴在彈雨之下，大概在頭失去原型的一半時，這才終於喪命。

克也他們持續射擊，沒有立刻察覺暴食鱷魚已死，過了好一陣子才注意到，因而停止射擊。

克也等人確實理解到我方勝利，臉上浮現洋溢著成就感的笑容。

克也歡呼道：

「成功了！打倒了！我們真的辦到了！」

由米娜先是安心地吐氣，看到克也開心的模

樣，便欣喜地微笑。

「哎，能打倒真是太好了。雖然有點危險。」

愛莉也罕見地稍微加強表情，自豪地笑道：

「勝利就是勝利，沒問題。」

克也三人看著夥伴們的臉龐，互相稱讚彼此的奮鬥，分享這份喜悅。

◆

艾蕾娜與莎拉見證了克也他們的奮鬥，但是兩人的感想不大相同。莎拉笑著純粹讚賞他們的奮鬥，艾蕾娜的表情則顯得有些不解。

「艾蕾娜，怎麼了嗎？」

「有點怪……那種憑著生命力衝過來的怪物，一般來說動作會漸漸變慢吧？但是剛才突然放慢速度，讓我有點在意。」

「偶然間擊中弱點了吧？」

「弱點喔……」

艾蕾娜實在不認為那種面對面直衝而來的怪物的弱點會在身體正面。

不過暴食鱷魚是個體差異相當大的怪物，弱點剛好長在正面也不值得訝異。這部分艾蕾娜還能理解。

不過，如果弱點很容易遭到擊中，一般來說在成長到這個體型之前就會死亡。就算弱點剛好位在身體正面，那部位應該也會非常小。需要對快速移動中的目標發揮高精密度的射擊，通常無法擊中。

非常細微的弱點偶然存在於敵人前方，子彈偶然擊中該處。要將這一切用偶然來解釋，機率未免太低了。這讓艾蕾娜匪夷所思。

儘管如此，機率並不是零，而且實際上也成功打倒了。再加上，假使那真的不是偶然，而是某種必然，自己無法找出原因的話，身為教官也只能評以偶然成功的評語。想到這裡，艾蕾娜中斷思考。

「偶然嗎……哎，人家說運氣也是實力的一部分嘛。」

看到艾蕾娜語帶保留，莎拉有些調侃般笑道：

「難道我們沒辦法打倒那隻暴食鱷魚真的讓妳那麼失望？」

艾蕾娜笑著回答：

「這我不否認。畢竟我們也是獵人，讓獵物逃走了，當然得表示遺憾之情。」

艾蕾娜與莎拉半開玩笑地對彼此輕笑，結束了這個話題。

「那麼，莎拉，為了避免再節外生枝，今天就趕緊回去吧。」

艾蕾娜她們與克也等人會合後一起回到車上，就這麼離開了日柄加住宅區遺跡。

◆

阿基拉調查了日柄加住宅區遺跡的豪華宅第，在宅第地下室得到預料之外的收穫。雖然不知道具體內容，阿基拉從阿爾法的態度推測，期待那是很有益的成果。

探索至此也能告一段落，決定今天就這麼踏上歸途。阿基拉走出建築物後，乘著剛才停放在外頭的摩托車，打算離開遺跡。

但是阿爾法立刻阻止了他。她透過摩托車的控制裝置使其當場停車，阿基拉面露納悶的表情。

『阿爾法，現在是怎麼了？今天不是要回去了嗎？』

『阿基拉，提高警覺。還有，準備好ＣＷＨ反器材突擊槍。』

因為阿爾法指定的不是ＡＡＨ突擊槍，而是ＣＷＨ反器材突擊槍，阿基拉也明白了附近有需要動用那武器的強力敵人，讓他繃緊了表情。

『……話說妳發現了什麼？』

『再等一下。靠你的情報收集機器，我也難以發揮在崩原街遺跡那種蒐敵能力。為防萬一，你先不要動，輕率行動會更容易被發現。』

『……了解。』

阿基拉跨坐在摩托車上，手持ＣＷＨ反器材突擊槍，像過去藏身於巷弄角落時那樣壓抑氣息，抹消存在感。之後他緩緩掃視周遭，靜靜等待。

寂靜飄盪在四周。東部的大氣無論何處都含有低濃度的無色霧，雖然還不至於引發通訊障礙，仍會吸收原本應該能聽見的聲音，妨礙巨響聲傳遞到遠處。

但是阿爾法確實捕捉到了那聲響。

『不行，被發現了。沒辦法，就打倒吧。』

『要打倒什麼？……嗚喔！』

摩托車在阿爾法的駕駛下突然發動。強烈的慣性施加於阿基拉的身體，但阿爾法同時事先控制強化服，將他牢牢固定在摩托車上。多虧如此，阿基拉沒有被摩托車甩下車。

下一個瞬間，砲彈從空中墜落。砲彈擊中了距離阿基拉有一小段距離的民房，讓半毀的廢墟朝全毀更靠近了幾步。

『是怪物的砲擊嗎！』

『就是這樣。要逼近後打倒。小心不要被摩托車甩下去了。』

『了解。』

阿基拉右手持ＣＷＨ反器材突擊槍，左手握著龍頭把手，乘著摩托車奔馳於民房林立的遺跡。

民房之間的間隔還算寬敞，寬度足以讓摩托車通過。但是自半毀的廢墟散落的瓦礫凌亂散布在地上，因此照理來說無法高速行駛。

然而摩托車在阿爾法驚人的駕駛技術下輕易駛過通道，對坐在上面的人的顧慮就顯得稍嫌缺乏。

遇見較大的瓦礫擋住道路，阿爾法便將地面的瓦礫當作跳躍台，讓摩托車凌空飛起，同時使車身猛然橫向壓低。於是摩托車將兩個輪子壓在道路旁的牆面上，維持九十度傾斜在巷弄中前進，避開了那塊較大的瓦礫。

阿基拉表情僵硬。

『摩托車應該是在地面行駛的交通工具吧！』

阿爾法得意地笑著回答：

『但不是除了地面就無法行駛的交通工具。』

『是這樣喔？』

『現在不就正在行駛嗎？』

『真有道理！』

阿基拉有些自暴自棄地回答時，摩托車回到地面上行駛。雖然無法發揮最大加速，還是以相當快的速度縮短與目標之間的距離。

在這段時間，砲擊並未停歇。瞄準的精準度相當差，但那絕非無差別轟炸，確實正試圖擊中阿基拉。那表示敵人也擁有類似情報收集機器的功能，藉此掌握阿基拉的位置。

不過那樣的砲擊並未擾亂阿基拉的平靜。由於阿基拉經歷過成群加農砲機械蟲的狂轟濫炸，這種程度的砲擊就連小雨都算不上。

最後，阿基拉以肉眼捕捉到敵人的身影。

正以砲火攻擊阿基拉的是一隻體長近乎二十公尺的暴食鱷魚。外表是全身披著金屬鱗片的八腳爬蟲類，背上扛著複數砲台。兩條尾巴又粗又長，只要甩動那強韌的尾巴，似乎能一擊破壞尺寸不小的廢屋。

暴食鱷魚也注意到阿基拉正在接近，轉動砲台試圖瞄準獵物。

但是阿基拉的速度更快，他已經架起CWH反器材突擊槍完成瞄準。

阿基拉抵達能以肉眼看到目標的位置之前，在阿爾法的輔助下得到擴增的視野中已經清楚映出位在遮蔽物後方的目標。這是拉近與對象間的距離並提升情報收集機器的靈敏度後，阿爾法分析機器取得的數據所得到的結果。

同時，要在摩托車行駛途中以後座力強的大型槍射擊目標，一般來說非常困難，但是對有阿爾法輔助的阿基拉而言易如反掌。

CWH反器材突擊槍發出咆嘯聲擊發穿甲彈。子彈高速奔馳過半空，不偏不倚地衝進暴食鱷魚的砲口，直線穿過砲身，貫穿並破壞了砲台內部的構造。

砲台受損似乎讓暴食鱷魚感到劇痛，龐大的身軀痛苦掙扎。猛然甩動的兩條長尾粉碎了附近的民房，要讓四散的瓦礫砸向阿基拉，並試圖以尚未被破壞的大砲直接轟擊他。

墜向阿基拉身旁的瓦礫就算無法擊中，散落在地面上也會成為障礙物，降低摩托車的機動性。同時暴食鱷魚背上的砲台轟出砲彈，貫穿並攪亂彈道上的空氣，炸飛了彈著點的民房。

但是這些激烈的攻擊還遠不足以殺死阿基拉。

阿爾法已經完全看穿敵人的射線，讓阿基拉不停朝安全的位置移動。盛大四散的瓦礫也很容易判讀軌道，就算稍微被擊中，損傷也遠比挨一發砲彈輕微。至於散落著無數瓦礫的路面，憑藉其高度的駕駛技術，應付上也不成問題。

在這狀態下，阿基拉不斷以CWH反器材突擊槍開火射擊，接連破壞敵方的砲台、尾巴、腳部。

在阿爾法的瞄準輔助下一次也不曾落空，而且還分毫不差地擊中最有效的位置，漸漸奪走暴食鱷魚的武裝與移動力。

雖然前提是受到阿爾法的輔助，阿基拉因為CWH反器材突擊槍高於預料的火力而心情雀躍。

『威力好強！幸好買了這把槍。和加農砲機械蟲戰鬥時也有這把槍就好了。』

『槍是用那次的報酬買的，這也沒辦法。』

『這我也知道啦。』

『只要拿到更精良的裝備，就更容易打倒敵人。如果你確實感受到這一點了，就要為了取得更高性能的裝備，好好努力。』

『知道了。』

阿爾法面露誘惑般的笑容，阿基拉也笑著回答她。

失去了四條腿和一條尾巴，再加上砲台也僅存一座，暴食鱷魚這下終於明白自己陷入劣勢了。

它消耗生命力，自腿部斷裂之處長出了連鱗片都沒有的全新腿部，隨後便憑著蠻力撞開擋路的瓦礫與廢屋，開始逃命。

阿基拉目睹那模樣，面露有些意外的表情。

『逃走了？怪物也會逃走喔？』

『不分生物類或機械類，怪物只要受傷或損壞到一定程度，當然也懂得暫時撤退。只是大概在那之前就會殺死目標或被殺，所以很少見而已。這代表了它擁有充沛的生命力。』

『哦～～』

事實上，一旦理解當下情況不利，會逃走的怪物也不少。阿基拉之所以感到意外，是因為至今為止攻擊他的怪物都沒有選擇逃走。

而且就算他注意到這件事，也只會當作自己運氣不好，不會因此產生更進一步的猜想。

『哎，也有個體差異的問題。暴食鱷魚的個體差異也特別大，也許是因為那個體擁有砲擊能力，才擁有與敵人拉開距離的概念。』

阿爾法這番話，阿基拉只當作小知識而充滿興趣般聽著。實際上其中包含了遠遠超過小知識程度的貴重資訊，但是阿基拉渾然不覺。

『話說你打算怎麼辦？既然對方逃走了就置之不理？我是比較希望趁這個機會打倒它，多少提升獵人等級。』

『也對。既然是對方主動找上門來，也沒有道理放過它。追上去打倒它吧。』

『好。我們走吧。』

暴食鱷魚移動的同時撞開了路徑上的一切，開出了一條平坦大道。阿基拉乘著摩托車沿著大道加速追趕。

◆

在駛向久我間山都市的歸途，艾蕾娜想起了阿基拉。阿基拉有可能已經離開日柄加住宅區遺跡，不過她覺得還是該告知他暴食鱷魚的存在，便與他聯絡。通訊立刻就接通了。

『喂？我是阿基拉。』

「我是艾蕾娜，現在有空嗎？」

『啊～～不好意思。老實說我現在有點忙，如果不是急事，可以晚點再說嗎？』

阿基拉的口吻有幾分歉疚，但是完全沒有焦急的感覺，聽起來單純只是現在有點忙。

「是這樣啊？對不起。其實沒什麼大不了的。我們在遺跡裡面遇到了名叫暴食鱷魚的怪物，想告訴你如果還在遺跡裡就要多留意一下。只是這樣而已。」

『我知道了。我會多注意。』

「萬一遇到了，又是強得難以應付的個體，可以躲進遺跡深處的豪宅裡頭。那棟建築物相當牢固喔，要在那裡躲到怪物離去，或是聯絡我們支援你也不難。」

『沒問題。請別擔心。』

「是喔？那就這樣了。改天見。」

艾蕾娜切斷通訊，稍微感到安心。因為她沒來由地覺得也許阿基拉也同樣遇到暴食鱷魚了。

但是她從阿基拉的態度判斷那只是杞人憂天。他應該沒有遇到暴食鱷魚，或是雖然遇到了，對方只是能輕鬆擊倒的較弱個體吧。她這麼想著，切換心情並繼續前進。

◆

阿基拉乘著摩托車，舉著ＣＷＨ反器材突擊槍，同時回覆艾蕾娜：

『沒問題。請別擔心。』

『是喔？那就這樣了。改天見。』

經由掌控資訊終端機的阿爾法，兩人的對話以念話進行。結束通話後，阿基拉凝重的表情添增了一抹苦笑。

『阿爾法，我姑且再確認一次。那傢伙是我能應付的個體，這樣想沒錯？』

阿爾法回以充滿自信的笑容。

『當然了。不用說，前提是有我的輔助。』

『那應該沒問題。繼續吧！』

阿基拉以ＣＷＨ反器材突擊槍射擊。射出的穿甲彈貫穿了敵人牢固的鱗片，穿透肉體後從另一側衝出。儘管如此，目標還是完全沒有畏縮的跡象。

在阿基拉面前，巨大的雙頭暴食鱷魚正發出帶著怒意的低吼聲。

阿基拉與雙頭暴食鱷魚交戰不久前，在遺跡中橫衝直撞想逃離阿基拉的暴食鱷魚發現了已被克也等人打倒的同種的屍體。

暴食鱷魚雖然擁有堪稱異常的適應力，能讓食物的特色反映在自己身上，不過材料和身體還是有是否相合的問題。最不相合的就是人類，吃下人類也無法長出人類的手腳，單純只是消化而已。

而最相合的就是同種的暴食鱷魚。然而暴食鱷魚不會同族相殘，遇到屍體雖然會吃，但暴食鱷魚的身體在死後會以很快的速度腐壞，因此一般也不會食用。

不過剛死的同族屍體就另當別論。暴食鱷魚發現了腐壞程度低，也很相合的材料，立刻就張嘴咬向屍體，撕咬肉塊。

優異的相合性讓材料立刻開始反映在身體上，同種的身軀出現於自身，變化為雙頭暴食鱷魚。於是它不再逃走，再度襲向阿基拉。

雙頭同時張大了嘴，要將阿基拉連同附近的地面一起吞食。它使勁甩動尾巴，一面粉碎廢屋一面衝向阿基拉。

阿基拉靈巧駕駛摩托車閃躲。雙頭暴食鱷魚沒有咬中阿基拉，將大量瓦礫連同地面一同吞嚥，周遭的建築物則被尾巴撞飛，平整的地面漸漸擴張。

阿基拉閃躲著這些攻擊的同時，對準敵人的頭部、嘴部、腳部、軀幹等部位，以CWH反器材突擊槍擊出子彈。強力的穿甲彈撕裂目標的腳、貫穿軀幹。從嘴巴衝進體內的子彈自另一側衝出，擊中頭部的子彈則破壞了強韌的鱗片。

儘管如此，暴食鱷魚還是活著。斷裂的腳立刻開始再生，在軀幹上開出的洞也立刻就止血。憑著兩隻暴食鱷魚的生命力強硬治療幾近致命傷的重傷，維持個體的戰鬥力。

即使全身都被穿甲彈打穿，因為吞食了其他個體的影響，這次它並未選擇逃走，而是對阿基拉死纏爛打。

阿基拉也不免板起臉。

『阿爾法！這樣真的有效吧！』

『攻擊確實有效。它為了復原重傷，不斷消耗體力。只要持續射擊，它遲早會餓死。』

『餓死？』

『沒錯，餓死。為了再生而不停讓細胞自我吞噬，但平衡遲早會崩潰而餓死。哎，當然也有可能在那之前就因為重傷而死。』

全身都被子彈射穿，死因卻是餓死。這話讓阿基拉有種奇妙的感覺，不過他還是繼續開槍。

雙頭暴食鱷魚新長出來的那個頭部單純只是攝食器官。阿基拉好幾次開槍射穿那頭部試圖破壞，卻無法造成多大的損傷。就算中彈也能馬上開始再生，雖然留下了扭曲的傷痕，傷勢只需短暫時間就痊癒。

而另一顆頭則有好幾層強韌的厚實鱗片覆蓋，用穿甲彈也無法擊穿。打中能破壞鱗片，但立刻會有新的鱗片自內側隆起復原。

也因此，就算憑著阿爾法的精密射擊連續擊中相同部位，也沒有太大的意義。

阿基拉的表情已經顯得十分厭煩。他板著臉，卸下CWH反器材突擊槍再度打空的彈匣後拋棄。

『沒完沒了啊。阿爾法，真的沒問題嗎？就算遲早能獲勝，我們會不會先把子彈用光？』

『我想應該沒問題。但是戰鬥拖得太久的確不好。沒辦法了，動用保險吧。』

『保險啊……』

阿基拉短暫煩惱，但是他轉念一想，保險就是為了這種時候所準備。切換心態後，將保險用的彈匣裝進ＣＷＨ反器材突擊槍。

做好覺悟後，阿基拉跳下摩托車。靠著阿爾法的輔助立刻站穩身子，用手穩穩握住ＣＷＨ反器材突擊槍，舉槍預備射擊，以雙腳使勁支撐身體，壓抑開槍時的後座力。

緊接著，阿基拉將準星轉向雙頭暴食鱷魚其中一顆頭，也就是裝著大腦的頭部，隨即扣下扳機。

在擊發的同時，憑著強化服的身體能力也無法完全抵銷的後座力將阿基拉向後推。

這次使用的子彈是ＣＷＨ反器材突擊槍的專用彈，只要擊中弱點，甚至能一發破壞戰車。威力如此高的子彈擊中了目標的頭。

在這瞬間，中彈部位開了一個大洞。一般穿甲彈頂多只能傷害到強韌鱗片層層重疊的裝甲表層，這次卻輕易貫穿並轟飛了目標。

專用彈破壞並轟飛彈道上的物體，在目標身上打穿了一個足以看見對面的大洞，甚至貫穿了目標背後的射線上的廢墟，彈頭最後消失在遺跡深處。位在彈道上的暴食鱷魚的腦在這瞬間就被轟飛了。

儘管身體能憑著強韌的生命力不斷再生，一旦沒有驅動身體的大腦就無法動彈。暴食鱷魚當場斃命，因為中彈時的衝擊而稍微被抬升的身軀猛然墜地，發出巨響頹然倒下。

阿基拉幾乎愣住了。

『……真誇張的威力。這就是專用彈啊。雖然貴得沒辦法事先試用，威力真不愧對價格啊。』

『專用彈是為防萬一所準備的保險，這下已經用掉了。價格不菲啊。』

『……這個嘛，就當作幸好事先買了這顆專用彈吧。』

阿基拉原本是為了練習使用情報收集機器才來到此處，不過同時也接了與泛用巡邏任務類似的討伐任務。可根據打倒的怪物的紀錄領取報酬，或多或少能補充彈藥費。

都打倒了這麼強悍的怪物，雖然用掉昂貴的子彈，肯定不會虧損吧。阿基拉這麼想著，看到阿爾法面露意味深長的微笑，也回以有點僵硬的苦笑。

隨後阿基拉乘著摩托車離開遺跡。今天探索日柄加住宅區遺跡，同時也為了訓練使用情報收集機器，途中遇到許多出乎意料的狀況，這下終於告一段落。

阿基拉回到旅館後，一面保養槍枝一面與阿爾法討論在日柄加住宅區遺跡發生的事。

『然後，那隻怪物叫暴食鱷魚。就分類上屬於生物類怪物，但是擁有將吃掉的東西融入自身的能力。那隻個體之所以有砲台，大概就是在某處吃了戰車之類吧。』

「真是亂七八糟。就算吃了戰車，正常來說也不會長出砲台吧。」

『哎，這種怪物就是這樣。不知道是將吃下的武器和兵器在體內修理，或是分析之後重新生產，這部分大概是個體差異吧。』

也因此，捕食機械類怪物而成長的暴食鱷魚常被誤認為是其他種類的機械類怪物。阿基拉得知這一點後，回憶起自己對暴食鱷魚的第一印象的確是鱷魚型的機械類怪物，感覺得到了解釋。之後他突然想到。

「妳對怪物好像知道很多，那妳知道那種怪物為什麼存在嗎？」

『只知道一部分。不過我只是擁有這些知識，並非經過自己調查，所以推測的部分也不少。知識的來源是祕密喔。因為解釋起來很麻煩，可別問我啊。』

阿爾法說完得意地笑了笑，阿基拉對她回以苦笑。

「我知道啦。話說那種暴食鱷魚之類的怪物為什麼會存在啊？」

『恐怕是某些研究的實驗動物逃出來，在荒野野生化了。八九不離十吧。』

在研究製造軍事用的高階生化人的領域，曾經研發過擁有類似生物的自動修復功能而不需維修的機器；也曾試圖將可修理並製造自身零件的機器與人類合而為一。

研究並開發能實現這些構想的奈米機械後，將爬蟲類當作實驗品做測試。然後基於某些原因，自研究所外流的個體在外界野生化。

至於外流的原因，也許是單純的事故，或研究設施因戰爭遭到破壞，又或者是有誰出於惡意製造後在野外放生等等，可能的理由相當多——阿爾法如此結束說明。

阿基拉聽完，皺起眉頭露出有點厭惡的表情。

「不管是什麼理由，給後人帶來的麻煩可大了。舊世界的人到底在想什麼啊？」

於是阿爾法神情愉快地笑了。

『哎呀，我覺得這方面的想法和現代沒有太大的差別喔。只是因為技術非常進步，能做到很多事情，不由得就想實際嘗試。這點不分古今都相同。至於是不是因為分寸拿捏失準，毀滅了自己的文明而加入舊世界的行列，目前還不清楚就是了。』

「所以，現在的文明也有可能因為在某處有某個人闖禍，於是在明天就毀滅了？」

『也許喔。』

「……哎，不管世界要因為什麼原因毀滅，拜託撐到我死掉的時候。」

阿基拉不假思索地這麼認為。如此事不關己般的感想也體現了阿基拉對世界的看法。

接下來，話題轉向在遺跡宅第的地下室見到的女性。

「還有，到頭來那位女性是怎麼回事？」

『那個就類似非實體的人力派遣服務。那個地下室內設置了可連結舊領域的機器，不只一定要在那個限定的位置，連結對象也受限，我認為那並不是有泛用性用途的機器。』

阿基拉面露有些疑惑的表情。

「……人力派遣？可是實際上沒有人吧？」

『世界上有很多工作只要能感知狀況並對答如流就能做好喔。』

「有這種工作喔？」

阿基拉露出納悶的表情，阿爾法得意地指向自己的臉。

『有啊。證據就在你眼前不是嗎？』

「有道理。」

於是阿基拉也點頭接受。僅止於此。在宅第的地下室，而且是隱藏的房間，派遣沒有實體但身穿女僕裝的美女。情境引人遐想，然而阿基拉欠缺這方面的知識。

阿爾法也不會刻意告訴他。假使阿基拉表現出某些反應，也許從明天起阿爾法的服裝就會轉為以女僕裝為基礎的打扮，但這種狀況不會實際上演。

『阿基拉，我先給你忠告，在那個地下室有連結舊領域的連結機器這件事不可以告訴任何人，也不可以去找出機器，拿出來賣掉。』

「為什麼？那是舊世界製的貴重裝置吧？只要賣出去應該很值錢啊。」

阿爾法以認真的表情加重語氣回答：

『絕對不行。』

阿基拉只是提出單純的疑問，回應卻是嚴肅的忠告，阿基拉感到驚訝的同時，也從阿爾法的態度理解到背後有其重大理由。

「我知道了，我不會說出去，也不會拿去賣。不過妳至少告訴我理由。」

『能連結舊領域的機器是非常貴重的遺物。因為實在太過貴重，取得場所和取得方法都被詳細調查清楚的機率非常高。而在調查過程中，一旦對方發現你是舊領域連結者會非常危險。』

「……真的那麼危險嗎？」

『是的。我過去沒有清楚跟你說你是舊領域連結者，是因為我判斷如果你沒有自覺，曝光的機率也會跟著下降。不過既然你有了自覺，就一定要保密才行。你最好當成萬一被別人發現，下場就是求生不得，求死不能。』

阿爾法接著開始對阿基拉詳細說明舊領域連結者的實用性與危險性。

最糟糕的狀況下，如果還活著就會成為人體實驗的對象，死了也會為了分析腦部構造而遭到精密解剖。阿基拉聽完這番話後，臉色變得非常差，怨嘆道：

「……坦白說，我真不想知道。不，還是勝過沒有自覺就被逮到吧？等等，我還是不想知道！」

『其實只要自己不講，就幾乎不會穿幫。我也會從旁輔助。而且有些人會謊稱自己是舊領域連結者，只要多注意就好。』

「為什麼會有人撒這種謊？」

『舊領域連結者因為其特質，大多是優秀的資訊處理者。有實力的駭客為了宣傳自己的能力，有時會撒這種謊。不過真正的舊領域連結者反而會保密才對。』

阿基拉用力嘆息，猛然垂下頭，顯露非常沮喪的態度大約十秒，不過之後他突然使勁抬起臉。

「很好！我因為是舊領域連結者才能遇見阿爾法，所以才能活到現在！我的運氣很好！就這樣決定了！」

阿基拉不是說給別人聽，而是為了說服自己才清楚斷言。語畢，他便完全切換了心態。雖然手段稍嫌強硬，他憑著氣勢蒙混過去了。

阿爾法看到阿基拉的反應，微笑道：

『阿基拉，從打擊中重新振作是很好，但是你太大聲了。剛才雖然沒問題，要是有人聽見可就不妙嘍。自己多注意。』

阿基拉恢復理智，聲音有點顫抖地再度問道：

「……好、好險。剛、剛才真的沒事？」

『沒事。能夠聽見你說話聲的範圍內沒有其他人，也沒有竊聽器之類。我已經確實調查過了，沒事的。』

阿基拉安心地鬆了口氣。阿爾法也明白了阿基拉確實理解問題之重大，神情滿意地微笑。

『那麼，可怕的話題就到此為止，接下來說明這次的收穫吧。』

阿基拉看到的女僕裝女性，是舊世界企業的非

實體形式人力派遣服務，透過舊領域而顯示。

那就代表了該服務與舊世界企業的設施或現在仍運作中的遺跡相連接。若能連接上設備依舊在運作的遺跡，可為東部的人們帶來莫大的利益。因為那是取得舊世界知識、技術、產品，以及其他諸多相關事物的重要手段。

在東部，與舊領域的連結手段能以非常高的價格買賣。如果能賣給統治企業或獵人辦公室，可換得龐大的金錢。

阿基拉聽了阿爾法的說明，理解了那份價值。然而他不覺得那對當下的自己能帶來直接的利益。

「……我明白那是很了不起的收穫了，但是具體來說要怎麼轉換成我們的利益？我如果賣了連結機器或機器設置地點的情報，買家就會知道我是舊領域連結者，這樣不行吧？」

『除此之外還有很多方法能為你帶來利益喔。

連結對象是名叫里昂茲提爾的企業，雖然是舊世界的企業，有一部分的設施現在仍在運作。里昂茲提爾似乎在各地設置了自家的連接終端機，藉此經營事業。我取得了連接終端機的設置地點和分店的位置。』

話題終於來到簡單明瞭的利益上，阿基拉也挑起嘴角。

「我懂了。要去那些地方找遺物吧？」

『就是這樣。當然那些場所就是舊世界遺跡。如果是其他獵人尚未發現的遺跡，想必還留有大量的遺物吧。』

不久前，遺跡未調查部分尚有大量遺物沉眠的謠言一度甚囂塵上，驅策許多獵人投身調查。那次謠言並非事實，這次的情報聽起來相同但千真萬確，而且還是整個遺跡。阿基拉不由得叫道：

「好！我們馬上去！」

但是阿爾法安撫般否決了這個提議。

『還不行，至少要忍耐到你取得荒野用車輛。因為有可能要出遠門，只有摩托車的話還有些不安，況且也很難帶回大量遺物吧？』

「……目前只能先放著啊。不過，有個簡單好懂的目標也會讓人比較有動力。為了取得手段，同樣要好好加油。」

如果真能順利找出未發現的遺跡，就可以從沒人碰過的遺跡取得沉眠其中的大量遺物。阿基拉胸口充滿了對此的期望，保養裝備的動作似乎也變得更加勤快。

接下來阿基拉提起情報收集機器。

「對了，我的情報收集機器的訓練狀況怎麼樣？印象中妳完全沒有特別指出什麼耶。」

『我會給的評價是，完全不行。』

「……啊，是這樣啊。」

『今天的主要目的是確認我用你的情報收集機器時，能達到多精密的搜敵，所以你用不著在意。因為發生了很多事，這方面我已經瞭若指掌了。』

「哎，那就好。」

『對了，情報收集機器裡面還留有艾蕾娜使用時的檔案喔。』

「還留有什麼檔案？」

『很多。像是久我間山都市周邊遺跡的內部構造，跟怪物的掃描結果等等。還有不是用這台情報收集機器取得的數據，也有調整各功能輸出時的數據。艾蕾娜恐怕試過很多遍了吧。不過既然有我在，這些數據都派不上用場，我會把檔案刪掉。』

「是喔。我也不太懂，就全交給妳處置吧。」

『在刪掉前，你要不要確認一下內容？』

「嗯？那就看一下。」

『知道了。』

大概就像過去那樣擴增自己的視野，顯示出怪物的身影吧？阿基拉原本這麼想，卻看到出乎意料的光景而愣住。顯示在擴增後的視野中的影像，是艾蕾娜和莎拉的裸體。

艾蕾娜的苗條體型並非消瘦，而是削減了不必要的要素，純粹凝聚了必須的要素而成。光澤亮麗的健康肌膚使那身軀更加光采四射，功能美與肉感的艷麗與美感，三者毫無衝突地同時並存。

莎拉姣好豐滿的胸部充滿顯而易見的誘惑。腰肢與臀部柔和線條的起伏，以及緊緻的肌膚、胸前深溝的陰影，都更加提升了整體的魅力。

兩者只是方向不同，雙方的裸體都充滿魅力。艾蕾娜與莎拉毫無保留地展現姣好的身軀，不愧對美女之名的臉上掛著符合兩人個性的笑容，同時投向阿基拉。

目睹恩人的裸體讓阿基拉受到衝擊，也不禁有

點看呆了。他回過神來，同時叫道：

「先暫停！阿爾法！妳到底想幹嘛！」

『沒什麼啊，只是顯示殘留的檔案。如果顯示單純的數字，你大概也無法理解，所以就像顯示我的模樣一樣經過繪圖處理。』

「為、為什麼是裸體啊！」

『我怎麼知道。也許是擷取數據的時候沒穿衣服，或是因為把重複的檔案統整在一起，衣物就放在其他檔案。』

「好、好了，馬上給我消掉！」

艾蕾娜與莎拉的身影自阿基拉的視野中消失。一旁的阿爾法面露出乎意料的表情。

『用不著這麼慌張吧。你不是說過你很熟悉這種事了？』

阿基拉一隻手摀著有點紅的臉，對阿爾法投出責難般的視線。

「要看對象和狀況！」

『是這樣喔？』

「就是這樣！」

阿基拉用力嘆息，繼續保養裝備。但是剛才艾蕾娜與莎拉的模樣仍烙印在眼底，他忙著抹去不時浮現腦海的恩人的裸體，保養工作遲遲沒有進展。

阿爾法仔細觀察著他的反應。

◆

艾蕾娜與莎拉結束在遺跡的工作回到自家，但工作本身尚未結束。包含將克也等人的訓練內容寫成報告書交給多蘭卡姆，都是工作的一部分。

艾蕾娜在工作間裡使用頭戴型的資訊終端機製作報告書。她剛剛才簡單洗過澡沖去一身汗水，因此打扮一如往常。

這時裸露度比艾蕾娜低的莎拉走進房內。話雖如此，萬一阿基拉見到她這身打扮，同樣會不知該把視線往哪裡擺。

殘留在阿基拉的情報收集機器裡的艾蕾娜與莎拉的檔案之所以是全裸，就是因為艾蕾娜為了確認機器性能，調查自家與她們自己時，打扮就類似現在這樣。

製作報告書的工作落在艾蕾娜頭上。莎拉並非不會寫報告書，但是考慮到與多蘭卡姆的往來以及調整細微的遣詞用字等等，全部交給艾蕾娜處理，報告書會更加得體。

因為這樣，莎拉今天未對艾蕾娜的打扮多加置喙，把飲料遞給她。

「謝了。」

「艾蕾娜，報告書寫到哪了？」

「嗯？目前的進度是在不算恭維的範圍內稱讚克也他們。」

艾蕾娜回想起委託契約書的內容，輕笑道：

「目前多蘭卡姆的年輕獵人在某些部分口碑不大好，為了洗刷這些負面風評，希望有外部的獵人給予高評價……幫派那邊是否有這樣的意圖先撇開不談，我覺得克也他們的表現已經很不錯了，而且只靠他們三個就打倒了暴食鱷魚。」

「喔～～」

這方面的判斷已經全面交給艾蕾娜，莎拉並不在意她要如何描述克也等人的活躍，反倒是回想起其他事。

「啊，艾蕾娜，我記得妳說過，這次的委託也許是招攬我們加入多蘭卡姆的伏筆，對吧？」

「哎，也有可能只是我想太多。多蘭卡姆似乎想招攬獵人擔任培育新人的教官，我覺得有這個可能性。在過去的委託中，好幾次讓我們與克也他們一起行動，也許就是為了這個目的。」

「招攬啊……目前我們一直持保留回答，妳有什麼打算嗎？」

「一旦加入了恐怕就無法輕易脫身。如果對方要我馬上做決定，我會拒絕。因為多蘭卡姆那邊也明白這一點，不會催促我們回答。我們就慢慢考慮吧。」

多蘭卡姆提出的條件其實還不錯，但也沒有優渥到讓她們一口答應，因此艾蕾娜希望慎重考慮。

「莎拉，妳的看法如何？如果妳的意見偏向同意，我也會朝著更積極的方向來考慮。」

「坦白說，我還在迷惘。艾蕾娜怎麼看？」

「有好有壞。隸屬於多蘭卡姆能更安全地活動，這是事實。裝備應該會比現在充實，也能得到許多支援。像是之前因為妳的奈米機械補充費用而傷腦筋的時候，應該能得到少許援助。」

莎拉凝重的表情透出一絲苦笑。

「妳搬出這一點，我就無話可說了……」

「不過，一旦加入多蘭卡姆，肯定會失去一直以來擁有的自由。可能會把一點也不想做的工作強推給我們，組織的束縛想必也很麻煩。」

補充奈米機械的費用與莎拉的性命息息相關。對於這項維生費用，若能準備越多保險，基本上都應當欣然接受。

不過也因此必須考慮多蘭卡姆挾持莎拉的性命當作人質的危險性。非常可能以萬一需要時的支援作為條件，在契約額外添加限制艾蕾娜與莎拉行動或選擇的內容。

艾蕾娜與莎拉無論就好或壞的角度而言，都已經習慣兩個人的獵人工作，身為獵人自由地生活至今。對她們而言，失去這份自由的意義重大。

自己的性命雖然重要，但因為自己的性命給好友帶來麻煩或增加擔憂，莎拉同樣不願意。看到莎拉因此而苦惱，艾蕾娜溫柔但堅定地微笑。

「不好意思像是把選擇推給妳，不過我覺得各方面比較艱難的還是妳，所以首先由妳選擇。幸好還有時間慢慢考慮。不管妳要怎麼選，我都不會有怨言。」

「謝謝妳，艾蕾娜。我會慢慢考慮。」

莎拉因多年好友的關懷而感到開心，她也對艾蕾娜回以笑容。

◆

克也回到多蘭卡姆的據點後稍事休息，之後便來到設施的室內射擊場，直接開始射擊訓練。

射擊場附設的槍枝是室內訓練用的改造槍。雖然無法使用實彈，但能完全重現射擊時的後座力等條件，在此可進行不遜於使用實彈的射擊訓練。

標靶雖然是影像，彈道計算相當精密，就算將標靶設定在數公里外，也能近乎正確地重現彈著點。因為是模擬程式，在訓練中無法使用的昂貴子彈也能恣意射擊。

克也覺得自己在打倒暴食鱷魚時，有種靈光一現的感覺。他認為那應該是因為極度專注而掌握了訣竅。為了在忘記訣竅之前確實習得，他不停重複練習射擊。

命中；下一次也命中；再下一次也命中。高難度的狙擊接二連三成功，精準得連他自己都吃驚。那扎實的手感讓克也喜形於色。

這時已經換上便服的由米娜等人來到這裡。因為克也遲遲沒回來，她們就來這裡接人。

由米娜發現克也大概回到據點後就持續射擊訓練到現在，不禁擔心起他會不會像之前那樣勉強自己，表情浮現一絲陰霾。

但是見到克也開心得充滿朝氣的模樣，她便安心地放鬆表情。隨後她擺出責怪人的表情，開口問道：

「克也，你到底練了多久啊？」

「啊，不好意思。時間到了嗎？沒有啦，只是現在感覺很順手，我想趁這機會抓住這種感覺，才一直練到現在。」

看到克也掩不住得意的模樣，愛莉提出簡短的要求：

「我想看。」

「當然沒問題。」

克也表情充滿自信，架起槍後確實瞄準並扣下扳機。

不過，剛才的百發百中彷彿謊言般，子彈大幅錯失遠方的標靶。

「……奇怪？等等，再一次。」

同樣瞄準。同樣落空。

「等一下，下次會打中。」

再次落空；下一次也落空；再下一次同樣落空。明明按照剛才連續擊中時的感覺瞄準，卻連一發也打不中。

克也這下也不禁一頭霧水。看到愛莉露出疑惑的表情，他有點慌張地辯解：

「不，不是這樣。剛才我真的打得很順手！」

「我沒有懷疑。」

「沒有人懷疑你說謊吧？我相信你啊。況且紀錄上也是這樣。」

由米娜指著射擊訓練的顯示結果，如此回答。

克也聽夥伴們這麼說，取回了鎮定。

「也、也對。」

「不管怎樣，你練太久了。才剛回來而已，沒怎麼休息就練習這麼久，當然也會覺得累啊。打不中也是這個原因吧？差不多該告一段落了吧？」

也許真的是因為疲憊。克也接受了這個說法，卻也有點不解。

「……等等，讓我再稍微多試幾發。就這樣打不中而結束，感覺不太舒服。」

克也重新回到射擊訓練，卻連一發都打不中。

由米娜輕嘆一口氣。

「我們先回去了。你也別太頑固，該休息就要休息喔。大家都在等你。」

「嗯，知道了。」

如果他還要讓人繼續等下去，下次就穿上強化服強行把他帶走吧——由米娜心中這麼想著，與愛莉一同離去。

克也再度瞄準標靶，於是下一發精準擊中目標。克也心滿意足，原本決定這樣就能追上由米娜兩人，但他覺得再試一發也無妨，便再度架起槍。

他原本打定注意，就算射歪也要結束訓練。或者該說，一旦射歪就結束訓練。

下一發也射中了。因為射中，克也再試一次。下一次也射中了。因為射中，克也又再試一次。下一發也射中了。

命中；下一次也命中；再下一次也命中。像是突然找回手感，持續命中標靶。

「……奇怪？」

這下克也自然也感到疑惑。不過他覺得不好意思讓由米娜她們繼續等下去，於是決定就此結束，離開了射擊場。

◆

只憑自己加上夥伴們打倒暴食鱷魚，克也這樣的心願實現了。就算沒有其他夥伴，憑藉獨自一人就足以顛覆狀況的力量，擊破阻擋於眼前的障礙。

心願與代價無可分割，就算當事人對此毫無自覺。

心願實現了，代價尚未支付。

在純白的空間中，少女面露笑容。

第37話 建設臨時基地輔助任務

克也等人自日柄加住宅區遺跡歸來後過了數天，他們接到名叫新部的多蘭卡姆幹部召集，集合在據點的某個房間。

新部身旁坐著一位名叫水原的女性，是組織內的事務管理職。她穿著女性用的商業套裝，從她整個人散發的氣氛難以想像她是獵人幫派這種暴力集團的一員。

「那麼，就如同之前通知的，因應前此日子的訓練結果，有些聯絡事項要告知你們，才會要你們到這裡集合。」

克也等人見到水原，起初還顯得納悶，但是當坐在對面的新部開口說話，他們也連忙端正姿勢。

「獵人艾蕾娜很早就繳交了訓練的報告書，不過為了審查報告書內容，以及多蘭卡姆內部的調度，才會一直拖到現在才告知你們結果，對此我先說聲抱歉。」

新部先如此簡單開場後切入正題。

「有幾件事要轉達給你們，哎，就從你們應該想聽的部分開始吧。以報告書的內容為基礎，在多蘭卡姆內部調度的結果，決定讓你們今後解除需要領隊的待遇。這樣一來，你們在多蘭卡姆也算是獨當一面的獵人了。恭喜。」

這下終於在名義與實質上都脫離了半吊子的對待，克也三人彼此互看，面露喜色。但新部像是要打斷他們的喜悅，稍微加重語氣繼續說：

「然後我要問你們，究竟捅了什麼婁子？」

克也顯得有點不知所措。

「那個，請問是什麼意思？」

「你的意思是，因為完全不認為有這回事，所以不懂我為何這麼問，是這樣吧？」

新部直盯著克也，加強了斥責的目光。於是，克也思索著「自己是否搞砸了什麼？」的表情浮現了心裡有數似的神色。新部見狀，繼續說道：

「哎，其實有一半只是在套話。不過從你這個態度來看，好像心裡有數吧。」

克也臉上不由得浮現「糟了」的反應。其實引誘他顯露這樣的反應同樣是新部的套話伎倆的一部分，這樣一來，克也百口莫辯。

「應該不需要我特別說明，但謹慎起見，我話說在前頭。我仔細讀過報告書內容了。你們先理解這件事，然後我再問你們：你們捅了什麼婁子？」

看到克也焦急地思考著該如何解釋的模樣，由

米娜輕嘆一口氣。隨後她代替克也回答：

「嚴格來說，在訓練開始前克也對艾蕾娜小姐說出了可能造成誤會的發言。不過誤會馬上就解開了，因此我們也判斷不需要特別報告，若有問題我們願意道歉。」

「真、真的很對不起。」

克也同樣老實地道歉。新部再度確認克也等人的反應，判斷他們沒有說謊。於是他放鬆了態度，稍加囑咐般說道：

「……儘管是熟識的友人，對方終究是外部的獵人。你們身為多蘭卡姆的一員，對此要有自覺，今後對外人不要失禮了。」

「好、好的。我會注意。」

克也從新部的態度判斷這個問題還不至於取消今後把他們當作獨當一面的獵人，因此鬆了口氣。

「接下來，過去的你們受西卡拉貝的管轄，因

此就組織的架構來看，也算是在我的管轄底下，不過從今天起，管轄權會轉到旁邊這位水原。」

克也等人的視線隨著新部的手勢轉向一旁的水原。水原親切地微笑。

「我是水原，請多指教。」

「事情就這樣。日後有關幫派的事務處理及其他種種，就找水原解決。要談的事情還沒完，不過為了和新上司加深關係，剩下的就找她問清楚吧。我先告辭了。水原，接下來交給妳了，可以吧？」

「好的，不用擔心。」

新部突然結束對話，讓克也等人有些驚訝。他留下克也等人，走出房間。

◆

新部走在據點的通道上，略為嚴肅地板著臉，回想起剛才的種種。

（是真的什麼事情也沒發生？還是蠢得就連自己搞砸什麼事都不懂？到底是哪一種？）

艾蕾娜送來的報告書內容顯示克也等人的實力已經相當充分，對暴食鱷魚的處理也給予高評價。報告書中完全沒有特別提及克也的發言。

但是，艾蕾娜在繳交報告書的同時，正式傳達了拒絕多蘭卡姆招攬的決定。

若參加以討伐怪物為優先的獵人工作，負責提供火力的莎拉負擔無論如何都會加重。莎拉也明白這一點，並且告知艾蕾娜，希望她不要以自己的負擔會增加為由拒絕，剩下就交給好友的判斷。

於是，艾蕾娜正式拒絕了多蘭卡姆的招攬，因為她不想加重莎拉的負擔。

至於拒絕的理由，她舉出克也等人對暴食鱷魚的處理為例，表示過度重視討伐怪物的方針與她們兩人不合。

雖然是藉口，但並非謊言。艾蕾娜兩人一直以來都以收集遺物為活動主軸。

當然艾蕾娜絕不會對多蘭卡姆解釋這些細節。因為一個不小心，說不定會讓多蘭卡姆捉住她們的把柄。

因此多蘭卡姆只知道艾蕾娜以克也等人的行動為由，拒絕加入多蘭卡姆。再加上新部曾聽西卡拉貝吐苦水，就稍微加深了對克也等人的懷疑。

（克也他們並未認清自己的實力，強行討伐暴食鱷魚。艾蕾娜視之為問題，但是既然他們成功只憑自己人打倒，就在交給客戶的報告書寫下正面的評價粉飾太平……只要事實並非這樣就好了。）

新部注意到自己下意識地繼續思索，便輕嘆一口氣，搖了搖頭。

「……哎，他們已經不是我底下的人了，不管是真是假都無關緊要。」

隨後他輕笑。

「讓新人氣焰高漲的可是你們，剩下的就由你們自己解決吧。」

把率領克也等年輕獵人的責任推給事務派系的新部一想到西卡拉貝的心情會因此稍微好轉，自己也不會再那麼心煩而放鬆了心情。

◆

與克也等人一同留在房內的水原首先大肆稱讚克也他們。

「我也讀過了報告書，真是了不起的評價！收集遺物的流程簡潔俐落，而且在戰鬥方面竟然只靠三個人就打倒了暴食鱷魚，真了不起。」

多蘭卡姆的大人時常以冷淡的鄙視態度對待克

也。現在受到大人全面稱讚，克也顯得不知所措。

「真、真的很謝謝妳。」

儘管如此，喜悅之情更在疑惑之上。再加上終於得到肯定的心情，克也雖然有些害臊，還是接受了對方的稱讚。

「在支援新人的工作上，我也時常受人指指點點。常有人說這種事情沒用，要我放棄。」

水原說到這裡，表情透出一抹不甘心，隨後轉為笑容。

「不過，你們確實拿出了成果。在許多人的指指點點中努力至今的你們一點也沒錯。你們對我展示了日後將肩負幫派的未來，而支援你們的這份工作也同樣正確。真的很謝謝你們。」

「哪、哪裡，我們才要道謝。」

你們是對的，所以我也是對的。這句話避開了使克也心生懷疑的機會，悄悄溜進受稱讚而放鬆的心靈。

「你們接下來會受我管轄，但儘管放心。只要待在我這邊，就能得到與實力相符的優渥待遇。」

要得到這樣的待遇，唯獨服從自己的指揮。在讚賞之中再度強調克也等人的立場，並且強化隸屬觀念。

「我能居中介紹許多與都市有關的委託，每項委託的內容都很優質。我已經準備了一些，也有資料。現在就為你們說明……」

「請、請稍等一下。」

隨波逐流般聽到這裡，克也回過神來連忙插嘴。水原笑著回應：

「有什麼問題？如果有哪些事情不明白，無論何時或什麼事，都可以問我。我什麼都能回答。」

接下來不管什麼事都先來問我。以充滿自信的笑容試圖縮減取得情報的來源。

「不是，因為我們現在能自己接委託了，我還以為這些事要由我們自己作主……」

「那當然。這裡有很多委託，你可以挑你喜歡的。我會一一詳細說明。」

她在克也面前擺出了能為他介紹的委託資料。克也可以自由選擇，但一切選項都由水原準備。

讓你自己尋找喜歡的委託——以這個名目打斷了選擇既定選項以外的思路。水原為了一鼓作氣奪得主導權，強硬地繼續說明委託內容。

「首先是這個。與建設臨時基地有關的任務，難度相當高喔。不過憑你們的實力一定……」

克也顯得有些難以招架，乖乖聽水原的說明。由米娜跟愛莉與他不同，保持一定的距離，靜觀狀況。

對方正試圖攏絡克也他們，但提供的事物確實對克也有利。水原承認他們的實力，這也是事實。

由米娜與愛莉悄悄地互看一眼。雖然無法放下疑心，然而對方是上司，而且確實帶來了條件優渥的委託，感覺不到任何欺騙的意圖。

因此不知該如何判斷。她們明白彼此都這麼想著。

克也聽著說明，難以定奪該選何種委託。對自己與夥伴們懷有好感的人帶著善意提議，他完全無法回絕。

而且水原很明白克也就是這樣的人。經過事前調查，她已經瞭若指掌。

她沒有說謊，也沒有絲毫欺騙的意圖。因為她深信這是對雙方都有利益的提案，而且也是正確的道路。

◆

在日柄加住宅區遺跡與暴食鱷魚交戰後過了一段時間，某天阿基拉搭乘自久我間山都市前往崩原街遺跡的大型巴士。

乘客都是接下建設臨時基地相關委託的獵人。其中有成群的年輕獵人，也有武裝齊全的老手，種類繁多。

都市的經營層為了有效率地攻略崩原街遺跡深處，決定營建前線基地。首先在靠近遺跡外圍部的荒野建設臨時基地，之後預定要朝遺跡深處修築後方聯絡道路。

在建設基地的同時，派出工程機具撤除堵塞在通往遺跡深處的道路上的瓦礫。待通往深處的道路鋪設平整，就能投入戰車與運輸車等戰力。

棲息在遺跡深處的怪物非常強悍，但只要能派出戰車或人型兵器，排除的難度也會降低，也能輕易搬運憑藉人力難以運輸的遺物。

攻略遺跡深處只要有成效，就能為都市帶來莫大的利益。一切都是為了這些利益的早期投資，阿基拉接受的建設前線基地輔助作業也是一部分。

雖說是輔助作業，主要工作是警備作業場所以及保護工作人員，建設基地的工作由專業的業者進行。而且阿基拉的獵人等級還不夠高，無法接下需要高度守密義務的重要地點的警備任務，只分配到平凡無奇的工作。

阿基拉在建設中的臨時基地與其他獵人一起接受有關工作的大概說明。在這之後，身為委託主的都市職員會依據各人的實力與意願一一分配工作。

職員發工作用的租借終端機給分配到和阿基拉同樣工作的獵人們，同時其他職員開始說明。

「你們要用這個終端機接受我方的指示。終端機同時也是發訊器，使用地圖功能可以確認自己與其他獵人的位置。注意不要把其他人當作怪物而開槍。」

緊接著職員事先警告：

「還有，不要因為來到遺跡就去找遺物。你們的工作並不是收集遺物，我們不希望你們把力氣花在那上頭。別忘記我們隨時都掌握你們的動向與位置，要盡量避免長時間逗留在同一個地點之類的可疑行為，知道了嗎？」

阿基拉也領到了租借終端機。雖是量產品，但那是荒野用的牢固製品。

「終端機後面有編號，我們會用編號稱呼你們，就這樣。做好準備的人就先進入遺跡，按照地圖的導航功能行動。」

阿基拉看了終端機的背面，微微皺起眉頭。阿爾法也面露苦笑。

『似乎和這號碼很有緣呢。』

『……好像是喔。』

終端機的後面貼著寫上編碼的膠帶。編號是14號。

阿基拉離開基地後，遵照終端機的導航功能，在遺跡外圍部前進。最後導航功能帶他來到無數林立的廢棄大樓其中一棟的前方。

這時租借終端機接到聯絡。操作終端機接受通話要求後，職員的說話聲傳到耳畔。

『這裡是Ａ２區域本部。14號，聽得見嗎？』

「這裡是14號，聽得見。」

『掃蕩眼前這一棟大樓，製作內部地圖。租借終端機附有自動繪製地圖的功能，你要做的只有進入房間後稍微等一下，所有房間都要調查一遍。還有，要是遇到怪物，基本上要全部打倒，因為同時也要確保基地周邊的安全。』

「只靠我一個人無法打倒的狀況要怎麼辦？」

『跟我們聯絡，這邊會派出救援部隊。還有其他問題要問嗎？沒有就開始工作吧。』

「了解了，現在開始。」

『拜託了。通話完畢。』

通訊斷了。阿基拉提高警覺，正要步入大樓時，阿爾法叫住了他。

『等等，難得有這機會，就在搜索的同時順便訓練搜敵吧。』

『這樣會很花時間吧？』

『所以要不花時間，動作俐落，而且維持充分的戒備持續前進。一旦無色霧變濃，沒有這種程度的搜敵技術可無法存活喔。我的搜敵能力和情報收集機器的靈敏度都會降低，屆時你就有必要自己解決。你就當成是這種狀況，提升戒備向前進吧。』

『……無色霧啊。』

若沒有阿爾法的搜敵，情報收集機器也無法使用的狀況，對能力仍稚嫩的阿基拉而言就只是夢魘。他振奮鬥志，繃緊無意識間皺起眉頭的臉龐。

『好，那就拜託妳多多指點了。』

阿基拉舉著槍，慎重地走進大樓。

從一樓依序開始搜索。地板積著灰塵，也有些地方並非如此。也許最近有人探索過，或是有生物將這裡當作住處，又或者是雙方激起了塵埃造成這般結果。

一部分的牆壁崩塌，瓦礫散落在地上。顯然此處過去曾經發生戰鬥。

阿基拉注意著周遭狀況，緩緩移動，不發出腳步聲。躲在遮蔽物後方前進，突然停下腳步，注意傾聽周遭動靜。舉起槍，迅速入侵房間。

像是在許多怪物徘徊的場所前進，一面慎重搜敵一面在廢棄大樓中移動。途中屢次受到阿爾法糾正，漸次修正錯誤的動作。阿基拉的動作也越來越洗鍊。

於是好不容易完成了一樓的探索，耗費的時間與精力和平常搜索無法相提並論。

『雖然是當然的結果，真的很花時間啊。難怪對方會叮嚀我不要找遺物。』

『安全又迅速完成搜敵也是獵人的本事之一。只能持續訓練，鍛鍊搜敵技術。特別要注意擁有迷彩能力的怪物。』

阿基拉面露苦笑。

『……哎，這我很清楚。因為上次遇到透明的傢伙就差點沒命啊。』

阿基拉以前在崩原街遺跡因為違反阿爾法的指示，遇到了擁有光學迷彩機能的大型機械類怪物，差點因此喪命。

當時的光學迷彩機能相當強大，與單純的擬態可說是天壤之別，將大型機的龐大身影完全自阿基拉的視野中抹去。

『妳要我鍛鍊搜敵技術，但那種看不見的傢伙到底要怎麼找啊？』

『像是尋找與周遭景色的細微落差，或是分析聲音和振動，有很多方法。有高性能的情報收集機器或是搜敵的專家就足以找出對手。』

『高性能的情報收集機器，搜敵的專家。嗯～～像艾蕾娜小姐那樣？那隻特大號的機械類怪物，艾蕾娜小姐也能分辨嗎？』

『應該能。』

阿爾法以艾蕾娜與莎拉為例子補充說明。

艾蕾娜與莎拉各自負責小隊中的搜敵與火力。雖然雙方都重要，但若要兩者擇一時，搜敵更加優先。

基本上在獵人工作中，高搜敵能力帶來的益處相當大。能避免不必要的戰鬥，也能輕易先發制人，比起隨身攜帶火力過剩的槍枝，更能安全地探索遺跡，所以在收集遺物方面也更加優秀。

也因此，假設在遺跡深處，艾蕾娜兩人其中一方無法達成自身職責，生還的可能性較高的是負責搜敵的艾蕾娜平安的狀況，光靠火力無法倖存。

阿基拉也非常認同這番話。他之所以能屢次自遺跡活著回來，正是多虧了阿爾法那堪稱異常的搜敵能力。

『艾蕾娜小姐很了不起啊。』

『即使是艾蕾娜，一旦無色霧變濃，搜敵能力也會急遽下降。因為情報收集機器的性能會明顯降低。』

阿基拉回想起之前幫艾蕾娜與莎拉時的往事。當時決定勝敗的關鍵就是無色霧。

阿基拉靠著阿爾法，幾乎沒受到無色霧的影響，正確掌握了襲擊艾蕾娜兩人的男人們的位置。男人們則相反，因無色霧無法掌握阿基拉的位置，無從反擊而遭到殺害。

『無色霧啊，那確實很棘手。沒有什麼應對方法嗎？』

『購買不輸給無色霧的高性能機器，或是習得不依靠情報收集機器的搜敵技能。簡單說就是這樣，好好加油吧。』

『了解。接下來是二樓吧。這裡一共幾樓？』

『最高到八樓。』

光是一樓就這麼費力，接下來還要重複七次。

『……還很長啊。』

阿基拉嘆了口氣，前進至二樓。

阿基拉花了大概兩小時，掃蕩了整棟廢棄大樓全樓層與全部房間。他一臉疲憊地來到屋頂上，正稍事休息的時候，租借終端機再度傳來通訊。

『這裡是A2區域本部。14號，聽得見嗎？報告你那邊的狀況。』

「這裡是14號。剛才不久前結束了本大樓的掃蕩。」

『了解了。遵照導航指引前往下一棟大樓。此外，那棟大樓的掃蕩時間大幅超出了我們料想的時間。發生了遭遇強力怪物等出乎意料的事態嗎？』

「不，並沒有遭遇怪物。我想應該是維持戒備慎重探索每個房間，因此多花了一些時間……在你們的料想中，大概要多快結束？」

『我們料想大概一小時。我們不會要你放鬆警戒，但是動作再加快一點。完畢。』

「……了解。」

阿基拉切斷了終端機的通訊。對方指出自己的實力不足，讓阿基拉有些沮喪。這時阿爾法微笑鼓勵他：

『不要在意，就按照這樣進行吧。沒必要急著探索而增添危險。』

『要是因為這樣被視作任務失敗呢？』

『那也無所謂。和你受傷對今後造成影響相比，那只是瑣碎小事。你的安全放在第一。如果你想逞強加快步調，我來硬的也會阻止你。』

阿爾法清楚地如此斷言。這讓阿基拉心情輕鬆了許多。

『我懂了。也有道理，把安全放第一。』

『這樣就夠了。不過為了精進搜敵和隱蔽的技術，加快動作也很重要喔。就這個角度來說，你的確該加快動作。』

阿爾法露出無畏的笑容，阿基拉回以苦笑。

『拜託手下留情。』

『不行，我會嚴厲指導。』

阿基拉與阿爾法對彼此輕笑後，重新提起幹勁前往下一棟大樓。

在這之後，阿基拉又掃蕩了數棟廢棄大樓，終端機的導航功能將下一個目的地指定為臨時基地。按照指示回到臨時基地，將租借終端機繳回給職員。這樣一來，今天的任務就告一段落了。

在阿基拉心中，疲勞感比成就感更強烈，他像是要吐出疲憊般吐氣。

『今天的工作到此為止了吧……真是累人。』

自行搜敵讓阿基拉相當疲憊。因為平常都交給阿爾法，穿著強化服也無法補足的精神疲勞清楚浮現在他臉上。

阿爾法面帶微笑慰勞阿基拉。

『辛苦了。稍微休息後再回去吧。既然都到這裡了，要不要吃點東西再走？反正回到旅館後吃的也是平常的冷凍食品吧？』

臨時基地周遭停著許多拖車。人們因為臨時基地的相關工作聚集於此，商人也到這裡開設臨時商店。

有販賣武器彈藥的商店，也有販賣簡單餐點的商店，甚至有人用露營拖車經營簡易旅館，讓這一帶顯得十分熱鬧。

雖然有定期班車聯繫都市與臨時基地，但是為了簡單的餐點和補充彈藥就要特地回到都市，有不少人覺得十分麻煩。就算調高數成金額訂下所謂的荒野價格，客人依舊很多。

也有一整排攤子販賣的不是硬梆梆的獵人用攜帶食品，而是溫熱又柔軟的餐點。這是賭上性命的獵人工作後的小小享受，就算開價高了一些，照樣生意興隆。

看到獵人們津津有味地吃著這些餐點，阿基拉也急遽感到飢餓。

『這個嘛，我也吃點東西吧。』

難得有這個機會，想吃些美味的餐點。阿基拉打定注意，比較了幾個攤子，但他完全看不出哪間店比較美味。

阿基拉覺得憑運氣去選肯定會失敗，因此決定參考他人的判斷。雖然沒有攤子前方大排長龍，他還是決定加入顧客隊伍較長、生意較好的攤子前方的隊伍尾端。

排隊的同時，他確認菜色和價格。上頭寫著熱三明治一人份980歐拉姆。這個價格設定就阿基拉的金錢觀念和經濟狀況來說，為了吃一餐要支付這個金額會讓他不禁有些躊躇。

不過都已經排隊了，要中途放棄也讓他感到抗拒，於是決定順勢買一份。

隨著隊伍前進，快要輪到阿基拉時，前方的客人與店員的對話傳入耳中。這時他聽見了耳熟的說話聲，試著回想那是誰的聲音，突然發現已經輪到

自己了。店員是謝麗爾。

謝麗爾一瞬間面露驚訝的表情，不過立刻又露出笑容接待他。

「歡迎光臨，一份980歐拉姆。」

「……我要一人份。」

「好的。若要使用卡片付帳，請擺在這邊。」

謝麗爾以指尖示意櫃檯上的讀取終端機。機器上方的數位顯示為980歐拉姆。

阿基拉將獵人證擺到那上頭，嗶的一聲響起，完成了支付。之後他拿到一包一人份的熱三明治。在開設於荒野的店鋪，或者該說正因為是荒野中的店鋪，店家先拿到錢才會交出商品。

謝麗爾遞出袋子的同時，把臉頰貼向阿基拉，輕聲說：

「在這種地方見到你，我好開心。」

她滿臉喜悅地如此說完，立刻又變回面對客人

用的表情。

「謝謝您的惠顧，歡迎下次再度光臨。」

就像對待其他客人一樣，謝麗爾對阿基拉面露微笑。

阿基拉接過商品，離開隊伍後，這才發現這間移動攤子其實是葛城的拖車。在這裡看店的葛城也注意到了阿基拉。

「阿基拉啊？原來你也來到崩原街遺跡了啊。來得正好，有些話要跟你談談，你進來裡頭一下。達利斯！幫我看店！」

店內傳來達利斯的說話聲。

「你的休息時間應該還沒到吧！」

「阿基拉來了！我有些話要跟阿基拉聊！廢話少說，幫忙顧一下！」

達利斯擺著一張嫌麻煩的臉，從店鋪後場來到這裡。這時他看到阿基拉，阿基拉那身裝備的變化讓他有些吃驚。

阿基拉現在身穿強化服，揹著大型槍，裝扮已經明顯超越了新手獵人的水準。達利斯見狀，判斷葛城大概有必要認真與現在的阿基拉談生意，沒有繼續抱怨就與葛城換班。

阿基拉、葛城，以及把待客工作交給部下的謝麗爾，三人圍著拖車內的店員休息室的桌子而坐。桌上擺著三人份的熱三明治。

謝麗爾因為能見到阿基拉，心情雀躍，滿臉欣喜地微笑。

阿基拉和葛城臉上的表情顯得有些困惑。他們看了看彼此，明白對方同樣不知道該對謝麗爾作何反應。

「……話說，葛城，你找我要談什麼？」

「啊、噢。哎，該怎麼說，也沒什麼大不了，只是想問一下你在獵人這一行的狀況。」

因為阿基拉決定暫且別在意謝麗爾的反應，葛城也恢復平常的態度，切入正題。

「我就直說了，你在那之後都沒來我這邊賣東西嘛。我還以為你受了輕傷，獵人工作暫時歇業，不過看你出現在這裡，表示我猜錯了吧？」

「我只是現在比較集中在討伐怪物。我之前主要是在崩原街遺跡收集遺物，不過你應該也知道，現在真的不是時候。」

「哎，是沒錯。現在沒有獵人會去崩原街遺跡收集遺物吧。」

因為前陣子大襲擊的影響，崩原街遺跡的怪物分布大為改變。這樣的消息已經在都市中傳開。

殘留於外圍區的遺物不論品質或數量都不高，再加上徘徊的怪物強度和數量上升，現在已經成為要收集遺物完全不符成本的場所。

另一方面，遺跡整體的怪物數量被削減了許多，恰巧是個好機會將收集遺物的地點轉向仍有許多高價遺物殘留的遺跡深處。

像是要助長這個趨勢，都市的營運層甚至不惜建設前線基地，推展對遺跡深處的攻略。建造基地需要鉅額費用，儘管如此，上層還是判斷最終能從中獲利——都市向周遭如此宣傳。

見到都市的態度這樣認真，企業與獵人們也漸漸開始認真攻略遺跡深處。

但是也並非人人都立刻前往深處，也有人決定暫且觀望。

與其現在就穿越只有危險的外圍部，進攻遺跡深處，還是先等都市將通往深處的道路大致鋪設完成再說。之後利用道路進入深處肯定能更安全且有效率地賺錢。那麼這個當下就先去其他遺跡，或者接下有關建造前線基地的委託較划算。許多人懷著這種想法，還在等候時機。

「阿基拉，你大概也是這樣吧？」

其實阿基拉並沒有考慮這麼多，但是要這樣說倒也沒錯，他便順勢同意。

「……算是吧。不過憑我的獵人等級，要借荒野用的車輛還很難，現在正在接基地相關的任務，設法提升等級。」

葛城再度仔細觀察阿基拉的裝備。強化服、AAH突擊槍與CWH反器材突擊槍，再加上情報收集機器。這全套裝備實在不像是正愁沒有交通工具的獵人會有的。

「……我看你已經湊齊了不錯的裝備啊，不像租車業者會拒絕出租荒野用車輛的獵人持有的裝備喔。」

葛城如此說道，對他投出有些驚訝的視線，同時也帶有幾分試探的意圖。阿基拉也稍微瞪向對方，回嘴道：

「無論裝備好壞，我的獵人等級沒有什麼成長。因為我把遺物賣給葛城你了啊，至少還沒到達租車業者願意租借像樣車輛的等級。」

阿基拉把理由歸於之前把遺物賣給葛城，這下葛城也難以繼續追問。他輕笑回應，隨口帶過這個話題。

「原來是這樣啊。哎，那就沒辦法了。」

「再等我一段時間。你看我的經營狀況，也不至於糟到沒辦法把遺物帶來給你吧？」

「是沒錯。」

葛城最想知道的是阿基拉是否捨棄了謝麗爾，改把遺物賣給別人了。既然這個擔憂已經解除，得知目前他的事前投資並未白費，讓他鬆了口氣。

阿基拉的視線轉向謝麗爾。

「話說，謝麗爾為什麼會跑來這種地方？」

謝麗爾欣喜地笑著回答：

「我來管理借給葛城先生的人員，此外在葛城先生的協助下，做一些簡單的生意。這些熱三明治也是我們做的。這一切都多虧有阿基拉先生，真的非常謝謝您。」

葛城插嘴補充：

「這是與你交易的一環，我也做了不少事。提供謝麗爾他們賺點零用錢的手段，像是簡單的貨物搬運，還有當我們的助手之類。」

葛城說完，指向正在搬運彈藥等商品的孩子們。所有孩子都是來自謝麗爾的幫派。

「我平常會居中介紹他們賣廢鐵的生意，不過這應該更好賺吧。如果希望我提升這些傢伙的待遇……你懂吧？」

「我知道啦。只要取得遺物，我會拿到你這邊賣掉啦。」

「我很期待喔。」

葛城邊說邊吃完一份熱三明治。他擺出有點不滿的表情。

「……不夠啊。謝麗爾，再來一份。」

「我知道了。阿基拉也要嗎？」

阿基拉正好也吃完了熱三明治，同樣覺得不太飽足，便把獵人證遞給謝麗爾，拜託她多追加一份。謝麗爾接過卡片後，離席去結帳與拿取追加的餐點。

在謝麗爾離開時，葛城狐疑地詢問阿基拉：

「……我說阿基拉，你對那傢伙做了什麼？」

阿基拉搖搖頭。

「不曉得。突然就變成那樣了……那樣真的很怪吧？」

「和初次見面相比根本變了個人吧？如果跟我說是她的雙胞胎姊妹跟她掉包了，我也會相信。」

哎，就生意往來的對象來說，現在這樣比較好就是了。對客人的態度親切，腦袋也靈光。賣熱三明治也是謝麗爾出的點子，實際上生意也不錯。」

「那不是你的店嗎？」

「不是。我想在專門領域出人頭地，沒興趣涉足餐飲業。我是幫忙叫了材料和其他準備，不過那是謝麗爾的店。」

「沒問題嗎？」

「嗯？食材是我訂購的；也叫謝麗爾和幫忙的小孩要進浴室好好洗澡；準備了雖然便宜但乾淨的衣物；也沒忘記調理食品時要用的拋棄式手套；料理過程也很簡單，只是加熱和塗醬料，不會出問題吧。」

萬一謝麗爾的店出了什麼問題，葛城可能會要求阿基拉負責賠償或善後。阿基拉考慮到這一點，為了知道問題發生的機率，才會問葛城：「沒問題嗎？」他並非想知道衛生方面是否有問題。

不過，既然得到了這樣的回答，阿基拉判斷應該不會有問題，於是打消了追問到底的念頭。

謝麗爾拿著追加的熱三明治回來。

阿基拉重新打量他接下的熱三明治。夾在外側的麵包吸收了濃郁的醬汁與肉汁，不讓美味流失，厚切肉片咬起來也頗有嚼勁。

但分量感覺有點少。儘管如此，不至於少到讓人想抱怨。若問好吃還是難吃，口味維持在回答好吃的水準。

不過若問在日常生活中願不願意花費１０００歐拉姆品嚐，結果就很難說了。熱三明治的定價確實是荒野價格。

然而對接了建設基地輔助任務的獵人們而言，這種程度的價格浮動只是小誤差。這些人稍嫌不夠飽的話，不會捨不得這點小錢而忍著不多點一份。

換言之，熱三明治的分量和價格因應這裡的需求，經過適切的調整。

阿基拉不經意地詢問謝麗爾。

「這個熱三明治的價格，是葛城決定的？」

「不，是我決定的……該不會，您覺得不合胃口？」

謝麗爾神情顯得有些不安，對阿基拉這麼問道。他搖搖頭說：

「不會，我覺得很好吃，在荒野的話這價格也算合理吧。」

「合您的胃口真是太好了。我放心了。」

謝麗爾欣然微笑。葛城則笑著補充：

「哎，就是所謂的荒野價格啦。為了運到危險的荒野販賣，在各方面都耗費成本，還請諒解。」

「這方面的訣竅全都是葛城指點謝麗爾的？」

「沒有，我幫忙的只有準備食材和衣服之類，不包含這方面的指南。我只是按照謝麗爾的要求去做而已……你可別誤會喔。我真的完全沒有萬一失敗了就把責任推到阿基拉身上這種念頭喔。我是說真的喔。」

葛城半開玩笑，或者其實有點心虛，為了阿基拉未曾提起的事辯解。

阿基拉沒有特別注意葛城的態度，而是對謝麗爾露出有些敬佩的表情。

「……這樣啊。謝麗爾真了不起。」

謝麗爾臉上浮現有點害臊又喜悅的笑容。

「非常謝謝您的稱讚。不過這一切都是多虧有阿基拉與葛城先生的協助。」

阿基拉與葛城互看彼此。阿基拉雖然無法和葛城以念話溝通，不過大致能明白他想說什麼。

葛城在問：「你真的沒對謝麗爾做什麼嗎？」

阿基拉姑且對葛城投出了「真的什麼也沒做」

第38話　亞拉達蠍

阿基拉再度接下有關臨時基地建設的委託，現在他乘著摩托車，疾馳於崩原街遺跡之中。他表情非常凝重，顯示事態的嚴重程度讓他如此著急。

阿爾法在疾馳的摩托車旁邊飛行，更進一步追加了令阿基拉繃緊表情的理由。

『阿基拉，下一個救援指示已經來了。這樣一來，已經有三件在排隊了。』

『下一件這麼快？就連這次的現場都還沒趕到啊！不會太多了嗎？』

『找我抱怨也沒用。就當成有很多獵物，可以期望拿到更高的報酬吧……因為這不是單純的討伐委託，也許不會用金錢，而是以獵人等級上升來支付就是了。』

阿基拉面露發自內心不情願的表情。

『這麼努力，最後卻虧損，只有這種下場我絕對不要！』

今天阿基拉分配到的工作不是掃蕩大樓，而是救援其他獵人。因為上次的大樓掃蕩作業耗費太多時間，任務被更換了。

救援工作異常忙碌。在現場的工作本身雖然難度不高，救援要求卻接踵而來。

阿基拉打算認真做好工作。萬一因為自己來得太遲使得救援對象全滅，這種事態也會讓心裡不舒服。因此他盡可能加快速度趕往現場。

遺跡中散落著大小不一的瓦礫。阿基拉憑著阿爾法高超的駕駛技術，有時靈巧閃躲，有時大動作閃躲，有時則飛越瓦礫上方，沿著最短路徑一路奔向現場。

救援現場的狀況也各有不同。明明只要多花點時間就能單憑現場人員解決卻呼叫求救；好不容易趕到的時候已經成功打倒怪物；甚至還有救援對象把應付怪物的工作推給阿基拉一個人，逕自逃走的狀況。

阿基拉在疲勞不斷累積的過程中，設法一一應付這些情況，好不容易讓排隊等候處理的件數回到一件。

與救援對象獵人們一同殲滅現場的怪物後，阿基拉走出大樓，吐出一口藏不住疲憊的嘆息。隨後他取出回復藥吞下。那是在靜香的店裡買來的便宜貨，但至少能減輕疲勞。

阿基拉不經思考地抱怨：

『……感覺沒什麼效果。』

『沒辦法和從遺跡取得的回復藥相比，功效和價格都有根本上的不同。不斷服用直到清楚感覺到功效也許是個方法，不過這樣得吞下山一般大量的藥劑喔。』

『也難怪獵人會變成藥罐子啊。』

在東部，市面上販賣的獵人用戰鬥藥種類相當豐富，回復藥也是其中之一。大量且習慣性使用藥物的獵人也不少。一旦服用了品質低劣的藥物，將來可能因為副作用產生後遺症。

不過，若要迎接將來，首先必須活過今天。為此許多獵人現在同樣大量使用藥物。

『剛好剩下一件了，結束下一次救援就暫且休息吧。只要告訴本部你要去補充彈藥就可以了。』

『萬一對方說不行呢？』

『我上次也說過，我會把你的性命擺在第一。不准補充彈藥、去和怪物互毆——會發出這類指示的委託，我不打算讓你繼續做下去。』

『……說的也是。我懂了，總之就先解決這一件吧。』

萬一阿爾法動怒，拒絕輔助救援工作，自己就完全束手無策。阿基拉以此為理由，決定完成下一件就稍事休息，稍微放鬆心情。這樣的決定也合乎阿爾法的意圖。

阿基拉抵達了下一個救援場所，位在廢棄大樓的前方。停下摩托車並仰望大樓時，五樓的窗口傳出槍響與爆炸聲。

『在那邊吧？』

『看來人還活著，真是太好了。現在似乎還在交戰。在他們的彈藥耗盡之前趕去救援吧。我會指示入侵路線。』

『拜託了。』

『放心交給我。』

阿基拉按照在視野中擴增顯示的移動路線開始奔跑，就這麼衝進廢棄大樓中。

移動路徑的線是阿爾法在完成搜敵後計算出抵達目的地的最短路徑。阿基拉相信她的指示，在隨處都可能有怪物潛伏的複雜場所也能毫無顧慮地放心前進。一般來說，在通道和階梯都必須慎重前進提防突襲，但是阿基拉一路奔馳而過。

大樓中遺留著獵人與怪物交戰的清晰痕跡。目前還沒看到人類的屍體。另一方面，蟲型怪物的屍體凌亂散落在四處，四散的肉片與體液一同噴濺在牆面和地面。

『停下來。』

阿爾法發出指示的同時，顯示於擴增視野的移動路線消失。阿基拉提高戒心，手持ＡＡＨ突擊槍準備射擊。

在他附近倒著一群還留有大半原型的怪物。那是高度將近阿基拉腰部的甲殼蟲，外觀近似蜘蛛與蠍子彼此融合，再額外添加外骨骼。怪物全身沾染著同族的血肉，一動也不動。

這種怪物名稱是亞拉達蠍，擁有擬態能力，能讓周遭環境的物體附著於堅硬的外骨骼上，此外甚至擁有假死能力。

其外骨骼看起來也像是廢鐵或瓦礫的一部分，而且上頭還留有無數彈痕，未貫穿的彈痕顯示了裝甲的硬度。

『裡頭藏著還活著的個體，不確實擊殺再前進會有危險。用ＡＡＨ突擊槍會多耗費時間，用ＣＷＨ反器材突擊槍一槍斃命。』

『了解。』

阿基拉改持ＣＷＨ反器材突擊槍。大量癱倒在四周的亞拉達蠍一動也不動，究竟是死了，還是重傷而無法動彈，又或者只是裝死靜候獵物靠近？阿基拉完全無法分辨。

若不理會尚未確認生死的亞拉達蠍就繼續推進會非常危險，但為防萬一而射殺所有可疑的目標，就會消耗大量彈藥。

不過，如果能確實判別亞拉達蠍是否在裝死，那就另當別論了。癱倒在地上的無數蟲屍中，有一部分以紅色強調顯示。那就是阿爾法判斷還活著的個體。

常人不可能在一動也不動的蟲群中瞬間辨別每一隻的死活，然而阿爾法輕而易舉就一一分辨。

阿基拉瞄準附有紅框的目標，依序扣下扳機。穿甲彈貫穿敵方堅硬的外骨骼，破壞內部的弱點，使之立刻死亡。

阿基拉就這麼擊殺了數隻亞拉達蠍之後，其他個體解除擬態，開始動作準備撲向阿基拉，但是同樣馬上就被穿甲彈擊殺。

『結束了。』

『很好。』

阿基拉跑過全數死亡的亞拉達蠍之間，繼續趕往目的地。

◆

救援對象獵人們正在大樓五樓堅守不出，表情凝重地準備迎接敵人攻擊。

其中一人對租借終端機大喊：

「這裡是１５７號！本部！快回答！」

『這裡是Ａ４區域本部。怎麼了？』

「你是明知故問喔？救援到底在哪裡！」

『已經發出救援指示了，現在正往你們那邊移動。待在原地等候。』

「是要等多久！等到現在還沒看到半個人！」

『救援人員會按照順序派往現場。現在救援要求太多了，很多人在排隊。要怨就去怨那些一遇到弱小怪物就呼叫救援的廢物獵人，你們就是因此而吃虧。乖乖在原地等。就這樣。』

「喂！等一下！……可惡！居然掛斷了！」

男人不由得想把租借終端機砸向地面，但其他人連忙阻止他。這已經是最後一台完好無缺的終端機，其他的都在交戰中損壞或遺失了。

房間的出入口附近躺著幾具亞拉達蠍的屍體。這是獵人們拚死命迎擊入侵室內的蟲子所得到的結果。他們的努力沒有白費，亞拉達蠍目前都停止了動作。

他們認為應該打倒亞拉達蠍了，但他們實在不想靠近以確認生死。不過若要不論死活，對每一隻都多補幾槍以求確實斃命，這同樣讓他們躊躇。

要破壞亞拉達蟖牢固的外骨骼，將之確實化為屍體，就必須大量耗費剩餘不多的彈藥。手榴彈之類的爆裂物已經在逃進這裡之前就耗盡了，只能依靠效果薄弱的普通子彈撐到救援抵達，不能輕易浪費。

同時他們沒有做好覺悟衝出房間所需的充分鬥志，也不曉得房間外有多少亞拉達蟖，也許數量多得占滿地面的亞拉達蟖正在外頭埋伏。一想到這裡，他們也不敢離開房間。

因為這些理由，獵人們只能在這個房間堅守不出，苦苦等候救援抵達。

「怎麼辦？再聯絡看看？」

「算了吧。如果狀況沒變化卻頻繁聯絡，下次本部可能就不理會我們的通訊了。至少要等一段時間，或是狀況發生變化。」

「……可惡！祈禱你說的變化不是這些傢伙的襲擊。」

獵人們試圖化解不安而持續等候，這時變化發生了。細微的槍聲從房間外頭傳來，而且槍聲越來越靠近這個房間。

「救援來了！」

「得、得救了！」

男人們欣喜歡呼。不過他們的歡呼立刻就被打斷了。因為房間內外的蟲子察覺到槍聲，紛紛解除了假死。

面對直逼而來的亞拉達蟖，獵人們臉頰抽搐，將槍口轉向敵人。

◆

阿基拉連忙趕往救援對象的位置，但是路上好幾次遇到假死狀態的亞拉達蟖阻擋，讓他稍微多耗費了時間。

屍體附近幾乎一定會有擬態的個體潛伏，其中也有失去頭部也不會立刻死亡的蟲子。在這種狀況下，阿基拉會破壞尾巴或腳部，不求殺害但至少使之無法戰鬥，隨即繼續趕路前進。

阿基拉一面交換ＣＷＨ反器材突擊槍的彈匣，一面埋怨：

「太多了！這數量是怎樣！這是第幾隻了！」

「剛才是第54隻。不過還真多。」

裝填於ＣＷＨ反器材突擊槍的穿甲彈比普通子彈昂貴。一般是用來擊破堅硬的機械類怪物，使用在亞拉達蠍身上稍嫌威力過剩。

然而用廉價的普通子彈對敵人堅硬的外骨骼效果不彰，就算連發也需要一點時間才能打倒。而現在的狀況分秒必爭。阿基拉迫於無奈，使用較昂貴的穿甲彈。

ＣＷＨ反器材突擊槍排出了空了的彈匣。阿基拉一瞬間有種扔掉整疊鈔票的錯覺，不禁板起臉。

「彈藥費要自負耶！要是這樣報酬還不高，下次我可不接這個委託了！」

「如果是單純的討伐委託，報酬依打倒的怪物強度與數量來決定，不過這次不一樣，這部分要等任務結束才曉得。譬如昨天的報酬也只有最基本的2萬歐拉姆。」

「區區2萬歐拉姆能買到的彈藥早就已經用掉了啊！今天的彈藥費最後會是多少啊！」

「這些計算等一切結束之後再說。捨不得子彈可是會要命的喔。」

「我知道！」

阿基拉舉起了換上新彈匣的ＣＷＨ反器材突擊槍，繼續趕路。

接著他又打倒大約20隻亞拉達蠍後，終於來到獵人們防守的房間附近。房裡正不斷傳出槍響。

◆

房裡的獵人拚了命開槍射擊解除假死的亞拉達蠍群。他們躲進這裡之前就已耗盡強力的子彈，因此火力稍嫌不足，花上許多時間才擊倒敵人。

蠍群之中交雜著幾隻特別硬的個體，頂多只能藉著中彈時的衝擊力使之無法靠近，獵人們漸漸被向後逼退到牆邊。

完蛋了。理解了殘酷的現實，男人們的表情浮現畏懼與絕望，而且子彈也耗盡了。扭曲變形的笑容掛在男人們臉上。

下一瞬間，逼近至男人身旁的甲殼蟲身上被打穿了一個貫通身軀前後的洞，而打穿那個洞的子彈嵌進牆面。

被穿甲彈打穿身軀頓時喪命的甲殼蟲不再動彈。男人見狀，因為事出突然而無法理解自己的性命獲救，只是發出短促的疑問聲。

「……咦？」

以這發槍擊為開端，其他個體也接二連三被打倒。將獵人們逼入絕境的亞拉達蠍就這麼輕易遭到殲滅。

當獵人們終於理解狀況時，他們才注意到阿基拉手持ＣＷＨ反器材突擊槍的身影。

「是、是救援嗎？……得、得救了。」

緊張終於紓解，男人們放心地吐出一口氣，當場癱坐在地。

◆

阿基拉在衝進室內之前，已經藉由阿爾法的輔助正確掌握了裡頭的狀況。得到擴增的視野中浮現亞拉達蠍群與救援對象獵人們的半透明身影。

他依據這份情報，迅速進入室內，立刻擊破所有目標，只花上些許時間就開槍射穿所有敵人。

見到男人們放心地猛然吐出一口氣，阿基拉明白自己勉強趕上了，也安心地輕輕吐氣。

『好險。狀況已經很緊急了啊。』

『幸好趕上了。好了，快點離開這裡吧。繼續待在這地方，搞不好連你也得等人來救援。』

『說的也是。快點走吧。』

阿基拉與獵人們會合後，其中一人掃視房間，面露納悶的表情。

「得救了。嗯……？其他人呢？該不會在這大樓其他地方找人？」

「沒有，只有我。」

「你騙人的吧！……等等，這代表一個人就夠了嗎？嗯～～」

派遣至此的救援只有一個人。男人對這種待遇心生憤慨，但是這一個人就救了眾人也是事實，讓他表情複雜。

阿基拉發現本部只派他一人來到有亞拉達蠍群的場所救援，也讓他大吃一驚。但是在責怪本部之前，他決定先對男人們提出浮現腦海的疑問：

「要求救援時，你們是怎麼跟本部說的？」

「我們告訴本部，我們被成群的蟲類怪物襲擊，拜託盡快派出救援部隊。不管怎麼催促，本部也只叫我們乖乖等著。老實說狀況千鈞一髮，真是謝了。」

本部恐怕判斷那是孱弱的小型蟲類怪物吧。阿基拉這麼想著，重新理解傳達正確情報的重要性。

他恢復冷靜，發出指示：

「在其他敵人現身之前，趕緊逃離這裡。我剛才經過的路線應該還安全，快走吧。」

「說、說的也是。喂！我們走！」

阿基拉領頭帶路，一行人趕忙動身逃離大樓。途中在通道和樓梯處看到亞拉達蠍的屍體，讓獵人們好幾次停下腳步，但看到走在前方的阿基拉靠近屍體也沒發生任何事，他們便放心地跟在他身後。

一行人就這麼平安抵達了大樓外。男人們理解到自己順利生還而感到喜悅的同時，一旁的阿基拉聯絡本部。

「這裡是14號。本部，聽到請回答。」

『這裡是Ａ４區域本部。怎麼了？』

「已經成功救出對象。我接下來將返回臨時基地。」

『不行。讓救出的獵人自己回來，你繼續趕往下一個地點。』

阿基拉頓時板起了臉。他提醒自己不要扯開嗓門大吼，但還是加重了語氣。

「我不要。大樓裡面有一大堆亞拉達蠍，不讓我補充彈藥的話，我絕對不會再去下一個地方。」

說完他就板著臉等候回答。如果對方還是要他去，他已經做好當場放棄委託的覺悟。

不過本部遲遲沒有回訊。聽見終端機另一頭傳來細微的騷動聲，讓他有種奇怪的預感。他疑惑地催促對方回答：

「……本部，聽到請回答。怎麼了？」

於是，口吻慎重的回答傳來。

『我先確認，那真的是成群的亞拉達蠍？那棟大樓是亞拉達蠍的巢穴嗎？』

「是不是巢穴我不曉得，但是大樓裡頭爬滿了某種蟲類怪物，外骨骼能彈開ＡＡＨ突擊槍的普通子彈，這一點不會錯。如果懷疑我說謊，就派遣其他人來確認事實。」

聽阿基拉如此回答後，本部那方的口吻變得更加嚴肅了。

『取消剛才的指示。盡速返回臨時基地。我們出借的終端機沒事吧？』

「我的還沒事，至於其他人……聽他們說，好像除了剛才用來和你們聯絡的那台之外，全部都損壞無法使用了。」

本部以強烈的語氣大聲指示：

『絕對不要搞丟終端機，盡快返回基地！絕對不要弄壞更多終端機！完畢！』

與本部的通訊切斷了。阿基拉與男人們面面相覷，男人們的表情顯然十分不安。

阿基拉也有些不知所措。這時阿爾法像是要消除那份疑惑般微笑。

『阿基拉，與其在意那些搞不懂的事情，還是早點回去吧。這下不用和委託主翻臉也能回基地休息，不是很好嗎？你就這樣想吧。』

『……說的也是。』

本部那邊大概發生了某些事，不過既然阿爾法還笑著，應該沒問題吧。阿基拉如此判斷後，切換想法。

在加快速度徒步前進的獵人們後方，阿基拉乘著摩托車緩緩前進。

阿基拉的工作是救援，而非護送。在他把救援對象帶到大樓外頭的當下，救援工作就結束了，所以剛才本部才會一度指示他立刻趕赴下一個救援地點。

因此阿基拉要獨自一人先回到基地也沒問題，但是男人們萬分緊張地攔下他，他才與他們同行。

在回到基地的途中，阿基拉乘著摩托車。他為了搜敵順便習慣操作情報收集機器，試著偵測包含走在前方的那些獵人在內的周遭情況。

但是偵測並不順利，就連近在眼前的男人們的反應都無法正確捕捉。他更改機器的多種設定，並嘀咕道：

『……很難耶。只是稍微更改了艾蕾娜小姐的設定，結果就變得亂七八糟……』

『因為艾蕾娜的設定某種程度來說算是最佳解答了，隨便變更當然會讓收集數據的精確度大幅下降。』

『原來如此……所以最好不要再亂改設定？』

『不行。你要試著調整各參數，去理解設定項目的意義，事先習慣操作方法。』

阿基拉靠著擴增顯示在視野中的使用說明書，開始更改情報收集機器的設定。於是他裝備的護目罩型顯示裝置上的半透明搜敵報告也產生改變。

視野的右前方顯示的立體圖像代表了以阿基拉為中心的周遭狀況，雖然上頭也顯示了走在前方的獵人們的反應，但是反應相當粗略而不精確。那是因為搜敵設定並不適當。

『還真不容易。』

顯示的反應是情報收集機器所收集的各種數據的分析結果。只要調整設定，針對所需的資訊調整並最佳化，情報收集的手段也會更有彈性。

比方說粗略調查是否有什麼東西、位在哪個範圍、有多少機率存在，或是要正確識別對象的位置與形狀。這些都可視設定達成。

『阿爾法，設定調整有沒有參考基準啊？』

『這個嘛，首先要把收集範圍設定得寬廣而粗略，一旦發現某些反應，再針對那一帶集中並深入分析。這是基本原則。』

切換廣域收集與狹域收集的時間間隔，以及視周遭環境修正影像分析、聲響分析、動態分析的調查比率與分析方法等等的設定。

在地形複雜的場所，可提升回聲定位分析的比率；在寬敞的場所則反過來要降低。在肉眼就能看見的場所可降低影像分析的精密度；在看不見的場所則要提升精密度。

阿基拉聽阿爾法如此說明的同時，與機器陷入苦戰。這時他突然想到——

『對了，妳也是用這台情報收集機器搜敵吧？我亂動設定會不會干擾妳搜敵？沒問題嗎？』

『沒問題。我從情報收集機器取得的是機器收集的未加工數據，數據分析由我自己來，我搜敵跟機器設定沒有關係。況且我在這個地方就算沒有情報收集機器，也能提供充分的搜敵。所以你不用擔心，想改設定就儘管改。』

阿基拉放心地嘗試大幅度更改設定。獵人們的反應從搜敵結果中消失，顯示器上充滿雜訊。

接下來，阿基拉發現了名為簡易自動設定的項目，決定嘗試。寫著調整中的訊息顯示了數秒後，獵人們的反應重新出現，搜敵結果的顯示也變得清晰許多。具有這種功能就是綜合型情報收集機器的強項。

以後用這個功能不就好了？阿基拉這麼想著，自動設定就被阿爾法關閉了。

『依賴這個就無法訓練自己調整設定值了吧？那只能當作參考，數值由自己設定。』

『……知道了。』

阿爾法對著苦笑的阿基拉回以滿意的微笑。

在返回臨時基地的歸途，阿基拉等人順利地前進，但是狀況突然有了變化。

阿爾法露出有些緊張的表情。阿基拉注意到她的反應，表情也轉為凝重。

『阿爾法，怎麼了？』

『阿基拉，現在就拋下他們，自己趕路，或是告訴他們全力跑向臨時基地。成群的亞拉達蠍正在逼近。』

阿基拉對著走在前頭的獵人們大喊：

「喂！現在馬上用跑的趕回臨時基地！亞拉達蠍群正在靠近！」

阿基拉見到男人們紛紛對他露出訝異的表情，便表情緊張地催促他們移動。

「我會稍微牽制！你們就拚了命跑吧！」

男人們慌張地四下張望，但是完全沒看到敵人的身影。

「真的嗎！在哪裡！到底在哪裡！」

「廢話少說，快點跑！要繼續待在這裡的話，我可不支援喔！我會一個人先逃走！」

阿基拉如此怒吼後，這群獵人開始拚命奔跑。

目送男人們離去後，阿基拉也同樣掃視周遭，但沒有發現任何敵人。

情報收集機器按照自動設定的設定值進行一般程度的搜敵，但機器只顯示了周遭地形，並未捕捉到任何敵人的身影。

『阿爾法，成群的亞拉達蠍在哪裡啊？距離很遠嗎？』

阿爾法以凝重的嚴肅表情叮嚀：

『阿基拉，我現在要擴增你的視野了，你要保持冷靜喔。』

她如此強調之後，在阿基拉的擴增視野中標示出亞拉達蠍的身影。這瞬間，阿基拉的臉龐頓時繃緊。

◆

　獵人們朝著臨時基地全力奔跑。他們一面跑一面環顧周遭，依舊沒有看到亞拉達蠍。然而剛才拯救他們於險境的獵人如此警告，而且他們一點也不想再陷入那種狀況，所以他們只管埋頭繼續跑。

　但是跑在最前方的男人突然呆站在原地，後頭的獵人也連忙停下腳步。

「怎麼停下來……！」

　對最前方的男人發出的疑問，不用聽他回答就得到答案了。因為倒在男人們前方不遠處，外觀無異於瓦礫的物體開始動了起來。

　那正是擬態為瓦礫，埋伏等候獵物的亞拉達蠍群。蠍群的一部分已經搶先來到此處，而且成功伏擊獵人們。

　男人們的四周潛伏著許多擬態為瓦礫的亞拉達蠍，在開始動起來之前根本無法分辨。

　眾人連忙舉槍，集中火力射擊。但是在他們擊倒其中一隻的過程中，其他個體不斷逼近。男人們再度陷入絕境。

　這時阿基拉趕到了。憑著加速到極限的摩托車的速度，撞開了數隻亞拉達蠍。傾斜的車身壓低到幾乎要倒下，用一隻腳刮過地面來減速，以獵人們為中心畫出圓弧般強硬轉換方向。體長約一公尺的大型甲殼蟲紛紛被那雙輪撞飛。

　緊接著阿基拉在目瞪口呆的男人們身旁停下摩托車，對著臨時基地的方向舉起ＣＷＨ反器材突擊槍，連續開火。射出的穿甲彈接連擊殺了擬態為瓦礫的亞拉達蠍。隨後，他停止射擊，指著散落無數瓦礫的道路。

「快去！」

　獵人們完全無法分辨瓦礫與亞拉達蠍。道路上到處都是瓦礫，如果還有其他擬態的亞拉達蠍，未免太危險了。

但是他們可沒有空檔停在原地。他們皺起臉朝著阿基拉所指的方向跑了過去。

擬態的蟲子在剛才那陣槍擊中已經全被打倒了。大概吧。男人們強逼自己相信，跑在滿是瓦礫的路上。

◆

阿基拉繼續支援獵人們撤退，目前情況還算順利。儘管如此，他的表情依舊凝重。靠著阿爾法的輔助看穿亞拉達蠍的擬態，以穿甲彈射穿，輕鬆一一擊破，但他仍然眉頭深鎖。

『都靠得這麼近了還沒有反應，到底是怎麼回事？』

在阿基拉的視野中，附近的亞拉達蠍的形體被加上紅框。無論是擬態為瓦礫、躲在瓦礫後面，或是從遮蔽物後方漸漸靠近的蟲群，顯示在阿基拉眼前時，位置或形狀都能清楚辨認。

但是靠情報收集機器的搜敵結果，絕大多數的個體反應都無法捕捉，完全被機器視作普通瓦礫。

阿爾法輕笑著安慰阿基拉。

『憑著自動設定功能中的泛用搜敵設定，面對擁有迷彩能力的對手就只有這點功效。就像你看到擬態為瓦礫的亞拉達蠍也無法分辨出那就是亞拉達蠍，道理是一樣的。』

情報收集機器也是依靠各種偵測器來取得對象的形狀數據等等，但是要分析情報並判別對象的存在，難度相當高。

如果收集了所有可能取得的數據，會使得數據量太大而沒有充分時間分析；如果減少收集的數據，則會使搜敵的精確度下降。就算源頭是同一份數據，隨著分析方法與分析時間的不同，精確度也會大幅變化。

如果使用者能因應狀況精確調整，使用情報收集機器的搜敵能力就會飛躍性提升。

阿基拉聽阿爾法如此說明後，在戰鬥中面露苦笑。

『說穿了，就是要學會自己調整設定吧？』

阿爾法帶著笑容補充：

『沒關係。我當然不會要你現在就辦到。』

但是你總有一天要能辦到，為達目標的訓練也絕對不會少。阿基拉從阿爾法的言語和微笑中，正確理解了她的意思。

『那真是多謝了！現在的我光是要擊退這些傢伙就費盡全力了！』

無論是操縱強化服、駕駛摩托車、使用槍枝、調整情報收集機器，有朝一日全都要能自力達成，而且水準必須滿足阿爾法的要求。距離達成的路途還很遙遠。

阿基拉將這場戰鬥也視作途中的一小步，以ＣＷＨ反器材突擊槍接連擊破亞拉達蠍。

穿甲彈貫穿了甲殼蟲的堅硬外骨骼，破壞體內的神經系統，使之猝死或無法動彈。但是蠍群數量還非常多。阿基拉覺得沒完沒了而感到煩躁，並且準備瞄準下一個目標時，阿爾法提醒他：

『阿基拉，剛才的是最後一發了。』

『……所以，已經沒有穿甲彈了？』

『很遺憾。換槍吧。』

阿基拉表情緊繃地收起ＣＷＨ反器材突擊槍，雙手各拿一把ＡＡＨ突擊槍，緊接著將兩把槍對準下一個目標連續開火。

普通子彈對亞拉達蠍的裝甲效果不佳，但是靠兩把槍連續開火，再加上阿爾法輔助下的精密射擊，讓所有子彈擊中相同的位置，藉此補足威力。

同一個部位連續中彈，堅固的裝甲也會龜裂開洞，子彈便從該處入侵。被後續的子彈推擠並彈射、在外骨骼的內側彈跳，撕裂內部的肉體。

生命力強韌的生物類怪物在弱點之外的部位挨上幾槍也不足以致命，然而當子彈在體內亂竄，終究還是無法承受而喪命。

只要有阿爾法的輔助，憑著普通子彈也能與亞拉達蠍抗衡。不過與一發就能打倒的穿甲彈相比，比較耗費時間和功夫，也因此讓蠍群有緩緩逼近的空間。

彈匣馬上就空了。亞拉達蠍趁著換裝新彈匣的空檔逼近，阿基拉出手揍飛或踢飛、彈飛以應付怪物，同時將新彈匣裝進槍身。

以左右兩把槍各自瞄準不同的蟲子連續射擊。就連命中的衝擊力使目標位置產生的些許位移都列入考量，憑著如此精密的射擊同時擊破兩隻亞拉達蠍。彈匣再度全空。

『阿爾法！按照這步調，普通子彈也很快就會用完！該怎麼辦！』

『有兩個選項。準備打格鬥戰，或是拋棄他們，趕往臨時基地。』

『……不能對本部發出救援要求之類嗎？』

『他們在逃跑過程中已經試了好幾次，回答聽起來不太樂觀。』

『……支撐到極限吧。』

都來救人了，阿基拉也想讓他們保住性命。不過他完全不打算與他們同生共死。

戰況可說是每況愈下。獵人們的疲勞已經幾乎抵達危險的程度。氣喘吁吁的他們像是要挑戰體力的極限，不停奔跑。

另一方面，亞拉達蠍則像是不知何謂疲勞，彼此距離越來越靠近。這樣下去一行人被蠍群吞沒也只是遲早的事。

『狀況不太妙了啊。』

『叫他們跑進附近的建築物藏身，剩下就讓他們期待救援趕到吧。運氣夠好還是有機會得救。』

『也沒辦法了吧。要是有適合藏身的地點就告訴我，我會轉達並幫忙帶路，最多就奉陪至此。附近有適合的場所嗎？』

『這個嘛，比方說那個……阿基拉，沒有這個必要性了。』

阿爾法原本要指向附近的建築物，卻把指頭轉往臨時基地的方向。阿基拉看向該處，發現數輛武裝車輛正朝著阿基拉等人駛來。

武裝車輛開過阿基拉身旁後，以機槍掃射亞拉達蠍。成群的甲殼蟲全身沐浴在強烈的彈雨之下，轉瞬間就灰飛湮滅，無從抵抗地遭到殲滅。車輛就這麼不停前進，同時粉碎前進方向上的亞拉達蠍。

阿基拉為了不妨礙車輛通行，將摩托車停放在道路旁。他以為是獵人們緊張地再三發出的救援要求實現了，這時跟在後方的其他車輛在他身旁停下，車上的男性對他開口問道：

「你就是14號？」

「是沒錯……」

「我們是久我間山都市的防衛隊，正在執行本部發出的指示。把你的租借終端機交出來。」

阿基拉按照他所說的，遞出租借終端機。

「很好，這樣你的工作就結束了。你可以回去了。」

「先等一下，你們好像不是來救援我們，到底發生什麼事了？」

「遺跡的地表區域到處都冒出了亞拉達蠍。看來這附近有個大規模的巢穴，這次的掃蕩作業似乎刺激了那個巢穴，所以臨時基地周邊的掃蕩要全部重來。」

「喔，所以你們才來殲滅亞拉達蠍？」

「沒有，那只是順便而已。我們的目的是回收租借終端機。」

男人對面露納悶表情的阿基拉苦笑著補充：

「租借終端機應該留有襲擊時的紀錄檔，本部好像預定要分析那些檔案來推測巢穴的位置。不過許多獵人沒有返回基地，這樣下去可能會因為數據不足，難以推測巢穴的正確位置和數量。所以上頭才發出指示，要我們來回收租借終端機。」

阿基拉也理解了男人苦笑的意義。簡而言之，重點是回收租借終端機，獵人的生還只是其次，甚至更不重要。

儘管如此，因為上頭這樣指示，因此得救的獵人也會增加。這讓男人臉上的表情僅止於苦笑。

「對了，你要來幫忙回收作業嗎？既然你有本

事帶著累贅來到這裡，對實力應該有自信吧？」

聽了男人的邀請，阿基拉不願意地搖頭。

「饒了我吧。我原本準備了應該很充裕的彈藥，現在幾乎全用完了。彈藥已經很吃緊，光看契約內容，能不能打平彈藥的開銷都很難說。」

男人看著阿基拉怨嘆的表情，輕笑道：

「那還真是不走運。哎，下次記得在簽約時把彈藥費保證加進去。就這樣啦。」

男人留下這句話，驅車繼續前進。

阿基拉看向獵人們，他們正和其他車輛的成員交談。對阿基拉而言距離太遠，聽不見對話內容，但是對阿爾法不成任何問題。

『他們想央求武裝車輛送他們回到臨時基地，但是被拒絕了。不過接下來的路程只有他們也沒問題，我們就先回去吧。』

『說的也是。』

阿基拉乘著摩托車自男人們身旁呼嘯而過。阿基拉聽見了挽留他的呼喚，但他不放在心上，就此離去。

◆

獵人們疲憊不堪地朝著臨時基地前進。

回程因為武裝車輛已經掃蕩路上的敵人，一路都很安全。但是安全讓他們放鬆了心情，因此回想起剛才因緊張而暫時忘記的疲勞。他們途中屢次休息，長吁短嘆地連連抱怨。

「那個小鬼也是，防衛隊的傢伙也是，送我們回到臨時基地也沒什麼不好吧……」

「總之早點回去吧。雖然防衛隊的傢伙把通往臨時基地的路上怪物驅除了一遍，也不能保證一直都安全。」

「……說的也是。話說回來，那個小鬼到底是什麼來歷？強得莫名其妙……」

「誰曉得。唯一只知道他的實力確實強得本部指派他一人衝進那堆怪物中。」

其他男人說出自己的猜測。

「啊，對了。我忘記是聽誰講的，多蘭卡姆的新手好像也參加了這次有關基地的委託。被分配到救援班的小鬼似乎特別厲害，聽說一天之內一個人就救回了幾十個人……就是那傢伙嗎？」

「多蘭卡姆的小鬼啊……聽說他們靠著老練獵人賺來的精良裝備，這陣子趾高氣昂，不過如果剛才那傢伙就是多蘭卡姆的新手，哎，有那種實力會囂張起來也不奇怪吧。」

「那傢伙叫什麼名字？我記得叫克……克……克拉？」

「誰曉得啊。廢話少說，快點回去吧。」

獵人們疲憊不堪地交談著，但還是加快腳步趕往臨時基地。

第39話 指名阿基拉的委託

阿基拉來到靜香的店裡，一如往常購買彈藥。於是靜香露出有些懷疑的表情。

「阿基拉，你突然買那麼多穿甲彈要做什麼？就預備來說好像太多了些，計劃會大量消耗嗎？」

「也不是計劃，只是手上的彈藥都用完了，所以這次為了在戰鬥中不要用盡彈藥，包含預備的分量在內，一次買了比較多的子彈。」

那至少代表了他已經與普通子彈效果薄弱的強力怪物戰鬥過了，而且敵人的數量或強度足以讓他耗盡手頭上全部的穿甲彈，甚至有可能數量與強度兩者兼具。

阿基拉是不是又逞強了？一想到這裡，靜香擔心起阿基拉的安危，神色轉為擔憂，同時對阿基拉投出彷彿能看穿一切的目光。

「究竟發生了什麼事，我可以問嗎？」

「呃，我接了有關在崩原街遺跡建設臨時基地的委託，在那邊遭遇了大量的亞拉達蠍……」

阿基拉平鋪直敘地說明當時的狀況。因為口吻非常平淡，靜香判斷狀況應該不算非常危險，因而鬆了口氣。

實際上，狀況一度危險到阿基拉考慮拋棄任務中救出的救援對象。不過他自己只要拋棄那些獵人就能輕易脫身，獵人們最後也平安獲救，阿基拉不覺得那是多麼危急的情況，因此大幅省略了說明。

至少他絕非因為詳細說明會害靜香擔心，才故意省略詳細經過。如果阿基拉顯示出些許這類意圖，靜香肯定會一眼看穿。

與加農砲機械蟲群和雙頭暴食鱷魚等怪物戰鬥，一般來說已經十足稱得上是絕境，但因為阿基拉短期間內屢次體驗這種狀況，意識中危險的標準線已經嚴重失常。

「……所以，只有普通子彈的話狀況會很吃緊。為防萬一，我覺得今後要多準備一些穿甲彈備用，這次才會多訂一些。」

靜香放心後，面露溫柔的親切笑容，提出同時滿足阿基拉的安全與店家利益的手段。

「這樣的話，增加備用的穿甲彈數量也很重要沒錯，不過我會推薦你改造ＡＡＨ突擊槍。只要改造並使用強裝彈，對抗亞拉達蠍也能發揮充分的功效，使用普通子彈時的威力也會有些提升。不過有其極限就是了。」

「改造嗎？不過這種東西會不會很複雜？」

「別擔心。雖說是改造，其實只是更換一部分零件而已。只要你有保養槍枝的知識就很夠了。」

事實上ＡＡＨ突擊槍的改造零件種類繁多，更換也相當容易，有許多價格與性能都優秀的產品。

也因此，就算對ＡＡＨ突擊槍的基本性能漸漸感到不滿，許多獵人也不會更換高階槍枝，而是以添購改造零件解決問題。這樣的現象被半開玩笑地稱作ＡＡＨ愛好者的計謀。

「遭遇偏硬的怪物時，我認為與其因為ＡＡＨ突擊槍效果不彰就搬出ＣＷＨ反器材突擊槍，改造ＡＡＨ突擊槍以提升基本威力會更好。這樣一來，戰鬥手段會更有彈性，長期來說也比大量使用泛用穿甲彈節省彈藥開銷。」

靜香如此說明使用改造零件的優點。雖然放任阿基拉的彈藥開銷提高，對店內收益有正面影響，但這就是靜香的個性。

「哎，不過改造零件也不是非常便宜，還有阿基拉你自己的預算考量，我不會強硬推薦。然而若要問我，我的建議就是這樣。你怎麼看？」

除去經濟上的問題不談，阿基拉沒有理由拒絕靜香的建議。而金錢方面的問題靠上次委託的報酬已經解決了。

不同於前些日子的大樓掃蕩作業，救援任務受到委託主的高評價，因此報酬金額也相當優渥，現在阿基拉的手頭很寬裕。他二話不說就聽從靜香的建議。

「我明白了。那就按照靜香小姐的建議吧。」

「十分感謝您的惠顧。」

阿基拉臉上浮現賺了一票的獵人常會擺出的得意笑容。靜香看了覺得頗有趣，便打趣般畢恭畢敬地回答。

ＡＡＨ突擊槍的改造零件在阿基拉眼前一字排開。可增加裝彈數量的擴充彈匣的裝設口；能與情報收集機器連動的瞄準鏡；可提升子彈威力的槍身；此外還有形形色色的零件。

阿基拉聽著靜香說明各個零件的用途，充滿興趣地打量這些零件。

「種類有很多耶。」

「這只是市面上流通的零件的一部分，其中還有讓人懷疑有沒有必要裝進ＡＡＨ突擊槍的零件。明明直接買其他槍會比較便宜，而且性能也高，只是為了堅持使用ＡＡＨ突擊槍才會刻意組裝的零件也存在，可說是ＡＡＨ愛好者的執著般的零件。」

「還有這種東西喔？妳剛才說裝上這個改造槍身能提升威力，那同樣用普通子彈也會有明顯差異嗎？」

「差異還不小喔。除了提升威力，還能減輕後座力。若要問我原理和技術上的細節，我也不曉得就是了。綜合許多厲害的技術實現這種性能。我只知道這樣，就是所謂的舊世界技術。」

「舊世界的技術啊……」

舊世界技術的異常性，阿基拉也親自體驗過。簡單易懂的具體例子就是怪物。就連阿基拉稚拙的科學知識也能輕易指出不合理之處，不管怎麼想都無法理解的怪物可說不勝枚舉。

像是食用戰車就會長出砲台或履帶的暴食鱷魚等怪物，在阿基拉的知識中，不管就生物或是機械而言，同樣都超脫了理解的範疇。這些怪物也是舊世界技術的產物。

阿爾法在每天的課程中也會教導阿基拉基礎的科學知識，但是禁止他舉怪物為例來反駁課程中教導的內容。

這些矛盾或不可思議的現象，是以舊世界那高超如魔法般的技術才得以實現。若要得到能解決這些矛盾的知識，光是這樣就足以耗盡阿基拉剩餘的人生，所以現在不要在意這些事。阿爾法以這般理由禁止。

「舊世界的技術。聽到這個字眼就全盤接受是不好，話雖如此，要得到能夠正確理解並接受的知識，需要花上把人生獻給科學的時間與勞力。隸屬於大企業的研究員大概是明知如此也樂於獻上人生，但是聽說就連那些人有時也會放棄去理解。」

不只是子彈的重量與速度，甚至連物質特性都能改變的槍身；就尺寸而言，裝彈數多得不可思議的擴充彈匣。這一切都是應用舊世界技術所製造，而且用在上頭的技術有大半就連原理都無法查明。

靜香惡作劇般笑了笑，開玩笑說：

「如果無法接受『舊世界技術』這種說明，就只能自己成為這方面的科學家，去調查清楚才行。你要從今天起立志成為科學家嗎？」

阿基拉也笑著回答：

「不了，我是個獵人，有舊世界的技術這個理由就很夠了。」

若說自己對這方面的知識毫無興趣，那並非事實。但是對阿基拉來說，其他該學習、該去做的事情堆積如山，沒有多餘的時間耗費在探究舊世界的技術上。

在這之後，他遵循靜香的建議，購買了數項AAH突擊槍用的改造零件，以及可與情報收集機器連動的瞄準鏡，此外還支付了今天補充彈藥的金額後，前些日子賺到的資金有大半都消失了。

充實裝備與提升生活品質。把前者放在優先有望增加收入與安全，但如果輕視後者而疏忽日常生活，對獵人工作也會造成負面影響。重點在於對兩者重視的程度。獵人一旦搞錯兩者間的平衡，要不是丟掉性命，不然就是日漸貧困。

不過對出身貧民窟的阿基拉而言，現在的廉價旅館已經算得上十分奢侈的生活了。日常生活一點也不荒廢，反倒是水準大幅提升。也因此，他就算把大量資金耗費在裝備上，也不等於輕視後者。

店鋪深處傳來艾蕾娜的聲音。

「靜香！妳來一下！」

「阿基拉，你稍等一下喔。」

靜香臉上顯露愉快的神情，露出一抹意味深長的微笑，留下這句話便走進店面後方。

阿基拉表情有些納悶地等待時，後頭傳來了艾蕾娜慌張的驚呼和靜香愉快的說話聲。

「……咦？阿基拉在店裡？」

「對啊。之前不是約好東西送到就要給他看？我們走吧。」

「那是妳自作主張亂講的吧！」

「但是妳也沒取消吧？好了，我們走吧。讓人家看一下又不會少塊肉。」

「等等，不要推啊……！」

艾蕾娜被靜香推著從店鋪裡頭走來。一見到艾蕾娜的打扮，阿基拉不禁短暫愣住了。

艾蕾娜現在穿著質地相當薄的強化服，有些部位輕微散發光澤的素材緊貼著身體，清楚凸顯出女性特有的身材曲線。再加上區隔外界與肌膚的素材厚度也十分單薄，薄得幾乎能輕易想像一絲不掛時的模樣。

見到艾蕾娜那身穿著，阿基拉不由得回想起之前阿爾法自情報收集機器遺留的數據顯示的艾蕾娜的裸體。清純與美豔兩者並存的裸體充滿了魅力，光是回想就讓阿基拉手足無措。

阿基拉與艾蕾娜四目相對。阿基拉的驚慌與害臊感染了艾蕾娜，艾蕾娜也有點慌張地臉龐泛紅。

現場唯獨靜香一人神色自若。她愉快地笑著，開始說明那件強化服。

「艾蕾娜現在穿的是B3CSD強化服。和阿基拉的強化服不同，屬於沒有輔助骨骼的類型。啟動前非常寬鬆，一旦啟動就會縮小並與肌膚緊密貼合。儘管如此，穿起來輕盈得好像什麼都沒穿，也不會妨礙穿著者的動作，透氣性也很優秀，甚至能感覺到風吹拂肌膚。當然在提升身體能力的性能上也沒有任何問題。」

就如同靜香的說明，艾蕾娜雖然穿著強化服，體感卻像是赤身裸體。因為強化服的體溫維持功能，她不覺得炎熱或寒冷，不過由於肌膚能直接感受空氣流動，如果不靠視覺確認自己的模樣，她幾乎會有彷彿一絲不掛地來到他人面前的錯覺。

艾蕾娜事先就知道這套服裝容易凸顯身體輪廓，但因為啟動前的強化服看起來鬆垮垮，她還無法想像穿著後的狀況就穿上身，讓她不禁連忙呼喚靜香過去，結果反被靜香推著來到店面。

艾蕾娜神情害臊，稍微瞪向靜香。

「……靜香，就算妳說的是事實，這未免太誇張了。」

儘管被實力高強的獵人瞪視，但因為羞恥與害臊的神色太過強烈，完全無法發揮與實力相符的魄力。靜香不改臉上笑容，反駁道：

「希望盡可能配合目前用的防護服一起使用；厚實的手套會影響操作情報收集機器，反倒礙事；想避免強化服的形狀限制了可使用的裝備；希望穿脫方式簡單；最好能和情報收集機器連動；強化身體能力的上限要夠高，也想調整強化的幅度。全面考量艾蕾娜這些要求後，選上了這套強化服，有什麼問題？」

艾蕾娜為之語塞。仔細一想，她之前不抱期望地提出了許多稍嫌過分的要求，然而一切都完美無缺地反映在這套強化服上。這部分她當然無可挑剔，於是她硬是找出了反駁的論點：

「……用我之前提出的預算，應該買不到這麼符合條件的強化服吧？」

然而靜香輕易地回答：

「為了重要的夥伴，莎拉慷慨地給了我一筆額外追加的預算。記得要跟她道謝喔。」

「……原來是這樣啊。」

莎拉的資金援助讓她十分開心，這是事實。然而如果沒有那筆追加預算，她也不會穿上這套強化服。一想到這裡，艾蕾娜便面露苦笑。

靜香看到艾蕾娜掩不住喜色，突然把話題拋向阿基拉。

「話說，你看了艾蕾娜的強化服後，有什麼感想？」

阿基拉與艾蕾娜再度四目相對。阿基拉臉有些紅，視線逃離艾蕾娜的身軀。

「……因為刺激太強烈了，我覺得上頭還是多穿一件比較好。」

阿基拉盡可能強裝平靜，但其實十分勉強。

艾蕾娜直到這時才想到，只要把平常穿的防護服穿在上頭就好了。剛才慌張得連這種小事都想不到。她試圖遮掩般發出乾笑聲。

「……說、說的也是！先、先等等！」

艾蕾娜連忙躲進店鋪後方。阿基拉默默目送艾蕾娜離去，靜香目送時則強忍著笑意。

阿基拉先深呼吸一次，試著讓心情恢復平靜。如果不稍微恢復鎮定，艾蕾娜回來之後恐怕無法與她正常交談。他為了轉移注意力，隨口提問：

「……靜香小姐，高性能的強化服當中，那種的特別多嗎？」

「沒有，沒這回事。不過那也不是多稀奇的製

品，有一定程度的需求。」

阿基拉反倒是因為有一定程度的需求而感到訝異。難道是針對女性客群的強化服當中，這類製品特別多嗎？購買者難道都不在意嗎？他不經意萌生疑問。

靜香從阿基拉難以言喻的表情洞悉了他的想法，於是笑著補充：

「因為不會只穿著那件強化服就外出啊。比方說重裝強化服之類的裝備，肉體難以直接穿著，需要先穿這種強化襯衣，只是這件強化襯衣的性能已經高過一般強化服而已。」

換言之，艾蕾娜剛才穿的強化服，設計的前提是還要加穿其他裝備。

比方說有如戰車的可穿式重裝強化服，對穿著者也會造成強烈的負荷。與其將負荷減輕功能追加在重裝強化服上，底下多穿一件這種用途的強化服

更能簡化功能，對使用者來說也較方便。循著這個方針而開發，為了同時穿著兩件強化服，結果產生了追求輕薄度的強化服。

演變到最後，也能配合防護服使用，或是穿在普通衣物底下，成為可應對多種使用情境的製品。

現在這類強化服也被稱為強化襯衣，因為是以會加穿其他裝備為前提，有些製品毫無裝飾。另一方面，也有女用內衣般極端重視裝飾的系列產品，可達成一般強化服無法滿足的需求。

「我底下也穿著類似的東西喔。比艾蕾娜那件便宜許多就是了。」

「靜香小姐也是喔？」

「是啊。如果底下沒穿這種強化服，我沒辦法搬運沉重的槍枝和彈藥啊。」

靜香平時就若無其事地搬很重的槍枝和彈藥。阿基拉過去從來沒特別注意過，不過聽她這麼說明，讓他恍然大悟。

「聽妳一說我才發現的確是這樣沒錯。看妳搬得很自然，我之前都沒注意到。」

「沒發現的人其實還不少喔。乍看之下打扮得普普通通，其實底下穿著不醒目的強化服。也有這種人，就是為了讓對方放下戒心。察覺這些意圖的觀察力對獵人也很重要，你也要多留意些。」

「我知道了。」

自己的知識和實力都還遠遠不夠。阿基拉清楚地如此體認。

艾蕾娜將平常穿的防護服穿在剛才那件強化服外面，回到店面。這時阿基拉再度與艾蕾娜四目相對。兩人若無其事，對彼此輕笑。

阿基拉為了改變氣氛，轉換話題：

「艾蕾娜小姐，謝謝妳之前賣給我那台情報收集機器，在工作上確實很有用，幫上大忙了。」

艾蕾娜也理解阿基拉的意圖，順勢接著說：

「那真是太好了。初學者還是比較適合綜合型情報收集機器吧。聽說最近綜合型製品的性能也越來越高了，也許情報收集機器的主流日後會轉到這個領域……」

阿基拉和艾蕾娜交談的同時，刻意留意避免注意力飄向彼此。靜香則愉快地觀察著兩人。

◆

阿基拉乘著向租車業者租借的車輛，奔馳在荒野中。

『阿爾法，還要多久才會到目的地？』

『按照這個步調，大概還要三十分鐘左右。』

『是喔……話說，妳為什麼要打扮成那樣？』

坐在副駕駛座的阿爾法現在穿著女僕裝。將實用性束之高閣，完全以觀賞目的為重的女僕裝。

奢侈地使用散發高雅光澤的黑色布料，黑色布料讓純白的圍裙更加惹眼。頸部之下沒有任何肌膚裸露，長裙徹底遮蔽那雙長腿到幾近腳踝的部位。長袖的袖口接著純白的長手套，包覆直到指尖的每一寸肌膚。那身影散發著清純的美感。

阿爾法有些挑逗般微笑。

『哎呀，你有其他偏好的服裝嗎？如果有其他要求，只要說一聲，我就能馬上更換喔。』

『不是，我沒有那種癖好。只是覺得妳老是穿著和荒野格格不入的服裝，我有點好奇妳到底按照什麼標準在選衣服。』

『我的服裝選擇標準啊，可說經過諸多考量，也可以說只是隨便選的。』

『諸多考量啊……』

阿基拉回想起過去在從事獵人工作時，阿爾法一度換上相當暴露的泳裝。

肌膚裸露度比一起泡澡時的全裸低，但那時阿基拉的精神狀態不同於洗澡時的無念無想，維持在荒野中正常的精神狀態時，泳裝打扮還是會讓他有些介意。

（……哎，總比穿著泳裝在身旁晃好。）

要是輕率地追問，她也許會換上更讓人分心的打扮。阿基拉考慮到這一點，決定不要繼續追問，轉變話題：

『現在問這個也許太遲了，租借這輛車真的好嗎？既然是為獵人設計的荒野用車輛，附有機槍之類的武裝也不奇怪吧，但是這輛車完全沒有。不是啦，我也不是想租附有大砲的車子，只是覺得再多花一點錢，租性能高一些的車子比較好吧？』

阿基拉租的車是租車店內用來租給獵人的車輛之中，價格非常低廉的那種。有好幾種更高性能的武裝車輛，只要稍微提高租車費就能向店家租到。

『這輛車就夠了。拿到上次委託的報酬後，你的獵人等級升上20級了。在這個等級能租到的車輛中，我選的這輛車性價比最優秀。』

雖然是荒野用的車輛，但不要求武裝。不過考慮到有時要當作遮蔽物，因此注重防禦力。阿爾法循著這樣的標準選擇車輛。

『這輛車確實沒有武裝，但怪物只要靠你打倒就可以了，也能當作你的訓練。』

『哎，也許是這樣沒錯……』

租車業者的店內甚至有加裝機槍的摩托車，被歸類在荒野用車輛中。當然阿基拉也不至於想租那輛車，不過他原本有點期待，既然是四輪車輛，上頭加裝一挺機槍應該很正常吧。也因此他的口吻顯得有些失望。

阿爾法笑著安慰阿基拉。

『附有武裝的車輛就等你買自己的車吧。車上的武裝基本上都要靠車子的控制裝置來操作，所以出租車輛不在我的輔助範圍內。我總不能占據租來的車輛的控制裝置吧？』

『喔喔，原來是這樣。』

『車輛的控制裝置也兼作獵人辦公室為了計算討伐內容而出租的搜敵裝置。隨便改動這些裝置，搞不好會讓你變成通緝犯。還是你想試試看？』

阿爾法惡作劇般微笑。阿基拉臉色有些發青，回答：

『拜託絕對不要這麼做。』

『我知道了。』

阿基拉看到阿爾法像是拿他的反應取樂，便投出有些不滿的視線。

『妳講這種話，萬一我沒想太多就說要試試看，妳打算怎麼辦？』

於是阿爾法的笑容更燦爛了，反過來筆直凝視著阿基拉。

『我還是會說明實行後可能產生的不利之處，如果你聽了仍執意要做，我就會實行喲。』

阿爾法的臉湊到阿基拉身旁。阿基拉有些畏縮地往後抽身。

『之前救艾蕾娜她們的時候，我一度攔阻，但最後還是遵循你的意志。還有崩原街遺跡出現大量怪物時的緊急委託也一樣，我明明阻止了，你卻說寧可一個人用跑的也要去。當時我也沒操縱強化服強行阻止，一切按照你的想法去做。沒錯吧？』

『是、是沒錯。』

阿爾法耳提面命般堅定地微笑。

『我會盡一切可能尊重你的想法喔，沒錯吧？所以你行事前也要仔細想清楚才行。』

『啊，嗯。』

阿基拉心裡想著早知道就不要多嘴了，表情有點僵硬地回答。

兩人就這麼閒聊著，阿基拉不經意提起了好奇的話題。

『對了，我現在接的是泛用討伐委託。那個委託，就算不打倒怪物，只要交出收集到的搜敵反應數據，還是可以拿到最起碼的少許報酬吧？明明是討伐委託，為什麼會這樣？』

『因為那會被視作調查怪物分布狀況的統計數據。統計之後發現怪物反應較密集的場所，就能因應需要派遣討伐部隊吧。』

委託在名義上雖然是泛用討伐，實際上也包含偵察和搜敵。只是因為沒有指定具體的場所，粗略歸類在討伐委託的範疇內。

也因此，如果只在都市附近晃，只能拿到非常微薄的報酬。反過來說，在規則上只要到遠處巡邏，就算沒遇到怪物也可以得到不差的報酬。

阿基拉覺得說明的內容頗有意思，隨口說出他直覺的想法。

『既然這樣，會不會有獵人不和怪物戰鬥，開車靠速度甩掉怪物，就這樣一直在荒野上奔馳？』

『有啊。』

阿基拉原以為應該不至於有這種傢伙，才會半開玩笑般這麼說，但是聽阿爾法二話不說就說有，阿基拉面露驚訝的表情。

『……真的有喔？』

『是啊。一般稱作飛毛腿。』

飛毛腿駕駛注重速度的荒野用車輛，車上裝載高性能的搜敵裝置，在荒野中高速奔馳。他們會在危險的荒野自動自發地廣範圍巡邏，因此出乎意料地受到重視。

不過，如果沒有夠好的駕駛技術，就會輕易送命。在四處逃竄的過程中有時候也會吸引大量的怪物，如果沒有足以甩開怪物群的能力，基本上性命就會不保。

此外雖然能賺錢，與收集遺物相比還是較少。也因此，在獵人之中算是相當罕見的一群人。

阿基拉充滿興趣地聽著這番話。

『也有這種賺錢方式啊。所以獵人工作不只有收集遺物和討伐怪物。』

『不過收集遺物和討伐怪物的確是獵人工作的基本，只是除此之外還有許多賺錢手段。哎，這和你無關就是了。你需要的是身為獵人的基本實力，以及探索遺跡的技術這方面喔。』

阿爾法露出期待的笑容，阿基拉也笑著回答：

『我知道啦。在我變強到足以攻略妳委託的遺跡之前，妳就耐心慢慢等吧。』

『既然這樣，為了決定日後訓練的方針，就讓

我看看你現在的實力吧。』

阿爾法笑著指向前方。在車輛的前進方向，有一隻體長兩公尺的怪物正奔向這裡。

那隻怪物看起來像是對齧齒類動物強加了大型肉食獸的體型般缺乏機能美。儘管不自然的體格使動作遲鈍，它憑著生物類怪物特有的強大身體能力補足，以相當快的速度朝阿基拉衝刺而來。

阿基拉停車並下車，對著那個體舉起了ＡＡＨ突擊槍。

這把槍已經加裝了在靜香店內購買的改造零件，子彈也換成了強裝彈。阿基拉看向瞄準鏡對準目標後，與情報收集機器連動的瞄準鏡顯示出跟目標間的距離，同時追加顯示周遭的搜敵反應。

現在的阿基拉完全沒有受到阿爾法任何輔助。憑自己究竟能做到什麼程度？阿基拉如此捫心自問，謹慎地瞄準目標，扣下扳機。

射出的子彈完全沒傷到對方一根寒毛，而是衝過偏右側的半空，然後消失。

『可惜。往右偏了兩公尺左右。』

阿爾法擴增了阿基拉的視野，顯示出剛才的彈道，讓阿基拉確認狙擊的結果後，立刻消除輔助。

阿基拉再度慎重瞄準怪物。依據剛才看到的彈道修正瞄準點，為避免槍口搖晃，用強化服穩穩固定槍身。之後他扣下扳機。

射出的子彈疾馳穿過目標左邊的半空。

『這次往左偏了一公尺。只差一點。』

野獸展現了要拿阿基拉飽餐一頓的旺盛食慾。與野獸之間的距離不斷縮短，阿基拉一度緩緩深呼吸，維持鎮定。越是慌張就越靠近死亡，驚慌失措會逼迫自己更走近絕境。阿基拉十分了解這一點。

讓精神鎮定，維持冷靜，再次瞄準並狙擊。這次射出的子彈終於擊中了肉食獸的軀幹，但是並非命中弱點，距離致命傷還很遠。對方只是稍微停頓，依舊持續衝刺而來。

接下來阿基拉數次狙擊，所有子彈確實都打在對方身上，卻無法阻止對方繼續逼近。與對方的距離已經來到危險範圍。

阿基拉輕輕嘆息後，更換彈匣，從使用強裝彈狙擊切換為以普通子彈掃射。

子彈朝著目標所在位置掃射。新加裝的改造零件提升了普通子彈的威力，儘管瞄準稍有偏差，也能以數量彌補，接二連三擊中敵人的身軀。

那傷勢已經超過是否擊中弱點的問題。全身上下被無數子彈打中，野獸沒有空檔逃命便身亡。

如果有阿爾法的輔助，大概只要第一發強裝彈就能擊倒對方。阿基拉這麼認為，為了還遠遠不足的自身實力嘆息。

『果然沒那麼簡單就打中啊。妳是怎麼打中

的？有沒有什麼訣竅？』

『我的狙擊只是以龐大的演算能力執行高精密度的彈道計算所得到的結果，所以很遺憾，就算我教你計算方法，對你也沒有任何幫助。』

『……這樣啊。』

阿基拉輕嘆一口氣。一失去阿爾法的輔助就變成這副德性，這樣的現實讓他不禁有些失落。

『你要在腦海中描繪出我的輔助會顯示的彈道預測再開槍。要學會自己在腦海描繪正確的彈道，而且要持續訓練直到能辦到為止。』

雖然這並非射擊的訣竅，阿爾法舉出訓練的方針後，對阿基拉展露溫柔但充滿自信的微笑。

『你的實力確實在成長，這點我敢保證。所以你也別著急，好好努力下去吧。』

阿基拉相信這句話，雖然有一部分的原因是一旦懷疑這句話，阿基拉就束手無策了。不過就算撇開這個原因，累積至今的信賴同樣帶來了充分的說服力。阿基拉振奮心情，笑著回答：

『我知道了。哎，要是能夠簡單打中，就不用訓練了嘛。』

『就是這樣。日積月累慢慢努力吧。』

阿基拉回到車上繼續驅車前進，只有怪物的屍體被留在原地。

乘著租來的車輛在荒野上奔馳，終於抵達了目的地。阿基拉掃視附近的景色，露出有些懷疑的表情。

『……阿爾法，真的是這裡嗎？』

『在日柄加住宅區遺跡取得的檔案所示就是這個地點。』

阿基拉和阿爾法之間飄著一陣尷尬的氣氛。

『我們為了找出尚未發現的遺跡，打算巡過里昂茲提爾公司的各個分店和終端機的設置場所。因為只要那地點不是廣為人知的遺跡，就很可能藏有尚未被發現的遺跡。這裡就是第一處，沒錯吧？』

『是啊。』

阿基拉面前是一片隨處可見的荒野景色。建築物倒塌成為瓦礫，瓦礫在風吹雨打下變得細碎，人和怪物的屍體回歸塵土，堆積的土壤長出草木。只剩少許文明的殘骸遺留於該處，徹底朽壞到稱不上廢墟的程度。

『……抱持太多期待了。這也很正常吧。要是未發現的遺跡這麼快就能找到，其他獵人應該早就找到了。』

儘管如此，阿基拉還是試著抓住一絲希望。

『知不知道更精確的位置？這一帶其實也滿廣的嘛。如果知道正確位置，也許會有些轉機。』

『稍等一下喔……在那邊。』

阿爾法以指頭指向檔案中的位置。阿基拉將視線投向該處，看見在阿爾法輔助下擴增的視野中飄浮著顯示具體位置的箭頭。那個箭頭所指的地方位在半空中。

阿基拉見狀，面露難以言喻的表情。

『那裡其實有一棟被光學迷彩覆蓋而看不見的大樓，這類可能性……』

『不可能啦……好了！這裡落空！往下一處前進吧！』

阿爾法掩飾失敗般有些快嘴地回答。阿基拉覺得那種態度滿有趣的，微微苦笑。

阿基拉並不打算責怪阿爾法。舊世界廣大的都市群如今絕大多數都已崩塌朽壞到什麼都不剩，化作荒野。人稱遺跡的罕見場所則是因為某些原因，部分保留了當時的情景。這個地方並非罕見的例外，就這麼單純罷了。

離開希望落空的地方，阿基拉與阿爾法前往下一個目的地。

阿基拉與阿爾法在這之後依序造訪檔案上標示的地方，但全都落了空。

看見箭頭指向空中或空無一物的地面，輕嘆一口氣，持續累積失望並前往下一個地點。這樣的狀況反覆發生，阿基拉起初的期待也大幅受挫，顯得有些意氣消沉。

阿爾法見狀，關心阿基拉般以開朗的語氣說：

『統統都沒中耶。怎麼樣？別再指望未發現的遺跡，改去探索已經發現的遺跡？』

在已知的遺跡中，里昂茲提爾公司的分店和終端機位置還是能派上用場，因為那可能指向調查盲點的隱密場所。在因為某些理由而尚未被發現的地方發現大量高價遺物的可能性，遠比在遺跡內正常探索要高出許多。

阿基拉聽了她的說明，有些迷惘，但是最後並未改變想法。

『……不了。現在還是先繼續找未發現的遺跡。難得都拿到了這項情報，我想盡可能活用。』

『我明白了。希望下一個地方能中獎。』

『是啊。不過就算找到了，要是遺跡裡住滿怪物也很傷腦筋。』

『棲息在未發現遺跡的怪物強度和數量都是未知數喔。因為沒有獵人靠近，完全沒有這方面的情報。萬一遇到你沒辦法應付的怪物，只能放棄了。就期待怪物的強度在你也能驅逐的程度吧。』

『這部分能不能靠妳的輔助，設法避免遭遇怪物？』

『我當然會輔助，不過輔助也是極限。我最能夠輔助你的場所是崩原街遺跡，在其他遺跡就無法發揮那樣高水準的輔助。我之前應該簡單說明過，還記得嗎？』

阿基拉的表情稍微轉為凝重。

『啊，差點忘了。我想起來了。』

『特別是搜敵能力會劇烈下降。靠你的情報收集機器搜敵，我在搜敵的精確度會有極限，先被怪物發現的危險性也會大幅提升。所以在其他遺跡可不要以為能像過去那樣輕鬆地探索喔。』

『知道了，我會注意。』

阿爾法的輔助能讓平凡無奇的貧民窟小孩自遺跡生還，這份庇護在其他遺跡會大幅減弱。理解這個差異的意義讓阿基拉繃緊了神經。

阿爾法更進一步補充說明：

『還有，就算發現了未發現的遺跡，探索時也不能用租來的車輛。分析車輛的移動路線紀錄就有可能找出遺跡的位置。此外，一旦有人把車輛長時間停在特定位置的紀錄與借車的獵人變賣大量遺物的資訊互相對照，新遺跡的存在因此被人發現也不奇怪。』

『所以其實一定要用自己的車子才行啊。不過現在的我最多也只能租車。』

『買車之後還有停車場的問題，況且你現在還住在旅館。要租一幢有車庫的房子，購買荒野用的車輛，如果手頭充裕，最好還要在車上加裝廣範圍的搜敵機器。這樣就不用擔心被人跟蹤，也能避免遭遇怪物。』

『要湊齊這些東西要多少錢啊。獵人這行真的很花錢耶，而且能不能賺回投注的成本，其實也很看運氣。』

阿基拉感受到獵人這行的哀戚而輕聲嘆息時，阿爾法為他打氣般笑道：

『就是為了不讓工作變成賭博，需要做好萬無一失的準備，無論裝備和實力都要萬全。而且你有我跟在身旁，用不著擔心。過去也都是這樣吧？』

阿基拉回想起過去的種種，停頓了半晌後，重新打起精神般輕笑著說：

『說的也是。接下來也拜託妳了。』

『儘管交給我。』

阿爾法對阿基拉回以充滿自信的笑容。

自從與阿爾法邂逅的那一天起，阿基拉一次又一次投身賭局。在光是賭上性命還不夠當作籌碼的獵人工作上，目前他連戰連勝。

不過，過去的順遂完全無法保證將來也相同。阿基拉心中明白這一點，仍繼續他的獵人工作，直到贏得充分的獎賞，或是敗北失去一切為止。

在這之後，阿基拉與阿爾法為了尋找未發現的遺跡，在荒野上四處奔馳，但期待屢次落空。

考慮到回都市的時間，他決定下一個場所就是今天最後的目標。雖然如此決定了，最後的場所也是隨處可見的荒野。大量的瓦礫凌亂散落，掩蓋了地表。

結果今天從頭到尾都落空。阿基拉心中這麼想著，姑且還是按照先前那樣確認檔案標示的位置。

『阿爾法，同樣要拜託妳了。』

『在那邊。』

阿爾法指著檔案標示的位置。阿基拉的視野得到擴增，額外顯示了指出具體位置的箭頭。

阿基拉見狀，面露出乎意料的表情。半透明的箭頭顯示於地面下方。

『……地下？』

『似乎是這樣。』

阿基拉再度環顧周遭，不過四處都堆滿瓦礫，找不到形似出入口的東西。

『那份檔案裡頭沒有出入口的資訊嗎？』

『我只能取得位置資訊。因為當時只要稍加查詢就能輕鬆找出前往目的地的路徑，只要提供位置資訊就很夠了吧。雖然地下有可能已經崩塌被土石掩埋，如果完好無缺，就會是未發現的遺跡。』

『就算真是這樣，沒有出入口還是進不去。』

『有什麼打算？要找找看出入口嗎？』

『……不了，今天就回去吧。我們來這裡是開租來的車。就算這裡真的有未發現的遺跡，一旦花費時間尋找入口，逗留的紀錄就可能讓人起疑吧？就算要找入口，也得等我買到自己的車。』

『說的對。那就這麼做，今天先回去吧。』

雖然沒有找到未發現的遺跡，至少發現了暗藏可能性的場所。阿基拉對成果還算滿足，乘車回到都市。

阿基拉回到旅館後，進到浴室，全身泡在浴缸中。讓累積的疲勞漸漸溶解於溫暖的洗澡水，完全放鬆表情。

一起入浴的阿爾法的身影一如往常出現在阿基拉身旁。只有蕩漾的水氣與波光遮掩那甚至有幾分神祕的誘人裸體，就連迷濛不清的模樣都美得教人神魂顛倒。

然而阿基拉對全裸的阿爾法沒有投注絲毫注意力。儘管他與如文字所示那般美得超乎現實的女性共浴，但他今天依舊暴殄天物似的虛度這段難得的時光。

擺在房間的資訊終端機收到了訊息，通知浮現在顯示器上。因為阿基拉的資訊終端機已經被阿爾法掌控，阿爾法對訊息內容瞭若指掌。

『阿基拉，獵人辦公室送來指名你的委託。』

「委託？」

『居然會特地指定你個人委託工作，你作為一位獵人也成長不少了啊——照理來說應該要為此開心，不過工作內容有點棘手。』

阿基拉理解到阿爾法對當下事態顯得不太歡迎，將幾乎溶解在洗澡水的意識收回來。

「是什麼內容？」

『簡單說明的話，為了驅除位在崩原街遺跡的亞拉達蠍巢穴，希望你也參加這次的驅除作業。』

「很好。拒絕吧。」

阿基拉隨即決定，沒有一絲迷惘。

來自獵人辦公室指名並委託任務，一般來說對獵人肯定是值得高興的事。不過阿基拉回憶起在廢棄大樓的戰鬥以及之後的撤退戰，對他而言驅除亞拉達蠍的任務一點也不值得高興。

但是阿爾法輕輕搖頭。

『棘手之處在於沒辦法這樣輕易拒絕。委託主

是久我間山都市的長期戰略部。』

長期戰略部是協助都市發展的部門。若隨便拒絕這部門的委託，一旦被判斷是沒有意願協助都市發展的人物，可能會受到負面的特別待遇。

既然住在都市，被都市盯上就有可能演變成麻煩的事態。如果要拒絕委託，也需要充分的理由。

『哎，就算拒絕而被都市盯上，還有移居其他都市這個最終手段。不過條件也沒有糟糕得要這樣堅決拒絕。』

阿基拉沉吟。雖然不想被都市盯上，但也不願意移居其他都市，不過又想盡可能回絕。

「……該怎麼樣才能委婉回絕？回答對方要我接受委託有條件，然後附加對方應該會拒絕的條件，怎麼樣？」

『內容必須符合常識，而且要讓對方認為與其接受這種條件，不如取消委託。該選擇何種內容，

真教人煩惱啊。』

阿基拉與阿爾法一面討論一面決定條件內容。

並非單純要求不合理的高額報酬即可。那樣就算能躲過委託，也必然會招惹都市的不滿。煩惱到最後，決定加上以下的條件。

為了彌補不足的實力，將大量使用ＣＷＨ反器材突擊槍的專用彈這類昂貴的彈藥，彈藥費由委託主預先支付。

並非獨自行動，而是身為小隊一員行動，但隨時可以憑自己的判斷逕自改採單獨行動，判斷撤退與否也包含在內。

討伐數與討伐對象產生的報酬要以金錢支付，不可因為撤退等消極行動減少報酬。

前些日子與亞拉達蠍的戰鬥中，自己因為實力不足而吃盡了苦頭。很遺憾，憑自己的實力如果不能得到這種優待，就無法接下本次委託。阿基拉在最後寫上這樣的藉口，送出回訊。

「……雖然寫了這麼多，內容會不會有點太得寸進尺了？」

訊息已經送出，無法收回。阿基拉面露有些不安的表情。

阿爾法試圖紓解他的不安般微笑。

『一旦放寬條件，說不定對方就會乾脆地接受，這也是沒辦法的事。就期待對方不會太生氣，並且取消委託吧。』

「是啊。」

阿基拉深深沉入溫水中，同時希望這件事能夠平穩地解決。

隔天早上，阿基拉讀了傳到資訊終端機的通知後，震驚地皺起眉頭。

「……不會吧？」

亞拉達蠍巢穴清除作業委託的委託主——都市的長期戰略部答應了阿基拉提出的所有條件。

◆

靜香才一開店，阿基拉便走入店內，隨即表情嚴肅地提出訂單：

「靜香小姐，如果我說請現在馬上把ＣＷＨ反器材突擊槍的專用彈庫存盡量賣給我，大概可以給我多少？」

靜香見到阿基拉的神色，面露疑惑的表情。

「你說盡量，具體來說大概需要多少？」

「總之要買到我能搬運的極限。因為我有強化服，打算盡可能塞滿背包，攜帶越多越好。除此之外，我還想盡量多準備一些備用彈藥。」

靜香感覺到阿基拉的要求背後藏著可疑的事，神色擔憂地質問：

「為什麼你會突然需要這麼多ＣＷＨ反器材突擊槍的專用彈？你打算和什麼東西戰鬥？」

「是亞拉達蠍，有些一言難盡的理由……」

阿基拉解釋理由後，靜香的表情更加嚴肅了。

「……亞拉達蠍的巢穴啊。怪物的強度的確有個體差異，把徹底殲滅當作前提來考慮的話，允許使用昂貴的專用彈也很合理。考量到對方接受了這樣的要求，敵人恐怕比你之前戰鬥過的亞拉達蠍還要強悍，而且規模也相當大吧。」

「我接下來會和那種傢伙戰鬥嗎……」

早知道就提出更荒誕誇張的條件了。阿基拉這麼想著，不禁嘆息。

見到阿基拉的反應，靜香有點心痛，但是她告誡自己要把身為老闆的判斷放在優先，面露認真的表情。

「我明白了。我也會盡可能協助你準備彈藥。不過，有件事先讓我確認一下。你說彈藥費用會由委託主事先支付，具體來說會怎麼付款？大量購買彈藥自然也必須耗費一大筆費用，不先付款會讓我這個老闆有點為難，畢竟我也是做生意的。」

心情上就算讓阿基拉日後付款也想賣給他，但如果只優待阿基拉一個人，被其他顧客發現，很可能引發非常麻煩的事態。靜香身為經營者，非得避免這種狀況不可。

阿基拉立刻回答：

「這個問題不用擔心。靜香小姐從我的帳戶扣除彈藥的費用時，會自動改成由委託主代為支付。結帳時請加上本次委託的辨識碼。」

如果阿基拉在結帳後放棄委託，這筆錢當然就會變成是他欠獵人辦公室。獵人辦公室的追討非常迅速、確實且強力，肯定有悲慘的結果等在後頭。

阿基拉已經有所覺悟了。這樣的話，自己身為與獵人往來的商人，就應該盡可能協助，好讓阿基拉平安生還。靜香如此判斷後，像是要提振阿基拉的鬥志，面露溫柔又堅定的笑容使他安心。

「我明白了，我這就去準備，你等一下。另外，你會把ＡＡＨ突擊槍也帶去嗎？」

「我會的。難得都改造好了，而且也有可能與其他怪物交戰。」

「既然這樣，就把這些子彈全部換成強裝彈。我會準備你的ＡＡＨ突擊槍能使用的種類中威力最強的子彈。這些也能算在代為支付的部分吧？」

「沒問題。」

「威力雖強，價格也不便宜，確實會縮減槍枝的壽命，我平常不會建議客人用。不過這次的狀況似乎不該在意這種事。話說你什麼時候要出發？」

「催促的通知已經來了，彈藥準備好就立刻出發。」

「……這樣啊。我馬上準備。」

靜香留下這句話，走進店鋪後頭拿取彈藥。

阿基拉做好了出發的準備，買下靜香店內現在能立刻準備的所有ＣＷＨ反器材突擊槍的專用彈和ＡＡＨ突擊槍的強裝彈。

將這些子彈裝進手頭上的槍枝，剩餘的就塞進背包等處，盡可能隨身攜帶。總重量相當沉重，如果沒有強化服的身體能力，再加上阿爾法提供的平衡調整輔助，阿基拉會陷入寸步難行的狀態。

靜香站在阿基拉面前，叮嚀道：

「用不著我說，不要勉強自己，知道嗎？」

「這是當然的。」

靜香溫柔而用力地擁抱阿基拉。因為雙方的體格差距，阿基拉的臉龐埋進靜香的胸脯。被擁抱時，阿基拉的反應並非訝異，反而覺得傳來的體溫

與心臟的鼓動聲讓心情平靜。

靜香稍微加強擁抱的力道。她不能要求阿基拉別去，取而代之脫口而出的是關心的溫柔話語。

「……一定要平安回來喔。」

「……我會的。」

阿基拉面露些許喜色，堅定地答道。

亞拉達蠍巢穴清除作業委託。阿基拉在靜香的店內做好了行前準備後，直接跨上摩托車移動至崩原街遺跡的臨時基地。在該處領取了委託要使用的租借終端機，聽取任務說明。

「委託內容是亞拉達蠍巢穴的驅除作業，細節已經傳給你了。就當作你已經熟讀，我就省略說明了。按照發配給你的終端機的指示，前往作業現場。抵達後就服從現場的指示。」

「前往現場的路徑安全嗎？如果途中有亞拉達蠍群潛伏的危險，我不想單獨行動。我在接受委託的條件也已經講明了吧？」

「不用擔心。如果路上就有危險，我們會從這邊先驅除。哎，也許會有幾隻與蟲群走散的個體，不過既然是願意來驅除巢穴的獵人，這種程度就自己應付吧。萬一真的有危險，就用終端機聯絡後折返就好。」

「知道了。」

這種程度的話還可以接受。阿基拉這麼想著，走出臨時基地時，阿爾法傳來指示。

『阿基拉，把那台終端機和你的資訊終端機相連。我要設定成與我也能聯繫。』

『這是借來的，沒問題嗎？』

阿基拉覺得如果是自己的終端機，不管要掌控還是竄改，任憑阿爾法擺布也無所謂。但是動到借來的終端機就不太好了，所以他有些疑惑地問道。

阿爾法笑著回答，減輕了他的疑心。

『別擔心。自備的資訊終端機比較好用，我會使用你這台。只是因為有這種獵人用的聯繫功能，我想使用那個功能而已。』

『是喔。那應該沒問題吧。』

阿基拉接受這個說法，將自己的資訊終端機與租借終端機彼此連接。如此一來，阿爾法對租借終端機收到的資訊也能瞭若指掌。

阿基拉抵達現場後，抬頭仰望半毀的高樓大廈。這類建築物在崩原街遺跡的外圍部並不稀奇。阿基拉想像著隨處可見的建築物中擠滿了亞拉達蠍的情景，不由得面露厭惡的表情。

『這棟大樓是亞拉達蠍的巢穴嗎？』

『不是喔。』

『不是嗎？指示的場所不就是這裡？』

『這裡只是入口而已。其他人的反應在大樓裡面，走吧。』

入口大廳占了大樓一樓的大部分，大廳內可見獵人們和都市的職員們。

負責現場指揮的職員注意到阿基拉走進大廳，對他招手示意他靠近。當阿基拉來到職員身旁，職員一見到他的模樣就露骨地面露不滿，皺起眉頭。

「我確認一下，你是接了亞拉達蠍討伐委託的獵人沒錯吧？」

「是的。」

職員毫不掩飾反感的態度，盯著阿基拉。

「又來了個小孩子啊……我得要求上頭派些更像樣的人員過來才行。」

我本來也不想來，有什麼不滿就不要僱用我。阿基拉心裡這麼想，但他至少也明白不是這個職員選上自己，所以決定不去介意。

「哎，算了。要防衛或探索，自己選一邊。」

「請給我輕鬆的那一邊。」

這回答讓本來就煩躁的職員直瞪向阿基拉。

「你在開玩笑？」

阿基拉稍微板起臉，回嘴道：

「我很認真。如果可以讓我選，我想做輕鬆又安全的工作。但我也不知道哪邊比較輕鬆，所以拜託熟知現場狀況的人來選擇。」

職員瞪著阿基拉好半晌，阿基拉面不改色地反過來直視對方的雙眼。於是職員用輕視般的語氣說道：

「哼，好吧，那就派你去防衛隊。只要待在已經掃蕩完成的場所擔任警備，就連小孩子也能辦到的輕鬆工作。」

職員操作他自己的終端機，開始處理阿基拉的派遣程序。在這過程中，職員從阿基拉的租借終端機讀取了個人資訊後，口吻帶了幾分譏諷。

「名字叫作阿基拉，獵人等級20啊。就小孩子來說還滿高的。該不會之前都躲在保姆背後提升等級？」

「隨便你怎麼想。」

看到阿基拉一點也不在意的態度，讓職員更加不高興，不過這時阿基拉的派遣程序剛好處理完成，職員便不再多說。

「哼。你要去的位置是14號防衛據點，移動路線已經顯示在你的終端機了。快去吧。」

「了解。」

阿基拉離開了。

職員看著阿基拉離去時的身影，自言自語：

「受不了，真是囂張的小孩子。不曉得是哪個幫派的獵人，如果要派遣刻意升過等級的小孩子，就該把保姆一起送過來吧。反正戰鬥經歷內容肯定也不怎麼樣，稍微查一下好了……」

職員操作終端機連上獵人辦公室的網站，顯示阿基拉的獵人資訊。戰鬥經歷設定為非公開，但只要稍微操作，本來無法閱覽的非公開資訊便呈現在職員眼前。

本次任務的委託主都市長期戰略部與獵人辦公室也有緊密的聯繫。也因此，地位在一定程度以上的相關人員被賦予了權限，可閱覽接受委託者的非公開資訊，不過僅限於獵人等級低於一定水準的對象。

有不少獵人將失敗的委託全部設定為非公開，只顯示輝煌的戰績以營造假象。職員過去屢次閱覽這種人的戰鬥經歷而暗自嘲笑。他以為將戰鬥經歷設為非公開的阿基拉大概也是同類，因此輕視他。

不過當阿基拉的戰鬥經歷顯示在眼前，超乎意料的內容讓他面露震驚的表情，視線不由得轉向這份戰鬥經歷的持有者。

儘管貧民窟出身的阿基拉從獵人等級1開始往上爬，在登錄為獵人後短短數個月內就到達了等級20。

在久我間山都市防衛戰中，對眾多獵人的生還有所貢獻；建設臨時基地輔助委託中，也成功救出了身陷亞拉達蠍群孤立無援的獵人們。

更令人吃驚的是，這一切紀錄幾乎都是隻身達成。紀錄上不曾加入多蘭卡姆之類的獵人幫派，甚至沒有和其他獵人組隊的紀錄。

阿基拉的戰鬥經歷和過去職員鄙視的年輕獵人的戰鬥經歷截然不同，那甚至讓職員懷疑他是否竄改紀錄。

「那、那傢伙到底是什麼來歷……」

見到阿基拉這小孩子的經歷展現了高得不自然的實力，職員對他萌生的情緒並非讚賞，而是對無法捉摸的詭譎對象的輕微畏懼。

阿基拉遵循租借終端機的引導前進，來到大廳牆面處的鐵柵欄式阻隔門前方。阻隔門的另一頭是通往地下的樓梯，移動路線的標示朝著更深處的地下延伸。

『……地底？』

『亞拉達蠍似乎把崩原街遺跡的地下街當作巢穴。』

『崩原街遺跡竟然有地下街，我都不知道。』

站在鐵柵欄門旁邊的男人注意到阿基拉，便操縱身旁的控制面板。於是阻隔門以笨重的動作緩緩開啟。

阿基拉繼續前進，阻隔門立刻又關上。鐵柵欄式的阻隔門接觸地面發出聲響，那聲音讓人想到自身與外界的隔絕，使得內心莫名不安。

正打算下樓梯的阿基拉停下腳步，面露狐疑的表情。他的視線停在設置於前方的大量炸彈上。

男人注意到阿基拉的反應，對他說明：

「那些炸彈是為防萬一所準備的。為了應對萬一地下街的怪物攻到這裡，使得我們無法控制這個出入口所預備的手段。炸塌這個出入口，阻止亞拉達蠍之類的怪物滿到地面上。就算用力踢到也不會爆炸，不過保險起見還是別踩到喔。」

阿基拉對男人擺出厭惡的表情。

「……如果用上了這個預備手段，我們會怎麼樣？」

男人打趣般輕笑著回答：

「如果你們有認真工作，到時候不是已經撤退，不然就是已經死了。」

阿基拉輕嘆一口氣，走下樓梯前往他的工作場所。

男人輕佻的態度像在開玩笑，不過話中內容無庸置疑都是事實。這點小事阿基拉也明白。

先遣隊已經在地下街設置了許多照明，揭露長年來沉浸在黑暗中的模樣。無數商店廢墟櫛比鱗次，讓人輕易想像往昔的繁華。

不過如今已是怪物的棲身之處。有如迷宮錯綜複雜的構造，以及適應了地底黑暗的怪物，兩者大幅提升了探索遺跡的難度。

設有照明的區域先前已經有過最起碼的探索，因此能保證一定程度的安全，不過和地面上相比稱得上相當危險。

阿基拉沿著已經設置照明的通道在地下街移動，同時聽阿爾法說明本次委託。因為之前已經聽她簡單說明，阿基拉也知道大概內容，不過為了詳細確認防衛隊的工作，阿基拉把這當成閒聊話題，請阿爾法再度仔細說明。

本次的亞拉達蠍討伐作戰中，獵人主要分成探索、討伐、防衛等三隊行動。

探索隊的主要任務是探索地下街。在沒有一絲光芒照亮的黑暗中小心前進，製作地下街的地圖，同時搜索亞拉達蠍的巢穴位置。主要由擅長情報收集的獵人所組成。

討伐隊主要負責討伐怪物，驅除亞拉達蠍的巢穴、擴大徹底掃蕩的區域、對探索隊與防衛隊提供戰力支援。主要由善於戰鬥的獵人所組成。

防衛隊的主要工作是防衛指定場所，部署於中繼器的設置地點或重要的防衛據點等，也負責設置照明之類的雜務。工作性質和其他隊伍相比，需要的能力不算太高，由實力適合做這類安全又簡單的工作的獵人——講難聽點就是剩下的人員所組成。

從上頭指定的工作位置來看，被分配到防衛隊的阿基拉應該是負責保衛重要度不怎麼高的中繼器設置場所。聽阿爾法如此說明後，阿基拉露出有些欣喜的微笑。

『所以說，也許真的是小孩子也能辦到的輕鬆工作？就算覺得沒用也是該姑且問問看啊。』

『阿基拉，我想你應該也明白，千萬不可以鬆懈喔。』

『我知道啦。因為委託主願意接受那種程度的條件，我還以為難度有那麼高，幸好感覺比想像中輕鬆多了。只是這樣而已。』

『如果真的是這樣，那當然是沒話可說。』

阿爾法回以別有深意的表情與話語，阿基拉對她露出交雜了不安與不滿的疑惑表情。

『……阿爾法，如果妳只是想刺激我的不安，好讓我繃緊神經，我會認真工作，拜託妳別這樣說。還是有其他事讓妳擔心？』

『真要說的話，同一天就能遇到兩次怪物群；不惜一個人跑過荒野也要接下緊急委託；前去救援卻被整群亞拉達蠍追著跑——我真正擔心的是某人的霉運喔。』

阿基拉默默地板起臉。他對自己的運氣之差有自覺，同時也明白阿爾法正在警告他，要避免自己讓事態惡化的行徑。

『……我會努力讓狀況不至於需要賭運。』

『這個嘛，就期待你的霉運還在我的輔助能解決的範圍內吧。』

阿基拉對她投以苦笑，阿爾法則面露惡作劇般的笑容。

地下街通道的連接處是個大廳，該處已經設置了通訊中繼器與照明，有八名閒著沒事的獵人負責警備。這裡正是阿基拉的工作崗位——14號防衛據點。

阿基拉步入該處的瞬間，見到出乎意料的人物而一瞬間渾身僵硬，不由得向後跳開。

那樣的反射性動作是因為他回想起在日柄加住宅區遺跡中的經歷。大廳中站著一位身穿女僕裝的女性。

但是和上次不同，儘管阿基拉離開了發現她的位置，女僕裝女性依舊沒有從阿基拉的視野中消失。阿基拉不由得慌張起來。

『阿爾法！我又看見穿女僕裝的女性了！而且我離開看見她的位置，她也沒有消失！』

『冷靜下來，沒事的。』

『……咦？啊，對喔。因為有妳的輔助，之前說的過濾器生效了吧？』

阿基拉如此解釋而鬆了口氣。不過阿爾法予以否定：

『不是。那不是擴增實境，所以和我的過濾器沒有關聯。』

『…………什麼意思？』

『她是真人，確實存在於該處。』

阿基拉不由得將視線轉向阿爾法。他訝異地將視線緩緩轉回大廳，隨後不忘確認情報收集機器的搜敵結果。

無論是自己的眼睛或情報收集機器的反應，再加上阿爾法的話語，都確實顯示她存在於那裡。

◆

三股是在14號防衛據點執行警備任務的獵人，看到來到大廳的阿基拉，就露出不滿的表情。

「補充人員又是小鬼頭啊。上面的到底是在想什麼……」

三股的男性夥伴要安撫同伴般譏諷：

「就代表這裡安全得都派小鬼來也沒問題吧？

就當成能夠輕鬆一次……話說回來，那個小鬼也吃驚過頭了吧。」

三股有點輕視阿基拉般笑了笑。

「只是對預料外的事態所做的心理準備不夠充分吧？就表示他還太嫩了……哎，其實我們也很吃驚就是了。」

「是啊。」

三股等人的視線指向女僕裝女性。

「聽說多蘭卡姆對小鬼頭獵人特別優待，不過有女僕隨行還真是誇張。不曉得花了多少錢，為了這些小鬼耗費了多少老手們賺來的資金啊。」

「聽說那個幫派內部的老手和新人間的爭執越演越烈，不曉得最後會怎樣喔。」

把多蘭卡姆內部的傳聞當成話題，三股與同伴愉快地笑著。

◆

少女蕾娜看見來到14號防衛據點的阿基拉的反應，心中更加煩躁而緊皺眉頭。

「……也用不著那麼驚訝吧？」

在這荒廢至極的遺跡有個身穿女僕裝的女性靜佇。與場合極端格格不入的裝扮，加上她的美貌，普通獵人就算懷疑她是立體影像式的舊世界幽靈也是人之常情，因為那打扮實在跟現場太不搭了。

蕾娜當然也知道這一點，覺得別人會驚訝也是無可奈何。實際上她也屢次看過驚訝的反應。

儘管如此，她還是覺得阿基拉的反應太過誇張了。蕾娜本身過去時常在適合那種打扮的場合見到身穿女僕裝的女性，已經習慣了女僕裝，阿基拉吃驚成那樣讓她覺得像是受到嘲弄，也因此心情變得更差了。

驚訝過後的人們投向她們的視線各不相同，其中令人不快的目光也不少。例如三股等人現在也對蕾娜她們投以嘲諷般的眼神，這更助長了蕾娜的壞心情。

蕾娜對身為一切源頭的那位女性投以顯露心中煩躁的視線和語氣。

「詩織，我說過好幾次了，我看妳還是換套衣服吧？」

她口中名為詩織的女性以平靜的態度回應。

「恕我拒絕。大小姐，您不需要為此擔心，我並不介意。」

「我會介意！」

「那麼，就請您盡早取回不需要介意這些目光的立場吧。我也會盡微薄之力。」

「……哼。最好這一天真的會到來啦！」

蕾娜不禁唾棄般撂下這句話，說完馬上露出自知犯錯的表情，因自我厭惡而皺起臉。

「……抱歉，我不該發洩在妳身上。」

蕾娜自己應該非常明白詩織為了這一天盡了多少心力。現在詩織仍然陪在左右，不是因為責任或義務，而是因為她看重蕾娜的平安勝過一切。

明知如此，自己還是忍不住動怒，而且竟然對詩織洩憤，這讓蕾娜沮喪地垂下頭。

詩織擔憂蕾娜，溫柔地對她說道：

「請別在意。如果這樣能讓大小姐心情好幾分，還請隨意。」

蕾娜對詩織的體貼感到欣喜，強撐起開朗的笑容，抬起臉望向她。

「……詩織，謝謝妳喔。」

之後她有些納悶地苦笑。

「不過，既然妳都願意這樣說了，我還是希望妳換其他衣服。況且那連防護服都不是吧？穿著那個有什麼意義嗎？」

「因為有許多意義才穿在身上。我只能這樣回答。」

不打算脫下這套女僕裝，也不打算說明穿著的理由。蕾娜理解了詩織的意思。儘管詩織總是體恤蕾娜，唯獨對此絕不退讓。詩織的態度讓蕾娜大嘆一口氣。

◆

阿基拉見到身穿跟現場不搭調的女僕裝的詩織，誤以為自己看到舊世界的幽靈而驚慌失措。不過聽了阿爾法的說明，理解她並非擴增實境的影像，而是實際存在的人物，這同樣令他驚訝，但他恢復鎮定並走進大廳。這時三股對他說道：

「喂，你的獵人等級多少？」

「20級。」

三股從阿基拉自稱的獵人等級與身上裝備，再加上第一印象，結束了他對眼前這孩子的評價。隨後他擺出交雜了不滿與傻眼的表情，清楚表明他對阿基拉的評價之差，唾棄般說道：

「又是養殖的小鬼頭喔？真的搞不懂為什麼要把小鬼頭都聚集在這裡……你自己看著辦，不要扯後腿。」

藉著不相襯的高性能裝備或老練獵人的支援，取得與本人實力不符的獵人等級。養殖就是對這類獵人的蔑稱。

同時因為大規模的獵人幫派底下有許多年輕獵人，這個字眼也用於嘲笑幫派為提升整體獵人等級，養殖新手獵人的行為。

阿基拉不知道這個蔑稱的意思，但是從對方的態度也能大概理解。

然而他有自覺確實靠著阿爾法的輔助得到與自身實力不符的實績，因此沒有特別介意。

「你是這地方的指揮官嗎？」

阿基拉如此問道，三股毫不掩飾輕視的態度，回答：

「這裡沒有那種傢伙。拼拼湊湊的雜牌軍隨便決定首領，反倒會徒然增加爭執。我可沒興趣照顧你們。想找保姆的話，去跟那邊的傢伙混吧。」

「……知道了。」

阿基拉看向三股所指的集團，如此回答後，找了個與那些人和三股都保持一段距離的位置坐下，主動遠離其他獵人而孤立。

大廳的獵人對阿基拉投以有些意外的視線。不過阿基拉毫不在意。

『阿基拉，不與他們會合也無所謂嗎？』

『是啊。我覺得這樣比較能減少麻煩事。如果妳要我去，我會去就是了。』

阿爾法的視線先轉向對面，再拉回至阿基拉身上，苦笑道：

『說的也是。就打消這個念頭吧。』

剛才三股所指的那群獵人，正是克也一行人。

被部署於14號防衛據點的八名獵人，分成阿基拉、三股等人、克也等人這三個集團，持續警備周遭。

克也等人的集團一共有克也、由米娜、愛莉、蕾娜、詩織五人。

三股等人判斷克也他們是養殖獵人，大部分原因就在於他們的人員編制。

只有一個大人與年輕獵人同行，而且十之八九是實力高出許多的老練獵人。那個大人大概就是保姆。再加上對年輕獵人的偏見，讓三股如此認定。

實際上並非如此，不過詩織的實力確實比克也等人高出許多，三股會產生這種誤會也不無道理。

三股等人和克也等人都在閒聊打發時間。沒有任何狀況，也沒有任何變化的平淡時間從現場奪走了緊張感。

儘管如此，還是能靠著情報收集機器等維持最起碼的警戒，因此遭受突襲的可能性非常低。小孩子也能做好的輕鬆工作——目前看來職員的說明並非虛假。

阿基拉與阿爾法一面閒聊一面學習。

因為他從小在貧民窟長大，閱讀與書寫都有問題，一般知識也不足。儘管為了在獵人這一行出人頭地而想吸收必要的知識，目前他連作為基礎的基本知識都沒有，缺乏的知識堆積如山。為了補足這些，他會利用這類空檔來學習。

突然間，阿爾法的臉轉向一旁。阿基拉也跟著看向該處，發現克也和蕾娜朝著自己這邊走來。

蕾娜就這麼帶著克也與詩織來到阿基拉眼前，接著俯視依然坐著的阿基拉，以強硬的口吻問道：

「你叫什麼名字？」

「阿基拉。」

「為什麼一個人和大家分開。來這邊啊。」

「不了，我待在這裡就好。」

蕾娜緊緊揪起眉心。

「為什麼啊？你想一個人在這裡偷懶嗎？」

「我不打算偷懶，也沒有在偷懶。」

「不要再說謊了。你從剛才就只是默默坐在這裡嘛。」

克也等人和三股等人都會派人輪流維持最起碼的監視。阿基拉連監視都沒有，至少在他人眼中確實是這樣，蕾娜的批評從她的角度來看並沒有錯。

但是阿基拉面不改色地回答：

「我正在使用情報收集機器持續進行廣範圍的搜敵。證據就是你們想靠近的時候，我馬上就注意到你們的動靜了，對吧？」

嚴格來說，持續不斷搜敵的是阿爾法，而非阿基拉。阿爾法笑著，但阿基拉決定不放在心上。

蕾娜的表情顯得更加煩躁了。然而她也覺得阿基拉說的不無道理，無從反駁。於是她找了其他理由逼迫阿基拉服從，開口說道：

「你的獵人等級多少？」

「20級。」

蕾娜帶著有些得意的笑容與口吻宣告：

「我是23級喔！」

短暫的沉默過去，阿基拉的態度沒有分毫改變，也沒有任何反應。蕾娜因為對方的反應與自己預期的大相逕庭，表情再度恢復剛才的煩躁。

「喂！你有在聽我說話嗎？我的獵人等級是23喔！比你還要高！」

「所以呢？」

「你明知故問！既然我的等級比較高，你就要聽我的！快點站起來，走去那邊！」

「上頭沒有叫我遇到等級比自己高的獵人就要乖乖聽從指示，也沒有寫在委託內容裡，我沒有義務服從。」

「……什麼叫沒有義務，本來就該這樣吧！」

蕾娜以強烈的口吻吶喊般揚言。見蕾娜情緒越來越激動，克也判斷這樣下去事態不妙，介入兩人之間。

「啊～～這個嘛，雖然她是這種態度，不過說穿了只是擔心而已。出狀況的時候，與其自己一個人，大家待在一起會比較安全吧？」

克也的發言乍聽之下是關心阿基拉，同時也是為了安撫蕾娜。不過這兩個目的都落空了。

蕾娜把暴躁情緒的箭頭轉向克也，回嘴道：

「我才沒有擔心這傢伙！」

阿基拉也平淡地回答：

「不用在意我，有狀況我會自己應付。萬一出了什麼事，想要切割就切割。」

克也對阿基拉的回答稍微感到吃驚，但仍設法繼續與他對話。

「呃，話是這麼說，不過大家聚在一起還是比較安全吧？」

「不要管他啦！這種傢伙就自己去死算了！」

蕾娜撂下這句話便走回原處，腳步非常快，從背影就能想像她氣憤的程度。詩織也跟在後頭。

克也的視線先是追向蕾娜，隨後又轉向阿基拉。阿基拉則像是該說的都說完了，視線已經從克也身上挪開。

克也希望能找機會從阿基拉口中問出他與艾蕾娜她們的關係，但是繼續待在這個地方，一旦蕾娜將怒氣的矛頭轉向自己也很麻煩，再加上阿基拉這般態度也無法繼續對話，他只好轉身離去。

阿爾法看著離去的克也等人，面露微笑。

『該怎麼說，感覺精神飽滿呢。』

『是啊。在我來這裡之前，肯定也精神飽滿地引發過爭執了吧。』

阿基拉來到大廳時，獵人已經分成兩個團體，恐怕之前起過爭執了。阿基拉如此判斷，而且他並沒有猜錯。

基於這個前提，他思索假設在現狀下遭到亞拉達蠍群襲擊，彼此能提供多少支援。於是他得到了悲觀的答案：忽視彼此死活已經是最好的情況，搞不好還會發生故意誤擊。阿基拉這麼認為。

最糟的情況下，阿基拉打算一個人逃走。在契約上他也有這樣的權利，包含判斷撤退與否，他有權隨時轉為獨自一人行動。為防萬一，他想和不必要的爭執保持距離。

阿基拉稍微皺起眉頭，輕輕嘆息。

『……我還以為被派到輕鬆的地點啊。』

阿爾法別有用意般微笑。

『幸好運氣好被派到輕鬆的地方。你也要努力讓這份運氣持續下去喔。』

『我知道啦。』

阿基拉毫無自覺地撇開自己，嘆了口氣。他認為克也等人還會再次引發爭執。

但是阿爾法的判斷與他大不相同。她認為最有可能使現場狀況惡化到極限的人就是阿基拉。

阿基拉以前曾經毫無躊躇地射殺出言威脅自己的男人，拖著對方的屍體直接走進對手幫派的據點。這與區區誤擊無法相提並論。一旦發生問題，心狠手辣的程度恐怕遠在現場所有人之上。

為了正確理解他的行動原理，還需要更進一步的觀察。阿爾法如此判斷。

而她也為此持續觀察。在展露微笑的同時持續觀察，不論是既往，或是將來。

◆

14號防衛據點的時間平穩地流逝著。阿基拉對此沒有絲毫不滿，但是追求更多報酬的獵人們開始對現況感到不滿。

平穩度過的時間讓這些人閒聊的內容漸漸轉為不滿的怨言，以及解決不滿的方法。三股等人的閒聊內容也越來越具體。

「好閒喔，什麼狀況都沒發生啊。參加探索隊的話還能順便收集遺物，多賺點外快，但是防衛隊就沒辦法啊。」

「你說要收集遺物，但是在外圍部這一帶已經沒剩下多少東西了吧？」

「地面上是這樣沒錯，不過聽說在這種地底下還留有不少遺物喔。」

「……哎，會來到這種黑漆漆的地下街收集遺物的人本來就少吧，這也不是不可能。」

「而且我還聽說之前發生都市襲擊騷動時，激烈戰鬥的影響使得地下街有一部分和未調查區域相通了。亞拉達蠍大概也是從連接未調查區的通道來到這一邊吧？」

「所以說，探索隊的人就能盡情找尋未調查區的遺物嗎？」

「就是這樣。」

「如果真有未調查區域，還留有大量遺物也不奇怪。想必能賺到一大筆錢吧。可惡，早知道我也要選探索隊。」

與三股閒聊的男人感到後悔，但是三股見到他的反應，微微挑起嘴角。

「不過，這種人再怎麼樣也不能在執行任務的過程中帶走遺物，因為那樣違反契約。一旦被都市的職員發現就會被沒收，而且罰則也很重。話雖如此，難得找到了遺物，也不想就這樣棄置在原處。你覺得這些傢伙會怎麼做？」

「……換作是我，就會把遺物先藏在只有自己知道的地方。」

「對吧？我也會這麼做。所以說，真的有人把這類遺物藏在這附近也一點都不奇怪。要不要稍微找一下？」

三股和同伴對彼此露出欲望深重的笑容。

◆

蕾娜注意到三股等人的動靜，以強硬的口吻叫住打算離開大廳的他們。

「等一下！你們要去哪裡啊！」

「……沒有要去哪裡，只是巡一下周圍狀況而已啦。」

三股若無其事地搪塞，幾乎沒有試圖找藉口的打算。不當一回事的敷衍態度讓蕾娜感受到他對自己與夥伴們的輕視程度，使她更加煩躁。

「只要待在這裡根本不用巡邏吧！況且那是探索隊的工作！我們的工作是防衛這個地點！不要恣意離開崗位！很礙事！」

對三股等人的敵意讓她拉高了音量，話語聲在地下街迴響。不過三股根本不當一回事，仍舊不改輕佻態度。

「沒事啦，馬上就會回來。妳看根本就沒怪物出現吧？如果真的有什麼動靜，至少會收到聯絡才對。」

「重點又不在這裡！」

三股顯然看輕蕾娜，蕾娜則與他針鋒相對。雙方的口角沒有讓步或妥協的選項。

毫無建設性的爭執吸引眾人視線的時候，三股想起大廳還有不屬於我方或蕾娜那方的第三者。為了把那個人牽扯進來，他面露輕笑徵求意見：

「你怎麼看？」

眾人的視線集中在身為第三者的阿基拉身上。三股的眼神依舊瞧不起對方，而蕾娜尖銳的視線則露骨地直瞪著他。雙方都在要求阿基拉附和自己的意見。

話題突然拋到自己身上，阿基拉短暫思考後，說出自己的想法。

「……要上廁所的話就快去快回，在這裡解決只會讓人傷腦筋。不過要是一段時間沒回來，有可能是遇上怪物而交戰，我會聯絡本部確認安危。」

阿基拉的發言等於容忍他們離開崗位。蕾娜面露不愉快的驚訝表情，三股則開心地笑道：

「看來你很上道喔。沒錯，我們要上廁所。其實我快忍不住了，就這樣啦。」

三股拋下這句話，帶著夥伴一同走出大廳。

蕾娜先是憤恨地直瞪著三股他們的背影，在他們的身影消失後，她便立刻把臉轉向阿基拉，投出充滿憤怒的眼神。她一面走向發洩不滿的下一個目標，一面怒吼：

「你到底是怎樣！站在他們那一邊嗎？」

儘管被她指著鼻子罵，阿基拉依舊神態自若，但神情顯得有些嫌麻煩。

「反正不管我怎麼說，他們也不會聽吧。最好讓他們想去就去，盡量早點回來。就這樣而已。」

阿基拉顯得事不關己的態度觸怒了蕾娜，她激動地叫道：

「現在不是在講這個吧！怎麼可以允許他們恣意妄為！」

「我沒有權利阻止那些傢伙的行動。如果妳覺得不滿，就自己向本部報告。或者妳的意思是要我用槍指著他們，威脅他們不准去？我不會阻止妳，妳要就自己動手。」

況且阿基拉本來就打算視狀況獨自一人恣意行動，沒有立場責怪三股他們。

另外，假使他們開小差的時候本部傳來重要指示，比方說接到撤退命令，阿基拉也完全不打算等他們回來。

如果因為擅自離開崗位被其他人拋下，結果遭到怪物群襲擊而死，阿基拉也認為那與自己無關。他們採取這種行動之前肯定已經有所覺悟才對。阿基拉這麼認為。

阿基拉的態度比較接近三股他們，而非蕾娜等人。這也是阿基拉沒有阻止三股的原因。

在這之後，蕾娜對阿基拉仍然抱怨連連，但阿基拉完全不理會。因為他判斷不要再輕率回答才能避免更進一步的衝突。

蕾娜發現不管說什麼都沒用，最後狠狠地瞪了阿基拉一眼，回到克也等人的圈子。

阿基拉嘆息道：

『那些傢伙難道天生就是不吵架就會死掉的體質嗎？』

阿爾法發現阿基拉毫無自覺地撇開自己不談，不禁苦笑道：

『人與人之間有個性契合與否的問題，也許單純只是和你比較處不來。』

『大概真的是這個問題。』

如果對上任何人都爭執不休，肯定無法參與團體行動。然而克也等人組成小隊行動，可能單純只是他們與自己跟三股這類人物處不來吧。阿基拉如此判斷後，不再為這些事煩心。

阿基拉與克也等人留在大廳繼續警備的時候，三股他們屢次進出大廳，探索周遭。

蕾娜為了阻止三股他們，透過中繼器向本部報告。但是本部將之視為現場判斷的一環，並未嚴重看待。因為14號防衛據點的重要度也低，本部不認為有必要對這個地方頻繁下達指示並嚴格監督。

一段時間後，克也等人也注意到三股他們的目的並非單純只是散心。

在場有些人不認真看待任務，擅自離開崗位收集遺物，自己與夥伴卻默默持續警備。這樣的狀況讓蕾娜心中的不滿逐漸升高。於是她未經大腦就這麼說：

「克也，我們也去探索周遭吧？」

「……不可以。」

克也的回答完全不留考慮餘地，蕾娜不滿地皺起臉。

這是自己的隊長克也下達的指示，身為小隊的一員有義務服從指示。她也明白這一點，但是她本身的個性和累積至今的不滿讓她繼續爭辯：

「為什麼？為什麼只有我們一定要忍耐？」

「妳的心情我也懂，不過拜託妳忍耐。我們已經決定了，安全起見要盡量五個人一起行動，對吧？如此一來，八個人當中有五個人，把那兩個傢伙也算進去就有七個人擅自離開防衛據點，這樣本部絕不會漠視。一旦本部向多蘭卡姆申訴，我們也會一起受罰，所以不可以。」

克也這番話讓蕾娜無法開口反駁，但是道理不能消解累積的不滿，她默默地露出不服氣的表情。

面對氣憤難平的蕾娜，克也露出了認真中帶著親暱的表情，凝視著她的雙眼說道：

「而且，我也不想讓妳去做和那些輕佻隨便的傢伙同樣的行徑。」

蕾娜因此一陣手足無措，頓時失了銳氣，不服氣的表情消失，轉變為遮掩害羞般的表情。

蕾娜過去曾因為不承認克也的實力而找他麻煩。然而聽說克也等人挑戰暴食鱷魚，成功自力擊破後，她為了確認他的實力，在模擬戰向他挑戰。

克也三人對上蕾娜兩人。模擬戰的條件並非正規，但因為詩織將自身戰力控制在蕾娜兩人份的水準，交手了十來回後，結果是克也等人勝場較多。

蕾娜對結果不服氣，改向克也提出一對一的挑戰。結果是全敗，而且慘敗。不管挑戰幾次都無法找出勝算的全面敗北一次又一次持續。

於是蕾娜也認同克也的實力，大幅提升了對眼前少年的評價。而且因為少年的俊秀外表，作為異性的好感度也跟著上升。

在克也的凝視下，蕾娜試著遮掩害臊般回答：

「哎，也是啦。之前就說好了，既然輸了就要乖乖聽話。這次就看在你的分上，忍耐一下吧。」

「謝謝妳，幫上大忙了。」

自己認同實力優異、外貌俊秀，年齡也相仿的異性展露笑容凝視著自己，讓蕾娜更加羞澀了。

克也對蕾娜露出笑容的同時，看見剛才就在視野邊緣秀出緊握的拳頭的由米娜終於鬆開手並放下手臂，他便在心中鬆了口氣。

若剛才答應蕾娜的提議，說出「我們也一起去找遺物吧」，狀況會如何演變可說是再清楚不過。

這時詩織也加入對話：

「大小姐，希望您不要讓克也先生太過為難。輕率離開崗位的提議，我也同樣無法贊同。我和克也都擔憂大小姐的安危，望您能夠理解。」

「我、我知道了啦……」

一旦詩織這麼說，蕾娜也難以堅持下去。詩織是蕾娜的隨從，交情相當久，信賴也深篤。自從蕾娜因為諸多原因離家成為獵人後，她一直陪伴在蕾娜身旁兼任護衛。蕾娜銳氣盡失，不再爭辯。

詩織繼續說道：

「就如同我剛才的建言，希望您盡量避免未經深思熟慮就增加接觸他人的機會。除了怪物之外，還有許多對象需要萬分提防。現在大小姐身旁只有我一個隨從，很遺憾無法絕對保證安全。此外也請避免與不屬於多蘭卡姆的獵人交談，大小姐的個性可能引發無謂的爭執。還有……」

蕾娜感覺到這次說教會持續不休，連忙插嘴試圖打斷。

「我知道了，真的知道了。不過，妳會不會有點保護過度？」

「大小姐，我從過去就向您再三強調，這裡是荒野，和防壁內側有根本上的不同，是非常危險的場所。如果您認為我的舉動是過度保護，就表示您的認知還天真得足以致命，希望您能理解。」

住在東部的人們口中的荒野，每個人的意思都不同，不過基本上都市以外的所有地方都是荒野。無論是荒地、原野、沙漠、大海、山脈、空中、遺跡，全都被統稱為荒野，被視作同等的危險地帶。

一生都在防壁內側度過的人們之中，也有人把防壁外側的一切稱作荒野。即使是都市的低等區域也被視作防壁外的區域，全部一視同仁。

儘管有程度差異，在這些場所，日常生活中無意識間累積的安全標準同樣無法適用。無論對手是怪物或人類，以互相殺害的能力決定一切的危險地帶，就是所謂的荒野。

蕾娜也知道自己置身於那種危險地帶，但是她的認知還不夠充分，想法尚未真正追上環境變化。

有詩織擔任隨身護衛；與克也他們這類相較之下有良知與常識的人集體行動，這一切都提升了蕾娜的安全，但也讓她遠離了正確認知危險的機會。

詩織也明白這一點，卻不能因此讓蕾娜真的遭遇危險，迫於無奈只好加長說教促使她理解。

蕾娜聽了詩織的說教，有點不耐煩，不過絕不會動怒回嘴，反而因為詩織真心為她的安危著想而有幾分喜悅。

不過在這同時，一想到這次任務也許會這樣什麼事都沒發生就結束，讓她不禁心生焦急。

一直以來，蕾娜參與獵人工作時總是有詩織陪同。光是身為年輕獵人就已經被人看輕了，蕾娜還有實力深厚的個人專屬保姆陪同。在多蘭卡姆，蕾娜的評價相當低。

儘管如此，獵人等級依舊順利上升。比起任何人，最無法承認蕾娜實力的就是蕾娜自己。

克也等人成功討伐暴食鱷魚，漸漸有人對他們的實力刮目相看。在多蘭卡姆內部，因為「還是小孩子」這種理由看輕克也等人的獵人也漸漸變少，還受到幹部水原的賞識。

其中又以克也的評價特別高。經由多蘭卡姆接下建設臨時基地相關任務時，由於人員調度上的問題，只有克也一個人沒被派到大樓掃蕩班，而是救援班。當時他只憑自己一人就救出了數十名獵人。

蕾娜也重新認同克也的實力，而且萌生了希望自己也能得到認同的想法。

雖然不及暴食鱷魚，亞拉達蠍也算得上強力的怪物。只要參與討伐蠍群，並且拿出充分的成果，自己就能得到自己與他人的認同了吧。蕾娜原本這麼認為。

多蘭卡姆向本部強調克也等人討伐暴食鱷魚的成果，以及克也在救援班留下的實績，派遣他參加本次委託。

本部得知這些實績，原本要將克也等人編入討伐隊，但是現場負責人發現克也的隊伍有大半成員都是小孩子，便臨時將他們的崗位改為防衛隊。

蕾娜為此大感遺憾，對自己人遭到輕視的狀況感到憤慨。

防衛隊同樣有可能發生戰鬥，正因如此才會部署獵人防守。肯定會有機會——蕾娜這麼想著，藉此壓抑心頭的不滿與焦慮。

但是他們分配到的14號防衛據點非常安全。三股他們之所以能擅自離開崗位，本部得知也並未強硬阻止，一切都是因為所有人都認為待在這地方也不會發生任何狀況。蕾娜這麼認為，而且就像在證實她的想法，時間平穩地流逝。

（……難道會這樣拿不出任何成果就結束？）

蕾娜心中已經開始期待有事情發生。然而置身荒野時最重要的就是安全。她連這個大原則都拋到腦後，焦急得不當一回事。

就在這時，設置在大廳的中繼器收到了通訊。

『這裡是本部。14號防衛據點，請回答。』

所有人聚到中繼器附近，最靠近的三股回答：

「這裡是14號防衛據點。」

『有沒有任何異狀？』

「沒有問題，和平得很。」

『……你就是147號吧？剛才你好像不時離開崗位，真的沒發生什麼事？』

「只是和同伴一起去上廁所而已。一個人去有危險，但是大家的尿意又有時間差，這也不能怪我吧。不要那麼挑剔啦。」

因為三股他們過於頻繁離開現場，連本部也忍不住提出警告了吧。眾人都這麼想。

三股本來也打算隨口搪塞，覺得是時候該收斂了。不過所有人的預料都被顛覆。

『理由不重要。你們在移動時沒有遭遇亞拉達蠍嗎？或者是有沒有察覺這類的氣息？』

「不，沒有這回事。怎麼了嗎？」

『15號防衛據點被亞拉達蠍群攻擊了。他們成功擊退蠍群，而且無人受傷，但是問題在於蠍群出現的方向。突襲的蠍群似乎來自本部認為已經確實掃蕩過的場所。』

接到狀況變化的通知，14號防衛據點的氣氛稍有變化。

『也許單純只是探索隊調查不足，使得通道封鎖方面有遺漏，不過也有可能是亞拉達蠍打通了其他通道。比方說破壞脆弱的牆壁鑿出洞口，或是撐開瓦礫的隙縫等等。』

「意思是這裡也有可能遇襲，要我們也提高警覺嗎？」

『不是。是要你們派人重新調查周遭。從防衛隊派出幾個人，去確認四周狀況和當初製作地下街地圖時的狀態有沒有出入。如果發現了新的通道，本部會對該處派出探索隊或討伐隊。』

如果新的通道連接到未調查的場所，無主的大量遺物有可能就沉眠在通道另一頭。一想到這裡，三股便與同伴互看一眼，面露笑容。

「知道了。我們會去調查，立刻就出發。」

然而他意氣飛揚的回答馬上遭到否決。

『不行，你們兩個不准去。閉嘴乖乖守在防衛據點。反正你們去調查也只會敷衍了事，想趁機收集遺物吧。』

「……沒這回事啦。」

『廢話少說，你們兩個不准離開。』

三股聽了本部再三告誡，不滿地咂嘴。蕾娜見狀便愉快地笑道：

「活該。」

三股則看著蕾娜等人，並嘲弄般反問本部：

「哼。那你們要派誰去調查？剩下的只有小鬼頭和保姆喔。」

克也和蕾娜瞪向三股，由米娜和愛莉也露出幾分不服氣的表情。詩織默默站在蕾娜身旁，阿基拉則是一臉無所謂。

要派誰去調查，這個議題如果交給在場眾人恐怕會爭執個沒完，不過本部職員已經選擇了人選。

『27號去調查。包含27號在內最多三名，剩下成員你們自己決定。27號獨自去也無妨。』

三股他們與克也等人不曉得自己人以外的號碼。眾人不知誰是27號而面面相覷。

這時27號的說話聲響起：

「27號，了解。」

眾人的視線集中在聲音的來源。27號正是阿基拉。

阿基拉一抓起背包，隨即邁步走出大廳。阿爾法姑且確認：

『阿基拉，人家說可以再帶兩個人去，你不打算帶其他人嗎？』

『我一個人去。我可不想招惹多餘的爭執。』

『說的也是。不過因為擔心獨自行動遭遇危險，特地在契約加上了減少單獨行動的條件，結果還是白費功夫了。』

『真是的。要是還有下次，得稍微多想一下條件。』

阿基拉二話不說就動身前去調查，其他人幾近目瞪口呆地以視線追逐他的背影。阿基拉任憑訝異與疑惑等多種目光集於一身，毫不理會就消失在大廳外。

阿基拉的身影自14號防衛據點消失後，三股回過神來，對本部疑惑地反問：

「為什麼是那個小鬼？是不是那邊搞錯了？你們有沒有認錯人？」

『就是27號沒錯。』

本部明確地否認了三股的疑問。聽了回答後，這次是克也發問：

「選擇27號的理由是什麼？如果只是隨機抽選，希望能把選擇權交給現場。」

要是讓本部樹立了隨機選擇人員執行任務的前例，在今後的任務很可能引發爭執。克也這麼認為，身為隊長強烈要求本部重新考慮。

但是本部同樣否認他的疑惑。

『沒有問題，這是考慮了27號的戰鬥經歷所做的選擇。剩下兩名人選可由你們自己決定。』

克也頓時遭受晴天霹靂。又來了。這樣的想法浮現臉龐。

本部那邊的職員大概就是在一樓看輕自己與夥伴們，臨時變更任務的那個男人。阿基拉明明同樣是年輕獵人，那男人現在卻認同了阿基拉的實力，就和克也第一次遇見阿基拉時相同。那種感受讓克也微微顫抖。

這回是詩織問道：

「請問您說的戰鬥經歷為何？52號的小隊曾以三名人員成功討伐暴食鱷魚。如果考慮戰鬥經歷決定人選，再加上人數問題，應該是52號的小隊更合適吧？」

『討伐暴食鱷魚與討伐亞拉達蠍是兩回事，

戰鬥狀況也不同。27號擁有近似當下狀況的戰鬥經歷，因此判斷27號是適合的人選。沒有問題。』

多蘭卡姆利用大規模幫派的人脈，將包含克也等人在內的眾多年輕獵人送進本次的作戰。

因此，撇開實際上的實力不談，使人不禁懷疑實力是否足夠的年輕獵人硬是被加入任務中，讓這位職員對多蘭卡姆沒有好印象。

再加上多蘭卡姆底下的獵人不斷提出懷疑本部判斷的質問，職員的心情也變得不大愉快，以尖銳的語氣回答。

而職員這樣的態度讓聽者想像阿基拉的實力。不過三股並未因此接受，懷疑道：

「那個小鬼頭……27號的戰鬥經歷到底是有多漂亮？」

『27號曾自遭亞拉達蠍群襲擊並占據的大樓中成功救援發出救援要求的多名獵人。當時他與大樓內部的亞拉達蠍群，以及逃離大樓後追擊而來的蠍群交戰，一共擊破至少八十隻以上。而這一切都由27號獨自達成。』

「……開、開玩笑的吧？」

三股簡短地吐露了眾人聽完職員說明後萌生的感想。不過這種懷疑同樣遭到否認。

『這是登錄於獵人辦公室的資訊。我很確定這份資訊不是用來整你，你也不需要接受，只要待在原處好好看守。』

愛莉短暫思索後插嘴說道：

「克也……52號同樣在救援班的活動救出多名獵人。考量到這項成果，選項應該不至於唯獨27號一人。而且52號打倒過暴食鱷魚。」

『……52號在救援班的活動，我們也認為是值得評價的戰鬥經歷。不過當時沒有亞拉達蠍，地下街的環境與狹窄的大樓內部也有許多相似之處。27

號已經有在類似的環境和亞拉達蠍群交戰的經驗，根本無從比較。』

這回蕾娜插嘴：

「不過克也他們打倒了暴食鱷魚吧？就算當時沒有亞拉達蠍，單純考慮實力的話，這應該還不至於構成只有27號適任的決定性差異。」

自己做出的判斷妥當與否屢次遭到質疑，心中煩躁不斷累積的職員終於怒吼道：

『……開口閉口都是暴食鱷魚，煩不煩啊！打倒過暴食鱷魚有那麼自豪嗎！你們說的暴食鱷魚，只要是有點實力的獵人都能輕易獵殺啦！暴食鱷魚這種程度的怪物，27號同樣獨自一人打倒過！』

蕾娜非常震驚。克也與自己單挑戰鬥時展現過那般壓倒性的實力，然而克也和由米娜、愛莉三人聯手，好不容易才打倒暴食鱷魚。現在職員卻說和自己同年的獵人只憑一個人就打倒，蕾娜實在無法輕易相信。

她原本想更進一步追問，但本部接下來的話語打斷了她。

『不要沒事就找碴！難道對上頭的判斷不停抱怨，就是多蘭卡姆的教育方針嗎！不准再發問！就這樣！』

本部撂下這句話就切斷了通訊。

在場眾人震驚不已，三股他們與克也等人也吃驚得面面相覷了好一會兒。

這份震驚刺激了蕾娜。雖然只是直覺，蕾娜感覺到克也對阿基拉懷著競爭意識這類的感受。聽聞阿基拉的戰鬥經歷之後，她以此為根據，強烈認定自己的預料正確。

自己承認克也的實力，而克也對阿基拉懷抱競爭意識。那麼只要跟著阿基拉，不就能有所收穫了嗎？是不是能得到讓自己以自身實力為傲的可能性、契機、機會，或是其他事物？

蕾娜不由得這麼想。那強烈的希冀甚至讓她輕視在荒野中最重要的安全，主動迎向危險。

「……調查人員還有兩個缺額吧？」

詩織頓時理解了蕾娜這個疑問的意圖，不由得驚呼：

「大小姐！」

「詩織，我們去追那傢伙。」

蕾娜做出了選擇。不管是輕率的選擇，或是做好覺悟的決斷，都必須背負選擇造成的結果。儘管現在的她對此仍欠缺自覺。

◆

地下街原本就複雜如迷宮，現在因為通道有一部分崩塌而堵塞，形成更容易迷路的構造。

但是阿基拉能以租借終端機閱覽探索隊事先製作的地圖，還能與中繼器通訊以確認當下位置。因此他能較安全地在地下街前進。

不過探索隊就沒有這些方便的工具了。因為探索隊的工作就是製作這些工具，這也是當然的。

地下街的地圖是探索隊辛勞的結晶。本部也會依據地圖推測怪物的入侵路徑，並依此配置防衛據點，在這些方面有莫大的貢獻。

但是當亞拉達蠍在牆壁挖洞，開闢新的入侵路徑，一度全面掃蕩過的領域安全性也會跟著喪失。雖然目前還在疑似有漏洞的程度，光是這樣就足以讓危險性上升。阿基拉正步入這樣的場所。

雖說是調查，也不能在地下街漫無目的四處遊蕩。阿基拉遠離14號防衛據點一段距離後，暫且停下腳步，和阿爾法討論接下來的行動計畫。

『怎麼辦？總之先往15號防衛據點過去？』

『你的理由是什麼？』

『如果襲擊15號防衛據點的亞拉達蠍還有活口，也許會沿著來的路線折返。假如那傢伙已經受傷，血跡或地面上的足跡或許會成為線索。』

『不錯的判斷。還有嗎？』

『除此之外……萬一遭遇亞拉達蠍且無法應付的時候，距離15號防衛據點較近，可以考慮逃往那裡吧？他們無人負傷就擊退了亞拉達蠍，也許比往14號防衛據點撤退更安全。』

『很好的判斷。特別是最後的理由，評價非常高。』

看到阿爾法面露笑容回答，阿基拉有些不安。

『妳也覺得14號防衛據點有危險？』

『氣氛已經鬆懈，而且守備人員內部分裂了，實際上遭遇襲擊時，是否能適切應對還是未知數。既然這樣，當然是有擊退實績的地方比較好。』

『就是說啊……』

關於內部分裂，主動成為第三勢力的人沒有資格批評。不過阿基拉明知如此還是撇開自己不談。

雖然不會要求親切地互相幫助，阿基拉其實也有幾分彼此協助的意圖，至少不打算故意扯人後腿，也不想被人從後方誤擊。他不希望在與怪物交戰的過程中，還要當心故意射出的流彈。

『差不多該出發了。同時也當作訓練，在沒有我輔助的條件下前進吧。』

『這種時候也要訓練？』

『就是要在這種時候。當然我也會確實搜敵，這同時也是對我的訓練。』

『妳的訓練？』

雖然沒有確切理由，阿基拉從不認為阿爾法像他這樣需要訓練。阿基拉為此感到意外時，阿爾法面露笑容，表明了不能聽過就忘的事實：

『對啊。用你當下的裝備，我究竟能輔助你到什麼程度？我要確認這一點，以及做實驗以提升輔助功效。這就是我該做的訓練。其實，我現在的搜敵能力下降不少。』

阿基拉不禁渾身僵硬。當僵硬解凍後，他很明顯地慌了手腳。雖然他拚命想壓抑驚慌，卻無法徹底按捺。

『是、是怎麼回事？』

『要詳細說明會花很長的時間，我只簡單說明原因喔。首先，我在崩原街遺跡的地下沒辦法發揮等同於地表上的搜敵能力。此外，有些遺跡的建築材料和功能具有妨礙搜敵的特性。這個地方滿足了這兩種條件。』

『……所以，具體來說降低到什麼程度？』

『這是祕密。和你或一般獵人相比，我的搜敵能力依然遠遠在上，高得無法相提並論。不過當我搬出你來當比較對象，就表示搜敵的精確度和範圍都已經顯著降低。你就當成這樣吧。』

阿基拉將她口中的祕密二字解釋為「不要知道比較好」的意思。許久沒感受到的恐懼湧現心頭。在未知的遺跡中，時時害怕著下一個轉角就會撞見怪物，咬緊牙關前進的感覺。

『沒問題，我負責做好覺悟。我們走吧。』

如果因此裹足不前，當然無法繼續從事獵人這一行。阿基拉做好覺悟，邁開步伐。

『阿基拉，不好意思對你的覺悟潑冷水，有客人上門了喔。』

阿爾法指向阿基拉的身後。阿基拉神色有些疑惑，但是從阿爾法的態度判斷那並非敵人。他沒有舉槍，緩緩地轉身向後。接著他因為不同的原因面露狐疑的表情。

『那些傢伙是……』

那身影正是朝著阿基拉走來的蕾娜與詩織。

◆

蕾娜兩人發現阿基拉，以及阿基拉轉頭看向她們，幾乎發生在同一時間。

但是嚴格來說，阿基拉的動作快了一瞬間。詩織注意到這一點，更提高了對阿基拉的戒心。

她們位在背後，肯定不在視野中，這距離也不會聽見腳步聲。假設他靠情報收集機器察覺兩人的存在，他看起來也不像持有那種高性能的機器。

儘管如此，阿基拉彷彿早已經正確掌握兩人的位置，一轉頭就將視線投向兩人。詩織不認為那純屬偶然。

東部的最東側，在人稱最前線的地區活動的一流獵人之中，有些人能憑著無法解釋的某些感覺，正確察知顯然位在知覺範圍外的人的視線與氣息。

如果阿基拉與那種人相同，或者身懷同樣的潛能，與他為敵會非常危險。詩織如此判斷後，要求蕾娜重新考慮。

「……大小姐，難道不能趁現在回頭嗎？」

「我不要。而且在阿基拉發現的瞬間轉頭，不就完全是可疑人物了嗎？要是他以為我們想突襲他就糟了吧？」

「我們沒有理由突襲他。誤會應該能輕易解開才是。」

「阿基拉好像也在等我們，快過去吧。」

蕾娜連忙上前，詩織放棄說服，也跟了上去。

◆

如果快點離開現場，甩開蕾娜兩人，也許還能減少麻煩事的禍根吧？阿基拉先這麼想，但是立刻打消念頭。

能擬態為瓦礫的亞拉達蠍群已在這個遺跡築巢，再加上阿爾法的搜敵能力下降，在這種狀態下要快速移動到足以甩開蕾娜兩人。一想到這裡，阿基拉也不免躊躇。

而且阿基拉已經一度停下腳步，他便無奈地等待蕾娜兩人靠近。在這之後，他對著來到面前的蕾娜刻意擺出冷漠的態度。

「發生什麼事了？」

「我們也是來調查的。」

「這樣啊。我會調查那邊，其他地方就交給妳們。」

「我們也要跟你一起去。」

阿基拉言下之意就是拒絕同行，但對方不知道是沒有聽懂還是雖然聽懂了但選擇無視，這部分憑阿基拉稚拙的人際經驗無法分辨。於是阿基拉對詩織投以帶有責怪意味的視線。

「……大小姐，這位先生似乎不樂意與我們同行。我想我們還是回頭比較好吧？」

蕾娜的表情頓時轉為惱怒，但是她努力強忍下某種衝動後，輕輕吐出一口氣，勉強維持鎮定。至少她這麼努力過了。

在這地方與阿基拉破口大罵的行徑擺明了很糟糕。顯然是這樣的判斷勉強抑制了激動的源頭。

蕾娜告誡自己要冷靜，同時試圖靠著交涉徵求同意。

「……我們也一起去，我會派上用場……撇開我不談，詩織一定派得上用場。」

「那只要她一個人跟我來就夠了吧？」

「如果我不在這裡，詩織也會回去。」

「那妳們兩個一起回去不就好了？」

「我們兩個也一起去。」

「我不要。給我回去。」

阿基拉加重語氣宣告後，轉身背對蕾娜兩人。之後他便視兩人不存在般，邁開步伐離去。

他維持戒備的同時在地下街前進了好一段距離後，還是忍不住好奇而確認背後狀況。一如預料，蕾娜兩人都跟了過來，而且逼近到像是同伴一樣。

阿基拉再度轉身面對蕾娜兩人，猛然嘆息。之後他用感覺有些傻眼的口吻對她說：

「……我猜，難道我一定要舉槍指著妳，威脅妳回去才行？」

此話一出，詩織散發的氣氛頓時變尖銳。

「若情況如此演變，我將會全力抵抗。會造成對彼此不必要的傷害，不建議您如此選擇。希望您重新考慮。」

詩織的眼神相當認真，能感覺到不惜以自己的生命為代價也要保護蕾娜的意志。

阿基拉對她堅定的意志感到敬佩，同時也覺得用不著發揮在這種場合，對詩織投出了更加傻眼的目光。

「既然妳都這樣講了，乾脆動用蠻力把她拖回去嘛。這樣不就解決了？」

「我在立場上，只要在能容許的範圍內，都會尊重大小姐的意志。無視大小姐意志的行動，僅限於非常情況下。」

阿基拉再度嘆息，覺得很麻煩似的抱頭苦思。

『阿爾法，真的沒辦法解決嗎？』

『這沒辦法。也只能看開一點，別在意她們的存在吧。』

『為什麼我得帶著爭執製造機一起探索啊？』

阿基拉撇開自己的問題不談，露出有些厭惡的表情。阿爾法像是要安撫阿基拉似的微笑。

『解決事情時輕言動用武力，會讓事態更加惡化啊。』

『……話是這樣說沒錯。』

『反正也能當作人牆或誘餌，一旦受傷了就會自己回去。你當成這樣，轉換想法吧。總不能真的舉槍威脅她吧？』

『……也對。』

阿基拉不再多想，重新開始調查地下街。他不理會背後的蕾娜兩人，高度警戒周遭狀況，將調查範圍漸漸朝著15號防衛據點擴展。

使用情報收集機器調查周遭，一一確認是否有怪物存在。回想起過去被亞拉達蠍包圍時的狀況，就算四周沒有敵人的氣息與反應，他仍舊毫不鬆懈地向前推進。

阿爾法說過要是有遺漏就會幫忙指出，然而一想到身旁的瓦礫也許實際上就是亞拉達蠍的擬態，他便不由得更加慎重，稍嫌過於提高戒心。他的移動速度因此變得相當緩慢。

這時阿基拉突然想到。

『阿爾法，話說我的情報收集機器的設定，現在這樣沒問題嗎？』

『有啊。』

『有問題喔……』

聽阿爾法二話不說就判定有問題，阿基拉露出了哭笑不得的表情。阿爾法笑著對他指出設定上的問題。

設定的最佳數值會隨周遭環境改變，與槍枝瞄準鏡的連動內容也會使之變化。

靠著擬態融入周遭景色的怪物群棲息的場所，就有必要選擇容易發現擬態怪物的設定。

對象範圍的設定也很重要，一旦縮減範圍就容易被範圍之外的敵人搶先發現；若擴展範圍就會使得搜敵精準度下降，遭受擬態怪物突襲的危險性也會增加。

必須像這樣將各種要素列入考量後，慎重調整設定內容。

聽了這些說明後，阿基拉放棄自行調整。

『簡單說，現在的我還辦不到吧。阿爾法，代替我設定吧。』

『了解啦。好了，設定改好了。不過有一天我會要你學會自己設定喔。』

情報收集機器的設定變更之後，取得數據的精準度飛躍性提升。阿基拉裝備的透明顯示器中的顯示內容也大幅改變。

首先，位在阿基拉後方的蕾娜兩人的反應變得清晰，原本模糊的周遭立體地圖也更新了。

此外探索隊製作地下街地圖時的地形數據與當下地形數據間的差異也補充顯示於眼前，甚至精密

得能比對瓦礫崩塌後的碎片位置。

透過回聲定位等手段，對通道轉角等遮蔽物另一側的偵測距離也加長了。

阿基拉對於差異之大感到訝異。

『差太多了吧。要是我沒問，就會一直維持剛才那種設定嗎？』

『現在的設定究竟對不對，有沒有需要變更，自己察覺這些問題也是訓練的一部分喔。』

阿基拉微微垂下頭。

『……我會努力求進。』

『要加油喔。』

阿爾法面露一如往常的微笑。

第42話　處理衝突

由於15號防衛據點遭到亞拉達蠍襲擊，阿基拉接到本部的指示出發調查後，蕾娜與詩織追隨阿基拉而衝出14號防衛據點。

然而當她們追上阿基拉，蕾娜要求讓她與詩織加入調查，阿基拉冷淡地拒絕，絲毫不留餘地。但是蕾娜無法乾脆放棄，近乎強行跟在阿基拉後方，儘管遭到阿基拉忽視，仍與他一起在地下街前進。

在這之後過了一段時間，蕾娜持續觀察走在前方的阿基拉，表情漸漸浮現疑惑。她覺得儘管置身於地下街，阿基拉的步伐未免也太慢了。

「詩織，為什麼那傢伙的速度這麼慢啊？」

詩織在蕾娜身旁持續警戒周遭。她明白這個問題所指的本質，但決定先委婉地回答避免爭執。

「在遺跡內部應該以多快的速度前進，這方面的基準和判斷因人而異。他大概秉持著不惜多花時間也該確實搜敵的主義吧。」

不過這個回答無法完全說服蕾娜。她沒有多想，提出更進一步的疑問。

「就算這樣也未免太慢了吧？現在有三個人在警戒啊。」

蕾娜也明白搜敵的重要性。地下街充滿了怪物可能躲藏的場所，像是岔路或瓦礫後方、店鋪廢墟內部等等，而且亞拉達蠍還會擬態為瓦礫等物品。她也明白想要一一確認的心情。

但就算將之列入考量，根據在防衛據點聽聞的阿基拉的實力，他應該可以前進得更快。至少在這三人分擔搜敵範圍的狀況下，移動速度未免太慢了——蕾娜這麼認為。

要回答這個問題讓詩織有些躊躇，因為內容確實會招惹蕾娜的不快。但是既然蕾娜決定進一步追問，用一句「不知道」來敷衍有違自己的忠誠。詩織如此打定主意，誠實告知自己的看法。

「並非三個人。只有一個人。」

「咦？有三個人不是嗎？」

「他沒有把我們算在戰力之中，搜敵方面也相同。因為他會重新檢查我和大小姐已經確認過的場所，這一點不會錯。同時他也時時在確認萬一遭遇亞拉達蠍時，在那個位置能不能只憑自己的火力應付。換句話說，實質上無異於一個人獨自前進。」

詩織的推測正確無誤。這是為了阿基拉自己的訓練，也是設想了遭遇怪物的襲擊時，萬一蕾娜與詩織把阿基拉當作誘餌而逃走的可能性，事先做的準備。

在蕾娜眼中，阿基拉這樣的行動就像完全把她們看作累贅。她頓時因為憤怒而皺起臉。

她原本不由得要扯開嗓門怒罵，但她咬緊了牙關好不容易忍耐。現在她已經無視對方的想法，硬是跟在他後頭，要是還大聲嚷嚷吸引怪物靠近，簡直就像自己在證明對方認定的無能。

好不容易維持表面的平靜，憤怒令身軀微微顫抖的同時，她以平靜但確實暗藏怒氣的口吻說了：

「……意思是我們的實力那麼無法信任？」

為了平息蕾娜的怒氣，詩織刻意以平靜的態度回答：

「他還不知道大小姐的實力。如果是獵人等級與交戰實力不相符的獵人，這種判斷不無道理。把自己的性命交付給不曉得實力的對象，這種不確定要素他希望能盡可能排除。就請您這樣想。」

「這樣講是有道理啦……」

「一眼看穿對方的實力十分困難，就連擁有那種實力的克也先生也因為年齡而遭到輕視。很遺憾，我們就更不用說了吧。」

獵人等級能顯示獵人的實力，但那終究是各種能力的綜合評價，無法保證與怪物交戰時的戰鬥能力。

有些人雖然對搜敵與遺物收集一竅不通，卻以高超的戰鬥能力彌補。當然相反的案例也存在。無論哪種人，只要最終拿出同樣水準的成果，獵人等級就會幾乎相同。

受到詩織的開導，蕾娜用她稍微恢復冷靜的頭腦思考。從剛才在大廳聽聞的阿基拉的戰鬥經歷來判斷，阿基拉也許是專職戰鬥的獵人。或許他之前已經見過許多獵人等級比自己高，但是戰鬥力比較低的獵人。

如果真是這樣，這種對待還算可以接受，也不能怪他。蕾娜這麼想著，恢復冷靜。不過她的不滿並未完全消除。

詩織以認真的表情提議：

「大小姐，我看我們還是回去吧？就這樣繼續與他同行，恐怕對大小姐也沒有任何益處。」

「……我不要。」

要是在這時回頭，蕾娜的成果就只剩下明明沒人叫她卻自己跟上來，除了打擾人家之外一事無成這般難以啟齒的行為。她不願意這樣。

不過蕾娜心中更強烈的想法是，她想抓住某些事物，讓自己能夠承認自己的實力，為此自豪並接納。她追尋著能讓她辦到的機會與契機，或者是某些事物。

詩織的表情變得有些凝重。蕾娜現在堅持己見不願回頭，阿基拉恐怕並未將兩人視作自己人。她認為這樣的情況非常危險。

在這種狀況下，一旦遇到了三人難以應付的大規模亞拉達蠍群，最糟的情況連阿基拉都可能成為敵人。他為了獨自逃走，有可能以槍擊減緩兩人的移動，迫使兩人成為誘餌。這種危險性絕非不存在。因為只要有必要，詩織也會這麼做。

如果蕾娜不願改變心意，就只能改變阿基拉的想法。最起碼要讓關係改善到危急時刻願意攜手撤退的程度。詩織如此判斷，開始構思方法。

◆

阿基拉在地下街停下腳步，呢喃低吟。他在前進的同時尋找剛才襲擊15號防衛據點的亞拉達蠍的痕跡，雖然前進了好一段距離，目前仍未有任何成果。

會不會是因為自己的探索能力不足而有遺漏？他如此懷疑，向阿爾法確認：

『阿爾法，我知道尋找痕跡也是我的訓練，所以我也集中注意力尋找。不過要是我有什麼遺漏，拜託不要刻意瞞著我，一定要告訴我。畢竟這是工作。』

『別擔心，我會告訴你。若因為這是訓練就隱瞞，結果讓你闖進亞拉達蠍群，那也很傷腦筋。』

見到阿爾法對自己露出有些愉快的笑容，阿基拉也回以輕微苦笑。

『那還真是多謝了。這樣一來，是真的沒有痕跡嗎？要是就這樣一無所獲，本部好像會有怨言。明明什麼也沒有，未免也花太多時間了。』

阿基拉微微皺眉。阿爾法看穿了他的懷疑並非起因於對本部的怨言，而是因為他懷疑自己的工作成果，於是溫柔地微笑道：

『到時候就隨便他們說吧。本部如果想要仔細調查，應該會派遣探索隊。因為防衛隊的人員仔細調查，所以多耗費了時間。事情就這麼單純罷了，你沒必要介意。按照這個步調別著急，把安全放在第一吧。』

阿爾法同樣有工作要委託阿基拉，自然也樂見阿基拉對工作的誠實態度。

但如果因為那份誠實讓他在達成阿爾法的委託前就送命，那可就本末倒置了。為了減輕阿基拉那不必要的誠實，也為了自己的目的，阿爾法深切關懷阿基拉的生命安全。

『……說的也是。我知道了。』

阿基拉因此不再擔心，決定按照剛才的步調前進。

就在這時，詩織叫住了他。

「有事想與您商量，請聽我說句話。」

阿基拉原本不打算理會詩織，但是下一句話讓他不由得轉過頭，有所反應。

「我想委託您成為大小姐的護衛，希望與您討論委託的詳細內容與報酬。」

太過突兀的內容讓阿基拉無法在第一時間理解她說了什麼。他花了一小段時間才理解話中意思，但理解後又因為搞不懂她的意圖而困惑不已。阿基拉顯得有些混亂，口中吐出簡潔表明心境的聲音。

「……咦？」

至少對方並未充耳不聞——詩織如此判斷後，懷著趁對方混亂時主導場面的意圖繼續說：

「我這就為您說明委託的內容。護衛期間是本次亞拉達蠍討伐委託期間，而且大小姐位在您可護衛的範圍時。」

阿基拉感到混亂，同時讓他更加混亂的說明持續著。

「報酬是500萬歐拉姆，屬成功報酬。若因為本部發出的指示等原因而無法同行也不會減額，但若您積極營造這類情境，或是讓大小姐身陷危險，就會應過失而減……」

聽見詩織突兀的要求，蕾娜和阿基拉同樣愣住了。當她終於回過神來，連忙插嘴打斷：

「等、等一下！妳突然在講什麼啦！」

「我正在委託他擔任大小姐的護衛。既然大小姐沒有意願返回，為了大小姐的人身安全，有必要採取其他手段。若您願意乖乖聽話返回，我就會撤銷本次委託。」

「等、等等，就算要僱用外部的獵人，500萬歐拉姆這種報酬，多蘭卡姆也不可能接受吧？」

「大小姐不需擔憂，會以我的個人財產來支付。雖然是一筆不小的金錢，但是大小姐的安危無可取代。」

詩織真的打算自己支付500萬歐拉姆。蕾娜從詩織嚴肅的態度明白了她有多麼認真，因而感到畏縮。

蕾娜也明白要她改變心意是不可能的，因為那就等於要她降低對蕾娜安全的重視度。詩織不可能對此妥協。

蕾娜當然也不好意思因為自己的任性讓詩織如此犧牲。她明白只要自己願意乖乖回去，一切都能圓滿解決。

但是，在留下某些成果之前，想要繼續留在此處的心情也相當強烈。原本就容易固執己見的個性助長了這種心情，結果使蕾娜陷入輕微的混亂狀態，遲疑不定。

動搖的意志與不動的忠誠。蕾娜與詩織的表情和視線清楚透露彼此的心情，兩人對看。選擇與意志互相衝突。

阿基拉毫無自覺地近乎目瞪口呆，旁觀狀況變化。這時阿爾法對他提出忠告：

『阿基拉，你繼續不出聲的話，她們會幫你決定要不要接受委託喔。』

阿基拉回過神來，連忙插嘴：

「等一下。不管妳們要不要回去，我都拒絕接受委託。」

「……包含報酬不足在內，若您對內容有所不滿，我願意接受交涉。」

詩織暗示報酬還能增加，但阿基拉還是搖頭。

「不是。不夠的不是報酬，是我的實力。我光是要保護自己就費盡力氣了，沒有多餘的心力護衛別人。所以就算妳增加報酬，我也沒辦法接受妳的委託。」

蕾娜面露感到意外的表情。

「可是你不是一個人從亞拉達蠍群中救出了整群獵人嗎？本部的職員是這樣講的，這樣實力還不夠嗎？」

「應該沒人說我一面哼著歌，輕鬆寫意就救出他們吧？當時我幾乎把手上的彈藥統統用光才好不容易存活下來。就算接到指示要我再做一次，我也絕對會拒絕。」

「那你為什麼那次會聽從指示？」

「因為我救的那群獵人沒有對本部仔細說明狀況，他們好像只說遭到蟲類怪物攻擊。我是在前去救援他們之後才曉得救援地點有一大群亞拉達蠍，剩下的就是勉強應付狀況。」

「既然這麼辛苦，你怎麼還接了這次的亞拉達蠍巢穴的討伐委託？」

阿基拉也不是自願接下這次的委託。他不由得回嘴：

「委託人是久我間山都市的長期戰略部，我哪能隨便拒絕！如果能拒絕我當然也想拒絕啊！」

「是、是喔。」

蕾娜被阿基拉的氣勢嚇到了，掩飾驚訝般面露僵硬的笑容。在這之後，她像是要吐出心中剩餘的疑惑，再度確認：

「……所以，你其實不怎麼強嘍？」

「當然啊。」

獨自一人衝進亞拉達蠍群大展身手，殲滅蠍群後拯救救援目標，讓所有人平安歸來的厲害獵人。詩織與蕾娜聽了本部的說明後無意識地浮現心頭的形象，在阿基拉的堅決否認下瓦解了。

為防萬一，詩織進一步確認。

「本部說您曾經獨自一人打倒暴食鱷魚。這件事是事實嗎？」

「嗯？是啊。用了這玩意兒的專用彈，一發就打倒了。威力超強的，不愧對子彈的價格。」

阿基拉指向自己揹著的ＣＷＨ反器材突擊槍，簡單回答。從態度完全感覺不到他曾與暴食鱷魚歷經一番激戰。

暴食鱷魚是個體差異相當大的怪物，若是偶然間事先發現強度不高的個體，並且用強力子彈先發制人，就算實力稍嫌不足也能成功擊破吧。詩織如此判斷，認為阿基拉話中內容也合理。

蕾娜與詩織再度打量阿基拉。抹去了從本部的說明得到的第一印象，當這樣的先入為主消失，她們眼中的阿基拉頓時變成了隨處可見的尋常年輕獵人，反倒看起來弱得讓人納悶他為何出現於此。

奇異的沉默充滿現場。前提條件遭到推翻，這樣的狀況讓三人不知該如何應付。

特別是蕾娜的反應顯得有些尷尬。詩織注意到蕾娜，思索後再度對阿基拉提議：

「那我就改變委託內容。希望您輔助大小姐，委託期間就設定為回到防衛據點之前，報酬則是現付10萬歐拉姆。請問您意下如何？」
「詩織？」
蕾娜不明白詩織的意圖，對她投出有些納悶的視線。詩織則回以責怪蕾娜般的眼神。那眼神就近似於姊姊面對需要照顧的麻煩妹妹。
「如果大小姐願意乖乖回去，我會撤銷委託，但您沒有這個打算吧？」
「……唔。」
蕾娜的心情完全被看穿，讓她不由得畏縮。誤會阿基拉身懷高強實力才硬是跟過來，一發現他其實身手不怎麼樣就立刻回頭，這樣未免太丟臉了。如果有人逼她回去她就會乖乖回去，不過若要自己開口問可不可以回去，又讓她覺得有點難以啟齒。
詩織早就看穿了蕾娜這般想法。於是她再度向阿基拉提出委託。
如果阿基拉拒絕，就以此為由撤退。如果對方接受委託，就先支付委託費用，當作將他牽扯進這怪異狀況的賠罪，藉此改善雙方關係。無論哪種都可以，她如此判斷才會提議。
詩織把視線拉回到阿基拉身上，等候他回答。阿基拉思考著該怎麼辦，這時阿爾法插嘴：
『再拒絕下去和她們吵架也很麻煩，乾脆接受吧？這個委託說穿了就類似避免在同行時爭執的藉口，之中也沒有真的要請你認真保護她的意圖。接下這個委託，解決一樁麻煩事，我覺得這樣也很好。當然還是不勉強你。』
『……說的也是。就這樣吧。』
現在詩織她們也並非期待自己的實力，只是在調查的同時隨手提供這種水準的支援罷了。這樣的話應該無所謂吧。因為阿基拉越來越懶得思考這些麻煩事，便憑著單純的判斷做出決定。

「好吧，我接下妳說的委託。我叫阿基拉。」

「我叫詩織。那麼請您收下」

詩織取出10張1萬歐拉姆的紙鈔，遞給阿基拉。阿基拉接下了紙鈔。如此一來委託就成立了。

阿基拉收起紙鈔，同時對蕾娜問道：

「所以呢？妳要怎麼做？」

「什麼意思？」

「接下來要怎麼做。我接受的委託內容是要輔助妳們，所以大致上的行動方針我打算聽妳們的。妳來決定接下來要怎麼做。有什麼主意？」

「呃……」

蕾娜不知所措。她原本的想法僅止於「如果遭遇狀況，自己就能趁機活躍」，從未想過具體的作戰方針。

再加上來到這裡之前，她都聽從克也的指揮行動，不習慣思考隊伍整體的行動方針。因此當阿基拉突然要她決定如何行動，她也毫無頭緒，答不上來。

詩織代替她回答：

「目前就按照阿基拉先生的調查方針繼續調查，這樣也無妨，沒有必要刻意變更。若感覺到必要性再即時修正，這樣應該就很夠了吧？」

「對、對！就這樣吧！」

「了解。」

於是阿基拉便帶著蕾娜與詩織兩人在地下街調查。

重新開始調查後過了一段時間，蕾娜在阿基拉後方進行周遭的調查與搜敵，同時觀察阿基拉。

因為現在由所有人分擔搜敵方向，整體的移動速度比之前快，不過蕾娜還是覺得步調稍慢。

移動距離增加緩慢的最大原因，就是走在隊伍最前方的阿基拉在搜敵時笨手笨腳。顯然是他拖慢了整體的速度。讓經驗不足的年輕獵人率領隊伍，這也是當然的結果。

但是蕾娜見狀，再度萌生疑問。如果阿基拉的實力真的只有這種水準，不可能擁有那種戰鬥經歷。儘管接到了本部的指示，他毫無怨言就獨自一人出發調查也很不自然。

況且久我間山都市的長期戰略部也不可能主動委託那種水準的獵人。

不同於透過多蘭卡姆的人脈接下委託的蕾娜等人，阿基拉應該是以個人身分接受委託。換言之，他無法依靠小隊的運作來彌補個人的能力不足。都市肯定是相中他個人的戰力才會對他發出委託。

剛才阿基拉聲稱「其實自己沒幾分實力」的態度，讓蕾娜一度認為事實也許真是如此。

但是冷靜下來重新仔細思考後，這說法還是不合理。為了讓眼前狀況與事實吻合，只能假設他是能力極度偏向戰鬥方面的獵人，不過眼前這位稚嫩年輕獵人的模樣卻與這樣的假設不符。在這方面同樣無法合理解釋。

到頭來，阿基拉的實力依舊是未知數。蕾娜對此非常好奇。

詩織注意到蕾娜的模樣，像是為了提醒她不要因為思考使得注意力散漫，對她說道：

「大小姐，什麼事讓您在意？」

「啊，抱歉。沒什麼。」

蕾娜重新繃緊神經。然而沒過多久，注意力又漸漸變得散漫。

某種意義上來說，詩織比蕾娜本人更理解蕾娜心中的想法。

蕾娜會對阿基拉的實力那麼好奇的理由，在於她想將之作為評價的標準，藉此理解蕾娜自己的實力。阿基拉的實力高低其實並非真正的重點。但是蕾娜對自己的想法沒有自覺，思考的方向稍微偏離軌道。

若不解決根源的疑問，不管提醒她幾次也無法治本。詩織這麼想著，心生一計。

「阿基拉先生，請問在您眼中，大小姐的實力在什麼程度？」

阿基拉納悶地反問：

「呃，妳這樣問，我也只能回答我不清楚。我的實力也沒有高到一眼就能看穿對方的水準。為什麼要問這種事？」

「我的評價不免帶有偏袒；多蘭卡姆的評價帶有組織內的問題。難得有這個機會，希望能將第三者的意見當作參考，就這麼單純。這問題也算在輔助大小姐的範疇內，希望能徵求您的意見。」

「妳這樣說我也……」

阿基拉開始煩惱。既然對方說算在委託的範疇內，阿基拉也想認真面對。不過他不知道該怎麼說才好，於是向阿爾法求助。

『阿爾法。』

『你自己想吧。評估初次見面的對象的實力，這種眼光對獵人也很重要。你就當成訓練，找出自己的答案。』

阿爾法笑著如此回答。她的回答中暗藏誘導，為了避免阿基拉日後未經思考就與人輕易起衝突。

評估對方的實力，一旦判斷那是不應該起衝突的對手，就要冷靜下來避免爭執。阿爾法意圖讓阿基拉培養這種習慣。

像是之前殺害貧民窟幫派的成員，還有在遺跡救援艾蕾娜她們，阿基拉總是先強烈決定與對方敵對，之後才對阿爾法要求輔助當作善後處理。

對阿爾法而言，為了免於無謂的爭執，她希望阿基拉把順序顛倒過來，先估測對方的實力高低，再決定是不是要與之敵對。阿爾法的用意在此。

同時，這也證明了阿爾法尚未完全掌握阿基拉的行動原理。

無法得到阿爾法的協助，阿基拉露出煩惱的表情，對詩織問道：

「嗯～～要問實力我也答不上來。有什麼評價的標準嗎？屬於討伐型獵人或探索型獵人，評價標準也會隨之改變，評價方法大概也有很多種……」

「這個嘛，那麼，假設阿基拉先生要僱用大小姐當獵人工作的夥伴，最多願意支付多少報酬？如果需要戰鬥經歷等其它資訊，請儘管問。雖然要視問題而定，我會盡可能回答。」

假設要僱用某位獵人，為此願意支付多少報酬。某種角度來說這是最簡單易懂的評價，也是非常現實的評價標準。

蕾娜也想知道對自身實力的正確評價。她不希望因為自己掩飾使得評價失準。只要阿基拉開口問，她絕不會多加矯飾，打算誠實回答。

但阿基拉突然就說出結論。

「喔，妳問這個問題的話，我不會僱用她。」

聽見超乎預料的回答，蕾娜甚至沒感到憤慨，而是啞口無言。根本連討論報酬的餘地都沒有，就算免費也不願意，可說是最差勁的評價。

阿基拉的口吻非常平淡，從中完全感覺不到開玩笑或刻意挖苦、嘲弄等等的意圖。這反而讓蕾娜受到強烈的打擊，甚至感到幾分暈眩。

詩織這下也難掩不快，不高興的感受顯露在表情上。

「……阿基拉先生，我想這種評價未免太過分了。希望您修正或說明讓人接受的理由。」

口吻平靜，但是話語中灌注的魄力象徵了詩織的心情，甚至讓蕾娜頓時回過神來。

阿基拉面對那威嚇也沒有顯露一絲驚慌，依舊以普通的語氣回答：

「單純覺得麻煩得要死。這個嘛，如果妳的戰鬥力強得足以輕鬆打倒五十隻亞拉達蠍，外加14號防衛據點的所有人，那我就取消剛才的評價。」

蕾娜不知所措地回答：

「再、再怎麼樣，我也無法說自己那麼厲害。但就算這樣……」

「那傢伙，好像是１４７號吧？妳似乎跟那傢伙吵了一架，在那個當下，妳在跟他吵架的時候事先設想到什麼地步？就算爭吵到最後大家用槍互指，演變成互相殘殺，妳也有自信能輕鬆取勝，所以妳才那樣氣勢洶洶？還是妳事先知道那傢伙有理由絕對不會把槍口對準妳？」

阿基拉說完便等候蕾娜的回答。然而蕾娜無法回答。她剛才決定要坦誠回答阿基拉的問題，但這決心已經動搖了。

因為那些看輕自己和夥伴的傢伙讓她看不順眼，於是咄咄逼人地與之爭論。當時蕾娜思考到這裡就停止了。

但是她無法老實說出口。阿基拉對她下了最差勁的評語，她像是要以憤怒掩飾自己受到的打擊，並非回答阿基拉的疑問，而是反問他。

「那、那你要我怎麼辦！就這樣被他看不起，任憑他大放厥詞才是對的嗎！」

「沒有啊，妳想怎麼做都可以。竟敢瞧不起我，看我殺了你——我覺得這樣也很好。前提是妳正確設想過結果，而且能接受最後的結果。有時候被人輕視也會攸關性命。有些情況用槍指著對方，威脅對方不要太囂張會比較好。只要做好決定，事先有了覺悟才動手，那我覺得也沒關係。所以呢？妳當時認為會演變成什麼結果？」

阿基拉再度平淡回答後，重新問道。他凝視著蕾娜，等候回答。

蕾娜無法回答，因為她當時什麼也沒設想過。但這句話她說不出口。

詩織默默聽到這裡，插嘴介入。這時她已經後悔對阿基拉提出這個問題。

「阿基拉先生，倘若狀況惡化至此，我會出面盡可能和平解決爭執。所以您的假設似乎稍嫌超乎現實了。」

「無論演變成何種狀況，最後詩織小姐都會出面解決，所以什麼也不用思考，想怎麼做就怎麼做。這樣也沒什麼不好。如果妳問的評價不是她個人，而是兩個人為一組的評價，那是我會錯意了。我取消剛才的評價。」

「您剛才說的亞拉達蠍五十隻加上其他所有獵人，又有什麼關聯？」

「我覺得只要有這種實力，就算爭執持續到最後與在場所有人敵對，而且還被亞拉達蠍群襲擊，即使戰鬥時被人趁機從背後放冷槍，還是足以應付。只是估計的標準而已。」

「……論點不會太極端了嗎？」

「是很極端啊。」

阿基拉二話不說便回答。儘管詩織的怒意增強，他依舊正面迎向詩織的注視，繼續說道：

「我剛才說的是極端的狀況。會演變成這樣的機率想必不高，一般來說也不用設想那麼多。簡單說就是程度問題。在什麼程度的狀況下，做出什麼程度的應對。做法因人而異。」

阿基拉也認為一般狀況不會演變成那樣，同時認為自己不屬於一般的範疇。

「從14號防衛據點的狀況，還有她與我和147號交談時的態度判斷，對於可能無謂增加爭執的人，我不會想耗費血汗錢僱用。就這麼單純。」

因為是從阿基拉的角度來評價，自然不會採用普通的標準。正因如此，他明知一般來說只是極端案例，還是這麼回答。

「我也不打算說我的意見就是對的。如果覺得不愉快，妳就當成是笨小鬼在說蠢話，用不著當一回事。」

詩織和蕾娜同樣默默地聽著阿基拉這些話。兩人的反應看似相同，其實並不同。

蕾娜意氣消沉地垂下頭。另一方面，原本清楚浮現於詩織臉上的怒氣轉變為寧靜但強烈的意志。

「……能否接受暫且不談，我確實收到您對評價的說明了。那麼，最後請再讓我問一個問題。」

詩織如此說完，暫停了一瞬間後，對阿基拉投以明顯透露內心情緒的視線。

「難道您沒有想過，這個回答可能觸怒我？」

阿基拉應該也明白詩織服侍蕾娜。既然要人先設想結果再開口，阿基拉自己應該也設想過這個結果吧？詩織借力使力般反問阿基拉，以態度威嚇。

就某種意義而言，在這個當下還只是威脅而已，但是接下來對彼此就不只是威脅了。

阿基拉做好覺悟，回答：

「我接到的指示是回答問題也在輔助的範疇。既然我接下了委託，我想盡可能努力達成指示。我認為不要隨口敷衍，就算可能觸怒對方，盡量老實回答也是努力的一部分。」

詩織問：您已經料想過我的反應，並且做好覺悟與我廝殺了？

阿基拉答：沒錯。

雙方都進入了臨戰狀態。只要任何一方先顯露些微動靜，最後僅存的底線也會消失。現在兩人都以反擊為前提在觀察對方是否有破綻，因此雙方都停止動作。

兩人都沒有考慮過以槍口指向對方，威脅對方卸除武裝。立刻就開槍射擊，最起碼也要奪取戰力。至於是否奪命，則要看狀況允不允許，然而接下來的狀況恐怕沒有思考的餘地。雙方都如此理解了現況。

因為詩織威脅，阿基拉才如此應對；或是因為阿基拉挑釁，詩織才如此應對。無論是哪一種，既然雙方都不退讓，原因不會對現況造成差異。

阿基拉沒有自覺，事實上他的實力正以異常的速度成長。這是因為阿爾法為他實施了種種精心設計的高效率訓練。

正因如此，儘管一天遭遇兩次怪物群的襲擊，雖然不免需要一些幸運，但他終究成功活下來了。

然而阿基拉不曾認定自己的實力高強。因為在他的認知中，自己的實力微渺到無法與阿爾法的輔助相提並論。這樣的觀念嚴重扭曲了阿基拉對自己的評價。

如果對自身實力懷有確切的自信，那種強者的格調會反映在態度上；反之亦然。阿基拉對自身的評價之低，無意間讓其他人更容易低估他的實力。

結果就是乍看之下的實力與交戰時的實力嚴重乖離的惡質小孩子就此誕生。有誰誤以為是小石子而踐踏或踢飛時，地雷般的小孩就會立刻奪取對方的性命。

詩織現在就站在那顆地雷前方。

緊迫的空氣漸漸提升密度，雙方進入下一個階段只是遲早的事。只要阿基拉的敵意刺激詩織，讓詩織決定踏出下一步，地雷就會爆炸。

然而蕾娜阻止了這一切發生。

「詩織……別這樣……」

詩織臉上肅殺至極的表情漸漸瓦解。

「大、大小姐……」

「……已經夠了……別這樣……求求妳。」

蕾娜依舊垂著頭，發出細微的說話聲。於是詩織先解除臨戰架式，阿基拉也跟著解除。

暫且免於戰鬥發生。阿基拉自緊張中解脫，吐出一口氣。

一旁的阿爾法看著阿基拉，裝模作樣地猛然嘆息。隨後她燦爛地微笑。

『把自己的問題都拋到一旁，提了不少意見，但是就衝突製造機的性能來說，阿基拉似乎也不惶多讓喔。』

『又、又不是我主動挑釁的。』

阿基拉自己也覺得這個藉口太牽強，因此板起臉。阿爾法則是凝視著阿基拉，接著微笑道：

『雖然剛才是我要你接下委託，也是我要你自己思考，不過，你也用不著努力到顛覆我以高度演算能力估計的結果吧？別緊張，我真的明白。』

『對、對不起……』

阿基拉試圖掩飾般道歉。阿爾法則是面露柔和的微笑。

隨便講些好聽話敷衍過去就好——如果阿爾法當時給了這種建議，也許就能避開這樁爭執，不過至少在無人喪命的狀況下收場了。

詩織請阿基拉評價蕾娜的實力——源自這點小事引發的衝突，轉瞬間就惡化到瀕臨互相殘殺。

爭執的源頭是從阿基拉的標準來看，蕾娜的實力非常低。雖然只是這點程度的小事，詩織由於重視蕾娜，採取了有點過剩的應對，加上阿基拉不知變通的人格，差點演變成無法挽回的事態。

阿基拉和詩織的目的都並非殺死對方，然而因為兩人都秉持著為貫徹自身主張不惜互相殘殺的想法，陷入一觸即發的狀況，險些展開你死我活的戰鬥。

不過因為蕾娜接受阿基拉的判斷，阻止兩人，兩人失去不惜互相殘殺的衝突理由，都二話不說就收手。

儘管如此，關係一度惡化至此的事實也沒有消失。這下蕾娜她們也會自己回去14號防衛據點吧。阿基拉這麼認為，但是他的猜想並未成真，蕾娜兩人沒有回去。三人同行的調查依然持續著。

蕾娜情緒非常低落，不過在搜敵等工作上並無過失。也許是因為屏除了雜念，動作似乎比衝突前更加俐落。詩織目睹蕾娜的模樣，顯得十分心痛。

阿基拉感受到背後的氣氛，覺得有些尷尬。

『雖然已經太遲了，是不是該把討好委託人也視作委託的一環，隨便講些無關痛癢的話？』

剛才的爭執也是阿基拉試圖誠實面對委託所造成。

然而結果卻是如此。既然委託的本質在於輔助蕾娜，自己選擇的應對是否反而不夠誠懇？阿基拉也不禁湧現這樣的感想。

阿爾法苦笑般挑起嘴角。

『若把避免爭執放在第一，確實是這樣沒錯。至少你可以尋找更委婉的傳達方式，這部分的確是你的失誤。』

『哎，是這樣沒錯啦……』

『不過，盡可能誠實面對委託的精神更重要。我身為對你提出委託的一人，能從你的言行清楚確認這一點，我很高興。』

『是、是喔。』

『經過這件事，她以後應該也會克制自己來找你麻煩。就這個角度而言，也許是正確的應對方式。所以我覺得你沒必要心生無謂的自責。』

如果不想死，就要卑躬屈膝交出身上財物並磕頭求饒。在這種觀念橫行的貧民窟，雖然程度高低有差異，阿基拉過去一直身為卑躬屈膝的那一方。他會想成為獵人，也是為了取得力量，脫離那種處境。

於是阿基拉成為了獵人。稍微有了實力，某種程度也能抵抗當初的處境了。

正因如此，他無意識間強烈拒絕採取和過去相同的態度。一旦再次卑躬屈膝，好像就會回到過去的境遇。他心中某處懷抱這樣的畏懼。正因如此，他不惜賭上性命。

不過阿基拉對此並無自覺，也因此為自己的應對感到有些煩惱。

而阿爾法則是為了利用這一點，對他溫柔且堅定地微笑。

阿基拉持續調查，發現了倒在地下街通道的亞拉達蠍屍體。軀幹部位遭受槍擊，也失去了幾條腿。自傷口流出的體液在地面上留下線狀痕跡。

阿基拉將屍體與地下街地圖對照。

『從體液痕跡的方向判斷，這應該是襲擊15號防衛據點的蠍群之一？如果是在負傷狀態下試圖回到巢穴，結果死在這地方，也許還有其他想返回巢穴的傢伙。只要能找到那些痕跡，就能追蹤移動目標……阿爾法，附近能找到其他亞拉達蠍嗎？』

『在我的搜敵範圍內，無論是屍體或活著的個體都找不到。』

『這樣啊……光是找到亞拉達蠍的屍體也不能就此結束調查，只能繼續找下去吧。』

『就算是一般難以察覺的痕跡，只要我來找就能找到。不過，因為痕跡非常細微，旁人可能會納悶你是怎麼找到的。萬一有人這樣追問，就有必要隨便找藉口解釋。你怎麼決定？要由我來找嗎？』

『這個嘛……』

阿基拉短暫迷惘後回答：

『拜託妳了。已經發生了太多事，我想早點有收穫，結束調查。要是有人問我，就用偶然或第六感之類的理由敷衍過去吧。』

『雖然隨便找藉口是我講的，但還真的很隨便呢。』

阿基拉輕笑。

『沒關係啦。反正我也是依靠妳輔助得到了成果才受到肯定，來到這個地方。要是有人問我這些無法說明的根據，我打從一開始就只能回答是第六感或偶然。現在介意這些已經太遲了。』

在這方面，阿基拉已經決定不再介意。看到他的反應，阿爾法有些愉快地笑了。

『知道了。找到了。』

『還真快！』

『哎，只是小事一樁。』

阿基拉對她露出訝異的表情。阿爾法回以得意的微笑，指向與15號防衛據點不同方向的通道。同時阿基拉的視野得到擴增，一般無法察覺的細微痕跡在他眼中得到凸顯而清楚浮現。此外還附加了基於痕跡推測的移動路線。

阿基拉朝著那條新的移動路線開始步行。蕾娜兩人因為阿基拉突然改變之前朝著15號防衛據點的移動方向，不禁有些疑惑。

不過蕾娜現在情緒低落，詩織則是要對不久前激烈對立的對象搭話令她躊躇，雙方都沒有對阿基拉追問理由，只是默默跟在他身後。

改變前進方向後，通道乍看之下與之前沒有差異。但是經過阿爾法分析，許多痕跡清楚浮現。

堅硬地面上的細微刮痕；將店鋪廢墟內散落的物品硬是推開的隙縫；飛濺在周遭的微量體液。綜合這些線索，大群亞拉達蠍曾經過此處的痕跡便清晰浮現。

阿基拉在阿爾法的輔助下看見這些痕跡，無意識間顯露出看見這些線索才會有的舉動。

詩織注意到這一點。阿基拉的行動似乎有明確的目標，或者循著具體方針移動，令她感到狐疑。在她開始思考是否該詢問理由時，走在前頭的阿基拉停下腳步，看向旁邊。

阿基拉的視線指著通道牆面上的大洞。

洞口尺寸相當大，光是寬度就超過四公尺。通道內沒有設置任何照明器具，深處一片漆黑，無法看清狀況。而最大的問題在於，這個大洞並未記載於地下街的地圖上。

阿基拉照亮洞口另一頭，泥土地面向前延伸了大約三十公尺後，連接到人工材質的地面。很明顯連接到地下街的其他場所，但在地下街地圖上同樣找不到洞口另一端的地點。

阿基拉聯絡本部。

「這裡是27號。本部，聽到請回答。」

『這裡是本部。有什麼狀況？』

「找到了地下街地圖上沒有記載的特大洞穴，大概是連接到地下街的其他場所。也許是襲擊15號防衛據點的亞拉達蠍的來源。」

『你先等一下……你把租借終端機的攝影機朝向洞口。』

阿基拉按照指示將終端機的攝影機朝向洞口後，包含影像資訊的多種數據便傳送至本部。

『……我們這邊也已經確認了，洞口另一端是本部也尚未得知的其他區域。另一側恐怕還有許多亞拉達蠍的巢穴。』

「亞拉達蠍的巢穴真有這麼多嗎？」

『有。這地下街有無數亞拉達蠍的繁殖場所，目前已經驅除十七處巢穴，想必還有很多吧。要說這整個地下街都是亞拉達蠍的巢穴也不為過。』

阿基拉回想起之前在大樓內部遭亞拉達蠍襲擊時的情景，將之重疊於眼前的地下街，不禁皺起眉頭。

「……這樣啊。哎，不管怎麼樣，調查就這樣結束吧。接下來將返回14號防衛據點。」

阿基拉一心想回去。只要能回到14號防衛據點，向詩織接的委託也能告一段落。雖然途中發生了問題，結果來說一切都能平安收場，讓他在心中鬆了口氣。

然而本部接下來發出的指示是繼續行動。

『不行。必須在洞口另一端設置新的防衛據點。在該處待命，等待追加人員抵達。在那之前，你們要留在那裡阻止怪物從洞口深處入侵。』

「等一下。只靠我們三個人？這實在太……」

『不能等。起初是27號獨自外出調查，想必對實力很有自信吧。現在又追加了兩名人員，而且其中一名在部署於14號防衛據點的獵人之中實力名列前茅。本部判斷戰力已經相當充分。暫時防衛戰略地點也是防衛隊的工作。做就對了。』

「……27號，了解。」

其實不久前才差點和追加人員互相殘殺——這件事阿基拉也無法老實報告，只好無奈地接受本部的要求。

大洞周遭的通道有按照一定間隔設置的簡易照明，因此光線還算明亮。雖然不算十分充足，與地下街原本的黑暗相比，已經稱得上非常明亮。

但在牆面大洞的另一頭，只有一片拒絕光線進入般的黑暗。

照亮周遭的光直接表明了該地區的危險性。基本上，一度掃蕩過的區域和完全未經調查的區域，遭遇怪物的機率無法相提並論。

阿基拉留在分界線上負責防衛，坐在開於牆面的大洞前方，在光明與黑暗的界線，視線直指著大洞深處。

照理來說，大洞內部一片漆黑。但是阿基拉的視野在阿爾法的輔助下受到擴增，雖然是以黑白顯示，可分辨洞穴內部一段距離內的形狀。

『還真方便。這在日柄加住宅區遺跡的地下室也用過吧？』

『沒錯。總比什麼都看不見好吧？』

『差別可大了。這樣一來，亞拉達蠍群從洞穴另一頭出現時，也能提早察覺吧。』

『如果真的來了，在你的眼睛看見之前，我一定會先通知。沒問題，大可放心。』

『靠妳了。』

之後，阿基拉就一面與阿爾法閒聊並且聽她上課，等待即將來這裡驅除巢穴的追加人員抵達。

◆

蕾娜與詩織置身於阿基拉的後方，隔著通道站在相對的位置上，各自看守通道的左右方向。亞拉達蠍不一定會從牆面的洞口襲擊。阿基拉看守洞口，蕾娜與詩織防衛通道兩側，三人各自負責不同方向的警戒。

詩織持續警戒周遭的同時，視線挪向阿基拉。觀察剛才一度險些互相殺害的對象，冷靜下來再度評估他的實力。

為了保護蕾娜免於受到敵人威脅，詩織長期磨練洞悉他人實力的能力。憑藉自身忠誠所培養的這項能力重新判斷阿基拉是個隨處可見的年輕獵人，至少不是與那樣的戰鬥經歷相符的強者。她得到這般結論。

但是詩織懷疑自己的判斷，更進一步推測。當時阿基拉的覺悟並非虛張聲勢。這點詩織也同意。

但是，詩織不認為阿基拉的舉動是理解到一旦交手就必死無疑，抵抗只求反咬一口以貫徹意志。同時，詩織也不認為阿基拉稚嫩得無法洞悉對方實力才如此魯莽。

那麼，難道阿基拉果真是符合那戰鬥經歷的厲害角色嗎？現在展現的模樣，只是隱藏原本實力的高度擬態嗎？剛才他判斷能贏過她才會如此行動嗎？詩織如此懷疑，再度看向阿基拉，認為這實在不可能而打消念頭，撤回了剛才的疑問。

詩織發現自己的思考在原地打轉，停止推測。

這號人物搞不清楚實力是強是弱，各方面都不合常理，唯一確定的是他並非受到威脅就會退縮的人物。如果在蕾娜附近與他戰鬥，難保不會發生萬一，應該避免輕率的行動。她如此下了結論。

（無意識間看輕了他的實力，讓我太過輕率就判斷只要威嚇，他應該就會退縮，這是我的失態。要是大小姐沒有及時阻止，真不知道現在演變成什麼狀況了。我必須深刻反省。）

詩織再度對自己的忠誠立誓。隨後對阿基拉這號難以捉摸的人物提高了戒心。

蕾娜剛才情緒非常消沉，但經過了一段時間，加上詩織的關心，漸漸取回了鎮定。

就地形而言遭受突襲的風險不高，可靠的人也近在身旁。周遭環境安靜，也有適度的光亮，容易讓心情恢復平靜。因此恢復鎮定的精神讓蕾娜有多餘的心力細數不久前發生的種種。

（……吵架前真的有確實設想過結果嗎？在挑起爭端前有沒有考慮過可能演變成互相殘殺……剛才我沒辦法回答啊。）

這種可能性的實例，剛才就在眼前上演。詩織與阿基拉擺出臨戰架式，只要其中一方稍微前進一步，就會演變成你死我活。

當蕾娜與三股他們爭執不下的時候，如果對方並非只是以嘲笑回應，最終導致相似或者更糟糕的結局也不奇怪。

（有可能無謂增加多餘爭執的人，就算免費也不想僱用……這也是理所當然的吧。）

蕾娜冷靜回顧自己過去的行動。自己和其他人起爭執的例子並非只有今天這次，危險的事態肯定不只發生一兩次。也許她過去只是毫不知情地奔跑在埋藏地雷的原野上。

雖然過去每次都平穩收場，也有無法平穩收場的情況。當自己想強硬逼退對方以貫徹自身意見，而對方也血氣方剛地迎上前來，彼此有時可能會錯估底線，就算沒有人希冀那種結局發生。

過去大概是詩織為避免蕾娜踩中地雷，便為她盡心盡力，但是今天詩織自己差點就踩中了地雷。

雖然勉強防止地雷引爆，如果完全踩中阿基拉這顆地雷，實在說不準會造成什麼後果。蕾娜想像著結果，不禁自嘲。

詩織注意到蕾娜的表情，溫柔地對她說道：

「……大小姐，您也別太介意了。適時切換心情也很重要。況且，無謂挑釁阿基拉先生是我的失態，我們都該記取這次教訓，迎向未來。」

剛才詩織的挑釁其實就像是代替自己生氣。蕾娜這麼想著，開心的同時也感到歉疚。

「……仔細一想，最近好像都沒有好好對妳道謝。」

蕾娜如此自嘲後，端正姿勢對詩織低下頭。

「詩織，過去一次又一次給妳帶來麻煩，對不起。謝謝妳一直在旁幫助我，今後我大概還會給妳帶來很多麻煩。儘管如此，我以後還是可以拜託妳嗎？」

「……當、當然可以！請儘管交給我！」

詩織一瞬間險些因為感動而失去意識，但她憑著意志力撐住了，好不容易強忍住幾乎要潰堤的淚水。這裡是戰場，視野模糊可無法戰鬥。

「謝謝妳，詩織。今後也多多指教。」

蕾娜恢復幾分精神，強撐起微笑讓詩織安心。

◆

阿基拉一面用情報收集機器警戒周遭，也留意著背後蕾娜兩人的動靜。阿基拉有自覺與兩人發生了嚴重衝突，可不願意背後挨冷槍。

『……那兩個傢伙到底在幹嘛？』

阿基拉面露疑惑的表情，阿爾法對他微笑道：

『我想應該是加深友誼吧。』

『不是啦，我不是指這個……哎，算了。』

如果不會危害自己，不管她們要做什麼都無所謂。阿基拉這麼認為，對背後的狀況失去興趣後，不再繼續注意她們兩人。

阿爾法臉上掛著一如往常的笑容，看著阿基拉的反應。一如往常觀察阿基拉，推測並更試著理解阿基拉的行動原理。

以高度的演算能力組合諸多理想條件，描繪出經過精心計算的美貌。完全受到控制的笑容浮現在美貌上，那表情不會反映背後的真實用意。

大洞乍看之下保持寂靜。視線直指洞窟深處的阿基拉突然表情轉為凝重。他隨即站起身，一腳踹飛打開的背包，讓裝在裡頭的彈匣散落在地上。隨後他朝著洞的另一端架起ＣＷＨ反器材突擊槍。

見到阿基拉的舉動，蕾娜與詩織也提高戒心，來到阿基拉身旁。兩人猜想有敵人現身而望向洞的深處，但看起來沒有異狀。

蕾娜確認了情報收集機器，同樣沒有疑似怪物的反應。她對阿基拉露出疑惑的表情。

「……你的搜敵捕捉到什麼反應嗎？」

「這邊由我來應付，妳們去守著通道那邊。」

阿基拉已經完成了迎擊準備，一切就緒只剩扣下扳機。

『阿爾法，敵人一共有幾隻？』

『搜敵範圍內有１２４隻。還在增加中。』

『……感覺我老是遇到這種事啊。』

阿基拉露出一臉厭煩的表情後，阿爾法愉快地笑了。

『哎，憑你的運氣大概就會這樣吧。就當成習以為常，冷靜處理吧。』

阿基拉苦笑。

『說的也是。那就拜託妳今天也提供不輸給我這種霉運的輔助。既然我把剩餘的幸運都用在妳身上了，妳一定會好好輔助我吧？』

『放心交給我。』

阿爾法站在阿基拉身旁，面露得意笑容。

見到阿基拉的態度並非單純戒備，而是擺出明確的迎戰態勢，詩織也決定提高警覺。

她在阿基拉身旁舉槍，朝著洞內射出複數可提升情報收集機器敏銳度的小型照明彈。隔著一定間隔落地的照明彈清楚照亮四周，掃除黑暗，照亮了前方的土壤與深處的人工地面。

但是亮光之中沒有敵人的身影。再度確認情報收集機器，依舊沒有相關的反應。

「……是不是您搞錯了？」

阿基拉不理會詩織的疑問。蕾娜與詩織更加深了對阿基拉的疑心。

就在這時，洞的深處再度被黑暗覆蓋，視線可及的範圍縮減了。因為落在最深處的照明彈的光亮消失了。

照明彈最短也能持續十五分鐘，就自然熄滅而言太快了。蕾娜兩人注意到異狀時，照明彈的光亮從洞穴深處開始依序消失，黑暗再度重返地下街。

目睹那情景，蕾娜與詩織的心態終於切換至備戰狀態。從洞穴深處開始傳來無數物體大舉逼近的聲響，越來越響亮。

成群的某種東西遮擋了光線，踐踏光源的同時朝此處蜂擁而來。事實已經顯而易見，不需確認情報收集機器的反應。

阿爾法露出一如往常的微笑，發出指示。

『要來了喔。5、4、3、2、1……』

同時，照明彈的光芒全部熄滅。

『0。』

阿基拉扣下CWH反器材突擊槍的扳機。火焰般的閃光自槍口迸射，閃光只有短短一瞬間剝除了洞穴內的黑暗。自黑暗中現身的是從洞口另一端連綿至不遠處的亞拉達蠍群。

CWH反器材突擊槍裝填的並非泛用穿甲彈，裝滿背包的彈藥同樣不是。平常用來裝泛用穿甲彈的空間全都塞滿了CWH反器材突擊槍的專用彈。散落在地面上的彈匣中也全都是專用彈。

自槍口射出的專用彈擊中了蟲群的前鋒，凶惡的破壞力讓目標的身軀在這一擊就四散紛飛，還貫穿了緊跟在後的亞拉達蠍，同樣炸飛它的身軀。光是這一發就將子彈軌道上的十數隻個體化為飛濺的肉屑。

一般來說，對區區亞拉達蠍不會動用這種子彈，價格和威力都太高了。但是阿基拉毫不躊躇就使用，理由之一是彈藥開銷由委託主代為支付，不過就算是自己出錢，在這狀況下也不允許猶豫。

『威力果然很強！真不愧對那麼貴的價格！』

『有效射程也很長，幫上大忙了。別客氣儘管用，盡可能削減數量。』

『了解！』

每次開槍，阿基拉的身軀就會朝後方稍微滑動。專用彈的後座力受到精密設計與高度技術所控制，從子彈的威力來看可說是相當小。儘管如此，後座力還是大得常人若直接使用，恐怕會被震飛，撞上通道另一側的牆面。

阿基拉現在是靠著強化服的身體能力與阿爾法的輔助，才能駕馭這股後座力。維持槍擊的姿勢，將槍口直指向前方連續發射。

專用彈一發接一發射出，將大群的亞拉達蠍有如紙屑般粉碎。阿基拉因為那威力而吃驚，但他並不認為自己處於優勢，表情凝重。

儘管沐浴在同類被轟碎的肉屑之中，亞拉達蠍群依舊不知膽怯地持續進軍。一味前進的蠍群將同類與屍骸踩成碎片，只是受傷而無法動彈的個體同樣被同類踩扁，完全感覺不到撤退的意圖。

『……難不成這些傢伙沒有害怕或畏縮之類的概念嗎！』

『大概沒有吧。』

『襲擊15號防衛據點的蟲群不是遭到反擊後撤退了嗎！』

『那恐怕只是回到巢穴傳達敵人的戰力與位置而已，我想應該不是因為害怕才逃走，可能本來就是斥候。』

『……所以這些是主力部隊？』

『有可能喔。』

『如果真是這樣，運氣未免太差了吧！』

『別抱怨了，快點開槍。後面還有很多喔。』

『混帳！』

阿基拉拚了命開槍射擊。憑藉專用彈的過剩威力與地形之利，持續單方面殲滅自洞穴深處不斷湧現的亞拉達蠍。

儘管如此，他交換空彈匣時還是讓蠍群靠近了好一段距離。換彈匣後連忙再度開始射擊，迫使敵人的戰線大幅後退，再度耗盡整個彈匣。這樣的過程反覆持續著，獨自一人阻擋了蠍群。

蕾娜與詩織按照阿基拉的指示，負責戒備通道兩側，提防敵人從其他方向支援或突襲。當然只要阿基拉求助，她們也打算立刻上前支援。

但是阿基拉並未要求支援。看起來有點緊張，但他確實正獨自一人擋下敵人。

那份戰鬥經歷與他的實力同樣千真萬確——目睹了阿基拉正如此證明般的奮戰，蕾娜與詩織不禁

亞拉達蠍群自大洞深處蜂擁而來，區區一發子彈就打倒十來隻。接連湧現的增援也在下一顆子彈的威力下化為碎屑，加入飛濺在周遭的血肉中。

蕾娜目睹那威力，看穿了阿基拉使用的子彈是ＣＷＨ反器材突擊槍的專用彈。

緊接著她發現散落在地面上的備用彈匣也全都裝著專用彈，不由得大叫般逼問阿基拉：

「為什麼你會帶這麼多ＣＷＨ反器材突擊槍的專用彈來這裡啊！這種子彈不是用來對付亞拉達蠍這種程度的怪物吧！難道只有你是來這裡狩獵戰車嗎！」

槍聲迴盪，阿基拉也大叫著回答：

「只是為了彌補我的實力不足才盡可能準備最好的子彈！我怎麼可能和戰車那種傢伙戰鬥啊！」

「那你是怎麼準備這麼大量的專用彈啊！這數量也要花很大一筆錢吧！你平常賺這麼多喔？」

「彈藥費用由委託人代付！我說要用一大堆ＣＷＨ反器材突擊槍的專用彈，對方也答應了！我還要任性說如果不同意就不接這次委託！我以為只要開出這種條件，對方就會主動撤銷委託！」

「這種條件也通過了嗎？」

「就是因為通過了，我才會來到這裡啊！現在回想起來，委託任務的那些傢伙事先就知道這種狀況也非常有可能發生啊！」

現在發現已經太遲了。阿基拉堅決發誓要記取這次教訓。

蕾娜將視線轉向詩織。詩織理解了蕾娜的意圖便回答：

「……這種狀況並非不可能，但我認為發生機率相當低。就算真的遭遇這種狀況，我原本判斷只要部署於防衛據點的全體應戰，危險度就很低。」

這句話戳中了痛處，蕾娜視線四處游移。自己現在會在這裡，是因為自己的任性。如果和克也等人一起留在14號防衛據點，就不會被迫在這種狀況下戰鬥。這點道理蕾娜也很明白。

詩織突然以敏捷的動作衝向通道中央並開槍。蕾娜不由得看向那個方向，發現亞拉達蠍身中無數槍而斃命。

目前還沒有任何亞拉達蠍突破阿基拉的防線。蕾娜吃驚地說出疑問：

「這些傢伙是從哪裡來的？洞口不只有這一個嗎！」

「大小姐！要來了！」

雖然數量不多，新出現的亞拉達蠍正從通道左右兩側逼近阿基拉等人。蕾娜與詩織各自開始迎擊左右兩側的敵人。

阿基拉面露急迫至極的表情喊道：

「如果附近還有其他洞口，這個數量太少了！大概是原本去15號防衛據點以外的亞拉達蠍漸漸回來了！我抽不出身，妳們兩個想辦法解決！」

「我知道了！」

現在可不是垂頭喪氣的時候。蕾娜像是要如此告誡自己，清楚地回答。

聽她這麼回答，阿基拉以焦急萬分的語氣緊張地喊道：

「拜託了！真的拜託了！真的真的拜託嘍！」

要阿基拉一面應付從洞口深處湧現的蠍群，還要解決從背後襲擊的敵人，超過了他的戰鬥能力。

現在的阿基拉需要蕾娜兩人的支援。

蕾娜一瞬間面露驚訝的表情，但馬上就轉為堅定笑容。

「……儘管交給我！」

阿基拉最早察覺蟲群的襲擊，之後還獨自一人擋下大量的亞拉達蠍，這樣的活躍已經足以讓蕾娜承認阿基拉的實力。

ＣＷＨ反器材突擊槍的專用彈雖然威力強大，後座力也非常強勁而難以駕馭。如果無法確實壓抑開槍時的反作用力，槍口剎那間就會彈向無關的方向，身體像被炸飛般向後彈飛。這點小事蕾娜也知道。

但是阿基拉雖然不斷擊發專用彈，姿勢卻完全不曾失衡。駕馭著每次開槍都足以讓身體往後挪動的後座力，確實不斷瞄準敵人。

那模樣加上剛才阿基拉對蕾娜的評價，甚至讓蕾娜不禁感到些許自卑。

現在實力堅強的阿基拉需要她幫忙，那樣緊張地尋求她出手相助。這份真實感受大幅提振了蕾娜的鬥志。同時，從蕾娜的腦海中抹去了她為自身實力不足而怨嘆的苦惱，讓焦慮與煩躁不再拖累她的表現。

從多餘的枷鎖中得到解放後，蕾娜對著通道另一個方向出現的亞拉達蠍迅速又精準地射擊。威力雖然不如ＣＷＨ反器材突擊槍的專用彈，但蕾娜的武裝也是為了與亞拉達蠍交戰而準備。擊出的子彈輕易貫穿了敵人身上堅固的外骨骼。

亞拉達蠍的數量漸次增加，蕾娜迅速地持續擊破。罕見的才華在此展露頭角，理解到自己的精神正集中至極限，讓她在戰鬥中浮現得意的笑容，志得意滿地蹂躪不斷出現的無數敵人。於是甲殼蟲的大量屍體癱倒在通道上。

詩織在戰鬥的同時注意蕾娜的狀況，目睹蕾娜的動作而吃驚。蕾娜戰鬥時的身姿俊敏精確，甚至讓人感到幾分優雅，令詩織不禁驚愕。

（……居然到這地步。是我低估大小姐的才能了嗎？不過為何會突然……）

詩織為蕾娜的成長感到欣喜時，也對她的技術突然成長不禁納悶。不過因為那是正面的變化，她便停止多加臆測，認定現在不是追究這種事的時候，將精神集中在戰鬥上。

蕾娜與詩織在阿基拉身後，持續展現來到這裡的獵人應當擁有的實力。

阿基拉拚了命不停迎擊亞拉達蠍群。一次又一次更換ＣＷＨ反器材突擊槍的彈匣，毫不吝惜地消費高價的專用彈。如果沒有委託主代為支付彈藥開銷，阿基拉早就破產了。

受到久我間山都市的財力支援購買大量專用彈提升火力，再加上阿爾法的瞄準輔助而提升威力，將這一切轟向蜂擁而來的敵群，不斷阻擋敵方攻勢。阿爾法的輔助與都市的金援。憑藉著這些不屬於自己的力量，阿基拉今天同樣保住了小命。

儘管擁有大幅提升的戰力，狀況依舊很吃緊。

『阿爾法！數量未免太多了吧！』

『現在抵擋的是整群怪物的攻勢，不要著急，繼續戰鬥。說喪氣話敵人也不會減少喔。』

『我知道！不過按照這個速度，備用的彈藥也很快就會用完喔！』

『到時候就拚命逃跑吧。只要犧牲你的兩條腿，應該能逃掉。』

只要阿爾法控制阿基拉的強化服，忽視穿著者的負荷，長時間全力奔馳，也有辦法逃離亞拉達蠍群。

不過這種狀況下，對阿基拉的負荷將會相當嚴苛。阿基拉也非常理解這一點，盡可能不想動用這種手段。

『這、這招拜託先等狀況到了極限再用！』

『那當然。就祈禱備用彈藥耗盡之前敵人的援軍會先停止，或是本部應該正在調派的追加人員先抵達吧。』

『對喔！追加人員！應該會來吧！該不會已經來到附近了？』

『我的搜敵範圍內沒有這種反應。』

『可惡！』

阿基拉也不願親身體驗可能扯斷雙腿的瘋狂動作。精神力逐漸消磨的同時，拚了命持續抗戰。

自CWH反器材突擊槍排出已經空無一物的彈匣，他飛快撿起地面上的彈匣後裝上。再次射擊直到彈匣耗盡，再次更換彈匣。

這樣的過程不斷重複，來到阿基拉漸漸對剩餘的彈匣數量感到不安的時候，戰況發生了變化。

首先是出現在通道方向的亞拉達蠍明顯開始減少。當蕾娜與詩織打倒了通道上剩餘的甲殼蟲後，來自通道的敵方援軍已經完全止息。

緊接著在洞穴方向也出現變化。剛才阿基拉的視野中，亞拉達蠍群的形體都以紅色強調顯示，而那片紅色塗滿整個洞穴直到最深處。但現在那抹紅色從洞穴另一端開始消褪。

『阿基拉，蟲群的援軍停止了。』

『好！就差一點點了！』

阿基拉重新提振鬥志，絞盡最後的力氣。將CWH反器材突擊槍瞄準前方的蟲群，以強力的專用彈射穿、貫穿並粉碎蟲群，自視野中消除剩餘的紅色身影。

最後一隻亞拉達蠍遭到專用彈直接命中，化為飛散的碎屑。同時阿基拉的視野也不再留有紅色。他停止槍擊後，不斷迴盪的槍擊也從通道中消散，寂靜重新回到周遭。

阿爾法笑著慰勞阿基拉。

『結束嘍。辛苦了。』

「結、結束了……」

阿基拉當場癱坐在地，像是要吐出累積在體內的疲勞般深深吐氣。

『結果追加人員還是沒在戰鬥中趕到。發生什麼事了嗎？』

阿基拉早就忘了援軍的存在，這時終於回想起這件事，操作終端機與本部聯絡。

「這裡是27號！本部！聽到請回答！」

『這裡是本部。你好像很急，怎麼了？』

「追加人員到底在哪裡！完全沒看到人啊！」

『已經聯絡他們前往你們那邊了。還沒有抵達嗎？』

「沒半個人到！因為這樣，我們剛才被迫三個人和大量亞拉達蠍交手！拜託幫忙催一下，叫他們快一點！」

『了解了。在那之前我先從租借終端機取得交戰紀錄，稍等。』

阿基拉的租借終端機畫面產生變化，訊息顯示機器正在傳送某些數據。但在訊息消失後，本部仍然遲遲沒有回訊。阿基拉打算再次追問本部時，本部職員慌張的驚呼聲傳來：

『這、這是什麼啊！你、你再多等一下！』

緊接著，蕾娜和詩織的終端機也接到了來自本部的通訊。蕾娜回答本部：

「這裡是17號。支援要什麼時候才來？」

『這裡是本部。說明那邊發生的狀況。』

「不久前和亞拉達蠍群結束交戰。正好剛擊退敵群，戰鬥暫且告一段落。」

詩織插嘴說道：

「這裡是18號，在此補充17號的說明。我們遭到大量亞拉達蠍群襲擊。襲擊源頭洞窟另一側很可能有複數或大規模的巢穴存在。請盡速派遣調查隊與討伐隊。」

『……所以那份紀錄不是因為27號的終端機故障嗎？我這邊先取得交戰紀錄，稍等一下。已經聯絡上追加人員了，你們先等到與他們會合。』

「請等一下。故障是指什麼？」

『27號的交戰紀錄。亞拉達蠍的討伐數量太多了，得加上其他終端機的交戰紀錄一併驗證。』

「那應該不是故障。我們同樣目擊了擠滿整個洞窟的亞拉達蠍群。」

『……真的假的。如果現場狀況已經安全，前進到洞窟深處把影像傳送過來。如果手上有照明類的器材，能順便幫忙設置會更好。』

「……雖然不情願，我明白了。」

『拜託了。就這樣。』

本部只留下這句話就切斷了通訊。

阿基拉將散落一地的備用彈匣一一放回背包。

CWH反器材突擊槍的專用彈相當昂貴，裝滿了專用彈的彈匣更是昂貴，一整堆的彈匣當然就更加更加昂貴。但現在堆積如山的彈匣都成了內容物耗盡剩下的空彈匣。

阿基拉想像剛才的戰鬥中所花費的彈藥費，雖然不是自己付錢，卻還是有些憂鬱。阿基拉將裡頭還有子彈的彈匣放回背包，浮現幾分不安的表情。

『……阿爾法，這些子彈的開銷，應該不會之後才告訴我還是要自負吧？應該沒問題吧？』

阿爾法愉快地笑道：

『放心吧。大概不會。』

『大、大概不會是什麼意思！』

『我又不是久我間山都市長期戰略部的職員，無法百分之百保證。放心吧。大概、一定、也許、說不定……』

『這種時候拜託妳就一口咬定吧……』

阿基拉也明白阿爾法只是在戲弄自己。儘管如此，一想到萬一會發生的狀況，就讓他不禁厭惡地皺起臉。

◆

詩織按照本部的指示，開始調查大洞另一側。

首先她在洞窟入口附近設置了攜帶的簡易照明。光線照亮了漆黑洞窟的內部情況。陪伴在她身旁的蕾娜目睹那情景，吐露簡明扼要的感想：

「嗚哇……」

在那裡，被阿基拉打倒的亞拉達蟣的血肉形成了一片泥沼。

大量的亞拉達蟣被CWH反器材突擊槍的專用彈這種威力過剩的子彈粉碎。這些屍體被連綿不絕的援軍踐踏，又和之後被打倒的個體的體液等等互相混合，在四周造出一片血肉的泥沼。

從這光景不可能計算阿基拉擊破的蟲類怪物數量，頂多只能從阿基拉的交戰時間與開槍次數、泥沼的深度和範圍面積來推測大略數量。

詩織和蕾娜在交戰時也沒有餘力確認阿基拉的狀況，沒想過狀況竟然這麼慘烈。詩織有點後悔剛才接受了本部的指示。

「大小姐請在通道上等候。這種地方實在不該讓大小姐進入……」

蕾娜表情僵硬地回答。

「沒、沒問題。這根本不算什麼。」

「您還是不要逞強比較好。是我接受本部的指示，大小姐請在通道上等候。」

「沒關係啦，我也來幫忙。既然接了這次的委託，這種情景恐怕還會看到好幾次。趁現在先習慣才行。」

土壤吸收了大量的亞拉達蠍的體液而變泥濘，此外還與甲殼蟲的殘肢、肉片、外骨骼的碎片等混合成為一片泥沼。蕾娜朝著泥沼踏出一步，鞋底傳來的柔軟觸感讓她不由得更加皺起臉，但她並未因此畏縮，向前邁步。

兩人一面設置簡易照明一面往大洞內前進。牆上也沾著蟲子的肉屑。每踏出一步，鞋底就傳來某種觸感。蕾娜與詩織忍受著那份不快，持續進行設置照明的作業。

◆

阿基拉收拾完地上的空彈匣，確認剛才交給蕾娜兩人防衛的通道上的狀況。

通道上堆滿了亞拉達蠍的屍體。不過離阿基拉一定距離內就連一具屍骸都找不到。儘管四周都堆滿了屍體，彷彿只有這個範圍經過細心打掃。這證明了她們確實保護了阿基拉。

蕾娜兩人並非像阿基拉那樣使用威力過剩的裝備。蠍子的屍體大多都還留有原形，從屍體上的彈痕來看，可知道她們確實瞄準敵人的弱點射擊，有效率地持續擊倒敵人。

通道上的情景確實顯示了蕾娜兩人的實力。阿基拉見狀有些吃驚。

阿基拉的實力仍稚嫩，無法光從眼前的情景就正確判斷蕾娜兩人的實力。儘管如此，他還是看得出「厲害」。

阿爾法對通道上的情景補充說明：

『和她們擊倒的亞拉達蠍數量相比，牆壁和地面的彈痕相當少。這代表並非單純掃射，而是確實瞄準射擊。這樣還能打倒這麼多亞拉達蠍，看來那兩人的身手非常不錯喔。』

『我沒辦法做到同樣的事？』

『只要我全力輔助就能輕易辦到喔。雙手各持一把裝填強裝彈的ＡＡＨ突擊槍，在蠍群之中穿梭自如般奔馳，就能重現同樣的情景。』

『說穿了就是辦不到吧。那肯定需要妳強迫我的兩手動作來達成吧？一旦這麼做，我的手臂下場應該會很慘吧？』

『大致上是沒錯。你理解得很快，省了我不少功夫。能正確理解自己的實力是件好事。雖然會犧牲你的雙臂，總比失去性命好上許多，你就這樣想吧。放心，應該還不至於扯斷雙手，就算稍微斷了也能靠回復藥解決。』

阿基拉嘆息道：

『……果然我要接這次的委託還太早了，不，也許該說操之過急吧。』

阿基拉對阿爾法的疑問是：自己能否代替蕾娜或詩織其中一人。阿爾法對阿基拉的說明則是以獨自一人應付為前提，因此阿基拉的認知與現狀產生了相當大的隔閡。

當然，阿爾法回答時原本就明白這一點。

◆

蕾娜兩人從大洞另一頭回來時，等候已久的增援部隊終於抵達。

追加人員是14號防衛據點的剩餘人員，加上從15號防衛據點派遣至此的獵人們。

這時詩織注意到克也等人的身影，同樣注意到克也等人的阿基拉向她確認：

「雖然和說好的不太一樣，要視作委託已經結束也沒問題吧？」

阿基拉從詩織那裡接到的委託期間，是到蕾娜兩人回到防衛據點為止。嚴密來說並未達成，但是就狀況可說沒有不同。

「沒問題。辛苦您了。」

詩織對阿基拉輕輕低下頭如此說道，阿基拉也微微低頭，彼此再無瓜葛般離去。

尚未理解狀況的克也等人見到阿基拉離去，露出疑惑的表情。蕾娜的表情則顯得有些惋惜。

詩織注意到蕾娜的表情，但她覺得多加追問也許會節外生枝，於是決定盡量不要多說，相對地吐出口的是放鬆的一口氣。

（雖然一時之間實在教人擔心，這樣應該就沒事了吧。接下來就請克也先生嚴令大小姐不准輕易離隊行動。這樣一來，應該能稍微改善……）

一抹想法突然湧現心頭，她輕輕搖頭。

（……追根究柢，只要擔任隊長的克也先生能確實阻止……不，這單純只是埋怨罷了。重點還是我應該更強硬地攔阻大小姐。居然還想怪罪他人，看來我的反省還不夠啊。）

詩織思考至此，再度督促自己深切反省。

◆

阿基拉等人繼續警備工作時，包含探索隊與討伐隊的部隊，而非暫時支援的正式追加人員終於抵達。此處成為新的防衛據點，指揮則交由兩隊伍的隊長與本部的職員負責。

探索隊與討伐隊為了調查並掃蕩洞口另一側，進行事前準備，新的防衛據點稍微吵鬧起來。

阿基拉接到的指示是打掃防衛據點四周。幾乎相當於休息時間，只要將癱倒在附近的亞拉達蠍屍體搬運到指定的場所丟棄即可。

任憑蟲類怪物的偌大屍體占據通道會妨礙移動與物資搬運，此外也可能有新來的亞拉達蠍以假死狀態悄悄躲藏其中。

但也不能大老遠把屍體搬到地面上，於是決定全部棄置在地下街不會礙事的地點。

另外，阿基拉打倒的那些亞拉達蠍則無法處置，目前仍是一片泥沼狀態，暫且預定之後要讓泥沼固化。

阿基拉一具接一具拖著蟲屍移動，他對屍體的重量感到疑問。

『感覺好像比想像中還要輕，這是強化服的身體能力造成的錯覺嗎？』

『不是。實際上真的變輕了。只要再放著一陣子，應該還會變更輕。』

就如阿爾法所說，亞拉達蠍的屍體重量已經減輕許多。

擁有堅固外殼的甲殼蟲乍看之下非常沉重，但是拖著屍體移動時，也不會聽見那重量刮過地板發出刺耳的聲響。這代表了屍體真的很輕。

阿基拉面露納悶的表情。

『為什麼放著不管就會變輕？』

『這有很多說法，比方說舊世界時代散布的奈米機械會急遽加快屍體分解的速度。無色霧也是其中一部分，有人認為霧越濃，分解速度就越快。各種見解眾說紛紜。』

阿爾法得意地展露知識，阿基拉也充滿興趣地聆聽。

『儘管有許多獵人在荒野上日以繼夜獵殺怪物，但是你通過荒野的時候，也很少看到怪物的屍體吧？既然殺了那麼多，腐爛到一半的生物類怪物隨處可見也不奇怪吧。』

『聽妳這麼一說，還真的是這樣。雖然時常見到整具白骨，但是我印象中沒看過腐敗的屍體啊。對喔，因為屍體會以很快的速度分解嗎？』

『哎，單論這個地點的狀況，因為這裡是舊世界的地下街，也許是當時大量散布的清潔用奈米機械造成的吧。』

阿爾法意味深長地微笑。

『成為怪物住處的遺跡出乎意料地乾淨，也許是出自同樣的理由。如果沒有這些理由，這種滿是怪物的地下街應該會充斥惡臭才對吧？』

阿基拉想像到處都是腐敗屍體而充斥惡臭的遺

跡，厭惡地皺起臉。

『這樣說也有道理。不過，乾淨清潔也不是壞事。對每件小事都追究原因也沒完沒了。』

在東部有許多不可思議的現象，而東部居民絕大部分認為這些現象起因於舊世界的某些事物。

再加上事實的確如此，因此包含阿基拉在內的許多東部人，無論就正面或負面的角度而言都已經習慣了。就算那些現象的本質出於難以想像的駭人原理，他們也會當作司空見慣的小事不去在意。

某些技術可能輕易創造出無可挽回的混沌，有些知識只要濫用就可能導致世界毀滅，這一切都以舊世界遺物的形式大量留存在東部。

一旦活在現代的人們無法抵抗這些災厄，阿基拉等人當下築起的文明就會輕易毀滅，歷史則會成為舊世界的一部分。

阿基拉一面進行作業，一面在與阿爾法的閒聊中感受著在東部隨處可見的不可思議。

結束了搬運亞拉達蠍屍體的作業後，阿基拉在防衛據點休息。現在他正將備用的彈匣排列在地面上，確認彈藥剩餘量。

阿基拉看著剩餘不多的彈藥，表情有些凝重。若要再度和那種數量的亞拉達蠍戰鬥，憑這些彈藥幾乎不可能抗衡。下次唯有逃走一途。必須讓阿爾法操縱強化服，懷著不惜跑斷兩條腿的覺悟奔跑。

不過，讓阿基拉板著臉的最重要理由並非這件事。

阿基拉的終端機收到了本部的通訊。他戰戰兢兢地應對。

「……這裡是27號。」

『這裡是本部。交戰紀錄的審查已經大致結束了。因此對你有幾個問題。』

「彈藥費我不付喔。真的不付彈藥費喔。」

阿基拉立刻如此斷言。他的語氣帶著幾分走投無路般的緊張感。

阿基拉在對抗亞拉達蠍的戰鬥中不計成本地大量使用CWH反器材突擊槍的專用彈，要稱之為浪費也不為過。阿基拉也有這種自覺。

未免用太多了，所以浪費的部分你要自己負擔——阿基拉認為本部提出這種要求也不奇怪。

本部的職員看穿了阿基拉的擔憂，以帶著苦笑的口吻回答：

『這一點沒問題，彈藥費由委託主負擔，這一點沒有變更。假使你的戰果被視為不符費用，屆時只會終止契約並減少報酬而已。』

阿基拉安心地吐出一口氣。

「這樣啊。那你想問什麼？」

『本部也知道27號等人討伐了大量的亞拉達

蟣。但在那個狀態下，無法分辨正確的討伐數量，因此支付的報酬將以推測的討伐數來計算。你對於計算方式有什麼特別要求？』

「屍體變成一灘爛泥無法確認數量，所以是0隻——只要不用這種不講理的算法，隨便你們計算，算完再除以三。」

經過短暫的間隔，本部的職員以有些不知所措的口吻反問：

『……這樣真的沒問題？』

「……有什麼問題嗎？」

阿基拉不覺得自己說了什麼奇怪的話，聽見對方再度確認般的回答，他不禁反問理由。

本部職員聽了再度感到疑惑，經過短暫的沉默後回答：

『……不，沒有問題。當討伐數量計算完成，各自的報酬決定，有不少人會開始吵著說自己應該可以分到更多。我只是向你確認罷了。由本部來計算，算完除以三。我再次強調，你已經在這次通訊中同意了，之後可別反悔喔。通話完畢。』

本部職員只留下這句話就切斷通訊。

免於可能要支付彈藥費的不安，阿基拉心情愉快地收拾彈匣時，蕾娜顯得有些畏縮地走過來，詩織和克也等人也一起。

阿基拉瞄了蕾娜一眼，一語不發地繼續收拾彈匣。詩織乍看之下一派冷靜，心中其實忐忑不安。

蕾娜對阿基拉似乎有話想說，但是欲言又止，默默地整理自己要說的內容。最後她掩不住緊張地對他開口：

「那個，剛才本部聯絡我們說明那場戰鬥的報酬分配。本部說會把推測的討伐數量分成三等分，真的是這樣？」

「是啊。剛才本部問我，我就這樣回答。」

蕾娜的表情添增了困惑。阿基拉見狀，表情也增加了困惑。阿基拉和蕾娜都在思考對方發言的意圖，不過他們都沒有察覺，雙方思考的方向其實完全相反。

在解開彼此的誤會之前，先得到結論的阿基拉擺出了有點不愉快的態度。

「妳該不會想這樣說吧？那場戰鬥發生在輔助委託的過程中，我只是輔助指定對象，所以那場戰鬥的報酬領取權利應該全都在妳身上？這不管怎樣我都不會答應喔。」

詩織看到阿基拉明顯擺出不快的表情，頓時提高戒心。克也等人也稍微提高警覺。

蕾娜無法立刻理解阿基拉話中的內容，但是當她理解之後，連忙搖頭。

「不！不是這樣！我不是這個意思！反了！」

「反了？」

「打倒大多數亞拉達蠍的明明就是你吧？三等分的話，我們能分到的比例會大幅上升喔，這樣真的好嗎？」

「既然是三個人一起打倒的，當然要分三等分吧？哎，如果彈藥費自負，我會希望先扣除彈藥費再三等分，不過我的彈藥費是委託主出的，我在這方面沒有怨言。妳那邊該不會對分配方式不滿？」

「是、是沒有……」

「那三等分不就好了？如果討伐委託之類的報酬單純用個人討伐數來計算，專職搜敵的獵人之類的就會非常吃虧。你只是在找敵人而已，完全沒有打倒敵人，所以沒資格分報酬。要是有人敢講這種話，事情大概會鬧很大喔。」

當時若非有蕾娜兩人在場，阿基拉會被亞拉達蠍群前後夾攻。蕾娜她們防止了這種狀況發生，已經十分活躍。阿基拉發自內心如此認為。

況且事先也沒有討論過報酬分配等事項。在臨時組成的隊伍，阿基拉想不到比按照人數均分更能避免爭執的方法。

蕾娜能理解阿基拉話中的道理，但是心理上無法完全接受。蕾娜雖然不認為自己是累贅，但也不認為自己拿出了與阿基拉同等的成果。

蕾娜思索著反駁的話語時，詩織向前一步，插嘴說道：

「大小姐，既然對方已經答應，我們這邊的報酬也沒有打折，我想大小姐也該退一步。多餘的爭論可能成為無謂爭執的火種。」

也許會再度與阿基拉發生衝突。詩織如此暗示後，蕾娜連忙打消反駁的想法。

「我、我知道了啦。也對，沒必要吵架。」

「妳想說的就這樣？」

聽阿基拉這麼問道，在蕾娜開口之前，詩織搶先回答：

「要談的事情就到此為止，感謝您花費時間。大小姐，我們回去吧。」

詩織以強硬的語氣要求蕾娜迅速離開。受到催促後，蕾娜雖然有些遲疑，還是離開了。

遠離阿基拉後，蕾娜對詩織問道：

「那個，雖然我已經盡量注意了，該不會我的態度還是有很多問題？」

蕾娜自認已經非常注意態度不要咄咄逼人，但是看到詩織的態度，讓她覺得有些不安。

詩織擺出有些嚴肅的表情回答：

「可以確定的是，儘管那是對方的誤會，大小姐剛才確實無謂地使對方心生不悅。當然我敢斷言那並非大小姐的不是，但不構成理由。總是期待對方通情達理並非好事，產生出乎預料的誤會的可能性永遠存在，而誤會無法解開的可能性亦然。」

「我只是想跟他再多講幾句話啊……」

「大小姐之前屢次對他怒吼，甚至說出『這種傢伙就自己去死算了』這種話。就算想交談，也該隔一段冷卻時間，先向他致歉會比較好吧。不能期待每個人都會像克也先生那樣笑著原諒大小姐的惡言相向。」

「說、說的也是。我知道了。」

在那場戰鬥中，自己究竟表現得如何？阿基拉如何判斷自己的工作成果？雖然蕾娜很想詢問他，看來近期不會有這個機會。蕾娜這麼想著，理解到自己的言行讓機會消失，她再次感到後悔。

蕾娜與詩織就這麼遠離阿基拉，但克也等人還留在該處。這時克也有些難以啟齒地問道：

「啊～～我有點事情想問一下。輔助委託是指什麼？」
阿基拉冷淡地回答：
「去問她們本人。」
克也對阿基拉的態度感到些許不愉快，但他忍耐著怒氣，補上了詢問的理由再度問道：
「我們是隸屬於多蘭卡姆的獵人，和她們組成小隊一起行動。我算是小隊的隊長，想知道她們離開隊伍時的行動，也有義務報告多蘭卡姆。一旦事情牽扯到報酬就有必要問清楚，可以告訴我嗎？」
「去問她們本人。」
阿基拉同樣態度冷淡地回答，完全沒有談話的餘地。
克也加重了語氣質問：
「難道你有什麼不能說出口的理由，或者是必須隱瞞的理由嗎？」
「直接去找她們不就好了？去問她們本人。」
阿基拉認為對委託應該秉持誠實的態度。正因如此，和詩織她們一度衝突導致相當危險的情況，這件事阿基拉不認為自己該擅自提起。因為阿基拉也認為那件事應該分類為醜態。
蕾娜與詩織如果想隱瞞這件事，那也無所謂。如果要開陳布公，倒也沒關係，如果她們說出口導致其他麻煩找上自己，到時候再去處理就好。阿基拉覺得不管她們怎麼決定都好。
但唯一確定的是，選擇要不要說明的權利應該在蕾娜她們手上，不在於自己。阿基拉這麼判斷，因此回答克也「去問她們本人」。
但是克也不知道這些背景，單純只覺得阿基拉的態度不佳。他對阿基拉的複雜想法在這情況下發生負面影響。阿基拉毫無歉疚之意，只是保持沉默。克也目睹他的反應，不禁以嚴厲的眼光看待。
由米娜和克也同樣不曉得狀況，但是看到阿基

拉與克也之間的氣氛越來越肅殺，她在心中抱頭苦惱。

由米娜很明白克也如此追問阿基拉的理由。克也只是擔心蕾娜她們而已。

蕾娜兩人擅自離開小隊之後，與亞拉達蠍群交戰並且得到相當亮眼的戰果。就蕾娜的個性來看，她應該會刻意不提自己擅自離隊，趾高氣昂地細數自己的戰果才對。

但是蕾娜沒有大肆聲張，而且不只沒有炫耀戰果，還對這份戰果顯得有些懷疑，甚至讓她自己跑來找阿基拉確認，並非因為三等分的報酬太少，而是覺得自己拿太多了。

是不是發生了某些不好的事？這樣的擔心再加上克也身為小隊隊長，有股想理解事態的責任感。克也的言行起於這樣的原因，但造成了負面影響。由米娜這麼認為，令她迷惘應對方式。

如果沒發生任何壞事，對方應該能回答才對。他這麼想而質問，對方什麼也不願意回答，讓他現在為此不快。雖然由米娜明白，但這次她提不起勁揮拳揍飛克也來阻止他。

因為克也只是在努力做好小隊隊長的本分，也沒有錯到讓由米娜不惜揍他也要阻止的程度。

但是光看阿基拉的態度，要說服他開口說明似乎只是白費功夫。頑固的態度像是以沉默拒絕更進一步的交談。由米娜想不到解除這種態度的言語。

而且現在克也變得有點固執，大概不會輕言退縮。這樣下去他可能會怒罵阿基拉，並且試圖強逼他說出口。

由米娜短暫遲疑，但是判斷比起引發更麻煩的騷動好，便選擇與平常不同的方向來安撫克也。

「克也，我們回去吧。繼續跟他多說什麼也沒用。」

「……由米娜？」

克也顯得有些意外。由米娜的語氣帶刺，甚至散發著一股冷眼看待阿基拉的氣氛。由米娜顯露這種態度非常罕見。

「找這種來歷不明的人問話，就算問出什麼內容也沒辦法信賴吧？」

「哎，是、是沒錯啦……」

困惑讓克也銳氣盡失。由米娜隨之展露溫柔的笑容。

「直接問小隊裡的夥伴比較快，也比較能信賴，對吧？」

由米娜為了讓克也鎮定並安撫他，刻意對阿基拉擺出冰冷的態度。這也是為了在萬一出事時，由自己來承受風險。

這時愛莉插嘴：

「我同意。若是曖昧模糊的內容，克也會傷腦筋。」

愛莉的發言則發自內心。

在由米娜與愛莉的勸阻下，克也恢復了冷靜。隨後他改變想法：既然是連由米娜都採取這種態度的人物，與他多說也無益吧。於是他放棄從阿基拉口中問話。

「……說的也是。我們回去吧。」

克也轉身離去，愛莉默默跟上。

剩下的由米娜在離去前看向阿基拉。阿基拉看起來對克也等人的言行毫不在意，甚至沒有看向克也他們。

儘管如此，由米娜懷著對阿基拉致歉的意思，對他低下頭。隨後她也追向克也等人。

阿爾法得意地微笑。

『即使衝突製造機齊聚一堂卻平安收場了呢。要感謝她漂亮救場。』

『……說得太誇張了吧。』

『很難說喔。』

見到阿爾法面露意味深長的微笑，阿基拉回顧自己剛才的言行。

他沒有看向克也他們那個方向，但是他注意到由米娜對自己低下頭。因為他靠阿爾法的輔助接收搜敵結果，對周遭的動靜瞭若指掌。

剛才也許說一句「沒發生什麼事」比較好吧？回想起由米娜對自己禮貌地低下頭的態度，阿基拉沒來由地這麼想著。

經過短暫的休息時間，阿基拉一面與阿爾法閒聊，一面執行警備任務。

乍看之下他正認真警戒周遭，不過實際上他把全身重量都交給強化服，以輕鬆的姿勢站著，精神相當鬆懈。

直覺特別靈的職員注意到阿基拉放鬆戒備，疏於周遭警戒，馬上就為了糾正阿基拉，對他提出若非專心警備就無法回答的問題。

阿基拉正確回答了職員的質問。當然是阿爾法告訴他答案。

於是職員顯露了有些吃驚的表情。

「什麼嘛，原來你有認真做事啊。不好意思懷疑你。」

「不會，我看起來也許真的像是在偷懶。因為我現在很疲勞是事實，或許站得搖搖晃晃的。」

阿基拉若無其事地回答。職員看不見，阿基拉身旁的阿爾法正笑著。

「對喔。就是你找到連接未調查區域的洞穴吧？聽說也經歷過戰鬥。不好意思，時間到之前再稍微努力一下。」

「好的。」

阿基拉目送職員轉身離去時，阿爾法對他露出愉快的微笑。

『順利蒙混過去了呢。』

阿基拉也回以得意的笑容。

『哎，也沒關係吧？這同樣多虧了妳的輔助，真是幫上大忙了。況且雖然是靠妳幫助，工作上並沒有混水摸魚。如果這樣不行，我根本就不該出現在這地方，因為我完全就是依靠妳。』

『的確如此。』

一旦失去阿爾法的輔助，阿基拉就會成為單純的累贅。因為阿基拉也明白這一點，為了不給在場眾人造成麻煩，他打算毫不客氣地仰賴阿爾法的輔助。

這麼做的弊害則是職員雖然看穿阿基拉放鬆對周遭的戒備，結果卻稍微懷疑起自身的直覺，不過阿基拉與阿爾法並不為此介意。

就算有人責備他無謂擾亂職員的直覺，那就整體而言也是容忍範圍內的損害，和遭到亞拉達蠍群突襲相比無足輕重。阿基拉也沒有多餘的心力關心別人。

阿基拉就這麼持續擔任警備，安穩的時間漸漸流逝。

為了調查並掃蕩崩原街遺跡的地下街，亞拉達蠍巢穴驅除委託將二十四小時不間斷持續。棲息於地下街的怪物沒有晝夜之分。為了在此處建構攻略用的據點，必須隨時保持警備人力。

阿基拉的勤務時間是其中的八小時。這是勤務時間的最低時數，如果想賺更多錢，要在地下街待二十四小時也可以。當然阿基拉打算一滿八小時就打道回府。

阿爾法告訴阿基拉時間已經快到了，阿基拉聯絡本部。

「這裡是27號。本部，聽到請回答。」

『這裡是本部。怎麼了？』

「時間應該快到了，把輪替人員送過來吧。」

『呃～～稍等喔，我確認一下。27號吧……最低時數已滿。了解了。那邊部署的人數沒有問題，你可以直接回來。辛苦了。』

「終端機要怎麼歸還？」

『在契約期間可以一直放在你那邊保管。要是擔心會搞丟，就先歸還給本部的職員。嫌麻煩就直接帶回家，明天直接來到這地方的一樓。要是搞丟了，只會直接從報酬扣除終端機的費用。反正只是量產品，備用的終端機多得是，因為有很多人在戰鬥中弄壞。』

「了解了。那我今天就回去了。通話完畢。」

『回程自己當心，路上被襲擊發生戰鬥，報酬也不會增加。就這樣，辛苦了。』

與本部的通訊結束了。這樣一來，阿基拉今天的工作就到此為止。

不過阿基拉的委託最低期限是一星期，剩餘期間還有六天。雖然得看阿基拉不幸的程度，像今天這樣的日子還有六天必須度過。

阿爾法微笑著祝賀阿基拉平安。

『辛苦了，今天也平安存活下來了呢。這樣一來還剩六天，好好加油吧。』

『今天還沒結束。在抵達都市前，不，在抵達臨時基地前，不對，最少在回到地面上之前都還不能安心。只要離開地下，妳的搜敵能力就會恢復平常的靈敏度吧？』

『沒錯。工作告一段落也不會因此鬆懈，這是不錯的傾向，代表你的成長。』

阿爾法率直地讚賞阿基拉的成長。阿基拉受到稱讚也覺得開心。

阿基拉打算盡快離去時，眼角餘光捕捉到克也等人的身影。

自己來到這裡的時候，克也等人已經待在地下街了。他們比自己早離去也不奇怪。他這麼認為，露出有些意外的表情。

『那幾個傢伙，還不回去嗎？』

『真是熱心工作，或者是阿基拉和他們的契約內容不一樣吧。哎，不管他們有必須留下來的理由或是自願留在這裡，都與我們無關。』

『說的也是。我們早點回去吧，回家泡澡。』

阿基拉說完，懷著大好心情要踏上歸途時，阿爾法出言叮嚀：

『泡澡要在保養槍枝之後喔。考慮到你的疲勞狀態，要是先泡澡，很可能會在保養槍枝之前就睡著了。』

阿基拉嘗試無謂的抵抗。

『可不可以留到明天……』

阿爾法笑著否決。

『不行。』

『……好的。』

被阿爾法強烈叮嚀，阿基拉微微垂下頭。見到阿基拉輕聲嘆息後踏上歸途，阿爾法愉快地笑著。

◆

蕾娜的視線沒來由地追逐著阿基拉漸行漸遠的身影。這個舉動沒有特別的理由，至少不是蕾娜會有自覺的理由。

克也注意到蕾娜的視線。

「蕾娜，怎麼了嗎？」

「嗯？沒什麼。」

雖然這樣回答，蕾娜看起來心情相當好。之前在14號防衛地點顯露的不愉快已經一掃而空。

這般顯而易見的改變讓克也心中萌生些許疑惑，表現在語氣中。

「……真的嗎？」

就克也的個性而言相當罕見的態度讓蕾娜有些疑惑，但她並未特別留意，直接說出當下浮現腦海的回答：

「哎，真要說的話，只是覺得他比我們還晚到卻比我們早回去……我們的輪替人員在哪裡啊？」

蕾娜這麼說著，回想起自己置身想離開卻無法離開的現況，加重語氣對克也問道。

「我、我已經在催了啦。再稍微等一下。」

這下是自己哪壺不開提哪壺。克也感到後悔的同時，出言安撫蕾娜。

依據多蘭卡姆與都市的契約，多蘭卡姆獵人的輪替人員同樣是多蘭卡姆旗下的獵人。因此，沒辦法像阿基拉那樣只要人手充足就能逕自早早離開。

「話雖如此，都等兩個小時了，你好歹也有確認狀況吧？」

蕾娜的心情漸漸轉差。她一邊說一邊體認自己當下的狀況，對這狀況越來越煩躁。

剛才和阿基拉一起戰鬥時，她忘記了疲勞，拿出全力。那份疲勞現在仍未消除。雖然他們輪流休息，不過光是坐在地下街硬梆梆的地面上，根本無法消除多少疲勞。那份疲勞更加提升蕾娜的煩躁程度。

早知道就不要多嘴了。克也更加後悔，同時安撫蕾娜：

「為了調度派遣的獵人好像花費了時間，不過對方說人員已經上路了。真的就快到了。」

由米娜也試著安撫蕾娜。

「冷靜點。責備克也也沒有幫助吧？再忍耐一下吧。」

「這不是克也的責任。」

愛莉簡短說道。

蕾娜微微板起臉。按照她過去的反應，這時她應該會暴怒，一旦有人輕率地嘗試打圓場，反而會更加觸怒她而遭到怒罵。

克也等人也猜想到這樣的發展，微微皺起眉。就如同他們的預料，蕾娜馬上就要扯開嗓門發洩自己的不滿。

但是，這時蕾娜背叛了眾人的預料，強忍下心中的不滿。像是忍受著什麼，緊閉起嘴沉默，之後使勁吐出一口氣。

「……說的也是。是我不好。」

克也等人目睹出乎意料的情景而感到驚訝。見到他們的反應，蕾娜擺出不滿的態度。

「你們那是什麼表情？有什麼不滿？」

「不，沒有。沒有喔。對吧？」

「咦？對啊。」

「不要為了小事吵鬧是好事。」

聽了最後愛莉這句話，蕾娜稍微挑高眉梢。但反應僅止於此。她像是要讓自己冷靜，輕輕吐氣後，心情恢復到剛才那種還算不錯的狀態。

阿基拉一度對蕾娜評以「就算免費也不想僱用」這種近乎最低等的評價。再加上他明知會與詩織陷入一觸即發的狀態，依舊沒有取消這個評價。

然而阿基拉之後卻理所當然般與她們平分那場激烈戰鬥的報酬。

感覺就像是展現了高強實力的阿基拉對她說「妳有資格領取和我同等的報酬」，讓蕾娜心情相當愉快。

克也打量蕾娜的模樣，小聲地對由米娜問道：

「……欸，妳覺得她到底發生了什麼事？」

「誰曉得呢。雖然不知道是什麼事，但確實有事發生，而且應該是件好事吧。」

「她告訴我們剛才和亞拉達蠍交戰時大展身手，但如果真是這樣，刻意隱瞞也太奇怪了吧？剛才那傢伙應該也會說出來。」

在那之後，克也找蕾娜重新詢問了她離開小隊時的狀況。於是這回蕾娜細數自己的光采般，對克也鉅細靡遺地描述戰況，詩織也同意她說的。不過克也還是覺得她似乎隱瞞著某些事。

由米娜懷有同樣的印象，不過她覺得沒必要刻意追問。

「克也，你還放不下喔？那件事已經過去了吧？雖然她們擅自離開崗位，最終也有所表現地回來了。這樣不就好了？」

「沒有啦，可是……」

「如果你那麼想追究，就先追究自己那時沒有攔住蕾娜她們吧。唯獨這部分百分之百是小隊隊長失職。」

克也再度露出不小心誤踩地雷的表情。儘管如此，他心中還是留有芥蒂。

由米娜注意到克也依舊無法放下，擔心這也許會形成莫名的心結，在日後造成負面影響，讓她心生些許不安。

為了防範於未然，由米娜雖然覺得對蕾娜不好意思，她在克也耳畔小聲提起了她自己也覺得應該不是事實的可能性。

克也聽了之後終於表示理解。

「……啊，也有這種可能性啊。原來如此。這樣的話，那傢伙也說不出口吧。」

人數稀少的隊伍遭遇亞拉達蠍群的襲擊，可以想見是非常恐怖的狀況。克也覺得由米娜在他耳邊小聲說的狀況很有可能發生，同時視線轉向蕾娜的胯下一帶。

也許蕾娜一時失禁了。由米娜只對克也這麼說道。

第六感特別靈的人可能真的會注意到。同時這種事的確不應該恣意聲張。

這時詩織暗藏寒意的說話聲響起。

「克也先生？」

「咦！」

克也反射動作般挺直背脊。

「關於輪替人員，如果動作能更快一點，我會非常感激。」

「我知道了！」

克也連忙開始催促輪替人員，原本殘留的些許芥蒂也因此完全消失了。由米娜在他耳邊細語的內容與他原本的疑問有些答非所問，但那方面的印象太過強烈，蓋過了原本的疑問。

由米娜與詩織的眼神對上。

不深究這次的事件——兩者都理解了對方的意思。

隔天。阿基拉再度前往崩原街遺跡的地下街，來到了昨天也曾造訪的大樓入口大廳。

昨天那樣奢侈消費的彈藥已經在靜香的店裡得到補充。阿基拉才剛那樣大量購買CWH反器材突擊槍的專用彈，卻馬上又來補充大量專用彈，讓靜香不由得非常擔心。

之所以大量消耗專用彈是因為在遠距離單方面持續攻擊敵人，反倒是把安全擺在第一所造成的結果。自己也並非單打獨鬥。阿基拉設法如此說明，靜香也接受了他的解釋。

阿基拉沒有說謊。嚴格來說，狀況只是危險到不這麼做就無法安全戰鬥罷了。

靜香面露有所察覺的表情，但沒有多加追問。她反而對阿基拉說：「不要勉強自己，一定要平安回來。」語畢，她微笑並輕輕擁抱阿基拉，隨後便送他離開。靜香無法要求他不要去，能做的頂多就這樣。

在大樓一樓大廳處，指揮地下街所有獵人的本部昨天那位職員正在等候阿基拉。

「27號，你來啦。探索或是討伐，你自己選一個。」

阿基拉對職員這句話心生疑問。昨天的選項是防衛或探索，防衛從選項中消失了。

「不能選防衛隊嗎？如果可以，我想選和昨天同樣的防衛隊。」

「不行。你只能選探索或討伐。這是你昨天的活躍得到肯定的結果。上頭認為讓你呆站在防衛點當稻草人未免太浪費了。你該高興吧？這是受到高度評價的結果。」

「……呃，如果事關昨天的工作成果，那應該是我身為防衛人員的評價吧？」

「不關我的事，做決定的是更上層的人，你找我說也沒用。你就放棄掙扎，乖乖選一個吧……對了，兩者的危險度大同小異，沒有明顯的區別。」

阿基拉擺出凝重的表情苦思。在未知的場所保持警戒前進，最後遭遇昨天那種下場；或者是衝進事先就知道一定有大量亞拉達蠍嚴陣以待的巢穴。究竟哪一種比較好，阿基拉也無法立刻判斷。

不介入的話阿基拉大概會一直舉棋不定，阿爾法便為他補充判斷條件。

『參加探索隊的話，視搜敵狀況有可能避免戰鬥，但也有可能遭遇預料之外的戰鬥。換作討伐隊，則會伴隨充足的戰力交戰，但是肯定無法免於戰鬥。如果想靠充分人手安全度過昨天那種戰鬥，我建議參加討伐隊。』

「我要參加探索隊。」

「我懂了……很好，設定完成。按照終端機的導引去19號防衛據點，聽從現場的指示。」

「我知道了。」

阿基拉前往指定場所時，職員對他的背影露出難以言喻的表情。阿基拉的資訊顯示在他手邊那台終端機上，他看著資訊呢喃說道：

「……推薦人是木林；彈藥費保證條件許可人，木林；部署監督員，木林……這絕對就是那個木林吧。所以把那小孩子送到這地方的，就是那個木林吧。居然被那種專愛魯莽玩命的傢伙看上，真不知道那孩子運氣是好還是差……」

巡邏委託變成都市防衛戰時，阿基拉與這位木林有了交集。

木林兼任獵人辦公室的職員與久我間山都市的職員，而且擁有的權限高得足以插手本次地下街的相關委託。而這位木林其實有個還算知名的惡評。

活著要轟轟烈烈，轟轟烈烈地死去。木林樂見他人選擇這種人生，認為獵人這行最能讓這種人生態度綻放光輝。

木林總是興高采烈地協助他人實現這種人生態度，因此有其汙名。

自己明明擁有實力卻無法展露頭角，是因為運氣不佳欠缺機會，所以想要一個大逆轉的機會以脫離現狀——一旦木林找到似乎懷抱這種念頭的獵人，就會興高采烈地提供高風險高報酬的機會。

得到這種機會的獵人，十之八九都會破滅。大勝或慘敗。只有這兩種極端結果的危險機會迷惑了他們的心竅，在賭局中敗北，最終被荒野吞噬。

只要贏了，木林就會給予更進一步的機會。雖然必須以性命為籌碼，期待值也相當高，讓人認為不下賭注反而虧本的優渥機會將接連擺到面前。

結果就是，身懷罕見才能者如果穩紮穩打，原本應該會出人頭地，但在木林的指引下，轟轟烈烈地抓住榮華富貴，追逐更多榮華富貴而轟轟烈烈地死去。

就算明知如此，透過木村帶來的機會出人頭地，掌握榮華富貴的勝利者所綻放的燦爛光芒，還是讓許多獵人趨之若鶩。

「該為了有上賭桌的機會感到欣喜？還是該怨嘆只要沒有機會就不至於丟掉性命？那孩子究竟會是哪一邊，我也不曉得啊。」

職員面露有些哀憐的表情，呢喃道：

「不過所謂的賭博，只要反覆持續下去，總有一天會輸。」

阿基拉自從立志成為獵人的那天就投身賭局，直至目前為止。由於有阿爾法這般存在的協助，一次都還沒輸過。

阿基拉在地下街前進時，阿爾法對他問道：

『阿基拉，我可以問你為何選擇探索隊嗎？如果你想避免昨天那種狀況，我覺得選討伐隊會比較好吧？』

『代價則是得像昨天那樣，一定會面對那種需要以ＣＷＨ反器材突擊槍的專用彈連發才能打倒的大批敵人吧？儘管彈藥費是委託主代付，要大量消耗專用彈才能抗衡的戰鬥，我可不想再碰上。』

阿爾法直盯著阿基拉。於是阿基拉找藉口般補充說道：

『怎麼啦？也許參加討伐隊能累積很多戰鬥經驗，不過萬一死掉就本末倒置了嘛。而且身上能攜帶的彈藥也有限吧？』

『在靜香店裡大量購買高價的專用彈能夠為店裡提供銷售利益，但是買越多專用彈就越容易讓靜香擔心。你把後者擺在優先了吧？』

阿基拉沉默。沉默更勝於雄辯。

『我不是想批評你的選擇，不過我的建議是，如果你不想讓靜香擔心，就要早點取得足以輕易擊退區區亞拉達蠍群的實力。』

『……是沒錯。』

阿基拉有些冷淡地短促回答。

19號防衛據點設置在地下街的大廳，是為了掃蕩周邊的未調查區域而新設置的簡易據點。部署了許多獵人防衛包含這裡在內的重要據點。此外也是探索隊與討伐隊的休息場所，因此這裡人不少，相當熱鬧。

負責指揮這裡的都市武裝職員們待在大廳的中央處。阿基拉遵照終端機的指示來到這裡後，應是管理者的職員立刻注意到他，對他搭話。

「你是27號吧？你接下來要會合的探索隊正在探索地下街。在探索隊回來前，你就隨便打發時間吧。只要不離開這個廣場，都隨你便。如果閒著沒事幹就幫忙警備，看到亞拉達蠍就幫忙驅除。」

「了解。」

阿基拉離開，暫且找了個沒人的地方。

職員聯絡探索隊。

「這裡是19號防衛據點。第9探索隊，聽到請回答。」

職員的終端機傳出女性的說話聲。

『這裡是第9探索隊。就定期聯絡來說還太早了，出了狀況嗎？』

「你們要求的補充人員抵達了。有需要的話就

回來這裡會合。」

終端機傳來男性的聲音。

『那傢伙應該能派上用場吧？搜敵人員已經夠了，需要的是火力。』

「不要挑剔。哎，這傢伙昨天打倒了不少亞拉達蠍，應該沒問題吧。不願意的話就帶剛才那些傢伙上路。是因為你不願意，我們才費功夫安排其他人啊。」

『如果要帶那些傢伙去，不帶人還比較好。』

譏諷般的回答聲響起後，終端機傳出的聲音換回剛才的女性。

『總之我們會先回去一趟，先做好準備傳接收集到的數據。就這樣了。』

通訊就此結束。職員對部下發出指示。

「第9探索隊要回來了，準備將取得的數據發送給本部。跟本部說一聲，就算之前的檔案還沒轉

換完，也要準備接收數據。」

「了解了。」

職員的視線從屬下挪到手邊的終端機。上頭顯示著阿基拉的資料。他重新閱讀過一次，臉上露出幾分疑惑，但是他拋開這念頭般呢喃：

「……哎，沒問題吧。這傢伙昨天的戰鬥經歷不是騙人的。」

職員之所以皺起臉，是因為他發現阿基拉的推薦人是木林。

在職員眼中，阿基拉的實力不怎麼強，看起來會在木林提供的賭局中落敗。這種情況下，魯莽行徑的善後工作會落到現場人員的頭上。

不過木林的地位更在自己之上，職員也無法拒絕派遣阿基拉。正因如此，職員選擇相信阿基拉昨天的戰鬥經歷。

這樣心理上比較輕鬆，假使戰鬥經歷資料遭到竄改，責任也不在自己身上。

19號防衛據點的周遭不同於14號防衛據點，絕大部分都被黑暗籠罩。阿基拉剛才經過的通道上有強力照明保持亮度，不過除此之外的其他方向都是一片漆黑。在沒有光源處，地下街的黑暗無邊無際地延伸。

單純只是設置用的照明器具不足。或者是通道的調查與亞拉達蠍的驅除尚未完成，因此暫且不設置照明。到底是何種理由，阿基拉也不曉得。

阿基拉看向附近的多名獵人，從正在警備或休息的這群人之中發現了眼熟的臉孔。是克也等人。

『那些傢伙也被派到這裡來喔？』

『好像是這樣。既然事先發現了，就和他們拉開距離吧。』

『有什麼理由？』

『因為他們一旦靠近你就會引發衝突。』

『……了解。』

阿基拉無法否認阿爾法這句話，他遵循忠告，朝著克也等人的反方向移動。之後就這麼參與周遭的警備。

能不能就這樣什麼事都別發生，度過委託的最低時數啊？阿基拉這種懈怠的想法，因為背後傳來的呼喚聲而告終。

「阿基拉。」

轉頭看向耳熟的說話聲的來源，見到莎拉正笑著揮手。

阿基拉來到莎拉面前，簡單打招呼。

「好久不見了。莎拉小姐妳們也接了這次的委託嗎？」

「是啊。真要說的話，我們原本接的是臨時基地周邊的警備工作，但是突然被調到地下街這邊。話說原來補充人員就是阿基拉啊。我有點吃驚。」

「我？所以，我要參加的探索隊就是……」

「你猜對了，就是我和艾蕾娜參加的小隊。隊長是艾蕾娜。往這邊來。」

莎拉領著阿基拉來到大廳的中央處，見到艾蕾娜正與都市的職員們不知在交談什麼。艾蕾娜也立刻注意到阿基拉，對他輕輕揮手，示意他靠近。

「歡迎來到第9探索隊，我是小隊隊長，艾蕾娜。」

「我叫阿基拉，今天還請多多指教。」

艾蕾娜打趣般擺出裝模作樣的禮貌態度打招呼後，阿基拉也故意畢恭畢敬地回答。隨後兩人忍不住噗哧輕笑。

「不過我真沒想過補充人員是你。我會盡可能提供協助，但是狀況還滿危險的，自己要小心喔。因為要探索未調查區域，不用我說你也知道，怪物的分布狀況等都是詳情不明，不管遇到什麼都不奇怪。要懷著這種心理準備，多加小心。」

「我明白了。我會盡全力注意不要扯艾蕾娜小姐妳們的後腿。」

「很好，不錯的心態……危險時別逞強，儘管依靠我們。你要是有什麼萬一，靜香也會傷心。」

「好的。到時候就麻煩妳了。」

聽了阿基拉的回答，艾蕾娜滿足地微笑。從阿基拉的態度看不出過度的鬥志或緊張，這樣應該沒問題吧。她如此判斷。

艾蕾娜正在進行的作業是交出探索中收集的數據。現在正透過資訊終端機將數據傳送給都市的職員們。

其中有些數據是用都市租借的終端機收集，不過絕大多數是以艾蕾娜自備的情報收集機器收集。論數據的精密程度，遠遠凌駕於租借終端機之上。

不過，因為艾蕾娜的數據與租借終端機的檔案格式不同，都市方面若要使用艾蕾娜收集的數據，就需要經過檔案轉換。一般狀況下為了省去這道手續，不會使用規格不同的數據。

但是艾蕾娜提供的數據因為實用性，讓本部不惜耗費轉換檔案所費的功夫，也要另外使用那份數據。

檔案的傳送和轉換需要時間，因此探索隊暫且在此待命。艾蕾娜如此說明，同時也是為了解釋當下狀況，阿基拉聽完後，開口說出率直的感想。

「所以是優秀得值得特別待遇的資料吧。艾蕾娜小姐果然很了不起。」

受到這樣率直的讚美，艾蕾娜顯得有些害羞。艾蕾娜被稱讚自然也不覺得反感，有些自傲地對阿基拉解釋：

「我很高興你明白這一點。其實不懂收集情報的重要性的獵人也不少喔。就算疏於搜敵而撞見怪物，只要打倒就好了；就算遺跡內部複雜一點，反正我也不會迷路，就算迷路也能馬上脫身。懷著這種膚淺心態進入遺跡的獵人不少喔。」

聽了這番話，阿基拉露出相當意外的表情。

「是這樣喔？換作是我，會盡可能避免和怪物戰鬥，也不願意在遺跡中迷路。居然會有人輕視艾蕾娜小姐的工作，我有點難以置信……」

對優秀獵人的評價標準因人而異，不過很多人過度重視可輕易擊破強大怪物的戰鬥能力。戰鬥能力在持續獵人工作上確實很重要，此外要對他人鼓吹自己的活躍時也簡單易懂。

這樣的傾向有時候會使人輕視並非直接提供火力的情報收集人員。艾蕾娜過去也好幾次因此受到輕視，有過不愉快的體驗。

阿基拉以前在崩原街遺跡找遺物時，幾乎是完

全依靠阿爾法的搜敵能力與地形偵測才保住性命。因此，阿基拉非常理解情報收集人員的重要性。

艾蕾娜理解到阿基拉發自內心認同她的工作的重要性，心裡相當高興。她更加愉快地繼續說道：

「這種人其實大有人在喔，而且大多特別愛抱怨。真教人受不了。」

艾蕾娜近乎埋怨的話語就這樣持續了好一段時間。只見她稍微皺起眉頭，像是要發洩累積已久的不滿，滔滔不絕。

不過她在途中注意到自己好像會這樣一直不停埋怨，這些話已經不是經驗談，而是單純的埋怨，阿基拉聽了想必也覺得沒意思吧。她這麼認為，恢復鎮定並稍微改變話題方向。

「我還是先說清楚，我們兩個之中負責火力的人是莎拉沒錯，不過我也算得上有戰鬥力喔。情報收集機器在提升瞄準精準度上也有助益。而且我現

在也穿著強化服，有餘力使用比較沉重的裝備。真希望別因為我負責收集情報就認定我火力不足。」

「啊，仔細一想，上次見面之後，艾蕾娜小姐就開始穿強化服……」

「因為還有情報收集機器的重量，槍枝是比莎拉的裝備要輕，不過威力還是相當充分……」

艾蕾娜的強化服出現在話題中，這瞬間阿基拉不禁回憶起之前在靜香店裡見到的艾蕾娜的模樣。

艾蕾娜穿著的強化服緊貼著肌膚，清楚凸顯魅力十足的身材曲線，換個角度來看的確誘人，當時她滿臉通紅，不知所措。

而且阿基拉不禁更進一步回想，以阿爾法的高度演算能力創造，重現度非常高的艾蕾娜的裸體。

同時他也回想起當時一併顯示的莎拉全裸的模樣。因為雙方的樣子都充滿了魅力，當時的記憶仍清楚留在阿基拉的腦中。

這下不妙。阿基拉這麼想的同時，那情景已經浮現腦海了。阿基拉連忙自腦海中抹去那幅光景，但是無法完全掩飾回憶造成的驚惶失措。

艾蕾娜從話題和阿基拉的態度判斷，立刻就察覺他肯定回想起之前在靜香店裡見到的那身打扮。

看到阿基拉強作鎮定的態度，艾蕾娜也盡可能維持冷靜。不過阿基拉的害臊影響了她，讓她無法完全保持冷靜。

結果阿基拉與艾蕾娜停止對話，意圖轉移焦點般對彼此輕笑。

莎拉在旁看著兩人的反應，愉快地笑著。她已經從靜香口中得知當時的狀況，能推測阿基拉與艾蕾娜這種態度的原因。目睹好友露出罕見的神色，她雖然覺得有些抱歉，但也愉快地旁觀。

莎拉再怎麼樣也猜不到，阿基拉腦海中浮現的全裸身影也包含了她。

阿基拉為了改變氣氛，稍微強硬地轉變話題。

「話說，艾蕾娜小姐妳們的探索隊總共有幾個人？」

艾蕾娜見狀也順水推舟，恢復鎮定回答：

「加上你有四個人。」

「四個人？呃，我覺得好像很少，該不會這種程度的人數算普通？再多加幾個人也沒問題吧。」

昨天的阿基拉、蕾娜與詩織，一共三個人被迫與亞拉達蠍群交戰。對阿基拉而言，那感覺就像在瀕臨極限的狀況下好不容易倖存。

地下街的未調查區域存在著無數亞拉達蠍的巢穴。雖說探索隊的主要任務是調查，阿基拉覺得四個人還是不夠。

當然也有可能是考慮到艾蕾娜她們的實力，這人數已經相當充分。不過這種人數沒有額外說明還是難以接受。

艾蕾娜與莎拉微微皺起眉頭，互看彼此。這下阿基拉也明白了，就算真有什麼理由，恐怕也不是令人樂見的內容。

莎拉擺出有些複雜的表情回答：

「其實原本預定會有更多人一起探索。不過，出了些問題。」

「什麼問題？」

艾蕾娜也稍微皺起眉頭，繼續說道：

「因為人員的人際關係，出了些問題。雖然這種事也不罕見，人員調度的問題還是希望能事先談好啊。」

這時，探索隊的最後一人加入對話。

「抱歉了。人員調度的問題，我會向上頭強烈反應。」

加入對話的是西卡拉貝，和克也同樣是多蘭卡姆旗下的獵人，以前負責監督克也等人，不過現在已經卸下這個職務，與克也等人個別行動。

「我是西卡拉貝，第9探索隊其中一人。你就是補充的獵人？」

阿基拉微微低下頭。

「我的名字叫阿基拉，今天請多多指教。」

西卡拉貝像在評定阿基拉的實力般打量著他。

「我也樂見人手增加，不過多一個累贅也沒用。你真的行嗎？」

西卡拉貝語帶挑釁問道，阿基拉一派平靜地回答：

「如果你判斷我派不上用場而有怨言，別跟我說，去找本部。是本部把我派到這裡。盡量對本部表達不滿，期待下一個替代人選的實力吧。」

西卡拉貝的疑問擺明了在懷疑他實力不足，而阿基拉回答：錯在派我來這邊的人。

西卡拉貝面露意外的表情。阿基拉的反應與西卡拉貝的預料完全相反。

他的年齡與克也相仿，而且獨自一人被本部派遣至此，可以想見他擁有與這種待遇相符的實力。而這類人大多都過於相信自身的實力。

既然如此，他應該會充滿自信地鼓吹自己的實力，或是因為自己實力遭到懷疑而表示不滿。西卡拉貝原本如此預料。

但從阿基拉的態度完全感覺不到他因為實力被低估而不滿。西卡拉貝對此有些訝異，同時他隱藏這份訝異，故意擺出有點鄙視阿基拉的態度。

「你講的話聽起來真怯懦。你對自己的實力真的那麼沒自信？」

儘管他這麼說，阿基拉還是淡然回應：

「我不曉得你期待我有多少實力，但我不覺得自己的實力強得能說『我一定能解決』、『有我在一定沒問題』這種話。就這個角度來說，我的確沒自信。」

西卡拉貝聽了阿基拉的回答，忍俊不禁。他的心情隨之轉好。

「不，是我不好。因為我最近常常要應付毫無根據充滿自信的笨蛋。看來你至少不是這種笨蛋，讓我放心了。這樣應該沒問題吧。況且本部也沒有愚蠢到把實力不可靠的傢伙送過來。」

事實上，在西卡拉貝眼中，阿基拉的實力看起來不怎麼樣。但是看艾蕾娜等人的反應，再加上他是本部介紹的人選，西卡拉貝判斷他應該擁有最起碼的實力，於是補上一句抱怨並對阿基拉致歉。

「我準備完成了。要出發隨時都可以叫我。」

艾蕾娜從自己的資訊終端機確認傳輸數據所需的剩餘時間。

「只要數據傳送完成就出發，大概還要五分鐘。阿基拉也沒問題嗎？」

「沒問題。要現在立刻出發也可以……嗯？」

阿基拉注意到阿爾法指向某處，便朝該處投出視線。克也等人正朝著阿基拉等人走來。

克也等人今天同樣因為隊伍中有個穿著女僕裝的詩織而吸引眾人注目。走在最前面的克也臉上掛著相當不滿的表情，不過那並非因為周遭的視線。

第47話 艾蕾娜的判斷

艾蕾娜一行人自地下街的探索歸來後，與她率領的第9探索隊的補充人員阿基拉會合。之後她便對阿基拉說明現在的狀況等等，在下次出發探索前，與小隊成員閒聊。

這時克也等人現身了。阿基拉從阿爾法口中得知這件事，視線轉向該處。而艾蕾娜等人也跟著注意到克也等人，每個人都顯露不同的反應。

西卡拉貝變得不高興；艾蕾娜輕聲嘆息；莎拉則微微苦笑。阿基拉收到了阿爾法的叮嚀。

『我想你應該知道，不可以跟人起衝突喔。』

『我知道。艾蕾娜小姐她們也在場，對方大概也不打算惹事生非吧。』

阿基拉樂觀看待，不過阿爾法對他擺出了較為凝重的表情，讓他繃緊神經。

阿爾法大概認為可能再度造成衝突的不是對方，而是阿基拉。阿基拉如此判斷後，告訴自己要保持低調。

艾蕾娜向西卡拉貝確認：

「多蘭卡姆內部的爭執，應該能請你們自己調解吧？」

「那當然。不管對方說什麼，統統扔給我解決就好。」

西卡拉貝如此斷言。

阿基拉不知道事件的背景，顯得有些疑惑。莎拉注意到他的反應，面露輕微苦笑為他說明：

「艾蕾娜剛才說過了吧？原本預定會有更多人

一起探索，但發生了人際關係上的問題。因為西卡拉貝不願意和克也他們同隊。」

艾蕾娜與莎拉以兩人一組的形式接下了建設前線基地輔助作業的委託，擔任警戒與迎擊怪物的任務。西卡拉貝則是身為多蘭卡姆派遣的獵人，與同事參與類似的任務。

為了開闢通往崩原街遺跡深處的道路，在臨時基地的建設現場，許多作業員正在撤除瓦礫或鋪設道路。

在瓦礫凌亂散落的遺跡內部難以運用戰車等兵器，再加上有怪物棲息於高樓大廈內部，因為大小限制，難以靠人型兵器處理的狀況也多。現場的眾多獵人用途就是解決這些狀況。

隨著已鋪設的道路自臨時基地朝遺跡深處延伸，現身襲擊的怪物也漸漸轉為棲息於遺跡深處的強力個體。面對這樣強大的對手，前線自然需要部署實力深厚的獵人。

不過在遺跡的外圍部位，原本應該只有相對較弱小怪物的場所卻出現了成群的亞拉達蠍。而且還發現蠍群棲息的地下街有許多巢穴存在。由於地下街相當廣大，有可能通往遺跡的深處。

於是前線基地司令部迫於無奈，只好將原本為建設地表區域的後方補給線而僱用的獵人調到地底下掃蕩怪物。這就是艾蕾娜、莎拉與西卡拉貝三人來到地下街的原因。

三個人原本都是被派遣到前線的獵人，實力深厚。這三人加上數名現場的獵人就足以發揮探索隊的功能。因為西卡拉貝是隸屬於多蘭卡姆的獵人，原本預定自多蘭卡姆派遣補充人員組成探索隊。

但這時發生了問題。多蘭卡姆派遣的補充人員就是克也等人。

西卡拉貝強硬反對讓克也等人加入，對艾蕾娜和多蘭卡姆提出種種條件，試圖實現自身的要求。

如果克也等人要加入，自己就要退出；克也等人不在隊伍所造成的人力空缺由自己負擔；如果遭遇萬一，自己會負責擔任誘餌斷後，艾蕾娜等人要拋棄自己逃走也無妨——他甚至如此斷言。

由於西卡拉貝和克也等人都是多蘭卡姆旗下的獵人，本部將之視為多蘭卡姆內部的衝突。

當衝突被視作多蘭卡姆內部的問題，最終幫派的上級接受了西卡拉貝的任性。因為無論是身為獵人的實力，或是在多蘭卡姆內部的地位，都是西卡拉貝在克也之上。

阿基拉聽艾蕾娜與莎拉簡單解釋這些理由的過程中，西卡拉貝與克也的口角持續不斷。

克也瞪著西卡拉貝。

「你也該適可而止了吧！我已經不是你的部下了！沒有義務聽從你的指示！難道你不曉得自己的任性給艾蕾娜小姐她們帶來多少麻煩嗎！」

西卡拉貝毫不掩飾鄙視克也的態度。

「把你們加入隊伍就是更大的麻煩，你先理解這件事再開口講話。快滾吧。」

完全找不到事態迎向解決的徵兆，彼此之間毫無妥協空間的爭執持續著。

克也得知能和艾蕾娜她們一起工作，起初非常高興。雖然必須與西卡拉貝共事這點讓他不滿，但他也願意忍耐。

然而這次機會卻被西卡拉貝斷絕了。他就是如此憤怒。儘管如此，他也明白光是怒吼也沒有意義，他板著臉嘗試說服西卡拉貝。

「你打算維持這個人數，繼續危險的地下街探索？就算你不想與我同行，多蘭卡姆也不會派遣其他獵人喔。你打算堅持己見到什麼時候？」

當然克也也聯絡了多蘭卡姆的管理階層，告

知西卡拉貝以極其私人的理由妨礙克也等人參與任務，希望上層能以幫派的指示為由說服西卡拉貝。

但是管理階層的決定是交由現場人員自行協調。西卡拉貝是多蘭卡姆的老手，而且是深具實力的獵人；另一方面，克也則漸漸站上代表年輕獵人的立場。上層不希望動用管理階層的權限，強行限制任一方的行動。

儘管如此，對克也而言這還是代表管理階層一度默認了西卡拉貝的任性。而管理階層也明白這一點，決定以多蘭卡姆不會派出其他獵人作為條件來抵銷。克也也就此妥協。

探索隊的活動場所是地下街的未知區域。無論有多少戰力都無法保證安全。一度結束探索，重新理解該處的危險度之後，西卡拉貝應該也會退讓，同意讓自己與夥伴們加入探索隊吧。克也原本這麼認為，前來與一度結束探索的西卡拉貝等人接觸。

但西卡拉貝的想法沒有絲毫動搖，他笑了笑，用手勢介紹阿基拉般示意：

「是這個問題的話，用不著擔心。本部已經幫忙準備了補充人員。這位是阿基拉，他是昨天擊退大量亞拉達蠍的獵人，實力受到本部的保證喔。」

克也對阿基拉投以驚訝的表情和眼神。阿基拉事先就挪開了視線。

又是你？克也的表情露骨地顯示了他的心聲。由米娜兩人與蕾娜兩人雖然訝異的性質不同於克也，同樣相當吃驚。

克也按捺著情緒，將視線轉向西卡拉貝。

「……那傢伙可不是多蘭卡姆的獵人喔。」

「那又怎麼了？他可是本部特地幫忙派遣的人員。沒有任何問題。況且艾蕾娜她們也不是多蘭卡姆底下的獵人吧？」

「在可能取得充分戰果的委託中，需要補充人員的時候，規定上應該以多蘭卡姆旗下的獵人為優先啊！」

「那個規定的用意不是帶著廢物上場而累得半死，最後還必須分配報酬。是不是過往的經驗讓你誤會了？」

語畢，剛才西卡拉貝的態度還僅止於鄙視弱者，但他突然間轉為嚴肅。將身經百戰的獵人所散發的壓力拋向克也等人。

「你已經脫離了需要領隊的待遇，成為獨當一面的獵人，這部分我也認同。就算這樣，你還不夠格和我們平起平坐。搞清楚自己的分量，閃一邊去。如果你要繼續吵鬧妨礙任務，那我就會明確與你敵對，採取應當的處置。」

西卡拉貝對克也的態度從面對講不聽的小孩子轉為潛在的敵對目標。克也感受到那份壓力而稍微畏縮。

由米娜輕輕拉扯克也的手，讓克也把臉轉向她。隨後她擺出認真的表情搖搖頭。

之前西卡拉貝的態度只是將克也視為弱者隨便應付，但接下來就會是正式敵對。由米娜注意到這一點，攔阻克也。

如果這樣還無法攔住克也，由米娜不惜出拳也會阻止他。自己出手揍克也只要受點皮肉傷就能了事，一旦讓西卡拉貝動手，事態就可能攸關性命。她已經如此判斷。

累贅等同於危害自身性命者，由米娜不認為西卡拉貝的處置會手下留情。

克也沉默不語，西卡拉貝也沉默。由於爭論的源頭兩人都閉口不語，騷動也跟著平息了。這時，預定的出發時間到了。

「時間到了，出發。」

艾蕾娜只留下這句話便邁開步伐。莎拉與阿基拉跟在她身後。

西卡拉貝對克也投出冰冷的侮蔑視線後，跟了上去。如果不在檔案傳輸結束前平息爭執，延遲出發時間，就會給艾蕾娜與莎拉添麻煩。為了避免這樣，西卡拉貝被迫額外耗費了功夫。因為西卡拉貝這麼認為，對克也的印象也更是糟糕。

克也表情難掩不甘心，注視著艾蕾娜等人離去的背影。

蕾娜站在克也等人身後，將爭執經過看在眼裡。她小聲對詩織問道：

「欸，詩織，昨天的我感覺也像那樣嗎？」

「……請恕我直言，恐怕是大小姐更糟糕。」

「是、是喔。」

蕾娜面露苦笑，更加決心反省自己的過去，做為未來的基石。

◆

阿基拉加入了艾蕾娜率領的第9探索隊，表情凝重地在地下街前進。

伸手不見五指、有如迷宮般錯綜複雜、棲息的怪物種類與數量都不明。若將討伐部隊輕率送進這種場所，只會徒增死傷。

這種狀況下，有必要派遣斥候人員探索完全沒有已知情報的領域，攜回地下街的構造與徘徊的怪物資訊，為後繼的討伐隊做好最起碼的安全保障。

那就是探索隊的工作，是艾蕾娜等人的工作，也是阿基拉的工作。

阿基拉等人在地下街前進，所有人都點亮照明，但是無法提供照亮廣大地下街的充分光量，一段距離外的地方依舊被黑暗籠罩。他們憑藉各自的情報收集機器等裝置偵測黑暗的深處，同時慎重地向前進。

隊伍的陣形以艾蕾娜為中心，西卡拉貝在前頭，莎拉在左側，阿基拉在右側。一行人維持這個陣形移動，不久後阿基拉漸漸開始落後。

阿爾法為了順便進行訓練，要阿基拉某種程度上自力搜敵。雖然已經比全部靠自己的搜敵輕鬆許多，但憑著阿基拉的實力，費盡心力才能勉強避免拖累整體隊伍的移動。

阿基拉沒有注意到，艾蕾娜為了確認阿基拉的實力，已經放低了隊伍整體的移動速度。即使如此，阿基拉還是萬分吃力。

他的精神與體力的消耗速度超過他自己的預料。除了單純的實力不足，他體認到這一點並且為了避免拖累艾蕾娜等人而卯盡全力也是原因之一。

見到阿基拉的狀況，阿爾法切換方針。

『阿基拉，搜敵訓練停止。我來警戒周遭，你先稍微放輕鬆。』

『我知道了……老實說我已經逼近極限了。拜託了。』

阿基拉稍微放鬆精神，深深吐氣。就在這時，位在隊伍前方的西卡拉貝突然對他搭話。

「喂，右邊狀況怎樣？」

「……五十公尺前方有三隻亞拉達蠍。因為沒有動靜，大概已經死了。就算只是假死，反正不在隊伍前進方向上，似乎也不會靠近，我想應該可以忽視。」

西卡拉貝對艾蕾娜投以確認事實的視線。

「沒有錯。」

聽了簡潔的回答，西卡拉貝露出有點意外的表情。

「了解了……什麼嘛，我還以為你突然偷懶不搜敵，原來有好好做事啊。阿基拉，不好意思剛才懷疑你……是我的第六感變差了嗎？」

西卡拉貝稍微歪過頭，視線轉回前方。

阿基拉強作鎮定的同時，按捺著加速的心跳。

（……其實敏銳得很啊。）

西卡拉貝甚至沒有回頭看向阿基拉，卻敏銳地察覺到阿基拉放鬆了戒心。西卡拉貝的洞察力讓阿基拉窺見老練獵人深不可測的實力。

『阿爾法，妳覺得他是怎麼發現的？』

『就像他本人說的，是第六感吧。』

『第六感……這樣解釋我也不懂。』

『透過本人的五感加上情報收集機器取得的數據，讓他感覺到你的動作稍有變化，從那變化判斷你放鬆了警覺。由於這個判斷的過程他本人也無法理解，就以第六感稱呼。』

『喔，原來是這個意思啊……還真厲害。』

『總有一天我會讓你也辦到同樣的事。要加油喔。』

目睹阿爾法那充滿自信的微笑，阿基拉為了壓抑苦笑而咬緊牙根，因此表情變得有些僵硬。

西卡拉貝並非為了責怪阿基拉才那樣測驗他。他們原本是為了補足火力才將阿基拉加入隊伍，就算搜敵能力有些不足，靠他們三人也足以彌補。若有需要，只要自己稍微提高對右側的警戒即可。他是這麼認為的。

在這樣的前提下，他為了判斷自己該提供何種程度的輔助才那樣問，然而回答卻完美得像在宣告「我不需要任何幫忙」，讓他相當吃驚。

艾蕾娜與莎拉也對阿基拉的回答有些吃驚。阿基拉的回答顯示了他的搜敵能力精確度直逼專門收集情報的艾蕾娜，正常來說不可能發生這種事。儘管如此，她們的反應僅止於「有些」吃驚，是因為這方面的現象她們心裡有數。

西卡拉貝對阿基拉的實力相當高興。

「原本只是找你來補足火力，居然連搜敵都優秀。真是中大獎了。這樣趕走克也他們也算是有了回報。」

艾蕾娜不滿地叮嚀：

「拜託不要把多蘭卡姆內部的爭執牽扯到阿基拉和我們身上。」

「別這樣說嘛。我自知任性，也像這樣走在隊伍最前方來補償了吧？況且最終我也得到隊長的同意了，不是嗎？」

阿基拉露出有些意外的表情，看向艾蕾娜。阿基拉覺得西卡拉貝的確厲害，不過把五個人和一個人各自放在天秤兩端，阿基拉認為西卡拉貝的實力應該還不至於顛覆人數差距，讓艾蕾娜選擇西卡拉貝。

然而艾蕾娜選擇了西卡拉貝。阿基拉無法理解箇中理由，顯得有些疑惑。

艾蕾娜有點急於解釋般說明：

「……我可不是站在西卡拉貝那邊。只是考慮到撇除西卡拉貝並帶著克也他們出發時可能發生的問題。」

儘管以人數補足戰力，因為探索場所的地形問題，有時候會無法發揮人數優勢。此外人數越多，整體的移動速度也會下降。一旦小隊整體的動靜增加，刺激怪物的可能性也會上升。

艾蕾娜指出這些常見的問題點之後，有些難以啟齒般說出讓她如此決定的最大癥結：

「還有……萬一發生狀況，克也他們會不會乖乖聽從我的指示，我也沒把握。」

看到阿基拉再度浮現意外的表情，莎拉苦笑著補充說道：

「艾蕾娜的個性就是太操心了，不過這樣的判斷出於顧慮大家的安全。這是臨時組成的隊伍，人數一多就容易為了誰來指揮而爭執。所以別因為這件事留下壞印象。」

阿基拉表情認真地微微搖頭。

「不是，單純只是我用門外漢的觀念判斷人數越多應該越安全，覺得不太能理解而已。我沒有懷疑艾蕾娜小姐的判斷之類的想法。既然是艾蕾娜小姐的判斷，我也覺得正確。」

西卡拉貝愉快地補充：

「我也有同感。我敢斷言艾蕾娜的判斷非常正確。那群人昨天也鬧事，這你應該知道吧？」

西卡拉貝語畢，對阿基拉尋求同意。不過因為阿基拉回以「我不曉得」的表情，於是西卡拉貝仔細說明，想促使眾人理解。

昨天在14號防衛據點發生的口角，本部已經透

過中繼器得知，謠言也流傳到多蘭卡姆。

蕾娜向其他獵人挑起無謂的爭執，再加上未經隊長許可就擅自離開崗位。而身為隊長的克也無法阻止這些，顯然欠缺領導能力。

綜合來看，那支小隊無論是隊長或是隊員，都無法突然被納入其他指揮系統發揮戰力。若硬是組隊，甚至可能在地下街深處使部隊行動分崩離析。

所以要帶那些傢伙一起行動，根本連考慮都不用。西卡拉貝斬釘截鐵地說完，為他的說明總結。

艾蕾娜輕聲嘆息後，補上這句話：

「……先不論這些傳聞是真是假，我想事先減少這方面的隱憂。這是我不帶克也他們一起去的最大理由。」

阿基拉聽了艾蕾娜與西卡拉貝的評語，理解了他們的選擇。

不過如果按照這樣的判斷，其實將阿基拉納入

隊伍也是個相當大的問題。因為他是個在契約上加入「萬一有狀況時可以逕自單獨行動」的人物，而且實際上也打算這麼做。

不過由於這次的小隊隊長是艾蕾娜，這方面不構成問題。

「阿基拉，我也會努力不做出錯誤的指示，希望你盡量聽從我的指示。如果你對指示內容有疑問，只要開口問，我都會仔細回答。」

「我知道了，沒問題。就算艾蕾娜小姐的指示稍微有錯，我想結果至少也會比我自己判斷好。我詢問指示的理由時，不是因為對指示有不滿，請當成我想理解指示的理由並藉此多學一點。」

阿基拉發自內心如此回答。他一點也不認為自己擁有優異的判斷力，而且阿爾法也認同艾蕾娜的實力。阿基拉沒有理由懷疑艾蕾娜的判斷。

感受到阿基拉率真的信賴，艾蕾娜有些害臊。

「我會努力回報你的信賴。」

莎拉看著艾蕾娜的反應，原本愉快地笑著，不過在艾蕾娜露出帶有輕微瞪視的笑容後，她立刻把臉轉向地下街深處。

阿基拉一行人順利地探索地下街。

地下街的構造原本就複雜，而且有些區域因為崩塌而堵塞，有些通道則被閘門封鎖，現在已經變得有如迷宮。基本上也完全沒有光源，伸手不見五指。

在這樣的地下街，一行人前進時能免於迷路，都是拜艾蕾娜高度的情報收集能力所賜。

艾蕾娜取得地形數據以製作地下街的地形圖，同時憑著移動距離與周邊的狀況，分析當下的正確位置。

也分析怪物可能棲息的場所，或是遭到襲擊時不利的位置，選擇安全的路徑在地下街前進。

阿基拉一行人途中屢次與怪物交戰。大多時候是走在隊伍最前方的西卡拉貝獨力擊退，敵人數量較多時則四人同時參戰以殲滅怪物。

遭遇過的怪物絕大多數都是亞拉達蠍，數量也不多。幾乎沒有任何陷入苦戰的要素，探索進行得十分順利。

阿基拉一行人之中負擔最重的是前鋒西卡拉貝。西卡拉貝就如同他的宣言，一個人就拿出了足以替代克也等人的戰果。

當然了，對西卡拉貝的負荷也因此加重。體力、集中力與彈藥都比其他人消耗得要快。

差不多該輪替比較好。艾蕾娜如此判斷。

「莎拉，差不多該與西卡拉貝交換前鋒位置了。」

「知道了。」

西卡拉貝插嘴說：

「我還沒有疲憊到需要換人，再晚一點也沒關係。」

「就算體力還很充沛，彈藥也已經消耗了吧？趁著還有餘力的時候先換人比較好。同時也是為了讓大家的彈藥消耗量均等。」

西卡拉貝認為有道理而同意，不過他提出一個提案：

「了解了……既然這樣，要不要讓阿基拉打前鋒試試看？」

「阿基拉？」

艾蕾娜面露疑惑的表情，西卡拉貝對她微微點頭。

「為防萬一，我想趁現在先搞清楚阿基拉有多少戰力。我不是懷疑本部的推薦，但是傳聞和親眼見證還是天差地別。就算阿基拉出了些差錯，在我們有餘力的當下還能輕鬆救場。怎麼樣？哎，如果阿基拉不願意，那也不勉強。」

「我沒問題。艾蕾娜小姐，妳決定怎麼做？」

阿基拉把判斷交給艾蕾娜。

聽他這麼說，艾蕾娜確認阿基拉的反應。雖然沒有意願，既然隊伍中的領導者這樣指示，那也只能聽從——如果從他的態度察覺到一絲這類的感受，她就不會把阿基拉調到前方。

不過在艾蕾娜眼中，阿基拉的態度顯得若無其事。對於走在隊伍最前方這件事，他似乎並不抗拒，但同時也感覺不到主動上前大展身手的意志。

換言之，阿基拉大概真的覺得哪個位置都好吧。再加上雖然他剛才落後於整體移動速度，但現在已經毫無問題地趕上。大概是已經拋開了多餘的緊張。既然這樣，西卡拉貝的意見也不無道理吧。艾蕾娜如此判斷。

「我知道了。阿基拉，和西卡拉貝換手。你絕對不要逞強，莎拉和西卡拉貝一旦判斷有危險就要馬上支援，沒必要等候我的指示。可以嗎？」

「我明白了。」

「知道啦。」

「了解。」

阿基拉態度平常，莎拉像是要讓阿基拉與艾蕾娜放心，而西卡拉貝則是顯得有些愉快。

這時阿爾法向阿基拉確認：

『阿基拉，我趁現在先問清楚，我要提供什麼程度的輔助才好？』

阿基拉無法理解這個疑問的意思，表情浮現一絲納悶。

『哪個程度……拜託妳盡全力確實做好。』

『我姑且提醒你一下。這時先稍微放水，期待下次被派遣到防衛隊，也是一種方法。要是這時大

地下街的探索工作在隊伍前鋒從西卡拉貝換成阿基拉之後，同樣順利地推進。

移動速度沒有降低，遇敵時的處置也毫無問題，維持著剛才西卡拉貝帶頭時相同的水準。當然這是拜阿爾法的輔助所賜。

『阿基拉，通道前方有四隻亞拉達蠍。在被發現之前先發制人。』

阿基拉的視野受到阿爾法的輔助而得到擴增。原本應當一片漆黑的通道在他眼中以灰階顯示，除了色彩之外無異於白晝。倒在通道上的瓦礫也確實添加了陰影。

這片黑白的視野中出現了以紅色凸顯的亞拉達蠍的身影。

『了解。』

阿基拉舉起ＡＡＨ突擊槍，讓視野中擴增顯示的藍色彈道預測線對準目標的頭部，鎮定地扣下扳機。

自槍口迸射的火光照亮四周，被黑暗吞噬的通道只在這瞬間恢復原本色彩。晚了一瞬間，槍聲在地下街反覆迴盪。

受到阿爾法命中輔助的全面輔助，自槍口擊發的子彈不偏不倚擊中了預測彈著點。威力比一般子彈強大的強裝彈貫穿了亞拉達蠍的牢固裝甲，將目標的頭部連同內容物一併破壞。失去腦這個指揮系統後，亞拉達蠍的身軀輕微抽搐，隨即不再動彈。

剩餘的亞拉達蠍馬上就有反應，但已經太遲

了。沒過多久，和第一隻相同，遭到強裝彈擊中，無從抵抗就被打倒。

『很好，解決了。』

阿基拉放下槍，吐出一口氣。

『話說回來，雖然經過改造，明明同樣是用ＡＡＨ突擊槍射擊，威力竟然會差這麼多。』

不同於大型而擺明了十分強力的ＣＷＨ反器材突擊槍，ＡＡＨ突擊槍儘管經過改造，外觀沒有太大變化，並未帶給阿基拉威力明顯提升的印象。強裝彈的彈匣和一般子彈乍看之下也沒有明顯差異，不過改造前後的威力無法相提並論。

阿爾法在阿基拉面前得意地微笑。

『槍與子彈同時提升效能的加成效果提升了威力，不過能完全發揮這份威力的能力也很重要，可別忘了這件事喔。』

不管有多麼強力的槍枝彈藥，如果打不中就毫無意義。同時彈著點是否為對方的弱點，殺傷效果也會大為不同。再加上交戰時的狀態也很重要。如果能在敵人察覺前先發現對方，就能鎮定地瞄準目標。

『這我知道。』

仰仗阿爾法的輔助才有這些成果。阿基拉確實理解，也心懷感謝。他回以笑容表達這份感謝。

莎拉並未事先發現阿基拉打倒的亞拉達蠍。尋找敵人是艾蕾娜的工作，而打倒敵人是莎拉的工作。因為兩人各司其職，憑著莎拉的搜敵能力要偵測黑暗的另一頭有些難度。

「艾蕾娜，能把妳那邊的數據送過來嗎？」

「知道了。」

莎拉的視野中加上了艾蕾娜的情報收集機器所收集的數據。艾蕾娜的情報收集機器的性能遠比莎拉的更高，確實事先捕捉到前方的亞拉達蠍。

「謝了……看見了。就是那個吧？亞拉達蠍一共有四隻，已經擊破了啊，還真有一手。」

西卡拉貝也以他自備的情報收集機器掌握前方狀況。

「真有必要打倒那麼遠的敵人？換作是我會更靠近一些再做判斷吧……」

艾蕾娜表明自己的意見：

「與那對象之間只有一條路，路上有些能當作掩蔽的瓦礫，對象正在我們的前進方向上。在對方靠著掩蔽物靠近之前，能打倒的時候就先打倒，這樣的判斷也沒有錯。要等對方更靠近再打倒也不是不行，這方面的判斷算是個人差異。」

「哎，與敵人之間距離的拿捏，確實每個人觀念都不同。而且他也沒有射偏，沒問題吧。」

他只是早了一些就先收拾掉未來高機率交戰的敵人，並非刻意攻擊應該能免於交戰的敵人而無謂增加戰鬥。西卡拉貝如此判斷，沒有進一步追究。

艾蕾娜見到西卡拉貝的反應，心裡鬆了口氣。

西卡拉貝認定阿基拉裝備了相當高性能的情報收集機器，因此阿基拉發現了前方的亞拉達蠍群，並未讓他感到納悶。

但是艾蕾娜知道阿基拉的情報收集機器的性能。因為那是她賣給阿基拉的裝備。而且若在遼闊的地表上還另當別論，地下街充斥著妨礙收集數據的要素，艾蕾娜知道憑藉那具機器的性能，非常難以偵測到藏身黑暗中的亞拉達蠍。

若問艾蕾娜能不能用那具機器辦到同樣的事，她能馬上斷言自己辦不到。難度就是這麼高。

所以在艾蕾娜的觀念，阿基拉能發現亞拉達蠍群並非技術高超，而是該歸類為異常或難以理解。

對於這種異常狀況的成因，艾蕾娜心裡其實也有個底。

（因為他是舊領域連結者……應該吧？）

過去阿基拉對兩人伸出援手時，他身上就連情報收集機器都沒有。從這一點來判斷，他那驚人的搜敵能力很可能與舊領域連結者有關。

（如果與之無關，我身為情報收集人員，也想要仔細搞懂阿基拉到底是怎麼找到敵人的……但還是算了吧。）

不問多餘的問題——艾蕾娜已經與阿基拉約好了。雖然對他高度的搜敵技術感到強烈的好奇，但還不足以讓她違背與救命恩人的約定。

而且更重要的是，一旦開口詢問：「那堪稱異常的搜敵能力是不是源自舊領域連結者的能力？」在那瞬間就有可能與阿基拉展開你死我活的戰鬥，艾蕾娜無法否認這樣的風險。

不管是她隱約察覺，或者是對方也看穿她已經察覺，只要一說出口就會成為確定事項。就算最終沒有演變成互相殘殺，與阿基拉之間的關係肯定會發生致命性的惡化。

只要西卡拉貝認為阿基拉的搜敵能力源自高性能的情報收集機器，接下來自己保持沉默就沒問題了吧。艾蕾娜如此判斷後，將湧現心頭的好奇心封閉於心底。

阿基拉一行人順利地在地下街調查。

雖然遭遇怪物的頻率不低，基本上憑著阿基拉一人就能輕鬆應付。多虧有阿爾法的輔助，阿基拉並未成為艾蕾娜等人的累贅。

由於地下街的構造或通道的瓦礫影響，途中也曾經被迫在相當近的距離與敵人交戰，不過阿基拉靠著阿爾法的搜敵能力制敵機先，再加上以精密射擊快速擊破，確實化險為夷。

在這段時間內，地下街依舊一片漆黑。沉睡

在廢墟之中的高度文明的遺跡、往昔繁華時光的殘骸，一切都被黑暗吞噬。唯獨阿基拉等人照亮的短暫時間內，展現出在漫長時光的侵蝕下仍然殘留的過去身影。

眾人為了搜敵，簡單調查形似商店廢墟的場所時，阿基拉發現了現存於該處的大量商品——舊世界的遺物而感到吃驚。

「哦！居然有這麼多遺物！好誇張喔。」

如果把這些遺物帶回去，到底能賺多少錢？阿基拉不由得這麼想，莎拉笑著叮嚀他。

「這種心情我不是不懂，但是不能帶回去喔。契約規定委託中發現的遺物所有權都歸於久我間山都市。這種心情我也很懂，我真的很懂，不過不可以拿喔。」

如果現在不是委託過程中該有多好——莎拉臉上表情寫著她的心聲，忍受著惡魔的耳語。為了阻止阿基拉與自己，拒絕誘惑的耳語。

「稍微帶一點點應該沒關係、藏在預備彈藥裡頭不會被發現，諸如此類的想法絕對不可以有。不可以就是不可以。沒錯，就是不可以。」

與其說叮嚀阿基拉，莎拉的語氣更像是對自己耳提面命。看到她這種態度，艾蕾娜苦笑著補充：

「就是這樣喔。阿基拉，雖然他們不會對所有人搜身之類，但只要想偷偷把東西帶回去，舉動上絕對會有可疑之處，絕大多數都會被抓到。一旦被抓到，不只是遺物會被沒收，還必須支付足以讓人生毀掉三次的違約金。所以要忍耐喔。」

艾蕾娜用安撫孩童般的語氣如此忠告。阿基拉也不打算當個不聽話的頑童，老老實實地點頭。

「我知道了。」

艾蕾娜與莎拉見狀，心滿意足地微笑。

西卡拉貝陳述其他觀點的意見。

「哎，不想讓都市獨占遺物的話，只要打從一開始就自己來這地方就行了。如果辦不到就別想太多了。在這方面不懂拿捏分寸又不自量力的傢伙不會長命喔。」

西卡拉貝如此簡短忠告的同時，注視著遺物，這時他回想起某件事。

「……啊，對喔。也許真是這樣，這種想法也有可能……」

西卡拉貝自言自語，獨自一人不知理解了什麼。阿基拉等人不由得對他投出略帶疑惑的目光。

這時西卡拉貝注意到自己剛才盯著無法帶走的遺物，還呢喃說著別有深意的話語。為了避免三人懷疑他正計劃私下帶走遺物，他開始說明：

「……等等，別誤會了喔。我只是剛好想起之前的事。前些日子有個傳聞，有個看起來像門外漢的小孩子把高價的遺物帶進收購處，對吧？」

阿基拉的表情變得有些複雜。因為這樣的傳聞，阿基拉在遺跡中遭人跟蹤，還差點被殺。

「傳聞演變成都市附近的遺跡還有未發掘領域，有不少獵人前去調查過。哎，最後所有人都空手而歸。你們聽說過嗎？」

艾蕾娜與莎拉的表情也變得有些複雜。因為她們兩人也聽了這樣的傳聞而造訪崩原街遺跡，卻遭到盜賊襲擊，險些丟了性命。

「怎麼了嗎？」

西卡拉貝注意到阿基拉等人的反應，面露納悶表情，艾蕾娜佯裝平靜，催促他繼續說下去。

「沒什麼。然後呢？」

「喔，我想說的是，那個小孩子找到的遺物，也許就來自這座地下街。」

「哎，是有這種可能性。」

地下街的位置就在遺跡外圍部的地下。許多獵人在地面上仔細搜索卻一無所獲，就是因為要找的東西其實在地底下。這樣的解釋也還算合情合理。

「對吧？在地面上遭到怪物襲擊，偶然間躲進只有小孩子才能通過的洞穴或隙縫，結果那正好就是通往地下街的其他出入口。這也很有可能。」

阿基拉知道他的推測錯誤，擺出一副與我無關的表情。西卡拉貝在他身旁繼續得意地發表假說：

「比方說那出入口其實是亞拉達蠍挖開的洞口，平常用擬態成瓦礫的亞拉達蠍堵住。之後那些怪物想把洞口挖大，卻使得遺跡崩塌，掩埋洞口，現在已經被堵住了，諸如此類的狀況都有可能。除此之外……」

艾蕾娜出聲警告：

「只要找到其他出入口就能不被發現並帶走遺物，你不會是在打這種算盤吧？話先說在前頭，我可不會協助喔。」

艾蕾娜正以收集得來的地形數據製作地下街的地形圖。只要在地面上對照那份地形圖，憑艾蕾娜的能力很可能找出其他出入口。

西卡拉貝輕笑道：

「我知道啦。與都市為敵這種蠢事我也不幹。只是有可能釐清了一個小疑問罷了，冷靜點嘛。沒必要這麼不開心吧？」

「你別在意。單純是因為我們也是一度被那謠言耍得團團轉的獵人。」

「那真是抱歉。阿基拉也是？」

「差不多。」

其實阿基拉正是謠言的源頭。不過他也在裝備不齊全的狀態下遭到獵人襲擊，回到都市後也遭遇想搶遺物的獵人攻擊。因為謠言而遇到麻煩這點並無不同。

不過阿基拉只覺得是遇見了有點討厭的事情，

而艾蕾娜則是因為當時莎拉險些被殺，回憶起這件事讓她心情變差許多。

見到艾蕾娜的反應，這回輪到西卡拉貝面露不解的神色。

「沒想到妳會這麼不高興。難道發生了那麼討厭的事情？」

莎拉開朗地笑著回答，也包含了恢復艾蕾娜情緒的用意。

「嗯～～確實是有些不好的事情，不過最後結算並沒有虧損，也結識了很不錯的友人，而且也得到了很好的經驗，給我們一個契機重新體認自己的稚嫩。雖然是單純看結果，但我覺得那次不全然是錯誤。當然也包含了現在才能體認的部分。艾蕾娜是怎麼想的？」

見到好友的笑容，艾蕾娜也改變想法覺得不該一直放在心上，便發自內心微笑回答：

「……也對。就結果來說也許是不錯，就這樣想吧，這樣在精神上也比較健康。那次的結果並不壞——我也會這樣想。」

「對吧？況且在那之後我們的運氣也轉好了，或者該說各方面都很順遂。」

「真的，各方面上軌道也是在那之後了。」

那一天的那時，兩人的運勢正好位在谷底，在那個最糟糕的狀況下受阿基拉所救而跨越危機後，兩人的事業蒸蒸日上，過著順遂的日子。艾蕾娜與莎拉重新體認到這一點，相視而笑。

見到艾蕾娜兩人突然間心情轉好，西卡拉貝面露疑惑表情。不過看那氣氛感覺也無法追問細節，他沒來由地將視線轉向阿基拉。

「……那阿基拉又怎樣？」

雖然阿基拉不太清楚他口中的「怎樣」是指哪方面，但他從艾蕾娜與莎拉的對話逕自推測。

「……這個嘛，哎，單就結果來說，整體來看的確算是好事。」

因為傳聞中的遺物讓阿基拉也遭遇許多麻煩。一度遭到意圖得知遺物取得來源的獵人二人組襲擊。幫助艾蕾娜她們時，因為和原本沒必要交戰的對象戰鬥，一時惹惱了阿爾法。

不過就結果而言，他擊倒二人組後變賣他們的持有品，藉此為自己整裝，之後遭到怪物群襲擊而差點送命時，也得到艾蕾娜與莎拉的救助，這些都是因此衍生的好事。

這種看法只看結果不問過程，但是自己多虧如此而存活下來——在阿基拉心中算得上讓他有這種感想的好事。

雖然是西卡拉貝主動提起遺物的傳聞，但是見到聽了這件事而不高興的所有人都恢復好心情，他在覺得納悶的同時，也有些不愉快。

「什麼嘛。結果到頭來費盡功夫又沒好處的只有我啊？那時候多蘭卡姆也參加遺物搜索，順便當作訓練年輕獵人。我也被拉過去當領隊，那些笨蛋擅自行動，我不知費了多少功夫幫忙擦屁股……」

當時的辛勞重回腦海，讓西卡拉貝更是心情不愉快。

「一回想起來就越來越生氣了。這話題就到此為止。阿基拉，跟我換手。我來走隊伍前面，把這份煩躁發洩在怪物身上。」

西卡拉貝再度走在隊伍最前方。隊伍遭遇亞拉達蠍的次數還不少，讓西卡拉貝得以充分發洩他的煩躁。

阿基拉一行人持續在地下街探索，屢次遭遇亞拉達蠍。

阿基拉開槍射擊約五公尺外的亞拉達蠍。在近距離遭到強裝彈直擊頭部，中彈的個體隨即斃命。緊接著射出的子彈突破了其他個體的牢固甲殼，造成致命傷而使之無法動彈。

再加上艾蕾娜等人也開火攻擊，亞拉達蠍群沒有空檔逃走就遭到殲滅。輕輕鬆鬆就將尺寸不一的三十隻亞拉達蠍全數打倒。全員身上甚至沒有多出一道擦傷，不過並非連表情都顯得游刃有餘。

西卡拉貝踢開了倒在一旁的死屍。

「蟲群的規模越來越大了。都打倒這麼多了，還是沒有減少的跡象。難道附近有大型巢穴嗎？」

艾蕾娜思索。如果真的有大規模的巢穴，殲滅巢穴應該要交給討伐隊。探索隊已經離開簡易據點相當遠，從這裡無法取得聯繫。如果發現了大規模巢穴的存在，為了告知簡易據點，差不多是時候該回據點了。她這麼想著，決定撤退。

「我們回去吧。收集到的地下街的數據累積不少，最低時數也快到了，是時候了。」

阿基拉等人就這麼決定要回到19號防衛據點。在漆黑的地下街，靠著艾蕾娜剛才製作的地下街地圖踏上歸途。

回程路上從未遭遇怪物，乍看之下非常順利。至少阿基拉這麼認為。但是艾蕾娜突然間停下腳步，歪過頭。

「……奇怪了。」

艾蕾娜的話語中帶著幾分不尋常的氣氛。注意到這一點，阿基拉稍微繃緊表情。

「發生什麼事了嗎？」

「也許是通道頂端崩塌，通道被大量瓦礫堵住了。」

艾蕾娜透過情報收集機器一面在地下街前進，一面取得周遭的地形數據，因為回程路上都是已經調查過的場所，她並未詳細調查地形，而是採取廣範圍的粗略偵測。

新收集到的地形數據精確度較低，但顯示著通往19號防衛據點的通道被大量物體堵塞。艾蕾娜判斷那是瓦礫或砂石。

西卡拉貝提出他的推測。

「其他探索隊在容易崩塌的地點交戰，使用了爆裂物之類的武器吧。這遺跡應該沒有那麼脆弱，不過有些地方亞拉達蠍也能挖出洞穴。可能有一部分已經變得比較脆弱了。」

莎拉聽了，有些慌張地向艾蕾娜詢問狀況。

「艾蕾娜，應該能繞其他路走吧？」

「這沒問題，有好幾條路能繞。」

誰也不願意因為回程通道被堵住，被迫在地下街四處遊蕩以尋找出口。阿基拉等人鬆了口氣，放鬆表情。

但只有艾蕾娜的表情依舊納悶。隨後她說明面露這般表情的理由：

「但是，其實我們已經繞路三次了。」

這句話讓眾人的表情恢復剛才的凝重。三次。這次數已經不能以偶然來解釋。

西卡拉貝輕輕吐出一口氣，保持鎮定。

「地面上或是地下街上層發生了大規模戰鬥，脆弱的部分一口氣崩塌了嗎？我可不想被活埋喔。看來提早撤退是正確選擇啊。就算要找新路線繞過去，最好在體力和彈藥還有剩餘時先找到。」

陷入無謂的驚慌非常危險，這點事在場所有人都明白。艾蕾娜也保持鎮定，發出指示。

「是啊。稍微加快步伐吧。要繞其他路雖然有點遠，大家保持冷靜返回據點。」

艾蕾娜為了指引眾人繞遠路而調頭，阿基拉也打算跟上去。

但就在這時，阿爾法以嚴肅語氣阻止阿基拉。

『阿基拉，阻止艾蕾娜她們，要求她們循最短路徑移動。』

阿基拉從阿爾法的態度得知，他們一行人陷入了不太樂觀的狀況。但是他無法理解阿爾法指示的意義，面露疑惑的表情。

『……她不是正要這麼做嗎？』

一行人正在艾蕾娜的帶領下，避開無法通行處並循著最短路線前進。因為阿基拉這麼認為，要求阻止艾蕾娜等人，以及現在立刻切換至最短路線——阿爾法這些話的意義他都無法理解。

『問題不在這裡。』

阿爾法理解了阿基拉的疑問，開始詳細說明。說明內容包含了許多猜想。如果猜想是事實，若沒有盡早解決，可預料情況必定嚴重惡化。

阿基拉的表情頓時變得緊繃。他理解了阿爾法的說明，也相信她的預測，儘管如此，他不知該如何表達。然而他還是先叫住了艾蕾娜。

「艾蕾娜小姐！可以停一下嗎？」

艾蕾娜見到阿基拉認真的表情而提高對周遭的警戒。自己的情報收集機器沒有收到敵人的反應。但是她認為阿基拉可能憑著原理不明、堪稱異常的搜敵能力察覺了某些線索，讓她提高戒備。

「阿基拉，怎麼了嗎？」

「我想調查從這裡通往19號防衛據點的最短路徑上堵塞的瓦礫、被之前不存在的瓦礫堵住而無法通過的場所，盡可能越快越好。可以嗎？」

阿基拉想不到隱藏阿爾法的同時巧妙說明的方法。狀況會隨著時間經過而惡化。阿基拉只煩惱了很短的時間，省略了所有非得這麼做不可的理由。他沒有仔細說明，而是以非常認真的眼神直視著艾蕾娜。

艾蕾娜也直盯著阿基拉，想看穿阿基拉的真實想法般凝視著他。

阿基拉的眼神有所飄搖。雖然無法詳細說明但自身深信不疑的事情，那也許無法博得對方的信任——因此萌生的不安顯露在他的眼神之中。艾蕾娜看穿了這一點，做出決定。

「好，我們走。狀況很緊急對吧？大概緊急到連仔細說明理由的時間都沒有。」

「是的。」

「往這邊。」

艾蕾娜只這麼說就跑了起來。阿基拉與莎拉緊接著跟上，西卡拉貝晚了一些才跟上。

在艾蕾娜的指引下，阿基拉一行人以非常快的速度在地下街奔馳。越是急著移動，搜敵上自然就越是輕忽，遭到怪物突襲的風險亦隨之上升。有時會導致致命的狀況。艾蕾娜理解這一切，依然選擇趕路。

西卡拉貝對阿基拉的提議一頭霧水，而艾蕾娜沒問理由就接納，這樣的判斷更是讓他吃驚。他跑在隊伍尾端，戒備後方狀況並且扯開嗓門喊道：

「喂！不曉得妳想幹嘛，至少說明理由！」

西卡拉貝發出理所當然的疑問與要求，但遭到艾蕾娜駁回。

「之後再說。事先約好要服從隊長的指示對吧？你不願意的話可以留在這裡。」

「……之後一定要解釋清楚！」

西卡拉貝咂嘴後如此說道，默默跟著奔跑。

由於阿基拉一行人不惜疏於搜敵以加速行軍，很快就抵達了目的地通道。

艾蕾娜藉由情報收集機器調查，判斷該處已經被瓦礫堵塞而無法通過，實際上來到可目視的距離，可見到通道確實被堵住了。

從途中開始跑在隊伍最前方的阿基拉靠近那牆

壁並停下腳步。艾蕾娜等人見狀，也停下腳步。

阿爾法表情凝重地發出指示：

『阿基拉，改拿ＣＷＨ反器材突擊槍。這下今天也得感謝委託主願意幫你支付彈藥費了。』

阿基拉也板起臉。

『預感中了？』

『就是這樣。』

阿基拉架起了ＣＷＨ反器材突擊槍，將槍口轉向堵住通道的障礙物。艾蕾娜見狀不由得面露疑惑表情。

「阿基拉，你想做什麼？」

「那些，都不是瓦礫！」

阿基拉回答的同時扣下扳機。

ＣＷＨ反器材突擊槍擊出專用彈，直擊堵塞通道的物體，那些物體全都被轟碎成外骨骼與血肉的碎片，在那強大威力下被轟得四散紛飛。

堵住通道的是擬態為瓦礫的大量亞拉達蠍。

第49話　獵人們的實力

大量的瓦礫堵住了通道。艾蕾娜以她自己的情報收集機器如此判斷，但那些瓦礫其實是擬態為瓦礫的亞拉達蠍群。

若在調查地下街的過程中，艾蕾娜也能看穿。但因為隊伍正在回程，她重視搜敵而將情報收集機器的收集範圍大幅擴展，精確度也隨之下降，反而造成了這樣的誤判。

當亞拉達蠍的擬態被識破，蠍群同時襲向阿基拉等人。足以讓機器認定寬敞的通道被堵塞的大量蠍群化為浪潮撲向眾人。

但是浪頭立刻就被彈幕反推回去。因為莎拉等人馬上就展開反擊，以各自持有的武裝開始掃射。

從蟲群的最前鋒開始，亞拉達蠍一隻接一隻依序遭到粉碎，化為飛向後方的碎片。失去了前鋒，後方的蠍子同樣沐浴在彈雨中而粉碎。這樣的連鎖轉瞬間就抵達了蠍群的尾端。

象徵數量暴力的群體，在濃密彈幕這般更強大的數量暴力面前完全屈服。一旦擬態被識破，亞拉達蠍群對莎拉等人的火力束手無策。堵住通道的亞拉達蠍群轉瞬間就全滅。

阿基拉目睹艾蕾娜等人的火力而幾乎目瞪口呆。反倒是艾蕾娜三人發現通道被擬態的亞拉達蠍堵住時一度感到震驚，但現在已經恢復冷靜，若無其事地吐出一口氣。

阿基拉回過神來，建議艾蕾娜迅速移動。

「艾蕾娜小姐，我們盡快回到19號防衛據點吧。最少也要靠近到足以和據點聯絡的位置。最糟的狀況下，我們可能已經被包圍了。我想在包圍網增厚前搶先突圍。」

「我明白了。麻煩莎拉和西卡拉貝打前鋒。要是遇到地形數據和之前有明顯差異的場所，就要認定該處有亞拉達蠍群，然後衝過去，由你們兩個殲滅敵群。移動速度的條件就配合你們的步調，但基本上要加快速度。阿基拉就負責警戒後方，拜託你嘍。開始動作。」

莎拉笑著上前。

「阿基拉，後方就交給你了喔。」

西卡拉貝擺出嫌麻煩的表情，邁步奔跑。

「哎，總好過在地下街四處遊蕩找出口吧。」

艾蕾娜重新調整情報收集機器，對阿基拉微笑道：

「好了，我們動身吧？」

「好的。」

阿基拉振奮鬥志，點頭回答。艾蕾娜滿意地笑了笑，跑了起來。阿基拉則立刻跟上。

阿基拉等人重新開始撤退，一路上交戰的亞拉達蠍數量之多，讓人不禁納悶這麼多怪物剛才究竟藏身何處。

但是一行人不曾陷入劣勢。加上艾蕾娜明白兩位前鋒的戰鬥力，事先調整了移動路徑，因此他們勢如破竹般前進。

莎拉憑著重武器的壓倒性火力粉碎亞拉達蠍。她輕而易舉地架起個人用小型迷你砲機槍，對敵群持續轟出強力的子彈，一一擊破目標。

至於重武器的重量與火力造成的後座力，莎拉憑著奈米機械類身體強化擴張者的身體能力輕易駕馭。無數的甲殼蟲甚至無法靠近莎拉就被機槍轟成

碎片。

儘管如此，還是有幾隻蠍子爬過通道的天花板，設法逼近莎拉。一來到莎拉的正上方，就從頭頂上發動突襲。

但因為莎拉自艾蕾娜的情報收集機器接收情報，事先就知道敵人接近，面對自頭頂墜落的敵人，她甚至沒有閃躲，而是猛然朝上踢腿，踹飛了敵人。

蠍子堅固的外骨骼遭到踢擊而凹陷，當場斃命，緊接著撞擊天花板反彈，落入槍林彈雨之中，化成四散紛飛的碎片。

西卡拉貝則瞄準莎拉遺漏的目標，以精密射擊一一收拾。乍看之下沒有傷口的無數屍體代表了射擊的精準度。

在這同時，他也阻止了敵人自旁邊的岔路湧現。他將落在附近的瓦礫往岔路踢過去。略比通道寬度要小的巨大瓦礫砸扁了正要從岔路進軍的蠍群，最後停止在岔路深處，堵塞通道。

如果沒有適合的瓦礫，他就踢飛較大型的亞拉達蠍當作瓦礫的替代品。藉此封鎖岔路，避免敵人從新的方向湧現。

艾蕾娜以情報收集機器掌控戰況，發出詳細指示。她精準的指令對提升整體移動速度有所貢獻。

阿基拉目睹了艾蕾娜等人的戰鬥情景，相當吃驚。

昨天的自己面對整群的亞拉達蠍，儘管置身於大洞前方這樣有利的地形，頂多也只能靠著槍擊攔阻敵人進攻。

但是艾蕾娜三人卻在寬敞的道路中，在擊破敵人的同時向前推進。也許人數差異也是原因之一，不過阿基拉認為就算有三個自己在場，也無法拿出同等的表現。

『真是厲害。難怪她們之前只靠三個人就來探索。』

『別顧著敬佩，你也要做好自己的工作啊。』

阿爾法語畢，伸手指向背後。阿基拉一面跑一面回頭，面露厭惡的表情。

『已經增加到那麼多了喔！』

增援的亞拉達蠍群已經從阿基拉背後逼近。蠍群憑著數量鑿開剛才西卡拉貝暫時封鎖的岔路，同時自地下街深處新出現的蠍群也會合。阿基拉飛快轉身，站穩腳步。他隨即穩穩地舉起CWH反器材突擊槍，朝著不停增加的蟲群轟出專用彈。

強力的子彈在亞拉達蠍群中撕裂了一道縱向的深深裂口，但這道龜裂馬上就因為後繼的亞拉達蠍會合而在短時間內修復。阿基拉趁著這短暫的時間全力奔跑，追上艾蕾娜等人之後，再度轉身開槍。

阿基拉屢次重複同樣的動作。

『我覺得昨天好像也做過類似的事！』

『那就比照辦理就好了嘛。和昨天不一樣，今天還可以後退。不過通道比昨天要寬就是了。』

『難度到底是上升了？還是下降了？到底是哪一邊！』

『阿基拉覺得是哪一邊？』

『我哪知道啊！』

『既然這樣就沒什麼差別，沒有差別就沒問題。和昨天一樣能贏。』

『真是好消息！』

阿基拉有些自暴自棄地邊笑邊戰鬥。

◆

西卡拉貝在意後方的戰況，在戰鬥的同時簡單確認阿基拉的狀況，結果他稍微吃驚。

（居然在笑啊。大概遊刃有餘吧。這樣一來應該不用擔心背後，還真有一手。）

阿基拉並非遊刃有餘才面露笑容。但是阿基拉得到阿爾法的輔助下展現的戰鬥力，以及阿基拉本人築起的亞拉達蠍的屍山，為西卡拉貝的誤會提供了說服力。

這時西卡拉貝的表情透出幾分疑惑。

（……話說他真有兩把刷子，的確是本部推薦人選該有的實力。不過……）

西卡拉貝的第六感現在依舊告訴他，阿基拉的實力其實沒有這麼厲害。但是被阿基拉打倒的大量屍體明確否定這件事。眼前戰果的說服力就是如此強烈。

西卡拉貝長年來仰賴自己的第六感。然而現在第六感與眼前光景的落差，讓他感到自己第六感似乎衰退，表情變得稍微凝重。

（雖然我自認不會因為私情而影響評價，難道是因為那群小鬼頭，讓我無意識間看輕了年紀相似的阿基拉？如果真是這樣，我得當心才行。）

西卡拉貝得到這般結論後，停止更進一步的思考。

◆

阿基拉一行人憑著火力在地下街一路奔馳，在所有人的奮鬥下，成功突破亞拉達蠍的包圍網。

掃蕩了不再有增援抵達的蟲群後，周遭的亞拉達蠍已經無一倖存。艾蕾娜確認了狀況後告知眾人，阿基拉等人這下終於鬆了口氣。

一行人現在已經靠近到能聯絡防衛據點的距離。艾蕾娜直接與據點聯繫：

「這裡是第9探索隊。19號防衛據點，麻煩回答。」

『這裡是19號防衛據點。回程通知嗎？』

「對。此外，我們剛才與大量的亞拉達蠍交戰。從蠍群的規模來判斷，應該有相當大規模的巢穴存在。雖然我們接下來要回到據點，但是我們有可能會領著蠍群來到這裡，你們也要注意。詳細狀況等回去之後再報告。通話完畢。」

『了解了。通話完畢。』

切斷通訊後，艾蕾娜輕吐一口氣。因為確認了通訊確實傳到，接下來就算發生狀況，也能得到來自防衛據點的支援。已經來到相當安全的區域了。她如此判斷，對阿基拉等人笑著報告：

「已經沒事了。接下來就慢慢走回去吧。」

接下來，阿基拉等人便步行回到19號防衛據點。一抵達防衛據點，就接到待命指示，並開始休息。

艾蕾娜將收集得到的數據傳輸給本部，同時向職員詳細說明本次探索的經過。因為艾蕾娜等人的勤務時數已經超過最低時數，只要報告與數據傳輸結束，艾蕾娜率領的第9探索隊就能解散。在那之前隊員會一起待命。

◆

西卡拉貝在待命時間中，要求阿基拉說明剛才他提議變更移動路徑時的言行。

阿基拉說明時舉出先前在崩原街遺跡的地表區與亞拉達蠍交戰的經驗。

當時他曾在不知不覺間遭到亞拉達蠍群包圍。也見過乍看之下是瓦礫，但實際上卻是擬態的亞拉達蠍。

因為這些經驗，他判斷堵住通道的瓦礫也許是亞拉達蠍的擬態，如果是擬態，當時探索隊可能已經遭到包圍——阿基拉這樣說明。

阿基拉自認為他避免觸及阿爾法的同時，盡可能合理說明了自己的行動。西卡拉貝雖然認為還算合理，但並未完全接受阿基拉的說明。

「……哎，雖然聽起來像是事後才想的理由，不過聽起來也有道理，就結果來說阿基拉的判斷也沒有錯，這也是事實。不過假使搞錯了，你打算怎麼辦？難道你當時就確信絕對不會錯嗎？」

阿基拉確信不會錯。但是那出自阿爾法的輔助，他無法解釋。阿基拉只好隨便搪塞。

「如果搞錯了，解決了心頭上的擔憂，我也能安心許多。就這樣而已。」

「但是我們對你的評價肯定會下降喔。」

「應該會吧。到時候不好意思，就對本部抱怨吧，下次別再讓我加入隊伍。」

西卡拉貝聽他這麼說，面露有些意外的表情。

阿基拉對於自己的評價下降一點也不介意。至少在西卡拉貝眼中看起來如此。

有許多人無法忍受自身的能力不被他人承認。如果實力被低估，有時也會影響到報酬分配。要是遭人輕視，有時候甚至會攸關性命。西卡拉貝也明白這一點，因此還算能夠容忍。

不過，多蘭卡姆旗下的年輕獵人們因為多蘭卡姆的政策而在幫派內受到優待，這種政策帶來的反作用力或副作用使得年輕獵人太過信任自身的實力，認為其他老練獵人不合理地輕視他們，因此有許多年輕獵人過度厭惡自身實力受到低估。

也因此，明明同樣是年輕獵人的阿基拉卻有這種反應，讓西卡拉貝覺得有些新奇。

西卡拉貝的疑問尚未釐清。就算自己的判斷錯了也沒關係——阿基拉如此判斷才會那樣行動。這一點西卡拉貝也已經理解了。

儘管如此，西卡拉貝不認為阿基拉行動時懷著半信半疑的想法。他對此追問道：

「……理由真的就這樣而已？不管自己的猜測是對是錯，你就只是想確認自己的猜測？在我看來不像是這樣啊。」

「就算你這樣問，我也只能說我照著自己的第六感行動……」

阿基拉無法回答一切都是阿爾法告訴他的，因此他也只能這樣回答。

不過出乎意料的是，這回答大致上消除了西卡拉貝心中的疑問。

「……第六感啊。你這樣解釋的話，我也沒辦法挑剔了。」

若要分類，西卡拉貝也是順從自身第六感的獵人。也因此，當阿基拉舉出第六感為由，他也難以追問下去。

優秀的獵人常常持有敏銳的第六感，剛才阿基拉已經展現了充分的實力。阿基拉同樣是這類獵人也不足為奇。西卡拉貝這麼思考，認為疑惑得到了一定程度的解釋。

「哎，就這樣吧。就結果來說你沒有猜錯。艾蕾娜，不好意思，我可以一個人先離開嗎？我還得寫報告書繳給多蘭卡姆。」

「可以啊。辛苦了。」

「不好意思啦，我先走了。」

西卡拉貝對阿基拉等人留下這句話後，逕自離去。

西卡拉貝正要離開防衛據點時，詩織現身了。

「西卡拉貝先生，我有些問題想請教您。能請您稍微抽空回答嗎？」

西卡拉貝環顧周遭。克也等人正在一段距離以外的場所靜觀其變。

最起碼她還知道不要把克也帶到自己面前——如此判斷後，他擺出嫌麻煩的態度回答：

「長話短說。我還得回據點寫報告書之類的，其實還有很多事要忙。」

「那我就單刀直入了。請問西卡拉貝先生如何評價阿基拉先生的實力？」

「問這個要幹嘛？難道妳想要聽我說『沒帶克也他們而是帶阿基拉一起去是個錯誤的選擇』？抱歉了，就算阿基拉再怎麼無能，我還是完全不會有『早知道就帶克也他們一起去』的念頭。」

「……至少我本人並沒有這樣的意圖。單純只是想事先理解阿基拉先生的實力。」

「為什麼想知道這些？我不認為這和你們有什麼瓜葛。」

「為防萬一。」

「如果只是這點程度的理由，我沒有義務回答妳。」

西卡拉貝拋下這句話就要快步離去，這時詩織緊接著說出的話語攔住了他。

「雖然非常難以啟齒，其實我昨天和阿基拉先生起了衝突，是我的失態。」

西卡拉貝不由得停下腳步，詩織對他面露嚴肅的表情。

「雖然最後幸運免於交戰，但當時的狀況一觸即發。為了避免同樣的失態再度上演，我希望能正確理解阿基拉先生的實力。」

「只要你們別幹蠢事不就好了？」

「因為我當時錯估了阿基拉先生的實力。」

西卡拉貝露出了有些意外的表情。因為詩織錯估了阿基拉的實力，而表現出某種失態。到這部分他還能理解，但是為了掌握阿基拉的實力而特地來找他搭話，詩織這種想法他無法理解。

儘管如此，他看在詩織態度如此認真的分上，說出自己的看法。

「阿基拉的實力啊。這個嘛，雖然稱不上與我或艾蕾娜她們同等級，但他的實力至少不會成為我們的累贅。這是我帶阿基拉一起去，親眼見過他戰鬥後的感想。這樣夠了嗎？」

「這次西卡拉貝先生歷經諸多考量之後，決定不帶克也先生，而是與阿基拉先生同行。假設撇開這些考量，單純以兩者的實力來判斷，您的選擇會改變嗎？」

西卡拉貝稍微板起臉。

「……我的第六感告訴我，論實力是克也比較強。我唯一認同的就是他的實力。為了避免被妳抓住話柄，我只會這樣回答。」

「非常謝謝您。」

詩織對西卡拉貝深深低下頭。不知為何西卡拉貝顯得鬆了口氣。

「雖然不知道是怎麼了，妳也很辛苦嘛。」

詩織回以平常的微笑。

「因為那就是我的職務。」

「職務啊。不曉得能領到多少報酬，報酬應該不含其他小鬼的保姆費吧？」

「您不須擔心。我的職務是服侍大小姐，其他只是隨附的瑣碎小事。」

「……是喔。」

西卡拉貝拋下這句話便邁步離去。就在這時，克也的臉龐短短一瞬間映入視野中。這讓西卡拉貝稍微板起臉。

他自己的第六感現在依舊認定克也比阿基拉更

強。

但若反問自己的第六感：如果不帶阿基拉，而是帶克也一個人參加探索隊，克也有辦法取代阿基拉嗎？答案是克也辦不到。

自己長年來交付性命的第六感交出了矛盾的答案，讓西卡拉貝心中不禁有些煩惱。

◆

當詩織回到克也等人身旁，蕾娜有些難以啟齒般對她問道：

「……詩織，那個，妳去問了什麼事？」

「西卡拉貝先生棄蕾娜大小姐等人而選擇了阿基拉先生，我向他詢問阿基拉先生的實力。阿基拉先生似乎沒有拖累西卡拉貝先生等人的任務，順利結束了探索工作。」

「是這樣喔……哎，之前他們只靠三個人就能探索了，這也很正常吧。」

蕾娜這樣的觀念漏洞百出。光是能夠正常跟上西卡拉貝等人的步調，就代表阿基拉的實力已經明顯超越平凡獵人。

詩織理解這一點，但她刻意不在當下明說。

克也臉上顯露複雜的感情。

「……是喔。詩織小姐，西卡拉貝還說了什麼嗎？」

就像那時候一樣，阿基拉再度對輕視他的人展現實力，藉此使人改變態度了嗎？西卡拉貝同樣也成為刮目相看的其中一人了吧。克也這麼認為。

詩織注視著克也，想起西卡拉貝剛才的反應。

「我的第六感告訴我，論實力是克也比較強。我唯一認同的就是他的實力——剛才他這麼說。而我的意見也相同。」

「是、是這樣啊。很謝謝妳。」

克也面露有些意外的表情後，露出帶著羞赧的欣喜笑容。

蕾娜敬佩地微微點頭。

「比阿基拉厲害啊。克也果然很有一手呢。」

愛莉也滿足地微笑；由米娜則欣喜地笑著。

詩織站在距離克也等人一步之外的角度觀察。這時她再度於自己心中比較阿基拉與克也的實力。累積至今的經驗與第六感告訴她，克也的實力比較強。

但是詩織同時也明白，剛才她詢問西卡拉貝「阿基拉或克也之中會選誰加進隊伍時」，西卡拉貝為何無法正面回答。

就像她自己一度錯估阿基拉的實力，西卡拉貝同樣錯估了阿基拉的實力。所以他說不出口。

一旦回答了，就等同否定自己的第六感。日後在生死存亡的關頭也許無法相信自己的第六感。西卡拉貝擔心這種狀況發生而含糊其詞。

詩織再度看向阿基拉。儘管她重新評估，位在視線前方的少年實力看起來依舊不怎麼強。

◆

西卡拉貝先回去之後，阿基拉與艾蕾娜兩人繼續閒聊。

從阿基拉口中得知了本次探索的感想後，莎拉面露有些意外的表情。

「真的感覺那麼吃緊？阿基拉看起來跟得上我們，而且我覺得你好像應付得輕鬆自如。至少阿基拉的成果已經完全超過了合格標準。就算你不這樣自謙，我也不會覺得你囂張喔。」

阿基拉表情認真地搖頭。

「不，沒這回事。我真的是極限了。看來我要參加探索隊的活動還太早了。」

「是喔？艾蕾娜怎麼看？」

「這個嘛，西卡拉貝沒有抱怨，我也覺得阿基拉已經拿出充分的貢獻，不過本人的看法又是另外一回事吧。既然成功做好了今天的探索工作，阿基拉明天大概也會被派遣到探索隊或討伐隊喔。」

「是、是這樣喔？」

艾蕾娜觀察阿基拉的反應。他看起來像是單純過度謙虛，也像是實力受到認同而稍微欣喜，但是覺得自己支撐不住似乎也是事實。

這些感情同時出現並不奇怪。但是內心究竟是哪種想法最強？艾蕾娜感到好奇，故意對阿基拉面露惡作劇般的笑容。

「不然我就用第9探索隊隊長的身分，幫你向本部報告『阿基拉根本就派不上用場』吧？這樣一來，你應該就會被派到防衛隊嘍？」

如果阿基拉只是自謙，這句話應該會讓他的態度變得為難吧。艾蕾娜這麼想著，期待著阿基拉的反應。

過度的謙讓可能在交涉時讓對方抓住把柄而吃虧，所以阿基拉要更有自信一點比較好。艾蕾娜希望幫他上這一課。

但是阿基拉的反應與艾蕾娜的預料完全相反。他表情認真地對艾蕾娜懇求。

「那就麻煩妳了！」

艾蕾娜相當吃驚，與莎拉互看了一眼。隨後臉上浮現幾分困惑。

「……呃，阿基拉，你真的那麼想參加防衛隊的話，為什麼會跑來探索隊？我記得想參加哪個任務，某種程度上可以選擇才對吧？」

「一樓的職員要我選探索或討伐其中一種，

我說防衛比較好，但他不讓我選防衛。好像是昨天的戰鬥莫名其妙受到肯定。那只是因為委託主幫我出彈藥費，我才不計成本濫射而已。要是彈藥費自付，絕對是血本無歸。」

「對喔，阿基拉也講過契約內容就是這樣嘛。說的也是，要是對亞拉達蠍就動用CWH反器材突擊槍的專用彈，肯定入不敷出。」

阿基拉全面同意般猛點頭。之後他有些畏縮地拜託艾蕾娜。

「所以，能拜託妳在報告上幫我講一下嗎？」

艾蕾娜與莎拉再度互看一眼。這回是莎拉開口問道：

「阿基拉真的覺得沒關係？探索和討伐的報酬絕對比防衛優渥很多喔。哎，雖然實際的收入要扣除彈藥費，也許會被扣掉不少，不過獵人等級會上升，戰鬥經歷也會更亮眼。」

「沒關係。就算報酬再優渥，還是要保住性命才能享受。現在的我還無法勝任。」

阿基拉是說真的。艾蕾娜兩人從阿基拉的態度理解了這一點。

從阿基拉戰鬥時大展身手來看，他的態度已經超過慎重，堪稱是膽小了，艾蕾娜與莎拉對此稍感不解。

但是既然本人都這樣要求了——艾蕾娜這麼認為而切換想法，為了讓阿基拉安心般微笑道：

「我明白了。因為我也不能在報告書內容作假，內容大概會是阿基拉覺得自己戰力相當吃緊、再三強調自己實力不足以勝任地下街探索、參加探索或討伐隊的意願非常低。我這樣寫也沒問題？」

「是的，沒有問題。就拜託妳了。」

阿基拉毫無迷惘地回答，莎拉見狀便苦笑道：

「一般應該相反吧，其實想提升評價的人非常多，阿基拉的想法滿稀奇的。」

「是這樣嗎？想死的人這麼多喔？」

阿基拉說著，面露納悶的表情，不過他隨即流露苦笑。

「……哎，既然選擇當獵人，也許大家沒什麼太大的差別就是了。」

艾蕾娜和莎拉也回以相似的笑容。

◆

艾蕾娜與莎拉兩人勤務時間結束而離去。與兩人告別後，阿基拉被指派擔任防衛據點的警備。現在他在防衛據點外頭，盯著地下街的黑暗，提防敵襲。

嚴格來說，提防敵襲的是阿爾法，阿基拉只是默默地呆站著而已。儘管如此，在旁人眼中確實正認真負責警備。一旦出了事，阿爾法也會馬上告知異狀，在職務上沒有問題。

『話說回來，莎拉小姐他們果真好強啊。那就是一流的獵人嗎？』

剛才阿基拉見到了艾蕾娜三人輕易突破亞拉達蠍的包圍網並向前推進的模樣，覺得自己見識到人稱一流獵人實力的一小部分。

但阿爾法否定他的看法：

『很遺憾，他們不論是裝備或實力都完全不足以自稱是一流獵人。只是在久我間山都市為活動據點的獵人中算得上厲害而已。』

『那種實力耶！』

阿基拉非常震驚。那種程度根本稱不上是一流獵人。這評價顛覆了阿基拉的想像。

『人稱一流的獵人絕大部分都在東部的最東邊——最前線附近活動。無論是裝備或實力，以及敵對的怪物威脅度都高到異常的激戰區。能在那種場所從事獵人行業，才稱得上是一流。』

最前線的獵人持有戰車就如同自備槍枝般尋常。在那種危險地帶，不做到這種程度就難以與怪物抗衡。阿基拉回憶起之前從葛城口中聽聞的話，讓他再度感受到世界廣大。

這時他突然感到疑問。

『世界還真廣……嗯？所以葛城他們是從那種地方回到這裡喔？』

『雖然統稱為最前線，其實範圍相當廣大。每個場所的危險性也不同。他們大概是在最安全的地方，僱用大量的護衛吧。』

『喔，原來是這樣。』

『儘管如此，送命的機率還是很高，稱得上一場賭局。這場賭局最終是勝是敗，得問他本人才知道。儘管活著歸來，如果沒拿到值得以生命為賭注的龐大報酬，就算不上賭贏。』

『這種事對獵人來說也一樣啊。這樣一想，一流的獵人真是誇張耶。』

被稱作一流的獵人們在最前線贏取這樣的勝利。要擁有多少實力才能辦到這種事，阿基拉就連想像都沒有頭緒。

『阿基拉也要把目標放在成為一流獵人喔。作為第一步，像剛才那些亞拉達蠍，你必須一個人輕鬆擊退才行。』

阿基拉不由得面露懷疑的表情。

『……那些怪物，只憑我一個人？』

『那當然。我話先說在前頭，要在沒有我輔助的狀態下辦到。』

阿基拉吃驚而又懷疑。

『妳真的認為，我未來能辦到這種事？』

阿爾法充滿自信地笑了。

『那當然。你以為是誰在鍛鍊你？哎，當然我也不至於說你在下個月就一定能辦到啦。』

阿基拉像是出乎意料地愣了一瞬間。隨後他斂起狐疑的表情並輕笑。

『……是喔。好吧。那妳要好好鍛鍊我喔。』

『放心交給我。』

阿爾法對阿基拉露出一如往常般充滿自信的笑容。

◆

要求阿基拉變強到一個人就能輕易擊破亞拉達蠍群。聽見阿爾法這麼說的當下，阿基拉心裡其實認為自己不可能辦到。

但是阿爾法斷言他能辦到。對阿基拉而言，這評語意義重大。

在阿基拉的內在，阿爾法的判斷帶有的說服力已經超越他自身的判斷。既然阿爾法這麼說，事實大概就是如此吧——雖然只是這種程度的想法，但是在阿基拉心中這份說服力相當強烈。

一旦認知無法辦到，實際上大多就真的辦不到。因為當事人如此認知。

而且要將認知扭轉為辦得到，同樣很困難。因為認知已經辦不到，而實際上也辦不到。一如預料的結果會使得認知更加根深蒂固，更強的認知使結果更加無法動搖，不斷循環。

但是在這一刻，阿基拉的認知從「辦不到」被改寫為「辦得到」。認知上的障礙已經一掃而空。

不只是阿基拉，就連阿爾法也並未真正理解這之中蘊含的意義。

實現超越想像之偉業者，心中必定認為能辦到。因為認知上理所當然到甚至不需要相信自己。

我能辦到——阿基拉的認知被改寫了。

>Episode

002

上 舊領域連結者

角色狀態

Character Status

以久我間山都市為中心活動的獵人幫派「多蘭卡姆」的新手獵人。很有正義感的青年，作為獵人擁有優秀的才能。
因為個性耿直，與周遭大人間的衝突不斷。此外因為個性容易主動牽扯麻煩，時常被夥伴由米娜斥責。
在都市巡邏任務首次遇見阿基拉，對阿基拉精準的射擊敬佩不已，但是憑著本能看穿那並非他真正的實力。此後對阿基拉懷抱著欣羨與競爭意識混合的複雜感情。
目前的獵人等級為26。裝備全部由多蘭卡姆提供，盡是新手獵人買不起的高性能裝備。

NAME 名字
克也

SEX 性別
男性

HOMETOWN 出身
東部奈野宮都市

JOB 職業
獵人

HUNTER RANK 階級
RANK 26

EQUIPMENT 裝備

WEAPON 武器
A3LL突擊槍

ARMOR 防具
TXTE強化服「日蝕」

TOOL 道具
泛用資訊終端機

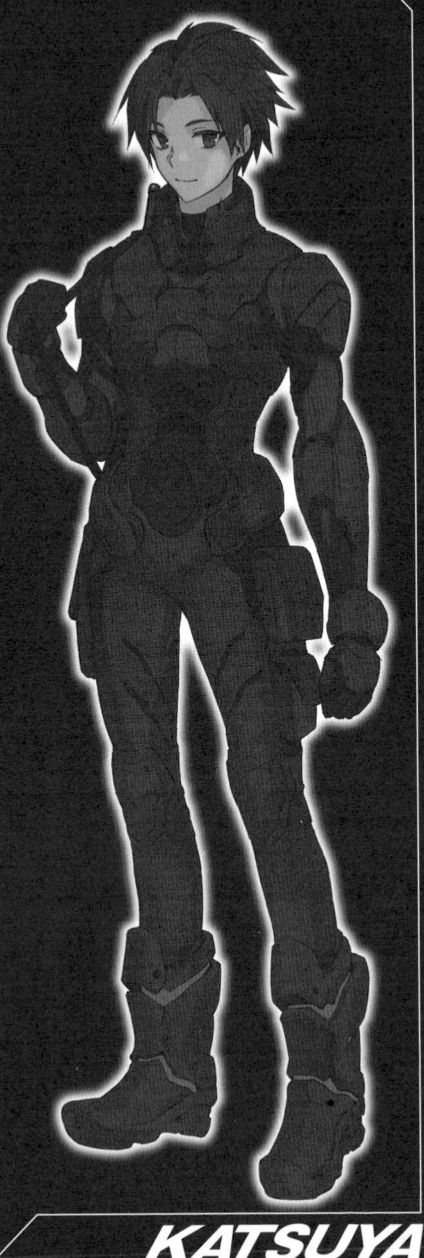

KATSUYA

怪物解說
Monster Guide

YARATA SCORPION
亞拉達蠍

外觀有如蠍子的甲殼蟲，身長大約到人類的腰部。一般子彈對堅硬的外骨骼無法生效，再加上能將瓦礫或鋼筋等物附著在身上，藉此擬態以融入周遭環境。此外還會以假死欺騙獵人。

擬態時

砲擊部位

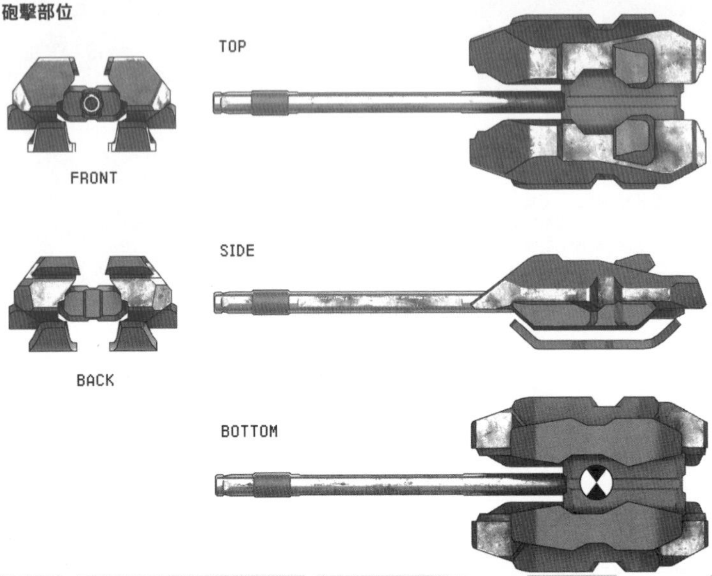

GREEDY CROCODILE EX

暴食鱷魚（砲擊型）

阿基拉遭遇的特異進化型暴食鱷魚。可能是因為獵食了大型戰車，背上長出砲台。此外因為全身幾乎都被金屬鱗片覆蓋，阿基拉甚至一度誤以為是機械類怪物。全長遠超過20公尺，而且擁有再生能力。

>Episode
002

上 舊領域連結者

怪物解說
Monster Guide

臉部正面

GREEDY CROCODILE 暴食鱷魚

形似爬蟲類的生物類怪物，擁有兩條尾巴與強韌的牙齒及下顎。特色就如同其暴食之名，不管什麼都吃，而且特徵是能將攝食的東西立刻反應於身體組織。吃下金屬就能長出金屬鱗片，由於會順應周遭環境成長，同種間的個體差異相當大。全長一公尺左右的小型也不少，但若有適合的環境，據說甚至能成長為全長超過數百公尺的龐然大物。

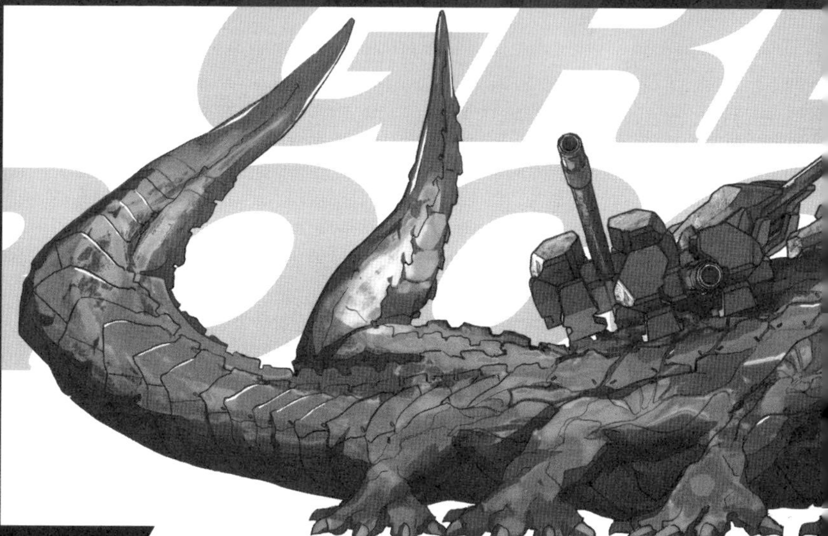

閒談 想成為獵人的少年少女

人稱東部的統企聯統治地區中，存在著名為孤兒院的設施，但是其意義與實際情況可說是參差不齊。

在都市防壁內側等富裕的地區，孤兒院主要指的是各都市與相關企業合作經營的兒童養護設施。

因此在防壁內側，就算因監護人過世而失去在防壁內側生活的經濟能力，也不會將孩童逐出到防壁外側。因為那樣太浪費了。

這些孩童在防壁內側這般得天獨厚的環境中成長，耗費了高額費用學習在防壁內側適用的一般知識與常識、價值觀，若只因父母過世就將這種孩童棄於防壁之外，對都市經濟會是甚大的損失。根據這樣的思想，經營養護設施以保障孩童的生活，並且使之繼續接受教育。

在這樣的設施成長的孩童會成為認同統企聯治理形式的優秀人才，也是維持東部企業活動的人力財產。在東部的富裕區域，孤兒院的主要意義是社會保障制度。

另一方面，對不怎麼富裕的東部居民而言，孤兒院的主要意義則是保險。是一種生命保險的附加契約，為了在自身死後保障子女的生活。

對於物流業者與民間警備公司等在荒野工作的人們，這種保險有其需求。這也代表了這類行業的死亡人數之多。另外，也有許多公司會補貼保險費用，因此也讓人比較容易加保。

獵人之中高等級者較容易通過審查。這是對高等獵人的優待政策之一。

不過在同時還有其他用意。當賺大錢的獵人料想到自身死亡的情況而選擇儲蓄財產以留給子女，結果使鉅額金錢長期固定在戶頭。避免這種情況也是設置孤兒院的用意之一。為了推動東部的經濟運作，必須讓賺大錢的人把錢拿出來消費。

因為有這樣的系統，父母生前如果富裕得足以參加這類保險，孩童失去父母後也能在設施得到生活保障，避免突然落入貧民窟的處境。

不過能得到多少保障，得看父母投注的保費高低。如果保費越低，自然也會較早被趕出孤兒院。

某間保險公司在奈野宮都市經營的設施中，有位少年必須離開孤兒院的時期已經迫在眉睫，有個少女也處於類似的境遇。

在設施的大廳，少年對少女露出凝重的表情。

「欸，你說你想當獵人，是真的嗎？」

「是啊。必須離開的時候也快到了啊。」

少年因為少女散發的氣氛而有些畏縮，但他還是清楚回答表示決意不會動搖。

「設施的人已經委婉地問我將來有什麼打算，我覺得正好是個機會。」

因為在這種環境，在設施中自然時常聽聞有關荒野的工作。親人生前也大多從事這方面的工作。

此外，這裡有些孩童的雙親仍健在。從事運輸等工作必須長期離家時，把這裡當作育幼院或宿舍的替代設施，託付自己的孩子。

有些孩童離開設施成為獵人後，有時會來這裡露面，也會對其他孩童提起荒野的話題。

在這些話題環繞下成長，設施的孩童當中立志成為獵人的比例還不低。這位名叫克也的孩子也是其中一位。

少女依舊對克也投出嚴厲的目光。克也試著轉換話題。

「由米娜有什麼打算？已經找到工作了嗎？還是要在這裡多留一段時間？」

由米娜沒有回答，反而對他忠告：

「因為憧憬就想當獵人，你同樣會死掉喔。」

有些孩童離開設施成為獵人後，也會定期回到孤兒院，意氣飛揚地敘述自己輝煌的活躍，但其中有些人會毫無前兆地不再現身，這種事也不稀奇。

也許單純只是斷絕了與孤兒院的關係，又或者是死了。孩童們心裡希望至少是前者，嘴上不再提起那些人。

有些孩子參加長期運輸任務的親人不再歸來，哭喊說自己被拋棄了；也有些孩子因為不願承認父母已經死了，以哭泣欺騙自己。

死亡並沒有那麼稀奇，而克也還不明白這件事——由米娜希望事實是這樣。因為如果他明知如此還下定決心，那她就無從阻止了。

「你該不會心裡想著『我一個人也沒問題』吧？剛離開孤兒院又沒有任何實績的獵人，不會有人要跟你搭檔喔。」

克也對由米娜遞出一張傳單，上頭寫著久我間山都市的獵人幫派多蘭卡姆正在招募新手獵人。

「我也不至於那麼自大。上面寫加入之後會提供訓練，而且基本上也是小隊行動。雖然加入前有一些小測驗，既然傳單就擺在這裡了，應該沒問題吧。」

由米娜凝視著她伸手接過的傳單內容，表情隨即轉為認真。

「……是喔。我懂了。」

由米娜只留下這句話，拿著傳單離去。

發現傳單被由米娜帶走，克也面露納悶表情，不過架上還有剩餘的傳單，他便沒有特別在意。

◆

多蘭卡姆的接送車來的那天，克也在都市中靠近荒野的廣場上，與同樣想加入多蘭卡姆的人們一同等候接送車。

志願者當中有克也這樣的小孩子，也有年輕的成年人；有來自其他設施的孩子，也有應該已經有工作的人。

抵達測驗會場前，多蘭卡姆會提供護衛，也會提供裝備，因此基本上只要穿著便服前來，不帶任何東西也無妨。要攜帶裝備前來也可以，但是為了測驗的公平性，測驗中必須使用多蘭卡姆出借的槍枝。事先接到這樣的通知，克也的準備工作僅止於將測驗可能會用到的道具裝進小背包。

預定時刻到了。荒野用大型裝甲運兵車出現，停在克也等人面前。車輛上畫著多蘭卡姆的標記。

多蘭卡姆的男性成員下車，對著想加入的志願者們宣布：

「接下來會送你們到測驗會場，想加入的人就搭上車。不過我得事先說清楚，目的地是荒野，性命不受保障。一旦通過測驗，就要在這種場所工作。這是獵人工作的常態。我會等五分鐘，仔細想清楚再搭車。」

車輛後方的門開啟了，但是志願加入者們只是稍微顯露慌張，沒有人走進車廂。緊接著其中一人開口了：

「稍等一下。你們不是會護送我們過去嗎？」

「當然。不過這無法保證你們的安全，比你們自行前往安全，只是這樣而已。會死的時候還是會死。還有，搭上車的同時就被視作暫時加入多蘭卡姆，所以拜託你們不要以為待遇等同於付了護衛費用的客人。」

男人笑著掃視志願加入者。

「還有其他問題嗎？儘管大方提出來。不過只要時間一到，就會把你們丟在這裡。」

另一位志願者表情凝重地問：

「先告訴我這件事就好。如果沒通過測驗，是不是會死？」

「不會啊，沒有這回事。哎，不過要是死了就失去資格。」

聽了男人以輕佻態度如此回答，志願加入者們的表情緊繃。因為男人清楚表明測驗伴隨著死亡風險。然而男人笑得若無其事。

「還有嗎？別客氣儘管問。我不曉得獵人工作會出人命──我想應該沒有人會這樣說，但事情總是有個萬一……沒問題了吧？那麼在等待時間結束前就仔細想清楚吧。」

男人留下這句話，隨即回到車上。

剩下的人只是面面相覷，裹足不前。雖然有些人的生活環境中死亡不像普通的生活那樣稀奇，但那些死亡也都發生在荒野，發生在與自己的日常生活十分遙遠的場所。

現在就要前往傳聞中人會喪命的荒野，這樣的認知攔阻了他們的腳步。

但克也先深呼吸讓自己的精神鎮定下來，驅逐了內在的懦弱，做好覺悟邁出步伐。

跟在克也身後，有幾個人臉上透出覺悟或膽怯，走向運兵車。留下大概一半的人數，車子後方的門關閉了。

克也上車，發現設置於車廂左右兩側的長板凳已經有人坐在上頭。是來自其他地方的參加者。

他隨便找了個空位坐下後，雖然長板凳上還有許多空位，有個人刻意坐到他身旁。他因此不經意地看向身旁，這瞬間他吃驚得愣住了。

「由米娜？為什麼妳會在這裡？」

「這還用問，當然是因為我也要參加啊。」

剛才由米娜悄悄跟到了廣場。確定克也真的搭上車後，她便表情認真地跟了上去。不過現在她已經恢復平常的表情。

「妳在幹嘛啊！快點下車！」

「你會打擾到其他人喔，安靜點。」

和手足無措的克也完全相反，由米娜冷靜得還能糾正克也。就在克也慌張失措的這段時間，車廂門關閉了。

多蘭卡姆的男人以及其他乘客紛紛默默地投出視線，要求克也安靜下來。克也沒其他辦法，只能改為小聲對由米娜問道：

「……由米娜，妳真的明白嗎？在外頭人家不是講過了？說不定會死掉耶。」

「這句話就原封不動還給你。」

由米娜對克也露出嚴厲至極的目光，再加上車輛已經發動，他只好放棄說服。

◆

舊世界的工廠遺跡——矢原田工廠遺跡位在自久我間山都市往西好一段距離的盆地。

這個遺跡就舊世界遺跡而言相當靠近現代，所以在此發現的遺物幾乎沒有技術上的價值，也沒有多麼危險的怪物，剩下的東西絕大部分都已經被取走了。

因此矢原田工廠遺跡在獵人們眼中要稱為遺跡都令人起疑，只是一座廢墟罷了。

裝甲運兵車載著克也等人在荒野上不停奔馳，

最後在這座工廠的內部停車。

多蘭卡姆的男性成員對乘客說明：

「測驗會場到了。現在要把測驗中使用的裝備借給你們，自己注意不要搞丟了。」

克也等人領到為了在測驗中使用而改造過的廉價版ＡＡＨ突擊槍以及簡易的資訊終端機。同時也拿到了預備彈匣和固定用的腰帶。

「那個資訊終端機裡面裝著這次的測驗場，也就是遺跡的地圖。按照地圖移動到遺跡內指定的場所。如果遭遇怪物，就用發給你們的槍自行解決。」

志願者中無論是習慣用槍或並非如此的人，都不曾來到有怪物的遺跡。看著交到自己手上的槍枝，一想到接下來要和怪物戰鬥就越來越緊張。

「你們要一個接一個出發。從終端機接到通知的人開始依序出發。就這樣，有什麼問題嗎？」

看著握在手中的槍與裝備在身上的彈匣，人們強烈意識到實戰在即，因為緊張與不知所措而沉默時，由米娜率先舉手。

「我之前聽說多蘭卡姆基本上都是結隊行動，但測驗是分開進行嗎？如果可以，我希望能複數人一起行動。」

「很抱歉，就是每個人分開。因為測驗的用意是確認每個人的能力。」

「這樣啊……我明白了。」

克也和由米娜的表情頓時轉為凝重。兩人同樣打算一起進入會場，保護對方。

「我先補充一點，想在會場內部會合也沒有用喔。我們會為此讓你們隔一段時間分開出發，每個人的檢查點也都不一樣。就算先出發的人在裡頭等候，也沒機會和其他人會合。」

發現心裡打的主意行不通，由米娜的表情更緊繃了。

「還有嗎？」

另一位少年表情不安地問：

「只要有你們發的裝備，就算遇到怪物也沒問題吧？那是我們也能打贏的傢伙吧？」

「大概吧。」

「大、大概？」

聽見欠缺確實性的回答，讓少年不由得拉高嗓門。其他人也騷聲四起。

「你說的『大概』是什麼意思啊！就算是參加測驗，你要我們用這種裝備進去嗎？」

指向多蘭卡姆的男性成員的責難視線更激烈了，而視線的數量也增加了。

但是男人態度若無其事。隨後男人稍微瞪向少年迫使他閉嘴後，用開導般的口吻說道：

「如果遇到怪物的時候像你這樣慌張，把槍口朝著無關緊要的方向，甚至沒有瞄準就亂開槍，全部都打歪的話，接下來就會被怪物攻擊而死掉。雖然給了很充分的子彈，要是陷入恐慌一直朝著怪物的屍體開槍，一旦把子彈都打完，下次再遭遇怪物同樣會死掉。」

男人若無其事般對少年宣告：

「這個嘛，既然你這麼慌張，你應該會死吧？會死喔。我敢說你會死。」

少年一句話也回不了。男人繼續說道：

「我們也知道你們還是門外漢。不過既然將來要一起在荒野中幹獵人這行，你們必須是稍微陷入危險狀況還是能保持平靜的人。萬一在我們後方陷入恐慌，胡亂開槍射擊，我們也會很傷腦筋。所以我們要做測驗，目的就是排除那種傢伙。」

男人叮嚀般繼續說。

「這輛車子的外頭就荒野來說算是比較安全的

場所，但是對於缺乏冷靜的人已經十分危險了。一旦成為獵人，就要在這種地方一直戰鬥下去。所以了，儘管是門外漢，要是沒有這種程度的覺悟，我們也不收。」

在一片死寂的車廂內，男人總結的話語響起。

「自認辦不到，就自己退出。就算終端機接到通知，繼續坐在座位上就好。我說過好幾次了，仔細思考再下決定。」

男人留下這句話，打開車廂後側的門離開。

車廂內充斥著苦悶的氣氛。所有人都閉口不語，捫心自問真的要成為獵人嗎？自己真的有那本事嗎？

終端機的通知聲撕裂了車內的寂靜。眾人的視線聚焦。只有接到通知的那個人，視線指著自己手中的終端機。

視線的焦點就是由米娜。由米娜抬起臉龐，自座位站起身。

克也慌了手腳。和已經做好覺悟的由米娜大不相同。

「由、由米娜，妳真的要去嗎？」

如果我留在車廂裡，克也會和我一起留下來嗎？短短的一瞬間，由米娜煩惱著要不要試著這樣說。

但是她打消注意。她重新思考過，就算這樣威脅讓克也改變了心意，這樣扭曲克也的意志感覺也不對。她改為凝視著克也，面露輕笑。

「我先出發了。」

留下這句話，由米娜離開車廂。

克也忍不住對由米娜稍微伸出手。但是他收回了那隻手，面露認真的表情後，做好覺悟等待順序輪到自己。

等了一段時間後，輪到克也了。這段時間有

大概半數的人雖然接到通知也沒起身。克也起身離席。

走到車廂外，站在廢工廠外牆前方的多蘭卡姆的男性成員對克也招手。隨後他憑著強化服的身體能力緩緩打開背後那扇看起來非常沉重的偌大門扉。往旁邊大幅敞開後，裡頭的陰暗工廠映入眼簾。

克也繃緊了神經走進內部，男人再度憑著力氣關上門。金屬磨擦的巨響聲響起，憑克也的身體能力絕對無法打開的門已經完全關閉。

「……冷靜下來。沒問題，走吧。」

克也操作借來的資訊終端機，顯示工廠內部地圖後，確認當下位置與檢查點的位置。之後他舉起槍，緩緩朝工廠內部開始前進。

工廠內安靜得氣氛詭譎。崩塌的天花板或是無異於洞口的窗戶引入光線，因此雖然陰暗，視野還算清楚。

不過空房間和通道上微微飄盪著血與死屍的臭味。也有空彈殼掉落在地面上，牆面和地面上隨處都是彈孔。這一切都是戰鬥的痕跡，血跡的乾涸程度顯示時間還沒有經過太久。

大概是比自己更早進入工廠的人事先戰鬥過了吧。一想到這裡，克也便擔憂著頭一個進入工廠的由米娜，同時繼續前進。

因為自己踢飛的小石子發出的聲音而過度地反應，倏地舉槍指向該處，發現什麼也沒有而放心；屢次重新檢查資訊終端機的地圖，告訴自己並沒有迷路。

循著通道前進，必須經過一段外界光線較少，暗得無法用陰暗來形容的通道。穿過這片黑暗後，來到了天花板嚴重崩塌的場所。自上方投落的光線強烈刺激已經習慣暗處的眼睛。

雖然覺得眩目，實際上光線的強度沒有那麼強。用手稍微遮蓋在眼睛上方，他很快就習慣了這種亮度。

不過剛才習慣暗處的眼睛也恢復原狀。在克也的視野中，光線無法觸及的通道深處再度與黑暗融為一體。

見到再度被黑暗吞噬的通道，他不由得緊皺眉頭，將槍口指向那片黑暗，更加提高了警覺，緩緩走向通道深處。他在轉角處稍微探出臉，仔細檢查轉角另一頭的狀況。

通道前方倒著一具怪物的屍體。克也反射動作般舉槍，但他立刻注意到那是屍體，吐出一口氣。

怪物是身高大約到克也膝蓋的大型老鼠，人稱恐鼠。雖然弱得用借來的槍也能輕易擊殺，但終究是種危險的怪物，一旦子彈耗盡，克也的勝算就會急遽下降。

領到的子彈數量充分。但如果慌張濫射，馬上就會用完。如果把子彈消耗在屍體之類的無謂目標，就會更早耗盡。

「……所以他說一慌張就會送命啊。」

克也回憶起多蘭卡姆的男性成員說的話，在心中決定絕對不可以慌張。

他再度開始移動。一面確認著通往目的地的路線，一一通過設定在工廠內的檢查點。

終端機的地圖上並未顯示當下位置，但只要通過指定的檢查點，就會出現已通過的訊息。機器究竟如何判定讓他有些好奇，但他告誡自己沒空想多餘的事，拋開了好奇心繼續前進。

在前進過程中，他好幾次發現恐鼠的屍體。說不定是由米娜打倒的——一想到這裡，擔憂便湧現心頭，但同時他也想著「既然都成功打倒了，一定沒問題吧」，藉此緩和擔憂並繼續前進。

克也接下來又好幾次走過老鼠屍體旁，最後抵達了目的地，也就是最上層的大廳。

大廳中，比克也先出發的所有人都毫髮無傷地齊聚一堂。由米娜一注意到克也便跑向他。為心上人的平安而欣喜的她開朗地笑道：

「辛苦了。怎麼樣？」

克也發現由米娜平安無事，也放緩了表情。不過緊張因此紓解後，累積的疲勞便倏地顯露在臉上。

「累死了……」

雖然一次也不曾與怪物戰鬥，但是畏懼遭受敵襲的同時在廢墟中前進，比克也想像中更令他身心疲憊。

由米娜微微苦笑。

「我想也是。他們說在所有人的測驗結束前，我們就在這裡休息。你就放輕鬆休息吧。」

由米娜牽起克也的手，帶他走進大廳後，克也背倚著牆壁猛然吐出一口氣。

在大廳休息時，克也與由米娜閒聊著，提起了自己剛才探索時的體驗，同時也聽由米娜描述她的體驗。最後他露出有點納悶的表情。

「由米娜妳進來的時候，那些怪物就已經死掉了？」

「對啊，就是這樣。我也沒有和怪物戰鬥過，只是膽顫心驚地一路走到這裡。不過我不覺得我白緊張了。克也的感想也一樣吧？」

由米娜意味深長地笑了笑，克也回以苦笑。

「是沒錯啦……不過這樣一來，打倒那些怪物的到底是誰？」

「這當然就是……」

由米娜的視線離開臉上寫著問號的克也，挪向站在大廳中央處的多蘭卡姆的男性成員。

◆

多蘭卡姆的男性成員站在大廳中央處，一副無所事事的樣子。他是為了預防萬一才待在這裡，不過心態上非常鬆懈。

這是因為他知道眾人所在的A棟的怪物已在事先驅除。再加上他也知道置身這個現場擔任護衛的意義，只是為了營造「此處是危險到需要護衛的場所」的氣氛。

只要待在大廳裡的人們不引發莫名的騷動，男人就沒有其他事情要做。因為他知道這一點，更是精神鬆懈。

這時夥伴傳來通訊。

『定期聯絡喔～～你那邊狀況怎樣？』

「沒有異狀，閒得很。你那邊呢？」

『剛好這一輪都結束了。抵達者一共4名。』

「剩下的呢？全都死了？」

『沒有，大概有一半逃走了吧。現在應該在巴士裡頭發抖吧。』

「哦～～死得比想像中還少嘛。哎呀，不過本來就這樣吧。」

『本來就這樣吧？如果難度高到連逃跑都辦不到，那就算不上測驗了吧。』

「也對。」

兩人透過通訊閒聊時，克也等人靠近男人身旁。

「怎麼了？」

「沒有啦，那個，我們雖然抵達這裡了，但是都沒有和怪物戰鬥過，我想說這就測驗而言真的好嗎？那個，我們真的合格了？還是說接下來還要追加測驗？」

「不好意思，測驗結果由上頭來決定，我也不曉得。沒有什麼追加測驗，剩下的事情就回去而已。之後應該會把結果傳給你們。」

一起過來的由米娜有禮貌地對男人低下頭。

「原來是這樣啊，我明白了。不好意思打擾了，真的很謝謝你。」

見到由米娜的態度，男人面露幾分訝異的表情，無意識間呢喃道：

「……哎，都來到這地方了。這邊的A班應該沒問題吧。」

克也疑惑地問道：

「A班？」

「沒什麼，與你無關。好了好了，快點回去吧。」

男人稍微露出了「糟糕」的表情，試圖蒙混般趕走克也兩人。

克也轉身離去，由米娜則是再度低頭致謝才轉身離去。

男人目睹那模樣而苦笑時，通訊傳來說話聲。

『怎麼了嗎？』

「沒有，沒什麼。只是覺得這邊的傢伙們就連小鬼頭都懂禮貌。事務部門那些傢伙的用意，這下子我也有點懂了。」

『你可輕鬆了。我這邊都是些死小鬼喔。』

「哎，你就努力撐到輪班時間吧。」

男人把同伴的埋怨當作耳邊風。

◆

當載著克也等人的車子抵達名為A棟的建築物

時，其他車輛也抵達了名為B棟的建築物附近。

停在B棟附近的是一輛簡單添加裝甲的大型巴士。這輛車同樣也載著希望加入多蘭卡姆的志願者來到測驗場，但是和克也等人乘坐的裝甲運兵車相比，安全面上可說天差地別。

而這樣的差異，同時也代表了多蘭卡姆對乘客的待遇差異。

大約20名左右的參加者下了巴士。除了與克也同年齡的少年少女外，其中還有年齡稍微高一點的人。所有人的衣著都像是貧民窟的居民般骯髒。

這些都是被視作B班而招集的志願加入者。下車的這群人並非所有人，還有很多人留在車上。他們和克也等人同樣領到了槍和彈匣，但是沒有領到資訊終端機，取而代之的是畫在紙上的地圖。

志願者們在B棟出入口集合。沉重的巨大門扉已經半開。

多蘭卡姆的男性成員指著建築物內。

「五分鐘內不進去就失去資格。進去之後不管是跑到建築外，或者是逃出來，同樣失去資格。那麼測驗就開始了，你們各自想辦法抵達目標。」

B棟內部和A棟同樣陰暗。但是不同於A棟，建築內部傳來老鼠叫聲般的細微聲響。

宣告測驗開始後，志願者們遲遲沒有動作，另一個男人見狀便無所謂地說道：

「不想參加就回巴士上。放心吧，會按照事先的說明，把你們平安送回原本的場所。」

某位少年聽了這句話，表情頓時變得非常凝重。他半是自暴自棄般提振鬥志，舉起槍走進廢工廠中。

跟在那少年後頭，其他人雖然臉上難掩焦慮與不安，還是跟著走進了廢墟中。

在這之後，多蘭卡姆的兩位男性成員守在出入口前方，監視不讓多餘的傢伙跑到外頭來。

「話說回來～～雖然說要把他們都送回原處，直接扔在久我間山都市的貧民窟不就好了？特地送回原處也很麻煩吧？」

「上頭說，這樣就等同於讓他們利用我們當作前往久我間山都市的護衛，所以不行。哎，也不是不能理解啦。」

「如果想要年輕新手就讓貧民窟的小鬼加入的話，在久我間山都市的貧民窟隨便招募不就好了。幹嘛要特地去其他都市啊。真夠麻煩的。」

「就算是小鬼頭，只要拿到槍，在貧民窟就算得上是一份戰力了。在那邊發起招募，要是把他們的後備戰力都挖走，就可能引發與貧民窟幫派相關的多餘問題吧？哎，我也不曉得事務部門的傢伙們在擔心什麼。」

「真是麻煩死了。」

男人們一邊閒聊一邊抱怨，就這麼繼續看守大門。

◆

多蘭卡姆的事務處理原本是交給那些對荒野活動感到極限而退居幕後的退休獵人。

但是隨著組織擴大，事務作業日益增加，光靠退休獵人已經不足以應付過多的業務，結果使得事務產生遲滯，於是幫派開始僱用未曾經驗獵人工作的純粹事務人員。

這些未曾擔任獵人者為主的勢力，在多蘭卡姆內部被稱作事務派系。想在多蘭卡姆中增加年輕獵人而舉辦當下這種加入測驗的就是事務派系。

克也等人所屬的A班就是事務派系意圖吸收的人員。受過一定程度的教育，也懂得閱讀與書寫，同時擁有比較正常的常識與倫理觀念，但因為某些理由而選擇成為獵人。這些人會被分類為A班。

不竊盜、不欺騙、不殺人。這類就某種角度而言理所當然的感性，在防壁內側的人們眼中印象也較佳。再加上光是懂得讀書寫字，就更容易接受高效率的訓練。考慮到這一點，A班的志願者光是前來參加測驗，就已經得到相當高的評價。

也因此，A班的人們在走進A棟的同時，基本上就已經合格。

在測驗開始前，多蘭卡姆的男性成員雖然列舉了獵人工作的危險性，藉此嚇唬眾人，但只要不屈服於威脅而抵達終點，從事獵人工作的意願已經十分充足，剩下的實力問題只要在訓練中慢慢培養即可——事務派系如此判斷。

A棟的怪物在測驗開始之前就已經被多蘭卡姆的獵人徹底掃蕩。因為測驗前的評價已經很高，沒

必要實行與怪物的戰鬥測驗。

另一方面，被分類為B班的成員則是在人格層面上被認定不適合的人們。

平常過的生活會被分類為A班的這種人，一般不會選擇成為獵人。因此A班的人數較少。但是要在幫派內部建構年輕獵人這樣的階層，需要有一定程度的人數。

B班就是為了湊齊人數而招募的人員。絕大多數都是貧民窟的孤兒，事務派系的人們判斷他們在人格層面上有嚴重問題。

竊盜、詐騙、殺人，再加上不識字。既然被視作這樣的群體，合格的標準自然也會嚴格許多。

測驗結果會以綜合評價來區分合格與否。B班成員要在綜合評價上與A班相同，就必須拿出充分的實力。未受過教育等等缺點、倫理觀念低落之類的缺陷，他們必須展現充分的戰鬥能力來顛覆這些

評價。

B棟不同於A棟，根本沒有事先驅除怪物。反倒將怪物自周遭引來，增加數量。

死了就失去資格。A班成員同樣聽過的這句話，對B班成員並不是嚇唬人。

◆

槍聲與慘叫響徹B棟的房間。陷入半瘋狂狀態的少年胡亂掃射，對大型老鼠轟出子彈。身上被開了無數孔洞的老鼠在中彈的衝擊力道下搖晃，止不住地流著血。

少年因為戰鬥的興奮與恐懼而陷入輕微狂亂狀態，對已死的老鼠的痙攣也表現出過度的反應，對屍體射出更多子彈，使得血肉朝著四周飛濺。這輪濫射最終停止的原因並非少年的意志，而是子彈耗盡的事實。

「打、打不出子彈了。贏、贏了，打倒了。打、打不出子彈，沒子彈？子彈用完了……？」

明明附近可能還有怪物，槍卻無法射擊。這樣的恐懼讓少年非常慌亂地想交換彈匣。

但是焦急和緊張讓他的手顫抖，使他無法順利更換彈匣。而且還失手讓彈匣墜地，急著想撿卻不小心踢飛了彈匣。彈匣滑過地面而遠離。

「啊啊啊啊啊啊啊啊！」

少年近乎狂亂地放聲尖叫，追逐著自己踢飛的彈匣。

互相搭話而組成三人小組的志願者們從通道深處舉槍對準群聚的老鼠群。但是沒有人開槍。

「喂！幹嘛不開槍！」

「你自己還不是沒開槍！」

因為所有人都想為自己多保留一些子彈，致命性地拖延了射擊時機。這段時間內，老鼠已經拉近距離，撲向獵物。

雖然少年們在途中開始射擊，也有數發子彈命中敵人，不過子彈擊中的衝擊力道無法抵銷對方那巨大身軀使勁飛撲時的慣性。

孩童遭到染血的老鼠身軀猛然撞擊，直接被已死的老鼠屍身壓倒在地上。因為臉貼在老鼠身上，讓孩童陷入恐慌。他在慘叫中胡亂射擊，波及了附近的孩子。

當響徹通道的槍聲停歇時，鼠群與少年們無一倖存。

被鼠群追逐的少女一隻手拿著手槍，在通道上奔跑。武器是手槍而非廉價版的ＡＡＨ突擊槍，是因為被其他同為參加者的人奪走了。

少女為了逃離從背後追趕而來的鼠群，衝進了附近有門的房間，連忙關上門。

房外的老鼠猛然撞擊門板。門只是搖晃，確實阻隔了老鼠的突擊。

少女放心地吐出一口氣。但是她的安心很快就因為自房間內側傳出的老鼠鳴叫聲而消失。

槍聲屢次響徹室內，最後止息。

在Ｂ棟中獨自一人前進的少年富上，看著紙張上的地圖呢喃：

「……這個要怎麼唸啊？危險？注意？好像是又好像不是……」

地圖上危險地區的說明和彈藥補給地點全都用文字標註，甚至還寫上了安全的移動路徑。這是對識字者的小小優惠，但是富上讀不懂。

在他煩惱時聽見了動靜。他保持冷靜，背靠著牆面，舉槍指向聲音的來向。見到老鼠現身，他便開槍射擊。確實擊殺後，確定附近沒有其他聲音傳來，這才輕輕吐氣。之後他再度看向地圖。

「終點在……是這個符號的地點。只有這絕對不會錯。不管怎麼樣，這個說明也不會騙人吧。好，冷靜下來繼續前進。」

富上如此告誡自己，繼續趕路。

進入B棟的所有人都得到了符合各自實力的結果。

◆

克也等人離開廢工廠，回到了裝甲運兵車上。原本的預定是立刻出發將乘客送回各都市，但是在出發前接到了暫時待命的指令。

發出這道指示的多蘭卡姆男性成員從剛才就擺出一臉複雜的表情，透過通訊器與上級交談。好不容易談完，遭遇麻煩事的心情清楚寫在臉上，他對克也等人說道：

「基本的測驗已經結束了，不過上頭決定對志願參加者進行追加測驗。測驗內容是與棲息於附近的怪物恐鼠戰鬥。至於那是何種怪物，剛才倒在廢工廠裡面的屍體就是恐鼠。」

車內傳出輕微的騷動聲。男人心中想著「我就知道」，繼續補充說道：

「追加測驗會在個人評價上額外加分，不願意參加也不會因此降低評價。因為自己以外的所有人都參加了，判斷合格的標準跟著上升，使自己的評價相對降低，這種事也不會發生。這部分儘管放心。」

在上次測驗已經覺得相當吃緊的人們鬆了一口

氣。

「沒有討伐數量的最低要求。就算一隻也沒打倒就逃走，評價也會上升。當然只要打倒越多隻，評價也會跟著提高。進入多蘭卡姆之後的待遇也會更好吧。」

渴求更佳評價的人們面露笑容。

「這次不是每個人分開，而是所有志願者一起出發。此外剛才留在車輛中的人也可以參加。未參加剛才測驗的人如果能在追加測驗中爭取評價，同樣也很有可能合格。」

上次裹足不前的志願者一聽到這次不是一個人，頓時萌生希望。

「就這樣。接下來會再次分配裝備給追加測驗的參加者，想參加的舉手報名。10分鐘後截止。就如同我再三強調的，仔細考慮再決定。」

許多人舉起手。克也同樣包含其中。

急遽添增的追加測驗，是多蘭卡姆的幹部之間心計角力下的產物。有些幹部認為A班的測驗太過簡單，有些幹部不想讓難得的人才落選。彼此的想法混合在一起，最後在妥協之下增加了這次測驗。

在B棟的測驗已經大致結束，怪物的數量也大幅減少。為了調整測驗難度，事先用空房間隔離再依序釋放的怪物也已經用完了。若是這種難易度，A班成員也不至於陷入苦戰吧——這樣的判斷成為決定的關鍵。

現場的男性成員透過與上頭聯絡而得知這件事。

要是A班因此有人喪命，想必又會發生一番爭執吧。但是機會明明又是幹部們給的。

難得都平安合格了，也沒必要自己朝著危險而去吧。就算成為了獵人，因為利慾薰心而無謂冒險的人只會提早送命，但他們在成為獵人之前就不惜涉險犯難了？

男人心中對幹部和Ａ班的志願者都懷著這些怨言，但到頭來他還是想著「既然本人都自願參加了」，將裝備交給追加測驗的志願者們。

◆

克也再次取得裝備，和其他追加測驗的參加者一起來到Ｂ棟門前，他心中充滿了鬥志。由米娜也理所當然般跟著他一起來。

多蘭卡姆的男性成員簡單忠告的同時，打開Ｂ棟的大門。

「怪物雖然減少了許多，建築深處還留有不少。不想死的話就不要進入太深的地方。就這樣，自己加油吧。」

充滿自信的參加者意氣飛揚地步入Ｂ棟內。難掩不安與緊張的其他人也慢慢跟在後頭。

由米娜表情嚴肅地事先叮嚀。

「克也，你可別拚命過頭想跑到工廠深處。」

由米娜的態度讓克也面露苦笑。

「我知道。妳很愛操心耶。到底有什麼讓妳這麼擔心？」

「全部啊。」

「什麼全部……」

「你光是想成為獵人就讓人擔心了。這是當然的吧？」

克也聽由米娜如此斷言，覺得她這句話其實也有點道理。於是他不再回嘴，而是繃緊表情。

「我知道了。我會保持戒心。」

克也兩人晚了一些，也步入Ｂ棟中。

若只看出入口附近，Ｂ棟中的狀況無異於剛才挑戰的Ａ棟。不過雖然氣氛相同，還是能找到在Ａ

棟沒見到的東西。那就是人類的屍體。屍體並未遭到恐鼠徹底啃食，還不至於無法分辨長相，但損傷也算得上嚴重。

自己正置身荒野，置身於人會死去的場所。見到與自己年齡相仿的屍體，克也兩人強烈感受到這一點。

繼續前進後，兩隻恐鼠自通道另一頭奔向此處。兩隻怪物都鮮血淋漓，但奔跑速度相當快。這代表了那並非它們自身的血。

克也兩人雖然有些緊張，但不慌張地舉起槍。隨即冷靜地對目標開槍。

與敵人之間的充分距離加上充分的彈藥，帶給克也兩人充分的安全，讓他們順利地單方面擊破老鼠們。

克也兩人得到今天第一次實戰勝利而鬆了一口氣。就在克也認為這樣一定行得通而提升鬥志時，一旁的由米娜要挫他的威風般提議：

「很好。克也，我們回去吧。」

「咦？這麼快？才打倒兩隻而已耶。」

「兩個人各打倒了一隻，對我們這種門外漢已經是很充分的成果了。太貪心而送命可就本末倒置了。好了，我們回去吧。」

「哎，可是喔……」

面對不情不願的克也，由米娜的神色從強勢責怪對方轉變為非常擔心對方安危的表情。

「……想打倒很多怪物得到人家認同，先等到經過紮實訓練再說也不遲吧？……別讓我操心。拜託你。」

「……我知道了。」

感受到對方發自內心擔憂他的安危，克也雖然覺得有點遺憾，還是笑著打消主意。於是由米娜的表情也隨之放緩。克也與由米娜便轉身循著來時路離開。

由米娜因為克也願意乖乖回頭而鬆了口氣。

但是這份安心馬上就瓦解。回程中，克也在通道上突然間停下腳步。

「克也，怎麼了嗎？」

「……由米娜，抱歉，妳自己先回去！」

克也只拋下這句話，隨即朝著廢工廠的深處逕自衝了過去。

由米娜臉上先浮現訝異，但立刻就因為焦急而轉為凝重。

「……該不會，又來了嗎！」

於是由米娜也追向克也的身後。

◆

B棟的某個房間中，名叫愛莉的少女瀕臨死亡。傷勢就獵人的標準而言只是輕傷，但是對一般人已經是重傷。特別是出血相當嚴重，她自己嘗試過止血的部位滲出的血液已經染紅了地面。

房間中倒著好幾具被愛莉打倒的恐鼠的屍體。那代表了愛莉的實力，同時也代表了她的極限。

她坐在地面上，背靠著牆面，勉強維持意識清醒。根本不可能站起身往終點前進。在B班的測驗中已經失去資格，愛莉只能將目標從合格切換到生存。

如果多蘭卡姆的成員在測驗結束後為了回收出借的裝備而搜索B棟，而且偶然間發現自己並且伸出援手，也許自己還能保住一條命。她這麼想著，決定不要輕率行動，盡量抑制血液與體力流失，以求保全性命。

但是腦袋裡冷靜的那部分正告訴自己已經沒希望了。

自己的性命已經所剩無幾。況且他們會不會來回收裝備都不曉得。而且更重要的是，就算他們真的發現了還活著的自己，會不會特地伸出援手這點最可疑。

B班被要求的是在嚴酷的荒野生存的戰鬥能力。在一旦喪命就失去資格的測驗中，特地救助因為時間耗盡而失去資格者的可能性很低。這點小事愛莉也明白。

執掌冷靜的部分一而再、再而三告知：妳死定了；執掌感情的部分聽了則不停吶喊，無聲地發出「救救我」的吶喊聲。而那吶喊聲越來越接近臨死前的慘叫。

就在這時，有人打開房門走了進來。目睹了來者的身影，愛莉絞盡剩餘的力氣，將手槍的槍口指向走進此處的少年。

「不准靠近。」

愛莉對少年顯露明顯的敵意。和自己同樣參加測驗的志願者，在愛莉的心目中早已成為敵人。

愛莉之所以會瀕臨死亡，根本的原因並非怪物，而是與她同樣來接受測驗的志願者。意圖奪取他人裝備的志願者襲擊了愛莉，當時她差點慘遭殺害。

只要從屍體身上取得裝備，就能得到預備的槍枝和彈藥。思考自此開始飛躍，有些參加者不分對象生死，嘗試從他人身上取得備用裝備。有些人反遭殺害，也有人成功。

愛莉雖然勉強保住了性命，但是她不只受了傷，槍也被奪走了。現在握在手中的手槍是她偷偷帶來的武器，當然威力相當貧弱。在武器被奪走後，光是要打倒她遇見的恐鼠都吃盡了苦頭。

而在這個當下，這把手槍還有其他致命問題令她不安。

為了不讓對方看穿這一點，愛莉對著走進房內的克也投出所有的殺意。

◆

克也從小就偶爾會有種似乎聽見有人在呼喚他的感覺。循著那股感覺前進，大多時候都會發現倒地的屍體或是瀕死的人。

儘管年紀還小，他還是能向附近的人告知這件事。及早發現而獲救的人們對克也萬分感激，這對克也的人格發展造成非常大的影響。

但也有不少次發現得太遲，最終只找到屍體，也曾經有人誤會他到處尋找屍體。因此克也不再告訴別人這種好像聽見有人在呼喚他的感覺。

而今天他也感受到這種感覺。克也循著那感覺在廢工廠內前進，雖然他找到的那個人舉槍瞄準他，但他的第一反應是鬆了口氣，告訴自己今天趕上了。

「不准靠近。」

「別擔心。我不是敵人。」

語畢，克也一度停下腳步，舉起雙手。之後再度想走向愛莉。

但是愛莉更凶惡地瞪向他，拒絕克也。

「我叫你不要靠近。」

「……妳冷靜點。我不是敵人。」

愛莉表現出堅決的抗拒，克也便不由得皺起眉頭。

「妳那個傷勢，不快點治療的話會攸關性命

喔。至少也該做些應急處置比較好。」

這愛莉當然也知道。傷勢相當嚴重，就連持續舉著手槍都非常吃力。手臂漸漸失去力氣，槍口的搖晃越來越嚴重。為了補足，愛莉一面惡狠狠地瞪著克也，同時警告般低語：

「這不是威脅……」

「這樣下去會死喔。妳自己應該也明白吧？」

「這個距離……我能射中。」

「把槍放下。好嗎？」

克也想盡辦法安撫愛莉。但是愛莉緊繃的表情從未放鬆。

經過短暫的對峙，克也擺著認真的表情更上前一步。

「我警告過了！」

愛莉盡可能對克也投出所有的殺意。儘管如此，克也仍舊向前進。

於是愛莉扣下了扳機。

克也來到愛莉身旁，輕吐一口氣。

「我現在要幫妳療傷，不要亂動喔。覺得痛也要忍耐喔。」

語畢，克也取出攜帶式急救包。這並非多蘭卡姆配給的裝備，是他為了本次測驗，自己帶來的道具。雖然事先不知道測驗內容，但因為這是加入獵人幫派的測驗，他覺得應該會派上用場，事先準備了這類道具。

克也沒等愛莉回答，逕自開始為她療傷。從血跡猜測受傷的部位，掀起衣物，貼上治療用的貼布。

「這是回復藥。雖然沒有水也許很難吞，還是要努力吞下去喔。」

克也將回復藥半強迫地塞進愛莉口中，愛莉按照他所說的嚥下了藥劑。在衣物被掀起的時候也不曾抵抗，握著手槍的手無力地擺在一旁。

愛莉大為困惑。她想知道克也為她療傷的理由，但還有其他問題更讓她好奇。

「……你為什麼知道沒有子彈？」

愛莉已經把手槍的子彈全部耗盡了。用沒子彈的槍指向克也，單純只是威嚇。

克也幫愛莉治療的同時，輕笑道：

「反正我有回復藥，那也只是手槍，我想說被打中一發應該沒問題。」

愛莉的臉龐因為驚愕而扭曲。克也並沒有看穿她已經耗盡子彈。儘管如此，他懷著不惜遭到槍擊的覺悟，走上前來救助她。那已經超越了愛莉的理解範疇。

「……為什麼？」

她發出的疑問非常短促，但克也大致理解了對方想問什麼。他笑得像是抛開了煩惱。

「發現想救的人已經死了，那種感覺其實很難受。不過這次趕上了。所以拜託妳這次乖乖讓我救，算我求妳了。」

克也笑著如此請求後繼續治療愛莉，他臉上表情顯得有些害臊。

愛莉的眼眶中浮現淚光。不惜中彈也想救人。這種人在愛莉至今為止的人生中一次也不曾出現過。

結束治療後，愛莉暫且保住了一命。儘管如此，如果把她棄置在此處，她必定會死掉，也一樣無法獨力行動。於是克也決定揹著愛莉回去。

儘管克也算得上身強體健，但是背負起一人份的重量，還是讓他的動作變得笨重許多。而且他背負的人還身負重傷，一旦大肆動作就會影響傷勢，他必須時時注意。

光是這樣就十分足以讓克也表情凝重了，還有更令他表情凝重的其他問題。自從與愛莉共同行動開始，遭遇怪物的頻率莫名上升。

那簡直就像是克也與愛莉正吸引四周的怪物。克也認為原因出在他們太深入工廠內部。他開始擔心這樣下去能否平安脫身。

這時，背後也傳來了不安的氣息。克也為了讓愛莉安心，刻意開朗地笑道：

「別擔心。預備的子彈還有很多。」

「嗯……」

察覺對方放心似的氣息，克也恢復了冷靜。

但是擔憂仍舊存在。預備的子彈確實還有不少，但只要使用就會減少。再加上因為他剛才在急忙之中循著感覺來到愛莉身邊，他並未清楚記得回程的路線。

儘管如此，他還是試著往回走，過程中屢次遭遇恐鼠襲擊。狀況漸趨劣勢。因為背著愛莉，克也的整體動作都變慢。搞不好連克也都會遭遇危險。

愛莉也知道自己成為了累贅。這樣下去不只是自己會死，甚至會拖克也一起下水。那讓她非常不願意。

愛莉雖然不想死，但是她更不願意看到不惜中彈也要救自己的人受自己連累而死。愛莉對自己心中萌生這種感情感到非常驚訝，但同時也感到幾分欣喜。

「……到這邊就好了。把我放下。」

「妳在說什麼啊？」

「這樣下去只會一起死。」

克也果斷拒絕。

「我不要。」

「……因為有你幫忙治療，還能再撐一陣子。」

找個有門的房間把我放在裡面，你去找其他人來，就能兩個人都得救。」

恐鼠沒辦法開門。所以自己剛才殺光了原本就在房內的恐鼠之後，沒有其他敵人出現，躲在裡頭保住了性命。愛莉如此說明道。

但是克也識破了那是讓他拋下愛莉的藉口。他再度果斷拒絕：

「我不要。」

「為什麼……」

「我不要就是不要。本來就是我擅自救了妳，要怎麼救也得按照我的意思。抱歉喔。」

克也這麼說完，擺出了厚臉皮的態度，毫無歉意地笑著說道。

聽見這番話讓愛莉欣喜，但是連累了這個人卻讓愛莉悲傷。愛莉的眼睛再度流下淚水。

克也兩人再度開始移動，但是情勢每況愈下。子彈有減無增，體力亦然。唯獨遭遇敵人的次數不停增加。嚴苛的狀況讓克也的表情越來越凝重。

於是，再次遭遇恐鼠時，魯莽行事至今累積的負債襲向克也。克也見到敵人，反射動作般轉動槍口時，他的姿勢失衡。因為他背著愛莉，失去平衡時的影響更是顯著。

不妙。克也險些跌跤而這麼想的同時，怪物已經逼向克也與愛莉。儘管如此，他還是不放棄將槍口轉向敵人，但已經沒有任何多餘的時間了。

下一個瞬間，那隻大型老鼠沐浴在無數子彈之中而倒下。帶著奔跑時的速度滑過地面，在地面上拖出一道紅線後斷氣。

克也二人不明所以而吃驚時，說話聲響起。

「找到你了！克也！」

是由米娜打倒了老鼠。她放下槍，就這麼來到克也與愛莉面前，對克也扯開嗓門怒吼道：

「居然跑到這麼深的地方，到底在幹嘛啊！」

「由、由米娜，妳怎麼會在這裡？我記得我剛才叫妳自己先走了啊……」

「給我安靜！」

由米娜厲聲斥喝，封殺了克也所有的反駁。

由米娜原本還想繼續怒罵，但是注意到愛莉的身影，她也大致理解了狀況，猛然吐出一口氣。

「有話之後再說，首先要移動到安全的場所。我來帶頭指路。」

由米娜說完，確認了資訊終端機上的地圖，繼續前進並且向克也二人招手。但是克也顯得有些納悶。

「由米娜，那邊是更深的方向吧？反了吧？」

「從這邊出發的話，離終點反而比較近。」

「不過這樣怪物也……」

「只要走安全路線就沒問題。廢話少說，跟我來。」

由米娜靠著資訊終端機顯示的地圖確認安全路線，帶領克也二人前進。

這條路線的確十分安全。雖然同樣遭遇過怪物，但因為敵我位置上的優勢，總是能單方面擊倒對方。

克也為此驚訝，同時也覺得納悶。

「由米娜，妳怎麼知道這條路線？」

「不就寫在我們領到的資訊終端機的地圖上嗎？」

「咦？等等，那張地圖不是之前那棟建築物嗎……？」

「可以切換要顯示的地圖啊。你都沒發現嗎？你以為他們為什麼又把資訊終端機發下來啊……」

由米娜深深嘆息。見到由米娜的態度，克也擺出了試圖蒙混過關的苦笑，吐出充滿疲憊的嘆息。

在這之後，克也等人平安抵達了B棟的終點。

◆

位在B棟終點處大廳的多蘭卡姆男性成員見到克也等人，馬上就察覺他是A班成員。同時他見到A班成員突破了B班用的測驗而非常吃驚。

見到克也等人，名叫富上的少年面露不滿的表情。他稍微思考過後，對著多蘭卡姆的男性開口說道：

「欸，聽說我們的分類是B班，其他還有一群人叫A班。那群傢伙就是A班的嗎？」

「你怎麼會知道這些？」

「其他人閒聊的時候提到。」

得知同事多嘴，男人輕聲嘆息。

「那又怎麼了？」

「沒有啦，只是他們提到追加評價和額外加分之類的，我想說我們沒有這類追加測驗嗎？」

「喔，你是說這個啊……這樣的話，你就去幫忙回收遺留在B棟內的裝備吧。要是能回收不少東西，我會幫你跟上頭講幾句話，提升你的評價。」

「知道了。」

富上點頭後離開大廳。男人見狀輕笑道：

「大概是無法忍受自己的評價比養尊處優的A班還要低吧。有上進心的傢伙很不錯啊，能活下去的話。」

不滿足於現況，主動追求更佳的成果。這是大有前途的獵人的資質，同時也是早死的獵人身上常見的傾向。

富上順利一一回收散落在B棟各處的裝備，途中他露出有點意外的表情。他見到了一具重武裝的屍體。

「……這傢伙一個人就帶著五把槍啊。這樣還死掉也太沒用了吧。」

語畢他輕聲一笑，回收了屍體身上的槍枝，塞進背包中。其中也包含了原本出借給愛莉的槍。

只有槍但沒有會用槍的人就無法發揮戰力。既沒有獨自一人求生的實力，也沒有招集夥伴的本事，於是便迎接了與實力相符的下場。

◆

克也與由米娜結束了測驗後，搭上與來時同一輛裝甲運兵車，被送回集合場所。

克也等人默默地目送著逐漸遠離的裝甲運兵車，最後車輛消失於視野中。於是克也等人剛才置身荒野的證據，就只剩下衣物的汙漬與滿身的疲勞。

克也和由米娜都沒有死去，也沒有受傷，平安回到此處。

克也感到一股成就感湧現時，由米娜猛然嘆息，轉頭對克也露出堅定的微笑。

「克也，我們都能平安回到這裡，真是太好了。辛苦了。」

「嗯，由米娜也辛苦了。」

「接下來，我有話要說。有很多話要說。真的有很多話要說。真的真的有很多很多話要說，你一定要乖乖聽完喔。」

有話先等移動到安全的場所再說。在廢工廠中，由米娜曾經這樣告訴克也。不過在抵達B棟終點的大廳時，她也沒有提起什麼。要在愛莉身旁提起這些，由米娜也有些抗拒感。

愛莉在回程時也搭乘裝甲運兵車。B班成員只要抵達終點，基本上就被視作合格，只要願意就能被直接送到久我間山都市。日後就在多蘭卡姆的設施中生活。

包含愛莉在內，B班的合格者大多數都如此選擇。有不少人過去在其他都市的貧民窟生活，此外也有人在故鄉引發爭執，為了逃離故鄉而參加試驗，盡可能不想再次回去。這類的人占了大多數。

愛莉對克也變得非常親近，在裝甲運兵車中也坐在克也身旁。要在愛莉面責備剛才救了她的克也，這種事由米娜實在不忍心。

因為現在和愛莉分開了，由米娜這下終於能拋開顧忌，盡情責備克也。

克也因為由米娜的魄力而顯得有些畏縮。

「有、有話能不能等回去再說？我們彼此都累了嘛。先泡個澡，好好消除疲勞之後再說，好嗎？」

由米娜愉快地笑道：

「也對。就先回去吧。好了，我們快走吧。」

由米娜使勁握住了克也的手，為了絕對不放開般注入力氣。緊接著她便拖著慌張的克也踏上歸途。

希冀將來同樣能夠永遠在一起，她使盡力氣握住那隻手。

這些事件發生在怪物群自崩原街遺跡現身襲擊久我間山都市的一年前。

故事走向新的世界線！
為了殲滅占據崩原街遺跡地下街的強敵亞拉達蠍——幾乎動員了久我間山都市附近的所有獵人展開掃蕩作戰。作戰在阿基拉等人的活躍下漸漸走向尾聲。然而那只是未來即將襲擊阿基拉的無數困難的序幕！
阿基拉在地下街遇到了身分不明的遺物掠奪者，掠奪者以蕾娜為人質，強逼詩織與阿基拉展開兩人都不願意的決鬥。
而阿基拉與克也在無從預料的狀況下陷入敵對，「舊世界的亡靈們」靜觀其變。
阿爾法，以及另一人的目的究竟為何——？
作者 ナフセ
插畫 吟
世界觀插畫 わいっしゅ
機械設定 cell
NEXT EPISODE >>>
重組世界 Rebuild World 2
下 死後報復委託程式
敬請期待！

網路連載版大幅新增篇幅——
「我來代替蕾娜她們當人質。」
「……混帳東西！」
The advanced civiliz
the world has crumbled
People rallied the fragments of wis
all over the world and spent a long time

86—不存在的戰區— 1~10 待續

Kadokawa Fantastic Novels

作者：安里アサト　插畫：しらび

讓我們追尋在血紅眼眸深處閃耀的，
僅存的少許片斷——

年幼的少年兵辛耶·諾贊降臨地獄般的戰場，日後他將成為八六們的「死神」，帶著傷重身亡的同袍們的遺志走到生命盡頭——這些故事描述與他人的邂逅如何將他變成「他們的死神」，以及來得突然的死亡與破壞又是如何殘酷地斬斷了他們的牽絆。

各 **NT$220~260/HK$73~87**

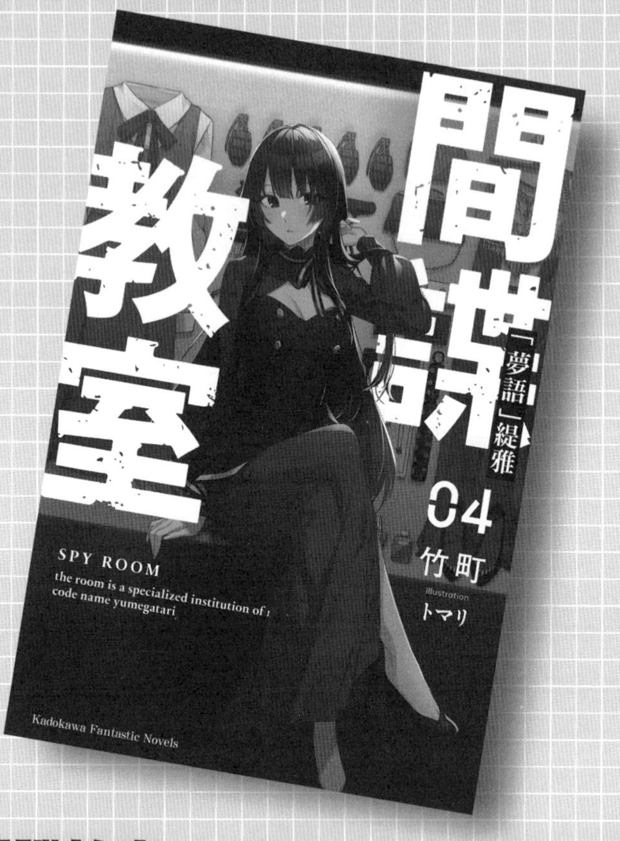

間諜教室 1～4 待續

Kadokawa Fantastic Novels

作者：竹町　插畫：トマリ

位處絕望深淵時，
眾所期待的英雄將會現身！

克勞斯打倒的冷酷無情間諜殺手「屍」招認吐實，「燈火」終於揪住來歷不明的帝國組織「蛇」的尾巴。揭發其真面目，來到敵人的巢穴。然而被賦予指揮任務之職的緹雅卻喪失了身為間諜的自信心——

各 **NT$220~240/HK$73~80**

食鏽末世錄 1~4 待續

Kadokawa Fantastic Novels

作者：瘤久保慎司　插畫：赤岸K

六道囚獄裡受盡欺凌的紅菱一族，
既悲哀又絢爛綻放的「花」——

在濃烈的死亡氣息包圍之下，名為獅子的少女藉由寒椿活了過來，從滾燙的血海中脫困且與畢斯可等人相遇。為了拯救於水深火熱之中的紅菱同胞，他們冒險闖入卻身陷囹圄；為了打倒敵人，進化蕈菇「七色」所催生出未知花力，撼動全日本——

各 **NT$240~280/HK$80~93**

國家圖書館出版品預行編目資料

重組世界Rebuild World. 2. 上, 舊領域連結者/ナフセ作 ; 陳士晉譯. -- 初版. -- 臺北市 : 臺灣角川股份有限公司, 2022.05

面 ;　公分. -- (Kadokawa fantastic novels)

譯自 : リビルドワールド. II. 上, 旧領域接続者

ISBN 978-626-321-432-3(平裝)

861.57　　111003459

Kadokawa
Fantastic
Novels

重組世界Rebuild World 2（上）
舊領域連結者

（原著名：リビルドワールドII〈上〉旧領域接続者）

2022年5月25日 初版第1刷發行

作　　者：ナフセ
插　　畫：吟
世界觀插畫：わいっしゅ
機械設定：cell
譯　　者：陳士晉
發 行 人：岩崎剛人
總 編 輯：蔡佩芬
編　　輯：孫千棻
美術設計：莊捷寧
印　　務：李明修（主任）、張加恩（主任）、張凱棋
發 行 所：台灣角川股份有限公司
地　　址：104台北市中山區松江路223號3樓
電　　話：（02）2515-3000
傳　　真：（02）2515-0033
網　　址：www.kadokawa.com.tw
劃撥帳戶：台灣角川股份有限公司
劃撥帳號：19487412
法律顧問：有澤法律事務所
製　　版：尚騰印刷事業有限公司
ＩＳＢＮ：978-626-321-432-3